吉林师范大学学术著作出版基金资助
教育部人文社科研究一般项目结项成果

《楚辞听直》研究

赵妍 著

人民出版社

序

    赵妍博士在硕士研究生阶段从事语言学的学习与研究工作,硕士研究生毕业以后,在吉林师范大学任教,在教学之余,逐渐对先秦两汉文学与文献产生了浓厚的兴趣,负笈担簦,游学旧燕,2020 年以《〈楚辞听直〉研究》为题,通过了博士学位论文答辩,并获评北京语言大学 2020 年校级优秀博士学位论文。博士卒业以后,赵妍博士又对论文进行了修改,并获得教育部人文社科基金资助。近日,赵妍博士的论文即将由人民出版社付梓,命序于我,忝为赵妍博士的指导教师,似乎没有推脱的理由。

    《楚辞听直》是明代著名学者黄文焕所著,黄文焕在明天启年中进士,曾任翰林院编修等职,与明末著名爱国政治家和骚体诗诗人及楚辞研究专家黄道周等人有深厚关系,并曾因受黄道周牵连而入狱。明亡以后,投靠清廷的大汉奸洪承畴曾举荐黄文焕,黄文焕不应,以明遗民终老,体现了坚定的民族立场和爱国大义。

    黄文焕是诗人,也是学者,除了《楚辞听直》以外,还著有《诗经考》《诗经娜嬛》《毛诗笺》《书释》《易释》《汉书蕃索》《老庄注》《陶诗析义》《杜诗注》等。黄文焕为官忠贞正直,敢于直言进谏,招致崇祯皇帝不满,而深受迫害,其经历与屈原颇有相通之处,因此,《楚辞听直》也是黄文焕发愤之作,正因此,《楚辞听直》也是明代《楚辞》研究中有重要影响的注本,形式独特,也多有创见。多年来,有关《楚辞听直》的著作虽然有,但对《楚辞听直》的研究还远远不够深入,对黄文焕的创新之处的认识也还有不足。因此,赵妍博士以《楚辞听直》作为研究对象是很有意义的。

赵妍博士的这部著作共分六章，分别对《楚辞听直》的成书与体例、《楚辞听直》有关《离骚》《九歌》《九章》《天问》《大招》《招魂》及其他楚辞作品的解说、《楚辞听直》的学术贡献等方面，进行了全面而系统的分析和阐述，提出了不少富有启示性的看法。作者认为，《楚辞听直》的选目与旧本目录有明显差异，《楚辞听直》创造了全新的注释体例，即品、笺与总品三者结合的诠释模式，这些特点与晚明社会环境与学术思潮的影响，与黄文焕家乡福建的地域文化氛围及其生平遭际密切相关。

该书的重点是研究黄文焕对屈原作品的解读。作者对黄文焕所关注的"离骚"题义、"离骚"称经及"求女"问题进行了考察，认为黄文焕对前代注本目录中"经""传"的处理方式可谓独树一帜，并重点梳理了以黄文焕为代表的"求贤妃"说在楚辞学史上的影响。作者认为，黄文焕对《九歌》的性质及各篇主旨的阐发较前人更为贴合作品原意，较前人少了许多牵强附会；对王逸、朱熹旧注中"灵""余""吾"等人称指代混乱的问题亦作了有力驳正；对《九歌》的篇数及其在《楚辞》中的排序等问题，黄氏也形成了自己的一家之言。作者认为，黄文焕从《九章》题名的来源与释义、作品次第的先后安排及其对于屈赋文本具体细节的理解三方面入手，对《九章》进行梳理与考察。对《九章》的创作背景、写作时间等问题作了更为翔实的阐释，并有了新的开拓。尤其是黄氏提出《九章》未有文先有题，乃屈原自辑之名，且以文献为佐证，详细考察了《九章》各篇写作的先后顺序，以此更定篇目次第，对后世研究颇有推进。作者指出，黄文焕对《楚辞》其他篇目的研究亦有创见。譬如，以字法、句法、段法，再至章法的探索路径，厘清《天问》全诗的段落层次，提出了"穿插之奥"之说，以辨析该诗"文义不次序"的问题；黄文焕考察《大招》《招魂》内容，结合对屈赋其他作品相关内容的抽绎与分析，详细论列并提出"二《招》概似屈原"之见。

该书始终立足于两千余年楚辞研究史的背景对《楚辞听直》的学术贡献进行定位，学术视野开阔，有点有面，点面结合。作者认为《楚辞听直》主要在三个方面作出了贡献：一是开创了先"品"后"笺"的全新注解方式；

二是将文本内证与史载资料相结合，考证屈子生平事迹及屈赋 25 篇之创作时期，对清代重考据之风的盛行起到了重要的引领作用；三是虽略于训诂，但对旧注亦有修正，创立新说，颇有发明。

赵妍博士善于从楚辞学史的宏大背景上揭示明清楚辞研究的传承与发展之迹，有利于推进学术研究的深化与拓展。同时，把研究对象置于明清之际复杂的社会背景下，考镜源流，以小见大。作者在文献方面也花费了大量的精力，对许多原始材料都进行了深入的梳理和分析，如对《楚辞听直》成书过程的考证、对历代注本是否称《离骚》为"经"的搜罗、对《天问》中"天"之含义的梳理，都堪称详尽。同时，作者对《楚辞听直》中主观臆测的缺陷，亦予以适当的批评。总体而言，该书材料宏富，考证翔实，逻辑严谨，评述客观，对我们正确认识和评价黄文焕《楚辞听直》，以及把握明清之际的楚辞研究史，具有重要的参考价值。

当然，赵妍博士的著作肯定还存在着许多不足，这就为赵妍博士的未来研究确定了方向。希望赵妍博士孜孜不倦，努力进取，为屈原及楚辞研究作出更多贡献。

方铭

2024 年 10 月 15 日

目　录

绪　论

在楚辞研究史上，明代无疑是一个非常特殊的时段。从洪武元年(1368)至明朝覆亡的近300年间，楚辞研究呈现出明显的分段式特点。如果说"从洪武到嘉靖的200年时间里，作为空谷足音的只有汪瑗的《楚辞集解》"①，那么明代后期大量问世的楚辞研究专著中，黄文焕的《楚辞听直》恐怕就是最富特色的一个了。

《楚辞听直》是明末名宦、学者黄文焕的楚辞研究专著，也是明代楚辞研究中产生的质量较高且极具特色的楚辞注本。崔富章先生在《四库提要补正》中指出："自明末黄文焕集中《离骚》、《九歌》、《天问》、《九章》、《远游》、《卜居》、《渔父》、《大招》、《招魂》九题二十七篇，属之屈原，为之作注，清林云铭、蒋骥、胡文英、姚培谦、夏大霖、许清奇、陈本礼等，皆宗其说，各有著述传世，此亦楚辞学史上值得研究之现象。"②李中华、朱炳祥两位先生也曾评价，此书在明末清初楚辞学界中是一部有影响的书。的确，该书独特的注释体例、鲜明的学术特色以及对楚辞研究中一些热点争议问题的独到见解，均对当时及其后的楚辞研究著作产生过不可忽视的影响。

遗憾的是，由于《四库全书总目》对该注本的总体评价不高，以致在很长一段时间内，许多学者看待《楚辞听直》的眼光都未跳出《四库全书总目》的评介范畴，这也是《楚辞听直》的学术价值长期不被关注的重要原因之一。

---

① 易重廉：《中国楚辞学史》，湖南出版社1991年版，第367页。

② 崔富章：《四库提要补正》，杭州大学出版社1990年版，第464页。

目前对黄文焕及《楚辞听直》的研究成果大多集中在楚辞学通史的研究著作中。专门的研究论文也屈指可数，仅有四篇硕士论文和为数不多的单篇研究论文，尚无黄文焕《楚辞听直》研究的专著问世。相较于该书本身的学术价值、在楚辞学史上的地位及对后世研究者的影响等方面来说，还有很多问题值得进一步深入挖掘与探讨。

因此，本书拟对黄文焕《楚辞听直》作一次深入、系统的分析与研究。通过对黄文焕个人际遇、著述情况等史载资料的梳理及对文本注解的细致分析与考辨，力求全面展现该注本的学术来源、注本特色与学术价值。同时，将《楚辞听直》置于明末清初楚辞学研究进程中进行考察，勾勒出同时期各注家对黄文焕学术方法、观点的承继与演进轨迹。在此基础上，对黄文焕楚辞研究的贡献作出客观分析与再评价。

一、《楚辞听直》的研究现状

黄文焕的《楚辞听直》是明代后期众多楚辞研究注本中质量较高、较有特色的学术专著之一。是书修正旧注、创立新说，首开评注并行的诠释模式及"六经注我"的鲜明学术特色使之在楚辞研究史上占有重要地位。然而，这部在明末清初颇有影响的楚辞研究著作却没能赢得四库馆臣的认可。虽然《四库全书总目》对其独特的注释体例给予了"与旧本皆异"的正面评价，但相对于《楚辞听直》自身的学术价值与影响来说，该书获得的总体评价并不高。《四库全书总目》评价是书"大抵借抒牢骚，不必尽屈原之本意。其词气傲睨恣肆，亦不出明末佻薄之习也"①。四库馆臣的评价影响甚深，以致在很长一段时间内，许多学者看待《楚辞听直》的眼光都没有超出《四库全书总目》的界定范畴，这也是《楚辞听直》的学术价值长期被忽视的重要原因之一。

---

① （清）永瑢等撰：《四库全书总目》，中华书局 2003 年版，第 1270 页。

正因如此，学界对《楚辞听直》相关研究的关注度和研究成果的产出均略显不足。目前对著者黄文焕及该书的研究成果多集中于部分《楚辞》书目集览和《楚辞》要籍研究著作中，如游国恩的《离骚纂义》，洪湛侯的《楚辞要籍解题》，易重廉的《中国楚辞学史》，姜亮夫的《楚辞书目五种》，李中华、朱炳祥的《楚辞学史》，顾廷龙、傅璇琮主编的《续修四库全书》，潘啸龙、毛庆的《楚辞著作提要》，周建忠、汤漳平的《楚辞学通典》，陈炜舜的《明代楚辞学研究》，孙巧云的《元明清楚辞学史》等。专门论文仅有六篇单篇论文及四篇硕士学位论文，单篇论文如黄建荣的《论黄文焕〈楚辞听直〉的注释特色》、个厂的《黄文焕生卒年小考》、王帝的系列论文《评析黄文焕〈楚辞听直〉文学性》之一二、赵保胜的《从"史学、史家与时代"的角度"重访"黄文焕的〈招魂〉研究》、徐燕的《明末著名学者黄文焕生平若干存疑问题考》等。硕士学位论文有王帝的《黄文焕〈楚辞听直〉研究》、郭春阳的《黄文焕〈楚辞听直〉研究》、李惠秭的《黄文焕〈楚辞听直〉研究》和曾翠平的《〈楚辞听直〉研究》四篇。另外，徐在日的《明代楚辞学史论》、郭丹的《〈四库全书总目〉中的楚辞批评》、汤漳平的《楚辞研究二千年》、于东新的《明代楚辞"论评类"典籍述略》、刘树胜的《清初明代遗民楚辞研究之研究》等综合性研究论文中对该注本也有涉及，但未作深入探究。现有的研究成果涉及黄文焕的生平和著述、《楚辞听直》的成书、存世版本、体例、文学特色、学术价值及对后世注家的影响等。现将已有研究成果综述如下。

（一）黄文焕的生平研究

关于黄文焕的个人情况，从黄氏家谱到诸方志的记载均略有差别，因此较为复杂。以下就黄氏的籍贯、字号、生卒年三方面的研究成果分别进行梳理。

1. 籍贯

关于黄文焕的籍贯，比较可靠的说法有以下三种：姜亮夫的《楚辞通故》

和《楚辞书目五种》①，李中华、朱炳祥的《楚辞学史》②均认作"永福人"；崔富章的《四库提要补正》③，周建忠、汤漳平的《楚辞学通典》④等作"晋安人"；亦有研究者依据乾隆《江宁新志》、乾隆《江南通志》、嘉庆《江下府志》、道光《上元县志》等地方志的记载，认定黄文焕为"福清人"。之后的专门研究论文，如王帝、郭春阳、李惠稀的同名论文——《黄文焕〈楚辞听直〉研究》和曾翠平的《〈楚辞听直〉研究》，四篇硕士论文；刘萍萍的《陶诗析义》、徐在日的《明代楚辞学史论》、孙巧云的《元明清楚辞学研究》三篇博士论文皆从"永福"说。徐燕的《明末著名学者黄文焕生平若干存疑问题考》亦从此说，认为黄文焕是明福建福州府永福县白云乡，即今福建省福州市永泰县白云乡人。至于"福清人"的说法，则是基于地理位置方面的推测。鉴于福清县与永福县毗邻，相邻地区的行政区划有可能会发生变动，李惠稀据此认为"福清县"的说法也存在一定的合理性。实际上，"古闽"、"晋安"（古属福州府）、"永福"都曾出现在黄文焕个人著述的署名之中，故"福建福州府永福县人"的说法应是比较可靠的。

2. 字号

关于黄文焕的字号，见于史料的主要有以下几种说法：

一是"字维章，号坤五"，当承王绍沂主纂的《永泰县志》卷九《儒林传》之记载。

二是"字维章，号坤五，又号觳庵，晚号愁斋"。后改名道焕，字孔成，号参陵。当承《麟峰黄氏家谱》卷九《家传》"第二十六世讳文焕公"条及《闽中理学渊源考》卷四十八"县令黄维章先生文焕"、卷六十九"黄参陵先生道焕"两条之记载。

三是黄文焕《陶诗析义》自序末尾落款"觳庵黄文焕识"；《楚辞听直》

① 姜亮夫：《姜亮夫全集5》，云南人民出版社2002年版，第89页。
② 李中华、朱炳祥：《楚辞学史》，武汉出版社1996年版，第152页。
③ 崔富章：《四库提要补正》，杭州大学出版社1990年版，第462页。
④ 周建忠、汤漳平：《楚辞学通典》，湖北教育出版社2003年版，第360页。

自序末尾有"黄文焕"和"维章氏"章各一枚,《听直合论》自序署有"憨斋黄文焕自识",《听直合论》正文开卷题有"黄文焕维章著"字样。

　　徐燕在其论文《明末著名学者黄文焕生平若干存疑问题考》中对黄文焕"号坤五"一说提出了不同看法。首先,徐氏引证《礼记·檀弓》篇:"幼名,冠字"说,将成人之时,"朋友等类不可复呼其名,故冠而加字"作为其立论依据,并据此列举了王猷定的《秋夜同杜于皇(濬)访坤五先生于兴教寺时先生出玉杯共赏》和吴之振的《奉答黄坤五太史集饮寻畅楼六首次韵》两首诗题为证。她认为,第一首诗的作者王猷定与杜濬、黄文焕为同时代之人,"于皇"是杜濬的字,所以与"于皇"并提的"坤五"极有可能也是黄文焕的字。且王、黄二人年龄相仿,平辈间相交称字,即"坤五"可能是黄文焕的字。但让人疑惑的是,若是平辈称字的话,诗题中对杜濬直称"杜于皇",而"坤五"之后却为何加敬称"先生"呢?民国《永泰县志》卷八有余怀《赠黄宫詹坤五先生》,余氏借诗表达了对黄文焕文学造诣的敬重之情。《麟峰黄氏家谱》卷十一《艺文二》载邹之麟《郡太守举文学大会,奉迎黄坤五先生登坛开示,赋此诗请教》,邹之麟本人诗文书画兼善,文学成就也很高。再由诗题中"奉迎"、"请教"字样,可看出邹之麟对黄文焕的尊敬态度,邹对黄是执晚辈之礼的,那么"坤五先生"理应为尊称。据李清馥《闽中理学渊源考》卷六十九"黄参陵先生道焕"条记载,"参陵"也是黄文焕的号。《周礼·春官大祝》:"掌辨六号。"《疏》曰:"号,谓尊其名,更为美称。"再者,古人与"先生"并用的多为别号,是否从侧面表明"坤五"很可能是黄文焕的号呢?

　　徐文中举证的第二首诗是《奉答黄坤五太史集饮寻畅楼六首次韵》,寻畅楼是吕留良的书斋,从诗中可知黄文焕常与吕留良饮酒赋诗,三人的私交应当不错。朋友间互称其字是没有问题的,但从吴、吕二人与黄文焕三四十岁的年龄差距来看,称字似有不妥。另外,吕留良在黄文焕离世时作《哭黄坤五》诗二首,死者为大,既是追悼友人,尊其号似乎更符合情理。另外,徐燕认为根据古人命名表字的一般规则,认为名"文焕"与字"坤五",两者意义关联性更强。她通过搜检的谱牒、方志中的人名发现，以"坤五"为字者较为常见，但尚未见到以"坤五"为号之人，据此推测"坤五"极可能是黄文焕的字，而非号。对于这两点，古人名与字之间是存在意义不相关的情况的，而且号可以是使用者本人起的，不必考虑家族、行辈等诸多因素的限制，自由度相对较大，故无法从谱牒、方志中没有以"坤五"为号者的情况判定"坤五"只能作为字来使用。因此，本书仍以《麟峰黄氏家谱》中黄文焕"号坤五"之记载为准。

3. 生卒年

关于黄文焕的生卒年，《麟峰黄氏家谱》中记载不详，《四库提要》亦未有提及。至当代，《楚辞书目五种》、《楚辞书录》、《中国文学家大辞典》等提要性著作也只摘取了《四库提要》中有关黄文焕的部分信息作了简要介绍，未对黄文焕的生卒年加以考证。论文方面，个厂的《黄文焕生卒年小考》一文，根据《奉答黄坤五太史集饮寻畅六首次韵》和《哭黄坤五》诗二首，得出与学界普遍采用的《永泰县志》（1598—1667）不同的说法，将黄文焕的生卒年精确到日期，即黄氏卒年为康熙三年正月初四，即 1664 年 1 月 31 日，又根据卒年上推其生年为万历二十三年（1595）正月初一至十二月初一之间或十二月初二至除夕之间（1596 年 1 月）。郭春阳亦如是说。徐燕认为，黄文焕生于万历二十三年（1595），卒于康熙三年正月初四，时间与个厂的说法大体一致。李惠稀采用的说法是，黄文焕生年为明万历二十三年，即 1595 年，卒年为清康熙三年，即 1664 年。曾翠平推测黄文焕生于万历甲午年（1594），卒于康熙二年（1663）冬。孙巧云的博士论文中关于黄文焕的生卒年只简单列出生年为 1595 年，卒年约为 1667 年，未给出具体考证过程。刘萍萍的博士论文《陶诗析义》，根据《永泰县志》的记载，认为黄氏的生卒年为 1598 年至 1667 年。

我们注意到，吕留良的诗中出现的"讣报新年齿"一句，句下注曰"今年政七十才四日耳"，此处又与《麟峰黄氏家谱》的"寿六十九"不同。作为家族世系的传承，家谱的记载应是较为可靠的，且《麟峰黄氏家谱》的两位修撰者中，黄惠乃黄文焕嫡亲玄孙，黄虞世则是黄文焕堂弟黄文辉的玄孙。最为重要的一点是，黄文焕传末注明"见《通志》，山愚公撰传"。此处的"山愚公"即为黄文焕的长子黄瑮，也就是说，家谱"黄文焕"条的信息来源出自黄瑮。子为父作传，从理论上讲，黄文焕寿至 69 岁的说法就应是准确无误的，故推测黄文焕生卒年较为可靠的区间应为 1595—1664 年，历经明神宗、光宗、熹宗、思宗四朝，清顺治、康熙两朝。

另外，刘萍萍对黄文焕的生平及主要经历进行了颇为细致的梳理，并整理出黄文焕年谱，附在其博士论文《黄文焕〈陶诗析义〉研究》的附录部分，这是目前所见关于黄文焕生平最全面、系统的整理和展示，对进一步深入和丰富黄文焕的生平研究大有助益。

（二）黄文焕《楚辞听直》的创作背景研究

考察《楚辞听直》的创作背景，现有成果主要涉及作者黄文焕所处的时代背景、学术背景、个人遭遇对创作主导思想的重要影响等方面。

1.《楚辞听直》成书的社会背景研究

关于黄文焕所处的时代背景，王帝、曾翠平、孙巧云、陈炜舜的论文均有提及。王帝认为，黄文焕在撰写《楚辞听直》时正是明末最为动荡的时期，再加上他自己横遭党祸，种种影响之下，才成就了《楚辞听直》独有的学术风格。曾翠平在分析黄文焕写作《楚辞听直》的时代背景时概括出明末社会的四大典型特征，即朝臣揽权、君主爱财薄民、宦官干政以及战乱四起。孙巧云在其论文中对明末清初社会政治环境及学术氛围作了简要介绍，提出："党争炽烈，时局混乱。学术交融、政治动荡、民族矛盾等，悉可见之于楚辞论著中"①。陈炜舜的《明代政治场域下的楚辞学研究》一文以明代不同时期的政治场域为背景，考察了明代前期、后期、末期，及清初明遗民的楚辞学研究进展与各时期政治氛围影响下，楚辞研究所体现出的特色。陈先生认

① 孙巧云：《元明清楚辞学研究》，苏州大学 2011 年博士学位论文。

为，在明末党争炽烈、宦官擅权、对清流人士大肆迫害的社会环境中，楚辞研究获得了蓬勃发展。他将黄文焕的楚辞研究置于明末政治场域之下，指出黄文焕即是通过注骚来表达自己的仕途愤懑之感。山河易主、痛失家国的特殊经历使注家对《楚辞》有着深刻共鸣，也使其在注骚时非常注重忠奸之辨。正因注本中透出的强烈的"自浇块垒"之动机，推崇屈子的方法也与汉儒无异，所以该文认为《楚辞听直》在"解屈"与"自道"两方面存在着不协调之感。

上述论文均对黄文焕《楚辞听直》成书的时代背景做了繁简不一的交代，但王、孙、陈的论文只给出了黄氏所处时代的简要介绍，曾翠平的论述虽较前几位详细，但诸文未对朝代鼎革、"山崩地坼"的社会环境给黄氏写作带来的具体影响展开更加深入的探究。

2. 黄文焕的学术渊源与师承影响研究

有关黄文焕的学术思想及师承渊源，明史、方志中未找到专门记录。研究者多根据黄氏的作品及相关书籍中的零散记载推测其思想渊源。如王帝的论文中有关黄文焕学术思想渊源的研究是依据黄文焕的生活年代为万历末年至崇祯年间，推测黄文焕大约会受到当时王学左派、"狂禅派"李贽和公安派思想的影响，在其作品中体现出的张扬个性即是这种影响的表现。孙巧云认为，明末清初之际，学者们受内忧外患的影响，普遍认为心学尤其是王学左派早已背离了儒家传统，而儒家忠君爱国的伦理纲常理应重新得到广大爱国志士的重视，"这些思想动向反映在楚辞学上，则是出现了……黄文焕《楚辞听直》、王夫之《楚辞通释》等易代之际的楚辞研究专著"①。李惠秝考察了儒家思想和明晚期心学对黄氏学术思想的影响：一方面，黄文焕生于心学统治思想文化领域的万历年间，他本人极可能深受心学思潮的影响；另一方面，黄氏经科举走上仕途，再加上入仕后热衷讲学著书、结识儒者的经历等，无疑又经过了儒家思想的浸染。对于上述两种学术思想在《楚辞听直》

---

① 孙巧云：《元明清楚辞学研究》，苏州大学 2011 年博士学位论文。

一书中的具体体现，论文中亦有例证分析。

至于黄文焕的师承渊源，王帝考察了明末大儒黄道周对黄文焕学术思想的影响。她认为，黄文焕尊黄道周为前辈，并常与之切磋学术，后来下狱也是受黄道周案牵连，可知二人之间的关系应该较为亲密。黄文焕在人品、学问上应深受黄道周"理学"、"心学"兼而有之的影响，故从其著作中，可见其大胆驳斥旧说，敢于求变的创新精神。①但笔者认为，以"师承"字样界定黄文焕与黄道周二人的学术关联是值得商榷的。第一，《楚辞听直》自序有"亦坐以平日与黄石斋前辈讲学立伪"，黄文焕称道周为前辈而非老师。第二，从二人入仕时间来看，黄道周、黄文焕同为天启初年进士，之后又同在翰林院讲学，此间黄文焕时常向黄道周请教学问。另据《闽中理学渊源考》卷八十三"黄石斋先生道周学派"载，黄派门下也不曾将黄文焕列入其中。不可否认，在学术往来的过程中，黄道周的学术思想的确会对黄文焕产生一定程度的影响，但黄道周之学术思想并不能完全等同于黄文焕之学术思想，二人来往甚密至多也只能说明他们是志同道合的前后辈关系，并不能据此判定黄文焕师承于黄道周。

此外，黄文焕的故乡福建是考察其学术背景时值得特别关注的地方。闽地特有的科举应试之风和浓厚的读书教育之社会氛围势必对黄文焕学术修养的形成有着十分深刻的影响。朱熹亦出自闽地，《楚辞集注》问世后，包括黄文焕在内的出自闽地研骚学者众多，诸家在各自著述中体现出的鲜明地域学术特色也是值得注意的现象，但在针对黄文焕的相关研究论文中未见涉及。

3.黄文焕的著书动机研究

对于黄文焕撰写《楚辞听直》的动机，学界的看法大体一致。黄氏在《楚辞听直·凡例》中也曾明言："朱子因受伪学之斥，始注《离骚》，余因钩党之祸为镇抚司所罗织，亦坐以平日与黄石斋前辈讲学立伪，下狱经年，始了

---

① 王帝：《黄文焕〈楚辞听直〉研究》，贵州大学 2007 年硕士学位论文。

《骚》注。屈子两千余年中得两伪学为之洗发，机缘固自奇异，而余抱病狱中，憔悴枯槁，有倍于行吟泽畔者，著书自贻，用等招魂之法，其惧国运之将替，则实与原同痛矣，惟痛同病倍，故与骚中探之必求其深入，洗之必求其显出。"① 郭春阳在其论文《黄文焕〈楚辞听直〉研究》中写道："时势动荡中的忧惧、个人遭遇的愤懑汇集为'与原同痛'的深切体悟，在其阐释中抒而发之，便是要'自抒其无韵之《骚》，非但注屈而已'。"② 李惠稊认为，黄文焕有感于屈子生前遭谗，死后又不被世人理解，故而要为屈原洗发冤屈。而在黄氏眼中，历代注解者（听直者）都没有真正走进屈子内心。黄文焕为官时勤于政事，忠君爱国，却为党祸所累，含冤下狱，满腔的愤懑倾诉无门，亦希望后世之人能为他听直、洗冤。因此，黄氏撰书的主观原因便是为屈原和与之遭遇相似的自己"听直"。③ 总之，著书以寄意应为黄文焕撰写《楚辞听直》的最直接动因。

（三）《楚辞听直》的版本研究

黄文焕从撰写《楚辞听直》起，至《听直合论》全部完成，前后历时 17 载，且跨越明、清两朝，因此《楚辞听直》的存世版本有两个：一是姜亮夫的《楚辞书目五种》、洪湛侯的《楚辞要籍解题》中收录的明崇祯十六年（1643）刊本。一是崔富章《楚辞书目五种续编》中收录的《楚辞听直》明崇祯十六年原刻清顺治十四年（1657）补刻本。

目前，《楚辞听直》一书主要以影印本流行于世。徐燕统计了市面常见的通行本类别④：（1）援用底本为明崇祯十六年原刻清顺治十四年补刻本的，包括《楚辞听直·凡例》、《楚辞更定目录》、《楚辞听直》八卷。如杜松柏主

---

① （明）黄文焕撰，黄灵庚、李凤立点校：《楚辞听直·凡例》，上海古籍出版社 2019 年版，第 3 页。

② 郭春阳：《黄文焕〈楚辞听直〉研究》，安庆师范学院 2012 年硕士学位论文。

③ 李惠稊：《黄文焕〈楚辞听直〉研究》，河北大学 2017 年硕士学位论文。

④ （明）黄文焕撰，徐燕点校：《楚辞听直·前言》，南京大学出版社 2017 年版，第 6—7 页。

编《楚辞汇编》第二册，台北新文丰出版公司 1975 年影印出版。1986 年再版，北京图书馆藏。吴平、回达强主编《楚辞文献集成》第七分册，广陵书社 2008 年影印出版。(2) 援用底本为复旦大学藏明崇祯十六年刻清顺治十四年增修本的，包括黄文焕《序》、《楚辞听直·凡例》、《楚辞更定目录》、《楚辞听直》八卷，黄文焕《楚辞听直合论序》、《听直合论》一卷。如上海古籍出版社 2002 年影印出版的《续修四库全书》，《楚辞听直》收在集部"楚辞类"。(3) 援用底本为明崇祯十六年刻清顺治十四年续刻本的，包括黄文焕《序》、《楚辞听直·凡例》、《楚辞更定目录》、《楚辞听直》八卷。黄文焕《楚辞听直合论序》、《听直合论》一卷，末附《四库全书总目·楚辞听直八卷合论一卷》提要。季羡林总编纂《四库全书存目丛书》集部第一册，齐鲁书社 1997 年影印出版；黄灵庚主编《楚辞文献丛刊》第三十七册、三十八册，国家图书馆出版社 2014 年影印出版。

(四)《楚辞听直》的特色研究

明代后期的楚辞研究在一定程度上突破了前代注本长期遵循的儒家经学原则，表现出明显的反传统、标新立异的思想倾向与治学方法。作为晚明最具特色的楚辞注本，《楚辞听直》即呈现出了"与旧本皆异"的鲜明特色。从目前的研究成果来看，学界对该注本学术特色的认定基本一致，研究的关注点大体集中于以下六个方面。

1. 对《楚辞听直》"注评合一"的注释风格的分析

评注结合是《楚辞听直》最具代表性的特色。黄文焕认为，历代注家在给《楚辞》作注时采用的方式都是或评或注，二者只择其一，而这两种方式都不足以抒屈子"无韵之《骚》"。他一改以往注家先释字词，再对重点字词进行解说，然后再疏解句子大意的传统解骚方法，采用品、笺合发之法尽《楚辞》之奥。以"品"为评，重在句子结撰之意，行文脉络起承之间；以"笺"为注，重在字句诠释，阐发章节大意，时掺杂寄寓身世之感而借题发挥。其《听直合论》可分为两部分，前半根据文义划分：《听忠》、《听学》、《听年》、

《听次》、《听复》、《听芳》、《听玉》、《听路》、《听女》、《听体》，拈出一字而牵动全篇，前后关联，触类旁通、考证缜细，文体分析亦层次分明；后半以篇名划分：《听离骚》以解篇题、《听远游》以申篇旨、《听天问》以析布局、《听九歌》以谈章法、《听〈卜居〉〈渔父〉》以考时地、《听九章》以析次第、《听二招》以驳旧说，总之，成十七听以补《听直》之未尽。其注释体例突破传统训诂学的方式方法，采以注释《楚辞》字词、以段落篇章整体分析为主的模式，令人耳目一新。①

黄建荣从训诂学的角度对《楚辞听直》的注释特色进行了较为全面的解析：对该书的注释体例，句子、段落与章法结构的解析及修正旧注与创立新说等内容逐一加以分析评价，最后总结了黄氏注本中注释的不足，如韵脚字多用叶音，而这种标音方法早已被证明是不可取的；黄氏更以《诗经》之"六义"比附《楚辞》各篇。"以'六义'来套用分析与《诗经》的形式、风格等均有极大不同的《楚辞》，未免有些张冠李戴。虽说黄文焕的论证中也有一些可取之处，但总体仍显得较为牵强。"②黄建荣将《楚辞听直》研究中显现的弊端归结为明代注疏主观臆说风气的不良影响。黄建荣的分析精当细致，批评亦较为客观公允。

王帝、郭春阳都从文学分析的角度对《楚辞听直》的注释风格进行了阐释。王帝将该注本放在明清之际的文学思潮中进行考察，论述了黄氏的楚辞观，肯定是书在楚辞研究方面的正面价值。该文指出，首先在为屈原作品注解时，黄氏从文本本身出发，从字词、句子入手分析段落大意，关注段落前后、篇章之间的照应之意与作品背后的言外之意。其次，注家特别注重心理层面的分析，深挖屈辞背后所寄托的个人情感。在揭示屈原创作心理、品评屈原遭遇的同时，黄文焕常借古喻今，抒发其个人情怀；探讨诗篇情辞之间的内在关系时亦从心理层面入手，揭示《楚辞》篇章为情造文的特点。再次，

---

① （明）黄文焕撰，徐燕点校：《楚辞听直·前言》，南京大学出版社2017年版，第10—11页。

② 黄建荣：《〈楚辞〉训诂史》，高等教育出版社2015年版，第99页。

善用文学批评的方法注释文章,如根据文势的变化对文章分层、分段,考察段法与章法的内在结构关联。最后,肯定黄文焕借《诗》"六义"对《楚辞》进行描述的合理之处。《听直合论》中《听复》、《听芳》、《听玉》、《听路》、《听女》五篇为黄氏对兴象研究的系统化体现。论文将"复"、"芳"、"玉"、"路"、"女"等兴象之用法以列表形式呈现出来,直观且清晰。王帝对《楚辞听直》文学特性的研究角度新颖,论述也做到了客观详细。郭春阳论述了《楚辞听直》对明代盛行的文学评点的借鉴。从《楚辞听直》的结构、字词、风格、作品意旨等四个方面分析注本的艺术特色。文章解读深刻,论点、举证皆有所出,颇得黄氏注骚之精髓。

2. 对《楚辞听直》篇名安排的探讨

由于经学的影响,王逸、朱熹以来的注本皆在"离骚"下附"经"字;其他如《远游》、《九歌》、《卜居》、《渔父》、《九章》诸篇,王逸本俱系"传"字于每题之下;朱熹本则加"离骚"二字于每题之上。前人注本中,洪兴祖虽对王逸《离骚》称经的做法提出异议,但最后对"经"字还是采取了存留的态度。另对比与黄文焕几乎处在同一时代的贺贻孙的《骚笺》、陆时雍的《楚辞疏》等注家注本,也仍旧采取前人在"离骚"下附"经"字的做法。黄文焕并未沿袭诸本的处理方法,而是一反传统,将目录中的"经"、"传"、"离骚"等字样全部删除,并在其注本《楚辞听直·凡例》中作了说明。对此,黄建荣在《〈楚辞〉训诂史》中评价:"黄氏将'经''传''离骚'等字样概加删除的做法,虽然有一点强行的味道,但其合理性的一面颇大。"①王帝也认同黄氏对篇名的处理方式,她认为,黄氏的做法虽说有点强硬,但足见其明确将《楚辞》当作文学作品,而非前人尊奉的经典或政教工具。在今天看来,删去这些字还是合理的。

3. 对屈原二十五篇作品创作时期的考定及对篇次安排的研究

《楚辞听直》的特色之一还在于,黄文焕根据屈原的生平和行踪,考辨

① 黄建荣:《〈楚辞〉训诂史》,高等教育出版社 2015 年版,第 98 页。

各篇作品的创作时间，并据此安排篇次。在《听直合论·听次》篇中，黄文焕根据《史记》中对屈原放逐时间的记载，详细分析了各篇章的创作次序，并在文本中逐字逐句寻找依据，文章前后逻辑顺畅，理据亦较为充分。汤漳平《楚辞研究二千年》一文认为，《楚辞听直》对屈原的生平、写作年代的考订等，作了不少努力，提出了不少见解，也颇有影响，是不容忽视的。[①]洪湛侯评价是书"将屈原的作品与史料相印证，从而探索屈原的行迹，考察其作品的写作时地，为后人开了很好的风气"[②]。徐在日认为，黄文焕通过认真分析与论证，将《九章》各篇与屈原的活动紧密联系起来，勾勒出了一段屈原的历史，这是黄文焕楚辞研究的贡献之一。王帝认为，黄氏在篇次安排上虽有不甚妥当之处，但他依据具体的篇章内容考证文章次序的研究方法和治学的严谨态度是应该肯定的。徐燕认为，黄文焕立论虽不无臆测之处，未必皆然，但以屈赋与史载相证，缜密有致，颇得成一家之言，所以其结论大体为林云铭、王邦采诸家所接受，颇有影响。另外，黄氏离析旧本屈赋篇目次第，更定目录的做法亦是前无古人。[③]

4.关于黄氏将二《招》作者归属屈原的探讨

黄文焕在其注本中收录的楚辞篇目全部为他所认定的屈原作品，但就屈赋的篇目而言，历代注家始终未达成统一的看法，尤其《招魂》与《大招》的归属问题更是诸家论争的焦点，可见二《招》作者问题的复杂程度。

关于《招魂》的作者，王逸将其归为宋玉作品，诸家多从其说。黄文焕首次将二《招》归于屈原名下，并对其中缘由给予了细致论证。赵保胜从史学、史家与时代的角度梳理了《楚辞听直》的成书背景和黄氏的特殊境遇给其研究屈原作品带来的影响。该文认为，黄文焕将《招魂》的著作权归为屈原的做法与黄氏自身的身份认同、历史境遇有着极大的关系。在个人情怀压

[①] 参见汤漳平：《楚辞研究二千年》，《许昌师专学报》1989 年第 4 期。

[②] 洪湛侯：《楚辞要籍解题》，湖北人民出版社 1984 年版，第 72 页。

[③] 参见（明）黄文焕撰，徐燕点校：《楚辞听直·前言》，南京大学出版社 2017 年版，第 10 页。

倒了客观精神的情况下，黄氏对《楚辞》各篇妄加剪裁，论述看似言之有物，实则大有对《招魂》的作者问题加以曲解的嫌疑，故不足为训。再者，后世学者在未对学术史加以考证的情况下盲目跟从黄氏说法，为《招魂》研究徒增障碍，亦不可取。总之，赵保胜对黄氏的《招魂》研究持否定态度。

对于黄文焕的二《招》作者研究，多数学者还是给予肯定的。高秋月、曹同春评《楚辞听直》："黄坤五先生出，发明《天问》之意以推屈子之死靡悔之隐衷。且据《史记·屈原传史》定其篇次，与夫《大招》《招魂》之为原自作，其言确而可信。"① 黄建荣评："黄氏之说，将流行了一千多年的王逸之说作了有力的驳正，在明代《楚辞》注家中独树一帜，清代的林云铭、蒋骥等人又再证其说，给后世注家以极大影响。"② 徐燕在其点校的《楚辞听直·前言》中写道："该说直接影响了后世学者对屈原作品的界定与选目的限定，林云铭《楚辞灯》、蒋骥《山带阁注楚辞》、胡文英《屈骚指掌》、姚培谦《楚辞节注》、夏大霖《屈骚心印》、许清奇《楚辞订注》、陈本礼《屈辞精义》，乃至姜亮夫《重订屈原赋校注》、《二招校注》皆以二《招》属之屈原，选目亦同《楚辞听直》。"③ 暂且不论二《招》作者到底为何人，虽然黄文焕在其研究过程中存在一定的主观臆断因素，但其不盲从前人，敢于阐明自己的看法，并从史料出发予以驳正的精神是具有正面价值的。

5.黄氏对屈原被放次数及投水时间的考证

黄文焕结合史料，并将屈原作品作为考察其被放逐次数和投水时间的重要依据，这也是《楚辞听直》在创立新说方面最为突出的贡献之一。

（1）屈原被放次数及被放年代

关于屈原被放年代，洪兴祖认为屈原是在楚怀王十六年（前313）被放，十八年（前311）复用，顷襄王时再被放。黄文焕对此作了修正并提出不同的见解，并主张"一次放逐说"。他详细分析了司马迁在《屈原列传》中的

---

① 转引自潘啸龙、毛庆主编：《楚辞著作提要》，湖北教育出版社2002年版，第113页。

② 黄建荣：《〈楚辞〉训诂史》，高等教育出版社2015年版，第93页。

③ （明）黄文焕撰，徐燕点校：《楚辞听直·前言》，南京大学出版社2017年版，第8页。

有关记载，论证缜密，合乎情理。黄氏关于屈原放逐次数的说法被清代楚辞学者林云铭等人相继采纳，且从不同角度加以印证，演变成为当今较为流行的一种说法。

（2）屈原最后的投水时间

黄文焕根据《哀郢》"至今九年而不复"的说法，推断屈原自沉于顷襄王十年（前289）。后林云铭《楚辞灯》、王夫之《楚辞通释》、王邦采《离骚汇订》、蒋骥《山带阁注楚辞》等诸家注本，提出屈原在怀王之世已见疏，不在朝而退居汉北的说法，即是受黄氏说法的启发，这也体现出黄文焕的学术观点对后世注家产生的深远的影响。①

6.对《楚辞听直》鲜明的褒忠直贬昏佞之个人创作思想的探讨

黄文焕研治《楚辞》的情感基础主要是基于个人际遇。先是因蒙冤而身陷囹圄，后又目睹明王朝的覆灭之灾，痛失家国的惨痛经历更强化了黄氏的激愤之情。于是，黄氏借屈作以寓感，同时毫不掩饰对昏君奸臣的批判之意。徐燕列举了《楚辞听直》中《卜居》、《离骚》、《惜往日》、《哀郢》、《抽思》几篇评注中所表现出的对直臣受冤、昏君亡国的怨愤，指出黄注本"字里行间满溢愤恨之情"。尤其是《九章》的笺注中，黄氏更是把批判的锋芒指向了权力的最高者——楚王，这在以往各家注本中是难得一见的。

关于《楚辞听直》中所表现出的"怨君"思想，孟晗在《近代以前〈楚辞〉研究中"怨君"思想之探析》一文中也探讨了这一问题，文章将研究视角置于明代复杂的历史背景中，同时结合作注者的个人境遇进行分析论述。"黄文焕身处的明王朝，本已处于风雨飘摇、救死不暇的崩溃前夜，其时又有黄道周冤案发生，正因有过切肤之痛，所以黄文焕比以往的一切《楚辞》研究者更为强烈地将批判的锋芒指向了昏君与佞臣。"②上述论著都注意到了黄氏注本中鲜明的褒忠直贬昏佞的创作思想，只是诸文中未对这一思想产生的主

---

① （明）黄文焕撰，徐燕点校：《楚辞听直·前言》，南京大学出版社2017年版，第9页。

② 孟晗：《近代以前〈楚辞〉研究中"怨君"思想之探析》，《中州大学学报》2010年第3期。

客观因素进行更为深入的分析。

（五）《楚辞听直》对屈原及其作品的解读

王帝的硕士论文《黄文焕〈楚辞听直〉研究》从历代学者对屈原人格及思想修养的评价入手，指出黄文焕不仅继承了前代刘安、王逸、洪兴祖、朱熹等人对屈原高洁人格的褒赞，以儒家的思想观点充分肯定屈原之忠，并对否定屈原之说法给予了有力驳正。李惠秭从"忠君"、"理性"、"悲剧"三个层面对黄文焕眼中的屈原作了较为深刻的解读，又从《楚辞听直》的篇目、艺术特色方面论述了黄氏对屈辞的解读。"忠君"之屈原：第一，黄文焕以屈原投江的时间和屈原作品中的有关内容来驳斥扬雄、班固"忿怼狷狭"、"忠而过"之说，但其论述中存在不少牵强之处。第二，黄文焕强调屈原的宗国宗臣之义，认为正是这一身份，使得他必须与国家、与君王共存亡，以尽其宗国宗臣的职责和义务。"宗臣与国共存"、"宗臣生死以之"，黄文焕把屈原的行为选择的根由与其宗国宗臣的身份归结在一起。"理性"之屈原：这一点主要体现在黄氏对《天问》的解读上。黄文焕认为屈子有着怀疑与批判的理性精神。通过对王逸、朱熹注解的对比，指出屈原不仅不赞同"女色亡国"的传统观念，还对女性的政治才能予以充分肯定。在对待历史人物的问题上，屈原的两分态度也体现出理性思辨的精神。论文最后阐述了"悲剧"之屈原：在《天问》注解中，黄文焕强调了屈原所处社会环境的恶劣，塑造了一个悲剧的屈原形象。强化政治环境给屈原人格行为带来的深刻影响，把批判的矛头指向了小人和昏君。与屈子相似的经历让他更能理解屈子之悲苦。① 李惠秭的分析入情入理，深得黄氏解屈之精髓。

（六）《楚辞听直》的影响研究

《楚辞听直》问世后，影响了众多楚辞研究者。王帝、曾翠平的同名硕

---

① 参见李惠秭：《黄文焕〈楚辞听直〉研究》，河北大学 2017 年硕士学位论文。

士论文《黄文焕〈楚辞听直〉研究》均对《楚辞听直》对后世注家及注本的影响进行了探讨。要点归纳如下：其一，《楚辞听直》的篇目选择及注释体例对后世研究者的影响。在篇目选择上，林云铭、夏大霖、姚培谦、江中时、陈本礼、颜锡名、许清奇、高秋月诸人的注本篇目皆因袭《楚辞听直》。注释方式上，林云铭也做了继承和发挥。其二，黄氏将二《招》著作权归属屈原，此说被林云铭、蒋骥等力证，影响甚大。其三，黄氏关于《九歌》主旨的讨论也引起了楚辞学界的重视。其四，对屈原被放逐次数、屈作的写作时间、屈原行踪等问题均以史料相印证，这种研究方法大体被林云铭、王邦采等人所接受。除上述几点外，徐在日在《明代楚辞学史论》中总结了黄文焕楚辞研究的贡献。于"求女"问题上，黄文焕结合楚国的历史，分析了屈原当时的形势，提出了"求女为求贤妃说"的新观点；将《天问》内容划为"天地开辟"、"论夏商周之治乱"、"论楚国之事"三个部分，认为其表达着作者"怨怀之死秦，愤襄之不能仇秦"之情。黄氏不遵循旧说，大胆提出个人见解并进行详细论证，正反映着《楚辞》研究的深入发展。①

除上述六大方面的研究外，郭春阳在其硕士论文中首次尝试用现代符号学理论分析解读《楚辞听直》中的楚辞意象。她认为，黄文焕对屈辞中"兴"的内涵发掘是十分丰富且比较具有典型性，尤其是对于取兴创作的情感分析无疑具有强烈的文学色彩。指出屈骚意象的符号性指称，如黄文焕对楚辞意象的分类命名。郭春阳以屈骚中反复出现频率最高的四类意象——"芳"、"玉"、"路"、"女"为例，探讨四种意象在表达情感方面的作用及其与现代符号理论的契合之处。得出"芳"的所指是屈赋中一切香草意象；"玉"是屈骚中琼枝、琼靡、瑶象、璜台、瑾、瑜等一切被称为"玉"的物质的意象符号；"路"是"先路"、"捷径"、"异路"、"险路"等所有"路"的意象符号；而"女"的符号所指较为复杂，它并非指代一切女性，而是专指"贤妃"，具体来说即如"宓妃"、"二姚"、"二湘"、"女岐"等女性意象。相较于传统

---

① 参见徐在日：《明代楚辞学史论》，北京大学 1999 年博士学位论文。

的楚辞研究方法来说，这不失为一次大胆的尝试，只是除了上述四种高频意象以外，屈原作品中其他意象是否也与符号理论契合，有待更加深入地思考和探讨。否则，这种表面的契合难免会流于牵强。曾翠平则从词义的角度对《楚辞听直》的词语训释做出了有益探索，称"《听直》虽不重注字词，但是黄氏对《楚辞》词语的解释颇有创见，其或对旧注有阐发、阙补之功，或自为新解，使人耳目一新"①，并不全如四库馆臣所评价的那样"其词气傲睨恣肆，亦不出明末佻薄之气也"②。

通过对黄文焕生平、《楚辞听直》的撰写背景、版本、该注本的特色、影响等有研究状况的梳理可知，现有研究成果大部分集中在楚辞学通史类的研究著作中，这些著作均对黄文焕及《楚辞听直》进行了提纲挈领的介绍，但受到通史类著作体例的限制，上述著作并未对黄氏及《楚辞听直》一书作详细的介绍，也未见诸位专家有黄文焕《楚辞听直》研究的专著问世，这无疑是一大遗憾。近年来，专门研究论文的增多说明学界对《楚辞听直》的关注度在逐渐升温，虽然对黄文焕及《楚辞听直》的研究已在逐步细化，但在取得一定成果的同时仍然存在着一些遗憾与缺失。一是在黄文焕的生平与学术背景研究上，除黄氏的生卒年、字号等问题仍有待明确之外，黄文焕的故乡福建是考察其学术背景时值得特别关注的地方。《楚辞集注》问世后，包括《楚辞听直》在内的闽地研骚作家群在解骚过程中反映出的鲜明地域学术特色也是值得注意的现象，但现有论文中未见涉及。二是在研究的深度与广度上，现有成果多着力于对黄氏注本艺术特色的探讨，关于该书的许多重要问题，如黄文焕特别关注，且与前人观点有所差异的问题，包括黄氏对《楚辞》篇目的择取、对旧本目录中"经"、"传"的处理方式、求女为"求贤妃"说、关于《九歌》主旨的看法、屈原的被放次数和投水时间及二《招》的作者归属等问题的研究尚停留在简要描述和介绍的层面，许多问题有待进行细

---

① 曾翠平：《〈楚辞听直〉研究》，浙江师范大学 2018 年硕士学位论文。

② （清）永瑢等撰：《四库全书总目》，中华书局 2003 年版，第 1270 页。

致分析与深入探讨，黄文焕《楚辞听直》的学术特色与价值尚未完全得以彰显。三是已有研究仅将《楚辞听直》作为楚辞研究个案进行讨论，缺乏对该注本的共时与历时的综合考量。黄文焕对前代注本有哪些继承与发明，其学术观点对后世楚辞研究者又产生了怎样的影响，是现有研究中鲜少涉及的一环。因此，对黄文焕的《楚辞听直》作进一步深入挖掘是十分必要且颇具意义的。

二、研究内容与目标

本书拟在前人研究成果的基础上，厘清黄文焕生平、学术背景、成书过程，通过与前代经典注本的细致对比，深入探讨《楚辞听直》在研究方法、注本特色及对屈原作品解读等方面的创新与不足，探究《楚辞听直》形成"与旧本皆异"之独特风格的深层原因；较为全面地呈现《楚辞听直》的学术史价值，客观评价其在楚辞研究史上的贡献与不足。具体来说，本书的研究目标主要集中在以下几个方面：

第一，在已有研究的基础上，以明末清初复杂的社会历史背景及学术思潮为立足点，深入考索明末社会政治场域及学术思潮给黄氏著书带来的影响及其在注本中的具体表现，进而考察黄文焕楚辞研究的独特之处。

第二，从《楚辞听直》至《听直合论》的全部完成，前后历经十七载，占黄文焕生命历程的近四分之一。黄文焕青年得志，政绩不俗。正当他仕途平顺之时，突如其来的钩党之祸使其饱尝宦海浮沉之苦。辞官后流寓他乡，又亲眼目睹了明末的兵荒马乱、朝代鼎革。命运波折的心理变化在注本中是如何体现的呢？书中尝试通过文本细读的方式对这一问题进行思考和探讨。

第三，对黄文焕特别关注，且与前人看法有所差异的问题，如黄氏对《楚辞》篇目的择取、"求女为求贤妃说"、关于《九歌》主旨的讨论、屈原的被放次数和投水时间及二《招》的作者归属等问题进行再探讨。

第四，《楚辞听直》虽然更注重篇章与文本结构梳理，略于训诂，但该注本在注释方面也颇有创见。因此，本书将在已有研究成果的基础上，通过与王逸《楚辞章句》、洪兴祖《楚辞补注》及朱熹《楚辞集注》等前代经典注本的细致对比，找出该注本在注解方面的创新与不足之处。

第五，深入挖掘《楚辞听直》的学术特色与学术史价值，以《楚辞听直》为基点，将其置于明末清初楚辞研究的发展链条之上，通过与同时期楚辞学研究成果的对比，客观呈现黄氏注本在明末清初楚辞研究进程中承前启后的重要作用。

第六，对于《楚辞听直》的历史评价方面，拟在综合研究的基础上，客观分析《四库全书总目》及受其评价影响的后世研究者对《楚辞听直》的评价。此书虽有臆测之短，但当以辩证的态度来看待《楚辞听直》的成就及不足。

第一章 《楚辞听直》成书研究

《楚辞听直》是明末名宦、学者黄文焕的楚辞研究著作，也是明代后期众多楚辞研究著作中质量较高、较有特色的注本之一。该书凭借其独特的注释体例与"六经注我"的鲜明学术特色，在楚辞学史上占有重要位置。本章主要探讨《楚辞听直》成书的相关问题，主要涉及黄文焕的生平及著述、《楚辞听直》的创作缘起、《楚辞听直》的版本及选目三个方面。

第一节 著者生平及著述

黄文焕，字维（惟）章，号坤五，又号艐庵，晚号憨斋。后改名道焕，字孔成，号参陵。明末清初诗人、学者、名宦。祖籍福建福州府永福县白云乡，即今福建省福州市永泰县白云乡人。黄文焕一生好学笃行，著述甚富。故本节将先对黄文焕的生平及著述情况进行梳理。

一、著者黄文焕的生平

关于黄文焕的生卒年，目前可查资料不多。《麟峰黄氏家谱》卷九《家传》"第二十六世讳文焕公"记载："既释狱，乞身归里，后寓居金陵，卜筑钟山之畔，终其余年。寿六十九。"① 未言其生卒年。《永泰县志》以明神

---

① （清）黄惠、黄虞世：《麟峰黄氏家谱》，乾隆二十六年修，卷九。

宗万历二十六年（1598）为黄文焕生年，清康熙六年（1667）为其卒年。
除此之外尚未见到其他有关黄文焕生卒年的确切记录。

个厂先生《黄文焕生卒小考》根据《奉答黄坤五太史集饮寻畅楼六首
次韵》和《哭黄坤五》诗二首及其下注释，将黄文焕的生卒年精确到日
期，即卒年为康熙三年正月初四（1664 年 1 月 31 日），上推其生年为万历
二十三年（1595）正月初一至十二月初一之间，如生于十二月初二至除夕
之间，则生年为 1596 年 1 月。但笔者注意到，吕留良《哭黄坤五》中的"讣
报新年齿"句下注有"今年政七十才四日耳"的提法，此处又与《麟峰黄
氏家谱》的"寿六十九"不同。作为家族世系的传承，家谱的记载应是较
为可靠的，且《麟峰黄氏家谱》的两位修撰者中，黄惠乃黄文焕嫡亲玄孙，
黄虞世则是黄文焕堂弟黄文辉的玄孙。最为重要的一点是，黄文焕传末注
明"见《通志》，山愚公撰传"，这里的"山愚公"即是黄文焕的长子黄璂，
也就是说，家谱"黄文焕"条的记载出自其子黄璂之手，子为父作传，那
么黄文焕寿至 69 岁的说法应该是没有问题的，故推测黄文焕的生卒年较为
可靠的时间应为 1595 年至 1664 年，经历明神宗、光宗、熹宗及思宗四朝，
清顺治、康熙两朝。

黄文焕生于望族麟峰黄氏，为家中长子。[1] 据《麟峰黄氏家谱》记载，
黄氏一族唐朝末年由光州入闽，家族"盛于宋，显于明，绵延于本朝。科
名昴奕，人物蔚起，至于今三十有二世，盖诗书之泽远矣"[2]。黄文焕生于
书香世家，自幼即应受到良好的家庭环境熏染，也因这样的家族传承，他
积极投身科举，于明熹宗天启四年甲子（1624）得中举人，次年进士及
第，并以进士身份步入仕途。明思宗崇祯五年壬申（1632），任山阳县令。

---

① 《麟峰黄氏家谱》卷三《世次》"第二十四世"载，黄文焕祖父名伯禄，号绍峰，以孙文
  焕貤赠文林郎海阳知县；祖母张氏。"第二十五世"载，黄文焕父名守和，字子达，号熙
  台，闽邑庠生，以子文焕敕赠文林郎，海阳知县；母鄢氏。"第二十六世"载，"文焕，
  行一。"
② （清）黄惠、黄虞世：《麟峰黄氏家谱》，乾隆二十六年修，卷首。

清金秉祚修《山阳县志》卷十九《名宦》："崇祯间，补山阳县，留意爱养而时势难支，加饷不已。邑罹水患，原野萧条，文焕抚绥有略，虽倥偬之际，犹培植学教，亲与诸生讲论，后擢编修去。"①《麟峰黄氏家谱》卷九《家传》"第二十六世讳文焕公"："崇正间，再补淮之山阳，时当流寇陷江北，安民固围，备刍粮，挽漕河，有功，召御试，特擢翰林院编修。"②任潮州海阳知县期间，黄文焕务实肯干，他治理水患，体察民心，抚绥有略；面对流寇的骚扰，积极采取应对措施；他勤勉向学，在繁忙的政事之余，兴学重文，与诸生讲论不辍，深得百姓称颂。在政治动荡的晚明社会，黄文焕能做出一番踏实的政绩实属不易，由此也可看出他的政治理想和人生抱负。黄氏历任海阳、阳山、番禺三县皆颇有政声，也因此应召进京御试，擢翰林院编修，晋左春坊左中允。在京期间，他结识了不少志同道合之士，与黄石斋（黄道周）、叶润山（叶廷秀）诸君子登坛讲学，为朝廷培育人才。

明思宗崇祯十三年，即 1640 年，江西巡抚解学龙（1582—1645）以"忠孝"之名向朝廷举荐黄道周，称其"堪任辅导"。此前，黄道周已因直言极谏朝中重臣杨嗣昌、陈新甲、方一藻而得罪外放，崇祯帝借此事由将解、黄二人视为朋党，将解学龙、黄道周一并下狱。时任户部主事的叶廷秀及太学生涂仲吉上疏为黄道周求情，均被廷杖。黄道周在狱中时，同狱者多来问学，当权者以此为口实而"杂治之"。

《麟峰黄氏家谱》卷九《家传》"第二十六世讳文焕公"：

> 崇正间，特擢翰林院编修，晋左春坊左中允。与黄石斋、叶润山诸君子登坛讲学。时石斋以论杨嗣昌、陈新甲得罪逮问，词连及公，遂同下诏狱。③

---

① （清）金秉祚修：《山阳县志》，清乾隆十四年刻本，卷九。
② （清）黄惠、黄虞世：《麟峰黄氏家谱》，乾隆二十六年修，卷九。
③ （清）黄惠、黄虞世：《麟峰黄氏家谱》，乾隆二十六年修，卷九。

崇祯十四年（1641），黄文焕被冠以朋党之名而蒙冤下狱，这也成为他人生的重大转折。在狱中，黄文焕与方以智、叶廷秀、黄道周、黄景昉等当时的名节之士相互砥砺，"狱中注疏《楚辞听直》八卷。悲正则而祖子兰以伤谗自况，又批释《陶诗析义》四卷，知党锢祸生，他日托迹柴桑之意"①。崇祯十四年底黄文焕获释，于次年开春入淮。月余，《楚辞听直》全部注毕。此后不久，黄文焕官复原职。而据《麟峰黄氏家谱》和方志记载，经历钩党之祸后，黄文焕已无意仕途，因此推测他或于出狱后不久便乞身离京。《麟峰黄氏家谱》卷十《艺文一》载黄文焕《杨机部太史被逮未到，免下廷尉，余初出狱，赋此寄怀》：

> 直道还时党狱平，从今于野又同人。
> 何须张俭能亡命，喜是林宗早乞身。
> 法网虽悬萦执政，君心已悟泣累臣。
> 愁余渺渺西江水，为托江鱼问苦辛。②

《永泰县志》卷八载黄文焕诗《别黄道周》：

> 自闻钩党独行忧，痛哭批鳞泪未休。
> 欲格君心甘溅血，不教汉柞付清流。
> 雷霆怒尽天回笑，生死移时我掉头。
> 今日全躯同去国，莫将厨俊傲林丘。③

从诗的内容及其中流露的情感来看，两首诗应作于同一时期。众人受钩党之祸含冤入狱，面对君主权威，自己及狱友仍秉持着作为臣子直言极谏的

---

① （清）黄惠、黄虞世：《麟峰黄氏家谱》，乾隆二十六年修，卷九。
② （清）黄惠、黄虞世：《麟峰黄氏家谱》，乾隆二十六年修，卷十。
③ 王绍沂主纂：《永泰县志》卷八，民国 11 年（1922）铅印本。

政治情怀，这是出于臣子道义和肩负国家重任的高度自觉，是舍生取义的勇敢担当。遭遇朋党之祸却能全身而归，已是不幸之中的万幸。诗中也饱含对同道中人政治行为的肯定、对前辈黄道周的不舍与身在宦海浮沉不定的无奈。

辞官后，黄文焕寓居金陵，"卜居于南京钟山麓，筑草屋数间，纵情山林"①，且著书讲学不废。明思宗崇祯十六年（1643），在淮上诸弟子的相助之下，《楚辞听直》付梓。明思宗崇祯十七年，即清世祖顺治元年甲申（1644）三月，李自成农民起义军攻入京师，崇祯帝自尽。四月，清兵入山海关，次月入京师。明福王朱由崧即位于南京，建立南明政权，改元弘光。六月，黄文焕被举荐入弘光朝，有短暂的出仕经历，但不久便隐退。清世祖顺治十四年丁酉（1657）《听直合论》成书。晚年入清，被洪承畴举荐，但未见有出仕清廷的记载。《麟峰黄氏家谱》载黄文焕晚年回乡，畅游姬岩、名山室等故乡名胜，留下不少墨迹。清康熙三年（1664），黄文焕卒于浙中，终年69岁。死后归葬于故乡杜鹃山下白云溪尾，今称鲤鱼墓。

黄文焕先后娶张氏、史氏。膝下有三子。

长子黄瑾，字基玉，号山愚，又号愚长。邑诸生，喜任侠。清顺治年间，因历军功任广东肇罗金事，不过一年后即辞官回乡，养居于金陵。性爱佳山水，以吟咏自豪，诗作纵横有法度，与许友齐名。兼工画，擅作幽兰奇石。晚年由金陵回到故乡，终年69岁。②据《麟峰黄氏家谱》记载，黄瑾著有《西江日谱》二卷、《岱游草》一卷、《楚泽孤怀》一卷、《江淮草》一卷、《姬山集》。次子黄珙，字典玉，顺治间岁贡生，大田学训导，未任。娶陈氏，晚年迁省城光禄坊。③著有《诗集》一卷。三子黄瓒，字赞玉，号希庵，娶蔡氏，有《诗集》二卷。

黄瑾性格倜傥不羁，在顺治年间虽有短暂的出仕经历，但仅在任上一年便乞身归里，养居金陵。由黄文焕辞官后的经历不难得知，父子二人当时应

---

① （清）黄惠、黄虞世：《麟峰黄氏家谱》，乾隆二十六年修，卷九。
② （清）黄惠、黄虞世：《麟峰黄氏家谱》，乾隆二十六年修，卷九。
③ （清）黄惠、黄虞世：《麟峰黄氏家谱》，乾隆二十六年修，卷八。

是同住金陵的。民国《永泰县志》卷八载有黄文焕《题长男璂山水册》、《题花卉册》,可知黄文焕精于画史及鉴赏,黄璂则擅长于绘画,父子俩时常切磋。《麟峰黄氏家谱》卷十载黄璂《庚申嘉平月到家》:"由来相戒去乡轻,眼里关山不世情。最喜吾家爱耕读,覆巢重全旧书声。"①黄璂与其父黄文焕兴致爱好颇为相似,这自然是与黄文焕的言传身教密不可分的。值得注意的是,黄文焕三子之中,有二子曾以科举取士,但长子黄璂只有极短的出仕经历,次子黄琪则授官未任。李清馥《闽中理学渊源考》称黄文焕"教子严肃",在明清易代之后,黄文焕流寓南京,寄情山水而不再参与政事,他的孩子们或许亲见父亲从原本平顺的仕途到突生变故无辜受过,政治生涯的跌宕起伏、变幻无常的官场争斗都使他们不愿再重蹈父亲的覆辙,由此放弃仕途。

曾孙黄任是麟峰黄氏后人中较为著名者。黄任,字于莘,号莘田,自号为十砚翁,弱冠举于乡,深得当时主考许谨斋器重,后出宰广东四会县,治理旧堤颇得当地百姓支持;遇上饥荒,以粥救人无数。巨寇横行之时设方略进行招抚;邻邑有疑狱,多委决其手。后中蜚语,归。既解组,囊无长物,杜门却扫,诗酒自娱。乾隆壬午(1762)乡试,黄任已80岁高龄,典事者谓其"巨人长德",使重与鹿鸣之宴,里党皆以之为荣。黄任工于书法,手不释卷,文章自成一家。生平著作甚富,现有《秋江集》、《销夏录》行世。②黄任多次在诗作中提到其曾祖中允公的生平事迹,可见对黄文焕是非常仰慕的。黄任为政之风颇似乃祖亦是以黄文焕为榜样的印证。

二、黄文焕的著述

黄文焕一生好学笃行,著作甚富。工诗文、通书画,"文章风节卓绝当代",文学成就颇受时人尊重。据《麟峰黄氏家谱》卷十《艺文一·著述》

---

① (清)黄惠、黄虞世:《麟峰黄氏家谱》,乾隆二十六年修,卷十。

② (清)黄惠、黄虞世:《麟峰黄氏家谱》,乾隆二十六年修,卷九。

记载，黄文焕生平著述有：《易释》、《书释》、《诗经考》八卷、《毛诗笺》四卷、《诗经娜嬛》六卷、《四书娜嬛》、《老子知常》二卷、《庄子句解》、《楚辞听直》八卷、《秦汉文评》、《汉诗审索》、《陶诗析义》四卷、《杜诗掣碧》六卷、《韩诗审索》、《昌谷集评注》、《馆阁诗文稿》、《曰及堂文集》、《曰及堂尺牍》、《舨菴草》、《頼留集》、《谈谈草》、《蜂史》一卷。①另据康熙《上元县志》卷十一、《番禺县志》卷十二、《家谱》卷首《序》、清李清馥《闽中理学渊源考》卷六十九、孙殿起《贩书偶记》卷十三《别集类》②著录可知，黄文焕还著有《史记注》、《馆阁诗文稿》、《南华经注》、《尚书遗篇集解》、《隶居文集》二卷。

从黄文焕的著述情况来看，除去个人创作外，黄氏对经、史、子、集等多部经典均有涉猎，且进行过系统注解，书斋"晒十三经、列史、诸语录"随时研习，这在当时虚浮的学风之下实属难得，其踏实的治学态度可说是开清代学风之先声。黄文焕平生著作等身，"为文淹博无涯"，但"存者十一"。存世著作仅五种：（一）《诗经考》八卷，明崇祯刊本。《麟峰黄氏家谱》、乾隆《福州府志》、民国《永泰县志》、《续文献通考》、《四库全书存目》及《北京图书馆古籍善本书目》收录。北京大学、中国科学院、复旦大学有藏。（二）《诗经娜嬛》六卷，《麟峰黄氏家谱》、《永泰县志》收录。有明、清（康熙本）两种刊本。明刊本收入西南师范大学出版社、北京人民出版社 2015 年出版的《域外汉籍珍本文库·经部》第五辑；康熙刊本由上海广益书局出版，题为《诗经娜嬛体注大全》，首页题"黄维章先生诗经体注"。（三）《楚辞听直》八卷，收录于《麟峰黄氏家谱》、《千顷堂书目》、《明史》、《续文献通考》、《福建通志》、《永泰县志》。存世版本有二：一是明崇祯十六年（1643）刻本，浙江图书馆、清华大学、复旦大学、山东大学均有藏；一是明崇祯十六年刻、清顺治十四年（1657）续刻本。首都图书馆、清华大学、北京师范大学、

---

① （清）黄惠、黄虞世：《麟峰黄氏家谱》，乾隆二十六年修，卷十。

② 孙殿起撰：《贩书偶记》，上海古籍出版社 1982 年版，第 328 页。

复旦大学藏。上海古籍出版社 2002 年出版，顾廷龙主编的《续修四库全书》集部、国家图书馆出版社 2014 年出版，黄灵庚主编的《楚辞文献丛刊》均有收录。(四)《陶诗析义》四卷，收录于《麟峰黄氏家谱》、《续通志》、《续文献通考》、《明诗纪事》、《四库全书总目》、乾隆《福建通志》、乾隆《福州府志》、乾隆《番禺县志》、同治《番禺县志》、同治《海阳县志》、同治《永泰县志》。明末刻本，藏于南京图书馆，《四库全书存目丛书》集部收录，齐鲁书社 1997 年出版。另有北京大学图书馆藏的清光绪二年（1876）刻本。(五)《頼留集》，因该诗集原是附于《陶诗析义》之后的，故存世情况与《陶诗析义》相同。《麟峰黄氏家谱》收录的两首诗文《出狱别黄石斋先生》和《杨机部太史被逮未到，免下廷尉，余初出狱，赋此寄怀》即引自此集中。

遗憾的是，黄文焕的其他著述仅在县志和通志的存目中得见。究其原因，黄氏著述的散佚很可能与明末清初的战火有关。《麟峰黄氏家谱》卷十二《杂纪》中记载，清顺治三年（1646）十二月，黄文焕的家乡永泰遭遇邑寇劫掠，黄氏族人远走避祸。山寇盘踞了四个多月以后竟放火烧城才扬长而去，虽此后被缉拿伏法，但黄氏故里也遭遇了空前浩劫。黄文焕曾孙黄任有诗《白云家山呈诸叔父》，其中有黄任自注"旧庐尽毁于明季山寇"；黄瑊诗中亦有"故乡灰烬"、"园林榛莽之惨"的记述，两首诗作都印证了《麟峰黄氏家谱》中对这场浩劫的记载。黄文焕《听直合论》自序曰："因是板之未毕，复携至白下，嗣后家中著述藏于岩间者，尽为山氛残毁。使是书蚤完，不复携出，必在残毁之列。"[①] 不难得知，黄文焕曾带着《听直合论》回过福建老家，但因为该书尚未付梓，所以黄文焕从家乡离开之时又将其随身带离了，其余已完成的书稿则留在姬岩山黄氏所建的藏书楼中。由此可以推断，留存在家乡的藏书大约在这场邑寇之祸中被付之一炬了，《听直合论》恰因尚未完成而幸免。

《麟峰黄氏家谱》卷十有黄瑊诗《与七叔父书》，言"三年之间，而室庐

---

① （明）黄文焕撰，黄灵庚、李凤立点校：《楚辞听直》，上海古籍出版社 2019 年版，第 206 页。

又忽焚毁……其何以堪"①。可见，黄文焕著述甚富却所剩寥寥的另一个原因是，家乡藏书毁于邑寇纵火焚舍后，黄文焕侨居金陵之所也遭受了火灾。黄文焕曾孙黄任的组诗《恭纪中允公遗集诗十六首》中也曾提及此事："玉袖龙文一夕催，吉金贞石亦煙煤。可怜曰及堂遗草，多是昆明劫后灰。"②黄任自注道：

> 甲申后，中允公侨居金陵，有宅一区，列典籍图书尊彝古玉甚富。平生著作等身，咸在其中，忽遭一炬，尽为灰烬，今所存者十一耳。"曰及堂"，取《诗》"昊天曰明，及尔出王"义。③

"甲申"即清世祖顺治元年（1644），即明清鼎革之时，黄文焕侨居于金陵，建"曰及堂"，典籍图书、尊彝古玉尽藏于此处，不想忽遭火灾，全部著述、家当皆化为灰烬，因此现存著述仅为十中之一。

此外，黄文焕著述存留不多也与他晚年生活清苦而无力付梓有关。其晚年所作《与许友介书》中提到："吾归家意殊切，苦于无资可归。姬岩、狮岩，是吾老年受用之区，安得与贤倩裹粮拈诗，傲彼腐鼠辈哉。"④虽然思乡心切，怎奈路费都难以负担，足见黄文焕晚景清苦。如上所述，家乡和寓居之所接连遭遇两场大火，家当自然是所剩无几了。黄氏的遭遇也颇令人唏嘘。

三、黄文焕的文学交际活动

据黄文焕生平记载，黄文焕任山阳知县期间，于戎马倥偬之际，培植学教，亲自与诸生讲论；任职翰林院时，亦有与黄道周、叶润山登坛讲学的

---

① （清）黄惠、黄虞世：《麟峰黄氏家谱》，乾隆二十六年修，卷十。
② （清）黄任著，陈应魁注：《香草斋诗注》卷一，国家图书馆藏，清嘉庆刻本。
③ （清）黄任著，陈应魁注：《香草斋诗注》卷一，国家图书馆藏，清嘉庆刻本。
④ （清）黄惠、黄虞世：《麟峰黄氏家谱》，乾隆二十六年修，卷十。

经历。

黄道周（1585—1646），明末大儒，"少负奇节，以孝闻，年十四慨然有四方之志……常即席酒酣援笔立就数千言，名大噪"①。

据《明史·黄道周传》②记载，黄道周学问博通、著作宏富，"以文章风节高天下"。《明儒学案》将其作为独立的思想大家列出，《四库全书》收其著述多达十余部，足见其在明清之际的学术地位。他为人严肃刚正，不畏强权，不谐流俗。多次直言极谏触怒崇祯帝，崇祯欲治其重罪，皆因"惮其名高，未敢决"。最后被诬陷入狱。他亦是民族英雄，明亡后，率众抗清，英勇就义于南京。

叶润山（1599—1651），即叶廷秀，受业于明末儒学大师刘宗周门下，造诣渊邃，门人咸以廷秀为首。为官清廉正直，有"叶青天"之美称。黄道周被诬陷下狱之时，叶、黄二人尚不相识，叶廷秀却冒死论救，被牵连获罪而处之恬然，世人深服其修养。

黄道周、叶润山皆为当时的名节之士，二人的政治品格、学问修养深受时人敬重。黄文焕既与他们共同讲学，在学术上自然是志同且道合。道不同不相谋，从黄道周、叶廷秀的生平经历大体可知黄文焕的人品、学养，乃至政治见地应是可与黄、叶二人相媲美的。

黄文焕因黄道周案牵连入狱，虽下狱，但在近一年的监狱生活中，人身自由是相对宽松的，狱友之间是相互走动相互交流的。这从黄道周的同狱者多来问学及黄文焕自序"诸绅之往来"、"彼此互访"可以得到印证。黄文焕也因此际遇结识了当时的一批名士，我们可从《楚辞听直》自序来考察黄文焕在狱中的交游情况。

---

① （清）李清馥：《闽中理学渊源考》，卷八十三。
② 《明史·黄道周传》：道周学贯古今，所至学者云集。……精天文历数皇极诸书。所著《易象正》、《三易洞玑》及《太函经》，学者穷年不能通其说，而道周用以推验治乱。殁后，家人得其小册，自谓终于丙戌，年六十二，始信其能知来也。详见《明史》卷二五五，中华书局 1974 年版，第 6601 页。

（一）黄文焕与方以智的交往

黄文焕曾在《楚辞听直》自序中提到方以智对其注解《楚辞》一事的鼓励。《楚辞听直·序》云：

> 当《九歌》之初拈，偶自遣愁耳……亦未尝预计日必成全书。促之使作而勿辍者，则方密之也。密之新第，尊人仁植公先余在狱。因入省，偶过余室，见片褚涂窜，纷若蚁屯……大叫"得未曾睹"。……逢余辍笔，谆谆嘱曰："此千古大事，愿勿休"以是得底于成。①

方以智（1611—1671），字密之，出身于著名的文化世家安徽桐城方氏。崇祯十三年（1640）进士，官至翰林院检讨。明末著名的思想家、文学家、书画家，明末四公子之一。当时方父方孔炤因弹劾杨嗣昌被逮，方以智在狱中侍奉，所以黄文焕与方以智于狱中结识并有了切磋学术的机会。而从黄文焕自序中的这段文字来看，《楚辞听直》最终得以成书，得益于方以智的督促与鼓励。据考证，方以智存世诗作 1600 余首，朱彝尊称其："纷论五经，融会百氏。……乐府古诗、磊落钦崎，五律亦无浮响，卓然名家。"②文震孟赞其曰："《乐府古歌行》，直追汉魏，笔阵纵横，亦在唐晋间。"③足见其于诗歌创作方面的高深造诣。而方以智对《楚辞听直》的重视程度也说明他对黄文焕才学的认可及对黄氏著书活动的支持。

（二）黄文焕与叶廷秀的交往

《楚辞听直·序》云："成之不能速，旷废时日，则以诸绅之往来，及与

---

① （明）黄文焕撰，黄灵庚、李凤立点校：《楚辞听直·序》，上海古籍出版社 2019 年版，第 1—2 页。

② （清）朱彝尊：《静志居诗话》，人民文学出版社 1990 年版，卷十九。

③ （清）方以智：《博依集》，桐城方氏诗辑，清道光元年刻本。

同党叶润山言诗间之也。……仲秋，润山作《秋怀》三十律，每一律就，夜扣余门，商榷于只字之间，十数易乃去。则夜复辍，余亦继赓。遂以诗之作，为《骚》之辍焉。"① 从黄文焕的著述情况来看，他于诗文方面功底颇深且有自己的独到见解，叶氏常与其探讨请教诗文，也是对黄文焕诗文造诣的认可。

（三）黄文焕与黄道周的交往

黄文焕与黄道周同为福建人，家乡相距不远，二人又同为天启年间进士，后同在翰林院就职，而黄道周以文章风节名震天下，受人尊敬，因此黄文焕对黄道周以前辈相称。黄文焕在《楚辞听直·凡例》中道："余因钩党之祸，为镇抚司所罗织，亦坐以平日与黄石斋前辈讲学立伪，下狱经年，始了《骚》注。"② 可知黄文焕常与黄道周探讨学术、进行交流。不过，对于注骚一事，两人的看法并不相同。《楚辞听直·序》云：

> 其见余作而太息于天人之际者，石斋先生也。正值研注《骚》经，石斋偶相过，颇謈曰："是殆不祥之书哉！少喜读是，动辄拟之，以此不谐于皆浊，迨今为宜岸魁，子又矻矻注之耶？"余叹曰："既同入狱矣，夫何讳何避焉？五经均劝人以忠孝，凡书举非祥也，安所得阿世之祥书而读之？"石斋颔之而去。③

黄道周认为《离骚》为不祥之书，规劝黄文焕不必费心于此书。不过，从黄文焕的回答之中可以得见其困境中亦能泰然自处而又不麻木苟安的处世

---

① （明）黄文焕撰，黄灵庚、李凤立点校：《楚辞听直·序》，上海古籍出版社 2019 年版，第 2 页。

② （明）黄文焕撰，黄灵庚、李凤立点校：《楚辞听直·凡例》，上海古籍出版社 2019 年版，第 3 页。

③ （明）黄文焕撰，黄灵庚、李凤立点校：《楚辞听直·序》，上海古籍出版社 2019 年版，第 2 页。

之道，这点也获得了前辈黄道周的认同和尊重。

（四）黄文焕与黄景昉的交往

《楚辞听直·序》中写道："其惑之始辍而勿作者，同年黄东崖也。诸篇既毕，拟以秋杪专力于难注之《天问》，顾抱疴羸甚，知交闻者，金咎著书，东崖尤为切虑贻戒。"[①] 这里提到的黄东崖就是黄景昉（1596—1662），晋江（今福建泉州）人。与黄文焕一样，同为天启五年（1625）进士。入朝为官时，黄景昉召对颇称帝意，与蒋德璟、吴甡并相。崇祯十六年（1643）加封太子少保，改户部尚书、文渊阁，屡有建白。后崇祯帝欲裁去南京操江原设的文武二员，专任诚意伯刘孔昭。副都御史惠世扬"迟久不至，帝命削其籍"。对此，黄景昉与崇祯执义力争，触怒皇帝，于是上疏乞归。明清易代后，居家十余年后离世。由《明史·黄景昉传》的记载可知，黄景昉于用人之策公允又有见地，为官正直且能力颇高，得崇祯重用。后同黄道周一样，亦因直谏而使"帝不悦"，遂辞官回乡。

黄景昉、黄文焕同为福建人士，又是同榜进士，二人关系可谓亲厚。在《楚辞听直》撰写后期，黄文焕身染重疾，"抱疴羸甚"。众友人"金咎著书"，黄景昉于此间更是尤为关切。此外，黄景昉还曾为黄文焕校订《诗经考》，更表明二人在学术上的志同道合。

费孝通用"把石头丢在水面上所发生的一圈圈推出去的波纹"来形容中国的社会结构。依费先生的观点，每个社会个体都处于其社会影响力所产生的圆圈的中心，不同波纹的相接之处就产生了人与人之间的联系。因此，中国社会结构的基本特性就在于，人与人之间的联系会通过波纹效应"一圈圈推出去，愈推愈远"。基于以上观点，通过对黄文焕往来人士的考察便不难得出如下结论：其一，方以智、叶廷秀、黄道周、黄景昉等人都是当时的名士、名臣，学养深厚且志节高尚，为政、为学皆为当时之佼佼。众人彼此欣

---

① （明）黄文焕撰，黄灵庚、李凤立点校：《楚辞听直·序》，上海古籍出版社 2019 年版，第 2 页。

赏、互相砥砺、同声相应，无疑会在人品学问等各方面互相促进。其二，从黄文焕自序中记述的众人对其著述的态度看，黄文焕在人品学问方面是受到大家认可的，即使在众多才学闻名天下的人中，黄文焕也是毫不逊色的。

四、黄文焕的学术背景

关于黄文焕的学术背景及师承渊源，家谱、诸方志中并无详细记载可查，但根据黄文焕的生平、著述内容及其所处年代可大概推测其学术思想之渊源。

黄文焕出生于福建，闽地偏居东南一隅，开发时间较晚，但自唐宋以来，那里的科举应试之风和读书教育的气氛已十分浓郁。据《宋史·地理志》载，闽人多向学，"喜讲诵，好为文辞，登科第者尤多"。集理学之大成的一代鸿儒朱熹即出生于闽地。朱熹平生精研儒家经典，却在晚年对《楚辞》研究用力特勤，究其原因，多数学者认为他是借此为赵汝愚申冤。可以说，朱熹的这一做法为借注骚寄寓个人不同政见开了先例，其在《楚辞集注》中传达出的忠君思想、气节观念和"致知力行"的知行思想似乎也成为闽地研骚之风的先导。在朱熹之后的闽地学者中，楚辞研究者代不乏人，《楚辞学通典·典籍》收录的百余种《楚辞》专著中，闽地学者即占十分之一强。朱熹之外，宋末元初谢翱的《楚辞芳草谱》、明代陈第的《屈宋古音义》、郭维贤的《楚辞》、林兆珂的《楚辞述著》、黄文焕的《楚辞听直》、何乔远的《释骚》等，清代林云铭、李光地等皆有专著存世。[①] 这些研究专著大多具有较高的学术价值，著作者们继承了朱熹重义理阐释的特点，同时又在传承中求新求变，注家又都有着强烈的关注现实之倾向，因而在研骚过程中融入了深切的个人情感和对国家安危的关切之情，在《楚辞》研究史上形成了具有鲜明地域文化特色的楚辞研究作家群。

---

① 汤漳平：《闽学视野下闽地的楚辞研究与骚体文学创作》，《2007 年楚辞学国际学术会议论文集》，2007 年 8 月。

从黄文焕的早年经历来看，出身于闽地书香世家的他少读经书，应试及第，必定深谙四书五经，并深受儒家思想、程朱理学之浸染。步入仕途后，无论是在地方任职，还是后来担任翰林院编修，黄文焕皆讲论不辍，足见其对讲学活动的喜爱和执着。在翰林院期间，黄文焕结识了黄道周、叶廷秀等当时名儒。后受钩党之祸牵连入狱，狱中又结识了方以智、黄景昉等才学之士，这些人生际遇更使黄文焕的学术视野及学术修养得到了开阔与提升。此外，从黄文焕的著述情况来看，经学典籍所占比重很大，《书释》、《易释》、《诗经考》、《毛诗笺》、《诗经娜嬛》、《四书娜嬛》等系统的解经之作也是其儒学修为深厚的证明。

对于黄文焕所处的时代，嵇文甫先生的描述是再合适不过了："晚明时代，是一个动荡时代，是一个斑驳陆离的过渡时代。照耀着这时代的，不是一轮赫然当空的太阳，而是许多道光彩纷披的晚霞。"① 黄文焕就生活在这样一个新思想、新学说不断碰撞又不断调和的特殊时代。王学左派、公安三袁、东林等学术团体都曾活跃于这一时期。在阳明心学风潮的激荡下，嘉靖、万历年间出现的王学左派发展了阳明心学中反道学的积极因素，攻击孔孟儒学正统。该派主张："圣人之道无异于百姓日用，凡有异者，皆谓之异端，百姓日用条理处，即是圣人之条理处。"② 王学左派的风靡，使反传统反复古的意识空前高涨。特别是万历以后，"心学横流，儒风大坏，不复以稽古为事"。作为王学左派的继承和发扬者，反传统是李贽一生为之奋斗的目标，他革命性地颠覆了儒家"止乎礼义"的文学批评原则。又云："《六经》、《语》、《孟》，乃道学之口实，假人之渊薮也，断断乎其不可语于童心。"③ 即从反孔、孟、反假文学的立场出发而提倡"童心说"，即文章务必要尽抒胸臆、尽显"本色"。李氏对个性的肯定、对主体意识的重视，使人"心目俱醒"，更是对现实儒教社会发起的严重挑战，一时间从者甚

---

① 嵇文甫：《晚明思想史论》，东方出版社 1996 年版，第 1 页。
② （明）黄宗羲：《明儒学案》，中华书局 1985 年版，第 714 页。
③ （明）李贽：《焚书》，中华书局 2009 年版，第 99 页。

众①，影响范围可谓空前绝后。我们从《楚辞听直》一书追逐个性、大胆创新、敢于发前人所未发的撰写特色中即可轻易捕捉到这一时期学术思潮的影子。不过，由于对率性自然、顿悟成圣的过度强调，明代后期的心学发展走向便逐渐流于空疏，这一弊端在黄氏注本中亦有明显体现。

值得注意的是，黄文焕生于万历二十三年（1595），天启五年（1625）考取进士。而在晚明史上名噪一时的东林书院的活跃时间恰为万历三十二年（1604）至天启五年，与黄文焕博览群书、考取功名的时段大体相当。东林书院发源于宋儒杨时的讲学之所，元朝至正年间停办，后经顾宪成、高攀龙等志同道合者在杨时先生旧址的基础上复建东林书院。东林人以讲习儒家经典为宗旨，以继承孔孟以来的正统学脉为己任，力图正本清源，纠正王学特别是其末流的空疏学风。顾宪成主张："自古未有关闭门户独自做成的圣贤，自古圣贤未有离群绝类、孤立无与的学问。……定然寻几个好朋友并胆同心，细细参求，细细理会……如此而讲，如此而习……相推相引，不觉日进。……于是群一乡之善讲习，即一乡之善皆收而为吾之善，而精神充满乎一乡矣！群一国之善士讲习，而精神充满乎一国矣！群天下之善士讲习，而精神充满乎天下矣！"②因此，书院每月一小会、每年一大会，是东林书院面向社会、影响最大的学术活动。活动的初衷是要把大家聚集在一起研讨"道理"与"学问"，进而把道德学问推而广之，以学术来匡救天下。届时，士子们从各地赶赴书院参会，盛况空前。尽管东林书院禁毁于明末恶劣政治势力的迫害下，但其对当时的社会、学风，特别是对广大年轻士子的影响不可忽视。步入仕途的黄文焕培植学教，与诸生讲论不辍；与大儒黄道周前辈讲学立伪；在狱中与当时名士交游切磋、探讨学问；等等。黄氏对学术活动如此热衷和执着，大约与其青年时代受东林

---

① 明人朱国桢《涌幢小品》载："明人全不读四书本经，而李氏《藏书》《焚书》，人挟一册，以为奇货。坏人心，伤风化，天下之祸，未知所终也"。见《涌幢小品》上册，中华书局1959 年版，第 365 页。

② 樊树志：《晚明史》，复旦大学出版社 2003 年版，第 580 页。

讲学之风的浸染不无关系。

于楚辞研究方面，陈炜舜总结了东林文人的几个鲜明特色：第一，敢于批驳旧注、质疑权威，对《楚辞章句》和《楚辞集注》皆有所取舍；第二，研究仍以阐发义理为主，但对考据的着力亦越发加深；第三，在义理、考据、词章的研究都产生了值得注意的新见解；第四，楚辞研究与时代背景有着密切的关系，申发大义、忠奸之辨乃至自浇块垒，均为东林一系注本中的重要研究内容，这种风气对明末清初的楚辞学风影响很大。黄文焕《楚辞听直》中"以骚注我"的注释风格就带有明显的东林特色，因此也有部分学者据此将黄文焕视为东林余裔。

第二节 《楚辞听直》的成书过程与创作动机

《楚辞听直》是明代极具特色的楚辞注本之一。不同于前代注家以"集注"、"集解"等为自己研骚之作命名的常规做法，黄文焕将自己的注骚之作命名为"听直"，乃是取自楚辞《九章·惜诵》篇"命皋陶使听直"（让皋陶把是非辨明）之语。黄文焕取王逸之说，谓"直者，忠直也"。他以"咎繇"自比，明言要"听直"于《楚辞》，如此命名的用意已十分明了，即希望借著书寄寓自己的冤屈难平之意。由此亦可知，是书之名与黄氏因"钩党之祸"蒙冤下狱的个人遭遇有着莫大的关联。故本节将就黄文焕撰写《楚辞听直》的过程、动机进行梳理与分析。

一、《楚辞听直》的成书过程

《楚辞听直》一书由两部分组成，前半部分包括《序》、《凡例》、《楚辞更定目录》及正文八卷，成书于明崇祯十六年（1643）。后半部分为《听直合论序》、《听直合论》一卷，成书于清顺治十四年（1657）。从著述开始至全部完成，前后跨越明清两朝，历时 17 载，可谓黄文焕呕心沥血之作。

《楚辞听直》的正文八卷始作于黄文焕因钩党之祸下狱期间。《楚辞听直·序》曰：

> 　　入刑曹，即析陶诗，挟日而毕，端阳已届矣。……《九歌》、《九章》，竣于仲夏、季夏。《骚经》、《远游》，竣于初秋、仲秋。补所姑置，则《卜居》、《渔父》，以秋季之朔，一日而毕，独《天问》未之及。其中作而辍，辍而作，凡数端。……仲秋，润山作《秋怀》三十律，每一律就，夜扣余门，商榷于只字之间，十数易乃去。则夜复辍，余亦继赓。遂以诗之作，为《骚》之辍焉。……竟历三冬，不敢复为全《骚》计。①

黄氏在《楚辞听直·序》中详细记述了自己的注书过程。首先由其自序可知，黄氏注解《楚辞》的原则是由易到难。黄文焕崇祯十四年（1641）入狱，临近端阳始作，先拈《九歌》，因其篇目短小且内容易于把握。于每题之上以蝇头小字略评"十数句，多或数十。视昔诂有加，颇自喜"②。《九章》注毕后，黄文焕便开始慢慢研读《离骚》。黄文焕认为《离骚》"系篇长绪乱"，不能草率为之作注，因而"徐徐理之"。因《远游》意旨和句式多与《离骚》相近，"绪综于得一例，通于知二也"，故以《远游》继之。其余篇目中，《卜居》和《渔父》内容相对较为浅显，而《天问》又过于"淆杂难注"，所以黄文焕在注骚时将这三篇暂且搁置下来。不过从自序内容来看，《卜居》、《渔父》在补注时进展是非常顺利的，"分计告竣之候，《九歌》、《九章》竣于仲夏、季夏，《骚经》、《远游》竣于初秋、仲秋。补所姑置，则《卜居》、《渔父》

---

① （明）黄文焕撰，黄灵庚、李凤立点校：《楚辞听直·序》，上海古籍出版社 2019 年版，第 1 页。
② （明）黄文焕撰，黄灵庚、李凤立点校：《楚辞听直·序》，上海古籍出版社 2019 年版，第 1 页。

以季秋之朔，一日而毕，独《天问》未之及"①。黄文焕依次交代了《九歌》、《九章》、《离骚》、《远游》的完成时间，而《大招》与《招魂》两篇的注解时间，自序中并未提及。不过，黄氏已在自序中有所交代，只有《天问》是在狱中之时未及完成的，可知在狱期间二《招》也已注毕。黄道周于入狱当年十二月被遣戍。黄文焕上疏申辩，也于年底获释。所以关于二《招》的作注时间，很可能是注完《卜居》和《渔父》之后，至年底出狱前这段时间完成的。

黄文焕在狱中未完成《楚辞》的全部注解工作，除了上文提及因《天问》较为难解而"姑置之"的原因之外，黄氏注解《楚辞听直》的时间也并不紧凑。成书过程可谓"旷费时日"，"诸绅之往来，及与同党叶润山言诗间之也。系之中自九卿以及初命罔一不备。彼此互访，故昼多辍，由夏终而秋初胥然"②。叶润山作《秋怀》之时，常夜访黄文焕与之商榷，斟酌润色，反复修改之后方才离去。在此期间，黄文焕撰写《楚辞听直》与讨论诗文应是交叉进行的。正如自序中提到的，"以诗之作为《骚》之辍焉"，这也是《楚辞听直》颇费时日的原因之一。后来黄文焕抱病狱中，友人黄东厓劝其辍笔休养，并在著书事宜上给予了黄文焕最大的支持。

黄文焕注骚前后心态的变化也是其中的重要因素。始注《九歌》之时，只是临近端阳，吟诵屈辞以排解胸中苦闷，聊以自慰而已，并未特别重视注骚之事，甚至没有考虑过为全书作注。后来，方以智入狱探视其父，偶然看到黄氏所注，"竭目力睨之"，大叹"得未曾睹"，每逢黄氏辍笔，便谆谆叮嘱"千古大事，愿勿休"。方以智的大力推崇和鼓励给了黄文焕莫大的精神支持，所以黄氏在自序中才说"以是得底于成"。出狱后黄文焕"拟以秋杪专力于难注之《天问》"，甚至在"抱疴羸甚"之时亦未中断著书。次年开春入淮，"复届端阳，催补《天问》"，后于仲夏之月才完成《天问》补注工作。

---

① （明）黄文焕撰，黄灵庚、李凤立点校：《楚辞听直·序》，上海古籍出版社 2019 年版，第 1 页。

② （明）黄文焕撰，黄灵庚、李凤立点校：《楚辞听直·序》，上海古籍出版社 2019 年版，第 2 页。

又历次年，在淮上诸门人的帮助之下《楚辞听直》始付梓，其中的过程又是一波三折。至《楚辞听直》正文八卷出版完成后，黄文焕云："因录三年始末以冠之《骚》谱也，即余他时年谱也。"① 黄氏将注骚的三年视为年谱，足见其为《楚辞听直》倾注的心血。

弘光元年（1645），黄文焕着手作《听直合论》，著书之境遇又较此前困难波折不少："有厄余身以启是书之天，有夺余世以滞是书之天，有既厄既夺，仍似亨吾身，似存吾世，以曲全是书之天，凡三变焉"②。黄文焕云："罗织者以为钩党之祸，而余乃借为著书之福，幸甚至哉！"③ 黄文焕认为自己虽困厄于钩党，但终得以平反，又有诸位门人相助付梓，上天之厄实为自身之启。怎奈好事多磨，"闽变遽闻"，黄文焕只能"携板归闽"以躲避战火。"人欲速而天偏欲迟，因夺致滞如此"，明明前有天启余身之兆，转而却"滞余身"，黄文焕百思不得其解，甚至将原因归结为上官、子兰的余魂从中作梗，进谗于上帝之侧，妄图废其书。后因"是板之未毕"，黄文焕又将其带回南京，书稿也因此幸免于家乡山氛残毁。自此以后，每当黄文焕"逊荒无聊"之时，更欲"拈《听直合论》以了前因"。此后一段时间，黄文焕曾因重病"抱疴濒危"，幸而重苏，黄氏感念天恩，以为天滞其书是鉴于《听直合论》尚未完成，因而再留其身以成其书。在经历了战乱、火灾、重病、贫苦等人生坎坷之后，《听直合论》19 篇终得完成。黄文焕对这耗时 17 载的心血之作寄予厚望，"它世或悼我余生，或悯我牢落，自当有听吾之直此书俱在年华之光犹堪喷薄也"④。《楚辞听直》前后共历 17 载，全部完成之时已

---

① （明）黄文焕撰，黄灵庚、李凤立点校：《楚辞听直·序》，上海古籍出版社 2019 年版，第 2 页。
② （明）黄文焕撰，黄灵庚、李凤立点校：《听直合论·序》，上海古籍出版社 2019 年版，第 205 页。
③ （明）黄文焕撰，黄灵庚、李凤立点校：《听直合论·序》，上海古籍出版社 2019 年版，第 205 页。
④ （明）黄文焕撰，黄灵庚、李凤立点校：《听直合论·序》，上海古籍出版社 2019 年版，第 205 页。

是江山易主，物是人非，再加上此间经历的种种，黄文焕心态变化之大也就易于理解了。

二、《楚辞听直》的撰写动机

（一）著书寄意——自抒其无韵之骚

从《楚辞听直》的成书过程来看，黄文焕为《楚辞》作注首先与其个人遭遇有着重大关联。《楚辞听直·凡例》：

> 余因"钩党之祸"为镇抚司所罗织，亦坐以平日与黄石斋前辈讲学立伪，下狱经年，始了《骚》注。①

"钩党"之名，源自东汉末年。《后汉书》中就曾记载，汉灵帝执政时，因钩党之祸下狱者甚众，死者更多达百余人。明代亦然，自万历而始的党派争斗异常激烈，终致君臣相背，朝堂混乱不堪。《明史》卷七十一《选举志三》：

> 弘、正、嘉、隆间，士大夫廉耻自重，以挂察典为终身之玷。至万历时，阁臣有所徇庇，间留一二以挠察典，而群臣水火之争，莫甚于辛亥、丁巳，事具各传中。党局既成，互相报复，至国亡乃已。②

明思宗登基后，首先要面对的棘手问题就是如何不动声色地"逐元凶处奸党"，他力挽狂澜，拨乱反正，干净利落地肃清了以魏忠贤为首的阉党逆

---

① （明）黄文焕撰，黄灵庚、李凤立点校：《楚辞听直·凡例》，上海古籍出版社2019年版，第3页。
② （清）张廷玉等撰：《明史》卷七十一《选举志三》，中华书局1974年版，第1724页。

案，营造新政。但是，从万历至天启的数十年里，多年积聚下的弊政早已压垮了明朝的统治架构，明朝处于风雨飘摇、内忧外患的崩溃边缘。《明史》卷二十四《庄烈帝本纪二》：

> 帝承神、熹之后，慨然有为。即位之初，沈机独断，刈除奸逆，天下想望治平。惜乎大势已倾，积习难挽。在廷则门户纠纷，疆场则将骄卒惰。兵荒四告，流寇蔓延。遂至溃烂而莫可救，可谓不幸也已。①

加之特殊的生活环境、坎坷多事的人生际遇、畸形的宫廷生活等，造就了崇祯皇帝的悲剧性格。在皇权递争之中、朝野党争之际，在抵御外敌、应对民变不断爆发之时，崇祯帝表现出了复杂多变的个性：聪颖自信而又猜忌多疑、形似谦恭而又刚愎自恃、孜孜求治而又急躁专断。《明史》评价其："性多疑而任察，好刚而尚气。任察则苛刻寡恩，尚气则急遽失措。"崇祯在执政期间的所作所为也确实表现出了对朝臣的戒备和极度不信任。崇祯在位17年中，宰相一职竟任免50人次之多，刑部尚书先后任免17人，其他官职更易不胜枚举，官员如流水般频繁替换成为崇祯朝的常态。另一方面，皇帝的多疑又成了小人打击异己的利器，明末"钩党之祸"便由此而起。《明史》卷二五五《黄道周传》：

> 崇祯二年起故官，进右中允。……五年正月方候补，遘疾求去。濒行，上疏……帝不怿……令具陈。道周上言……语皆刺大学士周延儒、温体仁，帝益不怿，斥为民。九年，用荐召，复故官。……旋进右谕德，掌司经局，疏辞。因言己有……七不如者，谓"……文章意气，坎坷磊落，不如钱谦益、郑鄤。"鄤方被杖母大诟，帝得疏骇异，责以颠倒是非。……帝怒，严旨切责。

---

① （清）张廷玉等撰：《明史》卷二十四《庄烈帝本纪二》，中华书局1974年版，第109页。

道周以文章风节高天下，严冷方刚，不谐流俗，公卿多畏而忌之，乃借不如鄞语为口实……

十一年……六月，廷推阁臣。道周乃草三疏，一劾嗣昌，一劾陈新甲，一劾辽抚方一藻，同日上之。……帝怒甚，欲加以重罪，惮其名高，未敢决。会刘同升、赵士春亦劾嗣昌，将予重谴，而部拟道周谴顾轻。嗣昌惧道周轻……亟购人劾道周者。有刑部主事张若麒谋改兵部，遂阿嗣昌意，上疏……帝即传谕廷臣，毋为道周劫持相朋党，凡数百言。贬道周六秩，为江西按察司照磨，而若麒果得兵部。

久之，江西巡抚解学龙荐所部官，推讲道周备至。故事，但下所司，帝亦不覆阅。而大学士魏照乘恶道周甚，则拟旨责学龙滥荐，帝遂怒，立削二人籍，逮下刑部狱，责以党邪乱政，并杖八十，究党与，词连编修黄文焕、吏部主事陈天定……并系狱。户部主事叶廷秀、监生涂仲吉救之，亦系狱。尚书李觉斯谳轻，严旨切责，再拟谪戍烟瘴，帝犹以为失出，除觉斯名，移狱镇抚司掠治，乃还刑部狱。逾年……永戍广西。[1]

通过《明史》对黄道周及黄道周案始末的记载可知，黄道周乃明末明臣、大儒，为人刚正不阿，不谐流俗，几次因直言极谏而惹怒崇祯帝。朝中佞臣更视黄道周为绊脚石。他们忌惮黄道周，不放过任何一次攻讦诋毁的机会，更有朝臣见风使舵，为一己私利向明思宗进谗以达到个人升迁的目的。同时，不少直臣皆以黄道周为清流楷模，对其人品、能力推崇有加，不想这竟成了明末"钩党之祸"的导火索。平日与黄道周过从甚密的黄文焕也因此被下狱问罪。由黄文焕生平可知，在明末纷繁复杂的政治环境下，黄文焕历任三县皆颇有政声，也因此于崇祯十一年（1638）五月擢为翰林院编修。而从擢升至崇祯十四年（1641）二月下狱，尚不足三年时间，黄文焕满心期盼开明政治的实施，满怀报国之志却突遭变故，施展理想抱负

---

[1] （清）张廷玉等撰：《明史》卷三五五《黄道周传》，中华书局1974年版，第6592—6601页。

之门也戛然紧闭。被牵连入狱后，黄文焕于"端阳已届"之时"念正则被谗伐功，与钩党奇比、讲学市声，殆侣同况"。他一无泽畔可吟，二无宋玉之徒可侣，亦无詹尹、渔父可问，悲愤交织，申诉无门。他深感衰世之危，国运将倾，痛昏主谗臣误国，更痛恨奸佞党人对自己的陷害，唯有将这种种情感倾注在注骚之中，借屈辞寄托自己的愤世不平之感，为自己和黄道周鸣冤。"权臣当道，残害忠良；皇帝信谗，贤臣被黜。明朝江山处于风雨飘摇之中。"① 可以说，在如此令人揪心的政治空气下，黄道周和黄文焕的悲剧是时代造就的必然，这不只是他二人的悲剧，亦是无数报国无门的正直士人共同的悲剧。

（二）不满旧注，屈子之心无人"听直"

除上述原因外，不满前注也是黄文焕决意另立新解的重要原因。他在《楚辞听直》之《序》、《凡例》和正文中对撰写该书的原因作了较为明确的阐述。其一，在注解方法上，他认为前人"只斤斤字义间"，未能解屈辞之曲折，参透屈子之本怀；其二，在注释体例上，以往诸家"评《楚辞》者不注，注《楚辞》者不评"，将评与注分为二家的方式亦无法尽释楚辞之奥；其三，在对屈作的领悟上，黄文焕将自己视为屈原的异代知音，坚信只有同屈子有着相似经历，甚至"憔悴约结，视屈百倍"的自己才能真正了解屈子当时的艰难处境，读懂屈子之心。黄氏尝言："屈子两千余年中得两伪学为之洗发，机缘固自奇异，而余抱病狱中，憔悴枯槁有倍于行吟泽畔者，著书自贻，用等招魂之法，其惧国运之将替，则实与原同痛矣。惟同痛病倍，故于《骚》中探之必求其深入，洗之必求其显出。较诸朱子之注《骚》，抑扬互殊，正以与朱子逍遥林泉，聚徒鹿洞，苦乐迥殊也。"②

至著《听直合论》时，黄氏仍指出诸作的不足："莫不读《骚》者，而卒

---

① 黄中模：《屈原问题论争史稿》，北京十月文艺出版社 1987 年版，第 142 页。
② （明）黄文焕撰，黄灵庚、李凤立点校：《楚辞听直·凡例》，上海古籍出版社 2019 年版，第 3 页。

未尝有一人读《骚》也。使诚有一人读《骚》，则《骚》心之从容，《骚》辞之婉厚，考诸岁月，不欲死而不容死者，决宜了然。胡至繇昔迄今，沉冤不白哉！"① 他反对扬雄、班固以为屈子"露才扬己"、"忿怼不容，沉江而死"、"弃珍由聘"，有违孔子之教的看法，认为二人都"未尝读《骚》"。黄氏从知人论世的角度对扬、班二人如此评价屈原的原因展开分析，指出扬子云"投阁"与屈子"投江"志行相反，所以言语相违背也就不足为怪。而班固依附于外戚权臣，后窦氏失势，班氏亦受到牵连而未得善终，因此才会有屈子"谊乖明哲"之说。王逸虽然尊《骚》最至，但却毫未发明，以致"直而犹未直也"。之后的刘勰本应在王逸之说的基础上继续听屈子之直，却也未跳出"珍弃"、"怼沉"的误解，较王逸而言反倒是一种倒退。逮至朱熹，"亦以为辞旨流于忿怼，志行过于中庸"。黄文焕认为诸家都不是为屈原听直的最佳人选，才致屈子沉冤不白。因此，他才要为屈子"听直"，同时也是为自己"听直"。

通过对众多注本的考察不难看出，不满前注往往成为《楚辞》研究者另辟蹊径为屈辞作注的重要动因之一。被奉为《楚辞》研究经典之作的王、洪、朱三家之注骚动机也是如此，如王逸即因"班固、贾逵复以所见改易前疑，各作《离骚经章句》。其余15卷（一作篇），阙而不说。又以壮为状（一作扶），义多乖异，事不要括（一作撮）。今臣复以所识所知……作十六卷章句"②。洪兴祖在《楚辞补注》中对《楚辞章句》的批评与更正不在少数，史实、经义、文学等诸多方面皆有涉及。《四库全书总目》云："兴祖是编，列逸注于前，而一一疏通证明补注于后，于逸注多所阐发。"③ 朱熹则认为《楚辞》存在诸多可议之处，而洪兴祖未能适时补正，导致大义不明，使得屈子之情不得为后世真正领会，于是才有了《楚辞集注》。明代前期，由于统治者的大力倡导及高压控制，朱熹的《楚辞集注》被奉为权威。至思想解放运动之后，楚辞研究才继武宋代，再现异彩纷呈的研究热潮。黄文焕的《楚辞听直》即

---

① （明）黄文焕撰，黄灵庚、李凤立点校：《听直合论》，上海古籍出版社2019年版，第207页。
② （明）汪瑗集解，董洪利点校：《楚辞集解》，北京古籍出版社1994年版，第10—11页。
③ （清）永瑢等撰：《四库全书总目》，中华书局1965年版，第1268页。

产生于明代后期相对自由的学术氛围中，这也是黄文焕能够不拘泥于前注，驳正朱熹谬说，尽抒胸臆的客观条件。

第三节 《楚辞听直》的版本、选目、体例

《楚辞听直》一书实际上由两部分组成。前半部分包括《序》、《凡例》、《楚辞更定目录》及正文八卷，始作于明崇祯十四年（1641），成书于崇祯十六年（1643）；后半部分为《听直合论》一卷（附《听直合论》序），成书于清顺治十四年（1657）。黄文焕从著书始至《楚辞听直》全部完成，前后历时17载，跨越明、清两朝。存世版本有两种：一是明崇祯十六年刻本，一是明崇祯十六年原刻清顺治十四年补刻本。在选篇方面，黄文焕并未遵循前人的做法，而是严格筛除"其词之与原无涉者"，只保留了他认为是屈原作品的《离骚》、《远游》、《天问》、《九歌》、《卜居》、《渔父》、《九章》、《大招》、《招魂》九篇，并依据屈作时间对篇目次序进行了调整。注释体例上，黄氏更突破传统训诂学的方式方法，首开评注并行的诠释模式。本节即从《楚辞听直》的版本、选目及该注本独特的注解体例三个方面详述之。

一、《楚辞听直》的版本流传

《楚辞书目五种》和《楚辞书目五种续编》分别介绍了《楚辞听直》明崇祯十六年刻本、明崇祯十六年原刻清顺治十四年补刻本的情况：

　　明崇祯十六年刊本。浙江图书馆藏本。

浙江图书馆藏《楚辞听直》八卷。首页行书"崇祯癸未晋安黄文焕自序"。《凡例》五则，继之为目录。目录依序为：一卷《离骚》，二卷《远游》，三卷《天

问》，四卷《九歌》，五卷《渔父》，六卷《卜居》，七卷《九章》，最后为《大招》、《招魂》。正文部分，首页起"楚辞卷一"，下署"闽黄文焕听直"，另起行低一格小字题篇名《离骚》，以下分章加注。每章末尾以小字双行附音注之字。其后提行为评注。于评称"品"，于注称"笺"，字体略小于正文。其中《九章》各篇，每篇另换页。《远游》、《九歌》之二《湘》、二《司命》、《河伯》、《山鬼》、《国殇》、《礼魂》，《九章》诸篇及二《招》篇末另有"总品"。

是书每半页八行，每行二十一字。正文大字，注文字体略小于正文，文字居中，行数、字数、大小皆同。正文及注文皆圈点，有时施以密圈密点。

本书单栏，无行线、鱼尾。上下均黑口。页边全白，上书"楚辞听直"，中卷数（正文前、中为"序"，为"凡例"，为"目录"等），下页数。本书原藏承启堂。每本封面有"湖山逸人"大方印，及"承启堂藏"大字隶书印。[①]

《听直合论》首起《自序》。次之即正文。首行"楚辞听直"，换行署"黄文焕维章著"。再换行低两格题"听直合论"。正文部分依次为：《听忠》、《听孝》、《听年》、《听次》、《听复》、《听芳》、《听玉》、《听路》、《听女》、《听体》、《听离骚》、《听远游》、《听天问》、《听九歌》、《听〈卜居〉〈渔父〉》、《听九章》、《听二〈招〉》，皆连篇不换页。每篇圈点外，时加密圈密点。鱼尾处无卷数，仅书"合论"二字，其余样式皆与《听直》八卷同。

《楚辞听直》八卷与《听直合论》不分卷，今存本为两册。首为黄文焕《自序》，低两格题《听直合论·序》，末尾署名"憨斋黄文焕自识"。[②]

明崇祯十六年原刻清顺治十四年补刻本。

崔富章《楚辞书目五种续编》载"楚辞听直八卷合论一卷"明崇祯十六年原刻清顺治十四年补刻本情况。山东大学藏本，扉页镌"黄维章太史评释　楚

---

① 姜亮夫：《楚辞书目五种》，中华书局 1961 年版，第 83 页。

② 姜亮夫：《楚辞书目五种》，中华书局 1961 年版，第 319 页。

辞听直　本衙藏版。"首黄文焕《自序》。每半页八行，行二十一字。白口，四周单边。末附《合论》一卷，前有清顺治十四年黄文焕《听直合论·序》。

浙江图书馆藏本，八册。封面钤"湖山逸人"及"承启堂藏"朱印，墨笔撰"楚辞听直合论"、"明朝板初印订八册"字样。首《自序》，行书。次《凡例》、楚辞更定目录。下即正文八卷，共六册。七、八两册为《听直合论》，前有《听直合论·序》。卷头题"楚辞听直"，署"黄文焕维章著"。下分细目：《听直合论》、《听忠》、《听孝》、《听年》、《听次》、《听复》、《听芳》、《听玉》、《听路》、《听女》、《听礼》、《听离骚》、《听远游》、《听天问》、《听九歌》、《听〈卜居〉〈渔父〉》、《听九章》、《听二〈招〉》。则《听直合论》一卷实为全书之概论也。①

中国国家图书馆古籍馆藏本《楚辞听直》、《听直合论》情况如下：

《楚辞听直》八卷，《合论》一卷。四册，馆藏编号 79475；

《听直合论》两册，馆藏编号 102718；

《楚辞听直》三册，馆藏编号 119964；

《楚辞听直》八卷，《合论》一卷。善本。八册，馆藏编号 T00317。

《楚辞听直》四册。刻本。封页右下角有"从吾所好"朱印。每册首页右下角有"碧霞"朱印。

第一册含卷一《离骚》、卷二《远游》。首页右下角有横版小字章"胡宅"朱印。首《序》，行书，每半页六行，行十三字。文末署"崇祯癸未晋安黄文焕自序"，有"黄文焕"、"维章氏"章各一枚。《楚辞听直·凡例》四则，每半页八行，行二十一字。第四则，"宜归诸前"至"不欲总辑之而掠其美耳"之间，文字残损。次为《楚辞更定目录》，继之为正书。首页起"楚辞卷一"，次行下署"闽黄文焕听直"，换行低一格题"离骚"，"离骚"下无"经"字。

第二册含卷三《天问》、卷四《九歌》、卷五《卜居》、卷六《渔父》。《天问》开篇"曰：遂古之初，谁传道之"至"阴阳三合，何本何化"一节，笺注"纯昭则可见"至"所极"之间，文字残损。"九州安错"至"西北辟启，何气通焉"页，

---

① 崔富章：《楚辞书目五种续编》，上海古籍出版社 1993 年版，第 98 页。

页头处残损。品注"其余鸟"与"草木"之间,文字残损。"昏微遵迹"至"而后嗣逢长"一节,笺注"封之有鼻,子孙递传,兄弟"文字右侧圈点处破损。"会鼍争盟,何践吾期"至"齐桓九会,卒然身杀"一节,品注"忽接入周伐"后至"诛既启……不爽"之间,"不爽"至"又不满于武王"前,文字残损。

第三册含楚辞卷七《九章》、卷八《大招》和《招魂》。

第四册为《听直合论》。首页低两格"听直合论序",篇末署"憨斋黄文焕自识"。《听直合论》正书。首行起"楚辞听直",次行下署"黄文焕维章著",换行低两格题"听直合论",再换行起为论文,连篇不换页。《听体》和之前篇末的页头右上角残损。

本书每半页八行,行二十一字。每章末为音注之字,小字单行。品笺部分每行二十字,注文字体稍小。序文上依次题"序一",至"序七";凡例部分,上书"楚辞听直",中书"凡例",下为页数;目录上题"楚辞更定目录",下页数;正书部分,上为"楚辞听直",中卷数,下页数。《听直合论》部分,上为"楚辞听直",中"合论",下页数。《听直合论序》上题"楚辞听直",中"合论序","序"字字体稍小。

《听直合论》二册。清至民国年间抄本。首页有"七略盦"朱印,分别见于第一册右下角和第二册右上角。

首黄文焕自序,首行低两格题"听直合论序",换行起为序文正文,篇末署"憨斋黄文焕自识"。继之为《听直合论》正书。首行起"楚辞听直",次行下署"黄文焕维章著",换行低两格题"听直合论",再换行起为论文,连篇不换页,依序为十七听:《听忠》、《听孝》、《听年》、《听次》、《听复》、《听芳》、《听玉》、《听路》、《听女》、《听体》、《听离骚》、《听远游》、《听天问》、《听九歌》、《听卜居渔父》、《听九章》、《听二招》。

第一册抄录文字从《听忠》到《听体》"《九章》则赋、比、兴",第二册从《听体》"杂于各篇之中"始,续前册内容。《听二招》中,"后人之不深于读古而轻于诋古也。请诘后"之后均阙。

本书每半页八行,行二十一字。论述文字皆圈点,有时用密圈密点。

本书为单行朱丝栏，有行线，有鱼尾，上下黑口，页边全白。

《楚辞听直》三册。刻本。原为七略盦藏，每册封页有"七略盦"朱印。首册封页题"丁辛巳元旦购于幼海山房 木参楚辞听直上"书名于版心。首页起"楚辞卷一"，右下角有"七略盦"朱印。次行署"明黄文焕听直"，再次行低一格题"离骚经"，以下分章评注。章末以小字单行附音注之字。每半页八行，《楚辞》原文行二十一字，其后提行低一格，行二十字，曰品、曰笺，字体稍小，注文字体再小于"品"、"笺"。原文与注文皆圈点，有时用密圈密点。

上册含卷一《离骚经》、卷二《远游》。卷一首页"品"中"至以"至"追初生之辰"之间，文字残损。卷二残损，"经营四方兮，周流六漠"一节，笺注"若有天有地，有见有闻，未免有情，安能已已？甚"后及"总品"均阙。中册封页题"楚辞听直中"，含卷三《天问》、卷四《九歌》、卷五《卜居》、卷六《渔父》。下册封页题"楚辞听直下"，含卷七《九章》、卷八《大招》和《招魂》。《九章·惜诵》篇"梼木兰以矫蕙兮，繫申椒以为粮"一节，自"故重著以自明。挢兹"后，至"章首篇体裁。久经闭口，一旦诉愤，岂得半吞半吐"前，文字均阙。

卷四《九歌》，除《东皇太一》、《云中君》、《东君》外，卷七《九章》除《惜诵》外，加之卷八《招魂》诸篇，篇末另有"总品"。《九歌》、《九章》各篇名书于"总品"之后。《九章》各篇，每篇换页。《招魂》"总品"前无篇名。

本书单边，无行线，亦无鱼尾，上下白口，页边全白，上题"楚辞听直"，中卷数，下页数。

《楚辞听直》八册。善本。首《序》，行书，每半页六行，末署"崇祯癸未晋安黄文焕自序"，有"黄文焕"、"维章氏"章各一枚。《楚辞听直·凡例》五则，每半页八行，行二十一字。次《楚辞更定目录》。继之为《楚辞听直》正书。首页起"楚辞卷一"，次行下署"闽黄文焕听直"，换行低一格题"离骚经"，以下分章评注。每章末为音注之字，小字单行，满一行换一行。其后提行低一格，曰品、笺，字体稍小。篇末时有总品，如《远游》、《九歌》（《东皇太一》、《云中君》、《东君》除外）、《九章》及二《招》皆然。《九章》

各篇，每篇另换页。

　　七、八两册为《听直合论》一卷。首《听直合论·序》，署"憨斋黄文焕自识"。次《听直合论》正书。首行起"楚辞听直"，次行下署"黄文焕维章著"，又次行低两格题"听直合论"，换行起为论文，依序为十七听：《听忠》、《听学》、《听年》、《听次》、《听复》、《听芳》、《听玉》、《听路》、《听女》、《听礼》、《听离骚》、《听远游》、《听天问》、《听九歌》、《听卜居渔父》、《听九章》、《听二招》，诸篇接续不换页。

　　本书每半页八行，行二十一字。品笺部分每行二十字。《听直合论》每半页八行，行二十一字。

　　本书单栏，无行线，亦无鱼尾，上下白口，页边全白。序文上依次题"序一"，至"序七"；凡例部分，上为"楚辞听直"，中"凡例"，下页数；目录上题"楚辞更定目录"，下页数；正书部分，上为"楚辞听直"，中卷数，下页数。《合论序》上题"楚辞听直"，中"合论序"，"序"字字体稍小，居右侧，下页数；《听直合论》正书上题"楚辞听直"，中"合论"，下页数。

　　湖南省图书馆藏本。封页有"杨浚题识"朱印。首《序》，行书，每半页六行，末署"崇祯癸未晋安黄文焕自序"。次为《凡例》，继之为《楚辞更定目录》。目录中"第五卷渔父"下两行小字书"应做卜居刊板误"，"六卷卜居"下两行小字书"应作渔父"。目录"怀沙"的"沙"字漫漶不清。正文部分，楚辞卷一下有"闽杨浚雪沧冠悔堂藏本"印。卷末有"侯官杨浚"朱印。品、笺字号略小，书中文字多处漫漶不清。

　　山东大学图书馆藏本，扉页镌"黄维章太史评□，楚辞听直，本衙藏板"，"评"后之字磨损不可见。"楚辞卷一"题作"离骚"，下无"经"字。卷一、卷二、卷四有朱批、墨批。该藏本其余版式与国图八册本皆同。

　　《楚辞听直》各版本以影印形式出版发行的情况绪论中已有介绍，此处不再赘述。此外，随着学界对《楚辞听直》研究的推进，该书的点校本也陆续面世。2017 年，南京大学出版社出版了《楚辞听直》的首个点校本（横排版）。该本以明崇祯十六年原刻清顺治十四年补刻本为底本，明崇祯十六年刻清顺治十四年续刻本、明崇祯十六年刻清顺治十四年增修本、国家图书馆藏八册刻本、国家图书馆藏七略盦《楚辞听直》刻本三册、《听直合论》抄本二册为参校本，由南通大学楚辞研究中心教师徐燕整理点校。2019 年，楚辞研究专家黄灵庚先生与李凤立女士共同整理点校的《楚辞听直》（竖排本）也已由上海古籍出版社出版发行。该书以明崇祯本为底本，《听直合论》部分以清顺治续刻本为底本。

另据笔者了解，杜松柏主编的《楚辞汇编》（包括第二册《楚辞听直》）在日本九州大学（Kyushu University）亦有藏；此外，台湾庄严文化事业有限公司 1997 年出版的《楚辞听直》八卷（含《听直合论》一卷），在美国得州大学（University of Texas）及堪萨斯大学（University of Kansas）图书馆有藏。

二、《楚辞听直》的选篇原则

黄文焕录入《楚辞听直》的篇目为《离骚》、《远游》、《天问》、《九歌》、《卜居》、《渔父》、《九章》、《大招》、《招魂》。他在《凡例》中对自己的选篇原则作了较为详细的说明：

> 从刘向时，定屈子七题为七卷，而以宋玉之《九辩》、《招魂》，景差之《大招》，贾谊之《惜誓》，淮南小山之《招隐士》，东方朔之《七谏》，严忌之《哀时命》，王褒之《九怀》，向所自著之《九叹》，每一题称一卷，合屈为十六卷。王逸注《骚》，又附著《九思》，为十七卷。①

自刘向辑《楚辞》16 卷始，后世注家择取楚辞篇目时皆本于此，但也会因选篇原则之不同而有所差异。如王逸的《楚辞章句》17 卷，收录了除标明

---

① （明）黄文焕撰，黄灵庚、李凤立点校：《楚辞听直·凡例》，上海古籍出版社 2019 年版，第 2 页。

为屈原作品外，还收录了宋玉的闵师之作《九辩》，认为是宋玉所作的《招魂》，可能是屈原或景差所作的《大招》，可能是贾谊所作的《惜誓》，淮南小山的《招隐士》，东方朔的《七谏》，严忌的《哀时命》，还有刘向、王褒等"悲其文"之作《九叹》、《九怀》，王逸自作《九思》，统之以"楚辞"，为总集之祖。

宋晁补之《重编楚辞》16卷、《续楚辞》20卷、《变楚辞》20卷：依序自《离骚》、《九歌》、《天问》、《九章》、《远游》、《卜居》、《渔父》至《大招》，以为屈原作品，统之以"离骚"；以《九辩》、《招魂》、《惜誓》、《七谏》、《哀时命》、《招隐士》、《九怀》、《九叹》为宋玉诸人作，皆西汉以前文，统之以"楚辞"。① 王逸《九思》，以其为东汉作品，故未收入其书。选目变动较大。

宋洪兴祖承王逸《楚辞章句》选目原则、目录与王逸本一致，目录中以屈原作品为"离骚"，其余统以"楚辞"。

朱熹《楚辞集注》8卷，以王逸《楚辞章句》标明屈原所著25篇为"离骚"。宋玉以下16篇为"续离骚"，删去东方朔之《七谏》、王褒之《九怀》、刘向之《九叹》、王逸之《九思》，补以贾谊二赋，依序为《九辩》、《招魂》、《大招》、《惜誓》、《吊屈原赋》、《服赋》、《哀时命》、《招隐士》。朱子认为"《七谏》以下，词意平缓，意不深切"，给人无病呻吟之感，故不予保留。

正如前文所述，自朱熹开始，注家已将个人情感融入了对屈作诸篇的阐释之中。《楚辞》的选目也随之发生了较大的变化，注家更加注重作品所能传达出的深刻内涵，即能阐明义理，"知屈"倾向愈发凸显。同出自闽地的黄文焕以"听直"为注骚之动机，故而在选目时只保留了他认为是屈原自作的作品：

> 余严汰焉，以其词之与原无涉者，不宜存也，小山是也；即或词为原作，而其意其法未能与原并驱，不足存也，《惜誓》、《七谏》、《哀时命》、《九怀》、《九叹》、《九思》是也；《九辩》为从来所共赏，玉之旨

---

① 崔富章：《楚辞书目五种续编》，上海古籍出版社1993年版，第38页。

因《骚》有"启《九辩》与《九歌》"之句，欲以是补之，与《九歌》等，然词在涉与不涉之间，意与法在欲并未能并之际，抄袭句多，曲折味少，亦不存焉可矣。①

黄文焕对他择取的楚辞作品进行了严格的筛选。首先，他认为淮南小山的《招隐士》与屈子无直接关联，不宜存留；而贾谊的《惜誓》、东方朔的《七谏》等篇虽是为悼念屈子所作，但无论文意还是文法都无法达到与屈原作品比肩的高度，不足以保留；而宋玉之作抄袭较多，发明较少，也不宜存留。可见，黄氏的选目标准较前人严格，选篇范围也随之缩小。

篇目顺序上，以黄氏注本的选目为参照，王、洪、朱三家注本及《楚辞听直》篇次顺序见下表：

注本名称	篇次顺序	
《楚辞章句》	第一卷	离骚经章句第一
	第二卷	九歌传章句第二
	第三卷	天问传章句第三
	第四卷	九章传章句第四②
	第五卷	远游传章句第五
	第六卷	卜居传章句第六
	第七卷	渔父传章句第七
	……	
	第九卷	招魂传章句第九
	第十卷	大招传章句第十③
	……	

---

① （明）黄文焕撰，黄灵庚、李凤立点校：《楚辞听直·凡例》，上海古籍出版社 2019 年版，第 2 页。

② 参考《楚辞著作提要·楚辞章句》：关于《楚辞章句》的编次，今本与古本有所不同。今本《九章》在前，《九辩》在后，但今本《九章》中，王逸在《哀郢》之"美超远而逾迈"下注曰："此皆解于《九辩》之中。"可知，在古本《楚辞章句》中，《九辩》应排在《九章》之前。

③ 《楚辞章句》目录中第一至第七卷篇名标明作者为屈原，《招魂》下标明作者为宋玉，《大招》下标明作者为屈原或言景差。

续表

注本名称	篇次顺序	
《楚辞补注》	离骚经① 第一 九歌第二 天问第三 九章第四② 远游第五 卜居第六 渔父第七 …… 招魂第九	
《楚辞补注》	大招第十③ ……	
《楚辞集注》 《楚辞集注》	离骚经④ 第一 离骚九歌第二 离骚天问第三 离骚九章第四 离骚远游第五 离骚卜居第六 离骚渔父第七 …… 续离骚招魂第九 续离骚大招第十⑥ ……	卷一 卷二⑤ 卷三 卷四 卷五 卷七

① 释文第一无"经"字。
② 王、洪、朱三家注本《九章》诸篇依序为:《惜诵》、《涉江》、《哀郢》、《抽思》、《怀沙》、《思美人》、《惜往日》、《橘颂》、《悲回风》。
③ 《楚辞补注》目录中,《大招》下标明作者为屈原,或言景差。
④ 释文无"经"字。
⑤ 一本此篇以下皆有"传"字。
⑥ 《集注》目录中,《大招》下标明作者为景差。

续表

注本名称	篇次顺序	
《楚辞听直》	楚辞卷一	离骚
	楚辞卷二	远游
	楚辞卷三	天问
	楚辞卷四	九歌
	楚辞卷五	卜居
	楚辞卷六	渔父
	楚辞卷七	九章
	楚辞卷八	大招　招魂

（一）黄文焕《楚辞听直》对王、洪、朱三家注本篇次的调整

对比上表可知，《楚辞章句》、《楚辞补注》及《楚辞集注》篇次完全一致：首《离骚经》，次《九歌》，继以《天问》、《九章》、《远游》、《卜居》、《渔父》、《招魂》、《大招》。王、洪、朱三家注本在篇目次第处理上体现出了明显的承继关系。黄文焕则不同，他根据屈原行踪，考辨屈作诸篇的创作时间，并依时间先后对三家注本的篇目次序作了较大调整。首《离骚》、次《远游》于其后、三《天问》、四《九歌》、五《卜居》、六《渔父》、七《九章》、八《大招》和《招魂》，将《九章》调至《渔父》后，将《大招》置于《招魂》之前。

黄文焕认为，除《离骚》外，其余诸篇均作于顷襄王时。具体来说，《远游》作于顷襄王时，不过，其创作时间应界于怀王被扣留在秦国但尚未离世之时。此时屈原虽不为顷襄王所用，但尚未迫迁，故其语"只言仙游，无甚悲恨"。《天问》结句明言"吾告堵敖以不长，何试上自予，而忠名弥彰"①，此谓"罪己之知怀王不返而未以死谏"②，因此应作于怀王初死时；怀王既死，顷襄王却无复仇之志，故《九歌》叹"夫人兮自有美子，荪何以兮愁苦"，以此知《九歌》创作时间晚于《天问》；《卜居》言"屈原既放，三年不得复

① （明）黄文焕撰，黄灵庚、李凤立点校：《楚辞听直》，上海古籍出版社2019年版，第83页。
② （明）黄文焕撰，黄灵庚、李凤立点校：《楚辞听直》，上海古籍出版社2019年版，第215页。

见"，则应在《九歌》之后，"原已自纪其年矣"；《渔父》曰"宁赴湘流，葬于江鱼之腹中。安能以皓皓之白，而蒙世俗之尘埃乎"，屈子"决志于死，无居堪卜"，故居于《卜居》之后；"《九章》详言被放，或作于初放之一二年，固有在《卜居》前者，继之久放以迄投水，自应在诸篇之后，此余所新核之年也"①。《卜居》、《渔父》皆明确交代被放时间，《卜居》曰既放三年，《哀郢》则曰放九年而不复，"谁先谁后，依原自言"。另据太史公"作《怀沙》之赋，自投汨罗"之语，判定《九章》以《怀沙》为末篇。黄氏立论虽掺杂臆测成分，未必皆然，但他不盲从旧本，以屈作与史料相互印证，论证缜密，分析精当，足成一家之言，所以其结论大体为清代林云铭、王邦采等人所接受并予以深入论证，颇有影响。

此外，黄文焕对《九章》各篇的次序也进行了较大调整。王、洪、朱三家注本《九章》诸篇依序为：首《惜诵》、次《涉江》、三《哀郢》、四《抽思》、五《怀沙》、六《思美人》、七《惜往日》、八《橘颂》、九《悲回风》。黄文焕认为，"王逸原本，殊为淆乱，朱子因之而未改"②，他从《九章》诸篇中稽考年月，按作品时间先后重新排序，因此将篇次调整为：自《惜诵》以下，《思美人》次之、《抽思》第三、《涉江》第四、《橘颂》第五、《悲回风》第六、《哀郢》第七、《惜往日》第八、《怀沙》为终篇。

（二）对旧本目录中"经"、"传"、"离骚"等字皆不予保留

黄文焕在《凡例》中以较大篇幅阐述了自己对旧本目录中"经"、"传"、"离骚"等字的处理方式。第一，黄氏认为旧本中"离骚"下"经"字为后世"宗《骚》尊《骚》"者所加，并非屈子自名之，故而删之；第二，王逸本中《远游》、《天问》、《九歌》、《卜居》、《渔父》、《九章》诸篇题下均有"传"字，朱子本则加"离骚"二字于每题之上，黄文焕也一并未予保留。他以为"传"之

---

① （明）黄文焕撰，黄灵庚、李凤立点校：《楚辞听直》，上海古籍出版社 2019 年版，第 215 页。
② （明）黄文焕撰，黄灵庚、李凤立点校：《楚辞听直》，上海古籍出版社 2019 年版，第 256 页。

名，也不始于王逸。前溯至刘安、班固、贾逵等人，皆只作《离骚经章句》，未及其他篇目。"惟视经为纲，传为目，故详于纲，略于目"①，"传"之名于淮南、班、贾之时既已有之。至于朱子于二十五篇均称"离骚"的做法，黄氏以为"其与称'传'之旨类似"。他继而说到，虽然屈子之意未尝不是"即后申前"、"以此贯彼"，可知黄氏对于王、朱的做法并不是完全否定的。但他从屈作的创作时间分析，首篇作于怀王时，其余均作于顷襄王时，屈子"业已自判其题，各不相混"，那么王逸"赘而系之"、朱子"赘而冠之"的做法就显得较为多余了。基于上述理由，黄文焕在其《楚辞听直》目录中对旧本目录"经"、"传"、"离骚"等字均未予保留，以"还其为屈子之初"。

（三）关于《大招》、《招魂》的作者

王、洪、朱三家注本目录中，《楚辞章句》目录《招魂》下标明作者为宋玉，《大招》下标明作者为"屈原或言景差"；《楚辞补注》目录中，《大招》下标明作者为"屈原，或言景差"；《楚辞集注》目录《大招》下标明作者为景差。黄文焕则首次将此二篇皆归于屈原名下。《楚辞听直·凡例》："王逸之论《大招》归之或曰屈原，未尝以专属景差。晁氏曰：'词义高古，非原莫能及。'余谓本领深厚，更非原莫能及，则存《大招》固所以存原之自作也。《招魂》属之宋玉，而太史公曰：'读《离骚》《天问》《招魂》《哀郢》，悲其志。'又似亦原之自作。则存《招魂》，亦并存原耳。即《招魂》从来属玉，《大招》未必非差，而其词专为原拈，其意与法足与原并，则固足存矣、宜存矣。此岂他篇所可比。"② 黄氏在评注《招魂》时，对其作者尚未有确定的判断，只是从词法、意旨等角度进行考量，但至著《听直合论》时，黄氏又进一步从诸篇目的写作时间、《楚辞》篇目总数及《史记》中相关记载等多个方面进行举证，愈发确信《招魂》为屈原自作。故《楚辞听直》所指之"楚辞"，

---

① （明）黄文焕撰，黄灵庚、李凤立点校：《楚辞听直·凡例》，上海古籍出版社 2019 年版，第 1—2 页。

② （明）黄文焕撰，黄灵庚、李凤立点校：《楚辞听直》，上海古籍出版社 2019 年版，第 259 页。

实际只包括黄氏认定的屈原作品。二《招》的作者归属历来为诸家论争的焦点，下文将设专节讨论，故此处暂不做详细阐述。

三、《楚辞听直》的体例

（一）《楚辞听直》全书体例概述

《楚辞听直》全书总体的体例安排实由两个部分组成。前半部分包括《序》、《凡例》和正文注。在自序中，黄文焕详细叙述了自己注骚的缘由及成书的过程；《凡例》阐述了对《离骚》称"经"、王、朱二家注本对《远游》诸篇题目后缀处理方式的看法、《楚辞听直》的选篇原则及编排体例。后半部分为《楚辞听直·听直合论》，包括《听直合论序》及《听直合论》"十七听"。下面就全书的主体部分，即"正文注"及《听直合论》分述之。

1.《楚辞听直》正文段落划分及注释方式——品、笺结合，篇末时有"总品"

汉宋之际，《楚辞》注本基本以辑注为主，先释字词，再对该句文意进行梳理，着重训诂。如王逸的《楚辞章句》、洪兴祖的《楚辞补注》，都采用逐句作解的注释体例。洪兴祖继承了《楚辞章句》的注释方式，列逸注于前，再一一疏通、证明、补注于后。到朱熹的《楚辞集注》，注释体例和注解内容都较前代灵活和丰富起来，其中的显著变化是朱注本开始从篇章层次的角度探究《楚辞》，朱熹将四句（偶尔有六句、八句）划分为一个注解单位，进而将诸篇分为若干小节。先释词之音义，再疏通小节大意。每篇题下有题解，包括对作者、题意、写作背景、创作意旨等方面的简要阐述。仿照《毛诗》体例，于某些章节下，以解《诗》之手法对楚辞作品加以诠释。黄文焕对句段的划分则更加灵活，少则三四句，如"魂乎归来！无东无西，无南无北只"（《大招》）、"闺中既以邃远兮，哲王又不寤。怀朕情而不发兮，余焉能忍而与此终古"（《离骚》）；多则四五十句，如"命天阍其开关兮，排阊阖而望予"至"内欣欣而自美兮，聊媮娱以淫乐"（《远游》）、"肴羞未通，女乐罗些"至"魂兮归来，返故居些"（《招魂》）；《卜居》、《渔父》篇则直接以整篇作为一个完整的意义单元。对正文篇章进行划分后，先"品"，后"笺"（少数段落正文后只有"笺"注）。另外，在《远游》、《九歌》之二《湘》、二《司命》、《东君》、《河伯》、《山鬼》、《国殇》、《礼魂》、《九章》诸篇及二《招》篇末另有"总品"。

对于《楚辞听直》采用"评注并行"的原因，黄文焕解释道，诸家注本"评《楚辞》者不注，注《楚辞》者不评，评与注分为二家"①。实际上，前代注本中已有少量评论性质的话语穿插于注中，如洪兴祖《楚辞补注》本并未囿于《楚辞章句》之说，对王逸注解多有阐发；朱熹注本虽亦多承袭《楚辞章句》，但又颇有创见，且已开始注重探求屈作的言外之意，借以阐发微词奥义。不过，洪、朱本仍侧重用传统训诂学的方式方法注解楚辞，重点仍在于"注"，因此评注合一的倾向不甚明显。对此，黄氏以为品、评分家不足以道尽《楚辞》之奥义，故而"于评称'品'，'品'拈大概，重在句子结撰之意，行文脉络起承之间，使人易于醒眼；于注称'笺'，'笺'按曲折，重在诠释字句，阐发章节大意，使人详于回肠"②，黄氏合而发之，意在得"屈子深旨与其作法之所在"。笺注中几乎不注释字词，只是对篇章意旨进行阐发，时而掺杂寄寓身世之感。黄氏对自己注骚之动机并不讳言："品之中亦有似笺者，然系截出要紧之句，不依本段之次序也。至于笺中字费敲推，语经锻炼，就原之低徊反复者又再增低徊反复焉，则固余所冀王明之用汲，悲充位之胥谗，自抒其无韵之骚，非但注屈而已。"③

2.《听直合论》：以评论为主

《听直合论》的正文实际也可分为两个部分。前半部分据义而分，《听

---

① （明）黄文焕撰，黄灵庚、李凤立点校：《楚辞听直·凡例》，上海古籍出版社 2019 年版，第 2 页。

② （明）黄文焕撰，黄灵庚、李凤立点校：《楚辞听直·前言》，南京大学出版社 2017 年版，第 10 页。

③ （明）黄文焕撰，黄灵庚、李凤立点校：《楚辞听直·凡例》，上海古籍出版社 2019 年版，第 3 页。

忠》、《听学》、《听年》、《听次》、《听复》、《听芳》、《听玉》、《听路》、《听女》、《听体》十篇，"拈出一字而牵动全篇，前后关联之，触类旁通之，精义皎然，考证缜细，文体分析亦有致"①；后半部分以篇而分，《听离骚》、《听远游》、《听天问》、《听九歌》、《听〈卜居〉〈渔父〉》、《听九章》、《听二〈招〉》七篇，"或解篇题，或申篇旨，或析布局，或谈章法，或考时地，或驳旧说"②，合《楚辞听直》而论"以补《听直》之未尽"。以下将对《楚辞听直》各篇内容做简要介绍：

《听忠》是黄文焕对屈子思想的分析与解读。文章开篇即以"千古忠臣，当推屈子第一"立论，对"忿懟"、"狷狭"、"忠而过"等诋屈子之忠的说法，黄氏均一一予以驳正。其谓"夫臣之于忠，只有不及，安得过哉"，他继承了前代洪兴祖的观点，坚持屈子自死是先志已定，并非出于一时烈气。黄氏立足屈作，指出屈原早在作《离骚》之时就已矢志于投水以死的证据——"愿依彭咸之遗则"、"将从彭咸之所居"。重要的是，此时怀王尚在世，而屈原投水在顷襄王时，这足以说明屈原赴死是经过慎重考虑后才作出的选择。为此，黄文焕提出了一个大胆的推测："原固知后世之人，必将诋之为忿懟，故以未遽死"③，并在其作品中多次自明，"其于首篇曰，'屈心而抑志'，曰'和调度以自娱'。于《远游》曰，'长向风而舒情'，曰'内欣欣而自美，聊婾娱以淫乐'……于《怀沙》曰'重华不可遇兮，孰知余之从容'，曰'惩连改忿兮，抑心而自强'"④等，无一语有忿懟之嫌，以此驳斥扬雄的忿懟之说。下文也采用同样方法驳斥朱熹的"狷狭"、"忠而过"之说。随后，黄文焕又对屈原投水之时机阐述了个人看法。他认为，屈原没有选择在怀王客死

---

① （明）黄文焕撰，黄灵庚、李凤立点校：《楚辞听直·前言》，南京大学出版社 2017 年版，第 11 页。

② （明）黄文焕撰，黄灵庚、李凤立点校：《楚辞听直·前言》，南京大学出版社 2017 年版，第 10 页。

③ （明）黄文焕撰，黄灵庚、李凤立点校：《楚辞听直》，上海古籍出版社 2019 年版，第 210 页。

④ （明）黄文焕撰，黄灵庚、李凤立点校：《楚辞听直》，上海古籍出版社 2019 年版，第 210 页。

于秦及归葬之时殉主赴死，而是等到自己被放九年之后才投江自沉的原因，一言以蔽之，曰："原冀顷襄之报仇也"。黄氏指出，如果说《东君》中有"举长弓兮射天狼"、"操余狐兮反渝降"之语，是隐言复仇之意；《国殇》中"车错兵接"、"列阵躐行"之语，冀顷襄王复仇之意已甚明。无奈"自有美子，荪何以兮愁苦"，屈子明言不报父仇，不可以为子。年复一年，屈子终未看到顷襄王的复仇之意之举，等来的却是其迎秦妇入楚，与秦结姻亲之好。面对永无报仇之日的绝望与愤慨，面对楚国山河日下的政治格局，唯有矢死以明志。屈子宗臣宗国之行为节操是任何人都无法企及的，"知此而原之死必无可宽，原之忠复何可诋也"①。黄文焕力排朱熹"忠而过"之说，表达了鲜明的褒忠直之旨。

《听学》篇总结了屈原的学术渊源问题。黄文焕认为，"周公之道，思兼三王。孔子之学，只在祖述尧舜，宪章文武……盖周孔之道学，尽于此矣"②。屈原于篇首即引"三后之纯粹"，继以"尧舜之耿介"、"汤禹严而能合"。黄氏援引《远游》、《天问》、《九章》诸篇中的相关语句，证明屈原"史学淹贯"、"理学之深"，且屈子言众芳之所在，必本于纯粹，此源于《易》。屈原"语乐，曰《韶》"乃孔子之乐；谈仁义，亦承袭孔孟敦厚之言；论文质，遵循孔子"史也彬彬"之旨；总之，屈作之中谈性命、谈道德，言诚言信、心志情质，"无理不披"，他"秉德无私具之矣"，是深谙儒家道统的。"遍阅子家之书，以絜纯絜庄，吾欲祀原于孔庑，无以易矣，又乌待北学始谓之学哉？"③前人尊《骚》为经，然"均不深知原之学"。黄氏完全以儒家思想来包装和评价屈原虽有失偏颇，但他以屈原作品为依据，驳正朱熹深知《骚》经，却仍以为屈原"未知学"、"不求道"、"儒者羞称"等片面观点来说，也算道出了部分的真理。

《听年》、《听次》二篇集中讨论了屈原诸作的创作时间。黄文焕根据屈

① （明）黄文焕撰，黄灵庚、李凤立点校：《楚辞听直》，上海古籍出版社2019年版，第211页。
② （明）黄文焕撰，黄灵庚、李凤立点校：《楚辞听直》，上海古籍出版社2019年版，第211页。
③ （明）黄文焕撰，黄灵庚、李凤立点校：《楚辞听直》，上海古籍出版社2019年版，第214页。

原作品的思想情感和作品中提及的时间线索，结合史载资料，对屈原的生平、流放时间作了详尽的考察，并据此对《楚辞》二十五篇之创作时期予以细致分析和论证。如黄氏根据《少司命》中"夫人兮自有美子，荪何以兮愁苦"来推断该篇写作于《天问》之后；根据《卜居》首句"屈原既放，三年不得复见"句推断《卜居》"应在《九歌》之后，原已自纪其年"等。《听复》、《听芳》、《听玉》、《听路》、《听女》、《听体》诸篇从不同视角对《楚辞》艺术特色进行分析讨论。《听复》主要是对楚辞创作手法的探讨；《听芳》至《听女》四篇则侧重于对楚辞意象的探讨；《听体》以"六义"为参照，辨析屈作各篇的文体渊源与修辞手法。

对《楚辞》具体篇目的分析解读主要集中在《听直合论》的后七篇，即《听离骚》、《听远游》、《听天问》、《听九歌》、《听〈卜居〉〈渔父〉》、《听九章》、《听二〈招〉》中。黄氏探讨的内容涉及对屈作题旨、文意、作品情感、文体、章法布局、篇次安排等内容的辨析，包括对诗人的心理分析、作品归属等内容，提出了不少独到的见解，对后世学者颇具影响。如黄氏分析《离骚》中屈原三次"求女"与西行"求女"为真"求女"，乃求贤妃之说；"九歌"之名并非楚俗之歌，而当是"自古有之"，其作品犹如"后人拟古乐府、代古乐府，因其名而异其词"[1]；《九章》诸篇的创作时间及篇目次序的更定；将《招魂》、《大招》两篇作品归于屈原等，均不苟旧说，富于见地。

（二）明代评点之风影响下的《楚辞听直》

评注结合可以说是《楚辞听直》最具代表性的特色之一。黄文焕能跳出《楚辞》研究的"注疏"传统，以全新的注释体例[2]注解屈作，除明代后期学术空气较为自由、黄氏不满前注等诸多因素之影响外，综观明代文学批评的发展历程可知，《楚辞听直》的这种独特体例与明代盛行的"评点"之风

---

[1]　（明）黄文焕撰，黄灵庚、李凤立点校：《楚辞听直》，上海古籍出版社 2019 年版，第 252 页。

[2]　黄灵庚先生认为，黄氏所创品、笺之体式，与宋元以后乡间老成经师讲习经义之模式类似。

亦有着十分密切的关联。

评点是极具中国特色的一种文学批评形式，其源头可上溯至秦汉的经史之学。如《易》有系辞、说卦，《诗》有《毛传》《郑笺》，乃至司马迁的"太史公曰"，王逸《楚辞章句》置于每篇前的小序等等，均可视为评点之滥觞。[①] 所谓"评点"，实包括"评"与"点"二端。"评"是著家通过序跋、读法、眉批、旁批、夹批、总评等形式对所批评对象，如作品全局、个别段落或字句进行品评；"点"是通过圈、点、线等符号对篇章中的语句作出标识，以表达特定含义。[②] 文学评点形式灵活随意，具有很强的主观性，可随文注评，可于文章转折处、关键处进行细致评析和说明；也可在篇末以总评的形式综论全文之意趣脉络。诸种评点方式既可统一配合，亦可独立使用。由于评点的加入，传统读者的接受环节随之发生了改变：

　① 文本→读者
　② 文本→评点家的接受→文学评点本→读者

虽然读者的接受环节变得更为复杂，但文学评点也在文本和读者之间架起了一道桥梁，既丰富了作品本身的文本价值，也为读者接受营造了更为广阔的空间。正是如此，文学评点在很长的一段历史时期内受到读者的广泛认可和欢迎，进而渗透到中国古代文学中的各种重要文体、重要作家以及众多重要作品集的刊刻中去，并在作品的传播史上留下了浓重的一笔。[③] 据考察，作为明代文学评点的重要组成，天启年间《楚辞》评点本的数量已明显呈现上升趋势，陆时雍的《楚辞疏》、蒋之翘的《七十二家评楚辞》、张凤翼的《楚辞合纂》、沈云翔的《楚辞集注评林》、来钦之的《楚辞述注》及潘三槐的《屈子》等，都是这一时期评点本的代表，而楚辞评点在天启之后的二十余年时

---

① 黄霖主编：《文学评点论稿》，凤凰出版社 2017 年版，第 1 页。

② 罗剑波：《明代楚辞评点研究》，复旦大学 2008 年博士学位论文。

③ 罗剑波：《明代楚辞评点研究》，复旦大学 2008 年博士学位论文。

间里也全面进入到了鼎盛时期。由此看来，始撰于明代末期的《楚辞听直》会受到这股强劲评点之风的浸染是存在现实基础的。

对比与《楚辞听直》同时期的评点本及相关研究中有关"评点"的介绍，可大致看出黄氏注本对评点的吸收借鉴之处。

首先是区分章段。如前文所述，在汉晋以来经疏之学的双重影响下，区分章段的评点方式在南宋开始广泛流行。而文学评点的走红，恐怕与吕祖谦《古文关键》的问世颇有关联。俞樾曾评论此书："先生论文极细，凡文中精神、命脉，悉用笔抹出；其用字得力处，则或以点识之；而段落所在，则钩乙其旁，以醒读者之目。学者循是以求，古文关键可坐而得矣。"①俞氏评韩愈的《获麟解》为"反复作五段说"，评《师说》云："最是结得段段有力"，评柳宗元的《桐叶封弟辨》时写道："一段好如一段"。其后楼昉、谢枋得、周应龙、真德秀等相继着力于选文评点，揭示文法，"抽其关键，以惠后学"。至金圣叹，将《西厢记》分作十六章，又将第一章"老夫人开春院"分作十五节，一一点评。②诸如此类，皆是将作品分段点评。

黄文焕在注解《楚辞》时就未沿用前人注本中逐句疏解的传统训诂方式，而是根据篇章意义划分段落。如在处理较难理解的《天问》篇时，黄文焕将其分为三个层次，"首遹天地之开辟，中胪夏商周之治乱，末乃归于楚国之事"③。据此而分，既解决了《天问》淆杂难懂的问题，亦使诸家眼中"文义不次序"的文本内容明晰起来。在注解《卜居》、《渔父》两篇时，黄氏则直接以整篇作为一个单位进行统一品评。

区分章段外，评点往往在"每章之末，括其大旨"，即以数语总括篇章意旨。《楚辞听直》收屈原作品 27 篇中，除《离骚》、《天问》、《卜居》、《渔父》及《九歌》之《东皇太一》、《云中君》六篇外，其余各篇末尾皆有长短不等的"总品"，占《楚辞听直》所收屈原作品总数的近八成。如：

---

① （清）俞樾：《东莱先生古文关键后跋》，清光绪二十四年江苏书局本卷末。

② 张伯伟：《中国古代文学批评方法研究》，中华书局 2006 年版，第 550 页。

③ （明）黄文焕撰，黄灵庚、李凤立点校：《楚辞听直》，上海古籍出版社 2019 年版，第 246 页。

《远游》总品曰：

　　通篇许多曲折，大意大势，则只三层。开口"悲时俗之迫厄"至"形枯槁而独留"，哀诉受形乱世，不能远游之苦。迨忽然气变，徒苦得乐，乐不可言。中间详说仙游，历变世间天上，无复分毫堪忧矣。乃忽然临睨，又从乐得苦，苦益不可言。既已再苦，又再寻乐，仍驰往于世间，驰骛于天上。彷徨反顾，但有见闻尽绝，苦乃永不作乎！三层惨怆，直欲暗日月而翻山海。①

《国殇》总品曰：

　　未死仗魂，不能仗灵，却曰"威灵"；既死仗灵，不能仗魄，却曰"魄毅"。前后穿插，通生死为一。②

《惜诵》总品曰：

　　《惜诵》言君言众人，语显而直，自是《九章》首篇体裁。久经闭口，一旦诉愤，岂得半吞半吐？与他章或隐言之，或于君于小人一明及之，而不复复说者弗同。盖既经"惜诵"之显指，则再说必须更端，此中确有次第也。朱晦菴谓《九章》皆直致无润色，诸章深练无尽，何尝太直！谓《惜诵》为直，则颇近之。然章法重叠，呼君呼众人，缭绕万端，语虽直而法未尝不曲也。"言"字、"情"字、"志"字，是通篇呼应眼目。中段忽入说梦，尤工于穿插出奇。③

---

① （明）黄文焕撰，黄灵庚、李凤立点校：《楚辞听直》，上海古籍出版社 2019 年版，第 53 页。
② （明）黄文焕撰，黄灵庚、李凤立点校：《楚辞听直》，上海古籍出版社 2019 年版，第 113 页。
③ （明）黄文焕撰，黄灵庚、李凤立点校：《楚辞听直》，上海古籍出版社 2019 年版，第 129—130 页。

从以上几篇"总品"来看，总品的篇幅、涉及内容方面都较为灵活，从对字词的品评，篇题意旨、写作手法的探讨，再到对段落层次大意的阐释及全篇思想情感的把握等，几乎涉及了对屈作分析的各个方面，是对品、笺的总括和补充。

评点对句法、章法和文法同样关注。无论是中唐诗之论"势"，宋代文学作品和文学批评之论"法"，还是明清小说之评点，都贯注着文学评点对"法"的追求和重视。如《古文关键》开篇便列有对字法、章法及对诸家文法的总论；《文章轨范》在论评文章时也特别重视句法和章法的运用，如评韩愈《上张仆射书》云："连下五个'如此'字，句法长短错综凡四变，此章法也"、"又连下三个'如此'字，长短错综，此章法也"、"此三句无紧要，句法亦不苟且"[1] 等评语，均是对章句文法的注重与品评。

《楚辞听直》对"法"的分析也是黄文焕品评屈辞艺术特色的重要手段，黄氏关于章法技巧的阐述几乎随处可寻。略举两例观之，《惜诵》"惩热羹而吹齑兮，何不变此志也？欲释阶而登天兮，犹有曩之态也。众骇遽以离心兮，又何以为此伴也？同极而异路兮，又何以为此援也"一段，段下"品"寥寥几语就道出了以字法照应前文及"叠拈"而产生的效果：

> "不变此志"应前"陈志"。"同极"应"志极"。"异路"应"无路"。
> 日门曰路曰阶，三者我无一焉，又何以行世？叠拈最惨。"何不"、"何
> 以"，三"何"字，自骂得痛绝。[2]

在注解《天问》时，黄文焕以大段文字对该篇的字法、句法尤其章法运用技巧进行了专门讨论：

---

[1] （宋）谢枋得撰，金元编：《文章轨范》，中华再造善本，北京图书馆出版社 2005 年版，卷一。

[2] （明）黄文焕撰，黄灵庚、李凤立点校：《楚辞听直》，上海古籍出版社 2019 年版，第 126 页。

　　诚知其次序中之变顺为逆，即逆是顺，字法如何，句法如何，段法如何，合字法、句法、段法以成章法如何，则读之了了矣。通篇一百七十一问，以"何"字、"胡"字、"安"字、"焉"字、"几"字、"谁"字、"孰"字、"安"字为字法之变；以一句两问、一句一问、三句一问、四句一问为句法之变；以或于所已问者复问焉，或于正论、本论中忽然错综他语而杂问焉，或于已问之顺序者复而逆问焉，以此为段法之变。字法、句法，易知也。段法之变则全关章法，不易知也。总以顺中之逆，逆中之顺，知其不易知。请先从通篇之最顺者明之……①

《楚辞听直》中也大量运用了文学评点中时常使用的圈、点之法。如《离骚》开篇两节：

　　帝高阳之苗裔兮，朕皇考曰伯庸。摄提贞于孟陬兮，惟庚寅吾以降。皇览揆余初度兮，肇锡余以嘉名。名余曰正则兮，字余曰灵均。②
　　纷吾既有此内美兮，又重之以修能。扈江离与辟芷兮，纫秋兰以为佩。汩余若将不及兮，恐年岁之不吾与。朝搴阰之木兰兮，夕揽洲之宿莽。③

《远游》：

　　悲时俗之迫厄兮，愿轻举而远游。质菲薄而无因兮，焉托乘而上浮。遭沉浊而污秽兮，独郁结其谁语。夜耿耿而不寐兮，魂营营而至曙。惟天地之无穷兮，哀人生之长勤。往者余弗及兮，来者吾

---

① （明）黄文焕撰，黄灵庚、李凤立点校：《楚辞听直》，上海古籍出版社 2019 年版，第 245 页。
② （明）黄文焕撰，黄灵庚、李凤立点校：《楚辞听直》，上海古籍出版社 2019 年版，第 1 页。
③ （明）黄文焕撰，黄灵庚、李凤立点校：《楚辞听直》，上海古籍出版社 2019 年版，第 2 页。

不闻。①

从影印版《楚辞听直》可以看到,《离骚》第一节中,"庸"、"降"、"名"、"均"及每句末"兮"字下;第二节,"佩"、"与"、"莽"及每句末"兮"字下;《远游》一节,"游"、"浮"、"语"、"曙"、"勤"、"闻"及每句"兮"字下皆以单圈号标记。很明显,这些圈点在文学评点中起到的是标明篇章句读的基本功用。

除单圈、单点外,密圈、密点在《楚辞听直》中也被广泛使用。仍以上文所引的《离骚》、《远游》中的几句为例,《楚辞听直》卷一《离骚》前三节中,"帝高阳之苗裔兮"、"纷吾既有此内美兮,又重之以修能"、"不抚壮而弃秽兮,何不改乎此度";卷二《远游》中"悲时俗之迫厄兮"、"焉托乘而上浮"、"往者余弗及兮,来者吾不闻"等,句下均以密圈标记。再对照相应品、笺注文中的密圈、密点,如"帝高阳之苗裔兮"至"字余曰灵均"一节,"品"中"藏许多根由"、"寻思坠地,作此结果"、"最惨在此"、"一体也";笺注中"当生之日便是尽瘁之时"、"忠也,即所以为孝也"、"忠孝两失"、"未死而尝矢死也";"纷吾既有此内美兮"至"夕揽洲之宿莽"一节,"笺"中"不可不合也"、"质将易亏,才亦速败"、"中又且两伤矣"、"不容一刻之少迟"至"广吾采撷"。《远游》"悲时俗之迫厄"至"来者吾不闻"一节,"品"中"非真延年求仙也","笺"中"时不可移,俗尚可择"、"自疑而益自叹"等处之标记,可知黄文焕在《楚辞》原文中以密圈标记的词句,或为文章"眼目"、上下呼应之处,或为作品精妙之处,均为注文中将要着力阐释的重点词句或可总括全段意旨之句。在品笺中,黄氏会再用密圈、密点做出与作品原文相对应的标记。

虽说文学评点的加入在某种程度上提升了文本价值,读者的接受活动也因此变得丰富起来,但任何一种文学批评方式都难免存在弊端。一方面,文

---

① (明)黄文焕撰,黄灵庚、李凤立点校:《楚辞听直》,上海古籍出版社 2019 年版,第 37 页。

学评点多是作者在研读作品的过程中随文附注，这种形式本身存在较大的随意性；加之评点无法以短小形式和简单符号表达复杂意义，使之极易产生因过于零碎而无法承载较为系统、庞杂思想体系的弊端。也许黄文焕认识到了评点本的这种缺陷，所以对评点的形式并未全盘照搬，而是在吸收、借鉴其优势的基础上创造出了全新的注释体例，即品、笺与总品三者结合的诠释模式，令人耳目一新。评注结合的解骚模式也确实能更加全面地诠释《楚辞》之精奥。

自黄文焕将"品"、"笺"结合的注释模式应用到《楚辞》研究后，不少研究者纷纷效法。林云铭虽未完全照搬黄氏体例，但《楚辞灯》"每篇逐句诠释，逐段分疏，末以总论骡括全文"的解骚方式在本质上正是对《楚辞听直》注释体例的继承与发展。再如，清人吴世尚的《楚辞疏》、林仲懿的《离骚中正》、戴震的《屈原赋注》、颜锡名的《离骚求志》等注本，诸本体例皆是受到黄氏《楚辞听直》注释体例之影响或启发。

第二章　黄文焕《离骚》研究

　　《离骚》是《楚辞》中最具代表性的篇章，后世多以之代称《楚辞》。这篇不朽长诗"逸响伟辞，卓绝一世"，以"其言甚长，其思甚幻，其文甚丽，其旨甚明，凭心而言，不遵矩度"① 而震铄古今，成为中国古典诗歌浪漫主义传统的开山之作。鲁迅先生对《离骚》评价甚高，认为此篇对后世文章之影响甚或在《诗》三百之上。正是由于《离骚》在中国文学史上的特殊地位，历代楚辞研究者均对这篇作品着力颇多。黄文焕在吸收前代注本中优秀成果的同时，在《离骚》题义、篇章结构及脉络梳理、"求女"问题及文本注解等诸多方面均提出不少独到见解，体现出了《楚辞听直》在《离骚》研究中鲜明的个人特色。

第一节　《离骚》释义

　　在楚辞学研究史上，"离骚"的题目释义历来就是诸家关注的重要问题，黄文焕自然也不例外。他并未盲目照搬前人的观点，而是在《听直合论》的《离骚》研究专题中深入阐发了对"离骚"篇名意旨的理解，从《离骚》题名及《离骚》是否称"经"两个方面进行讨论，并从屈作诸篇中寻找文本内证加以诠释。

---

① 　鲁迅：《汉文学史纲要》，人民文学出版社 1977 年版，第 54 页。

一、《离骚》命名探源

关于《离骚》篇名的解释，最早应始于司马迁："离骚者，犹离忧也"。班固的训释则更为明确，"离，犹遭也；骚，忧也。明己遭忧作辞也"①。王逸在二者基础上将"离骚"释为"别愁"，以为"离，别也。骚，愁也。经，径也"，以此言己"放逐离别，中心愁思，犹依道径，以风谏君也"②。诸家看法虽不尽相同，也并未对"离"与"骚"做出更加明确的指陈，但都抓住了"遭遇忧愁"、"离别的忧愁"之义，为《离骚》这一千古绝唱定下了忧怨的基调。如此释义于情理间皆能自通，故多为后人所宗，并加以申说。

黄文焕在仔细研读屈原全部作品之基础上，认为"离骚"当从"离别"之义。他进一步解释道，屈作 25 篇中，均有"离"字。如"离人群而遁逸"（《远游》）、"将以遗兮离居"、"孰离合兮可为"（《大司命》）、"悲莫悲兮生别离"（《少司命》）、"思公子兮徒离忧"（《山鬼》）、"首虽离兮心不惩"（《国殇》）、"反离群而赘肬"、"终危独而离异"、"众骇遽以离心"（《惜诵》）、"遂萎绝而离异"（《思美人》）、"藐蘅槁而节离"（《悲回风》）、"民离散而相失"（《哀郢》）等，诸篇均有"离"。既均有"离"，则"愁绪均骚"。若以此为命名标准，则诸篇皆可以"离骚"命名。而对比之下，首篇言"离"最多，因此，"离骚"之名专归首篇。黄氏将《离骚》中包含"离"字的句子悉数列出，并对句意进行了分析解释：其一，"不难夫离别"；其二，"判独离而不服"；其三，"飘风屯其相离"；其四，"纷总总其离合"；其五，又曰"纷总总其离合"；其六，"何离心之可同"。其中，"不难"，照应前文"数化"，是君之所为。"判独"是屈原自为，"判独离而不服"，女媭责怪屈原自己与世道隔离。"飘风"，是天之所为。"纷总总其离"则是天、人、君、我四者皆有。"何可同"是谗人所为，"何离心之可同"是屈原自叹"世永与原离也"，世既弃我，无人与

---

① （宋）洪兴祖撰，白化文等点校：《楚辞补注》，中华书局 2015 年版，第 39 页。
② （宋）洪兴祖撰，白化文等点校：《楚辞补注》，中华书局 2015 年版，第 2 页。

己同心，我亦弃之，"不待谗人疏我矣"。"弥离而心弥动"，故而将"骚"释为"骚屑，骚扰"。黄文焕最后总结道，"绪不可断，势不可静，百端交集于其间，则'离骚'之所为名也。原自注'离'，而不言'骚'，知'离'之多端，足之'骚'之多况矣，举'离'可以该'骚'也"①。以黄文焕的观点来看，首篇命名为"离骚"的原因除了屈子在《离骚》篇中多次使用"离"字以自注之外，更是由于屈子将"适彼乐土"与"怀乎故宇"这两种复杂的情绪之间进退维谷、百感交集于首篇之中，故而才以"离骚"作为篇名。

实际上，黄文焕采用的文本内证法并非其首创，这种注解方式在汪瑗的《楚辞集解》中已然得见。汪瑗在甄别前代各家之说的基础上，将"离骚"篇名由来与篇内诗句相联系，明确提出"离骚"命题之意源自篇中"余既不难夫离别兮，伤灵修之数化"之语：

> 自《离骚》至《渔父》二十五篇，皆为屈原所作，其命题之意岂有不本于篇中之说者乎？此篇中曰："余既不难夫离别兮，伤灵修之数化"。此"离骚"二字之所以由名者也，不亦明白之甚乎？又何必旁取而深求之也哉？若谓明己遭忧而作此辞，则二十五篇为遭忧之所作者多矣，而总称之曰《离骚》可也，又奚必篇各有题名乎？②

汪瑗认为，屈作25篇中多数均为屈子遭忧之所作，若按班固所言，释"离骚"为"明己遭忧而作此辞"，那么诸篇皆可总称《离骚》，便无法解释每篇各有题名的做法。所以，汪瑗否定班孟坚的训释之词，认为"明己遭忧而作此辞"是总括屈赋之大旨，而对《离骚》篇名意旨的指向性并不明确。相较于前人舍近求远的训释方法，汪瑗对"离骚"命名方式的研究无疑是一种积极的突破。

---

① （明）黄文焕撰，黄灵庚、李凤立点校：《楚辞听直》，上海古籍出版社2019年版，第239页。
② （明）汪瑗集解，董洪利点校：《楚辞集解》，北京古籍出版社1994年版，第292页。

与黄文焕同时代的李陈玉在注解《离骚》时也借鉴了汪瑗的释义方法，并将汪瑗的观点进行了革新。他在《楚辞笺注》中将"离"之字义更加细致地区分为"隔离"、"别离"、"与时乖离"三种，又在篇中找到了对应之句，如"盖君臣之交，原自同心，而谗人间之，遂使疏远。相望而不相见，是谓隔离，此《离骚》中有'何离人可同'之语。一去永不相见，孤臣无赐环之日，主上无宣室之望，是谓别离，此《离骚》中有'余既不难夫离别'之语。若夫君子小人枘凿不相入，薰莸不共器，是谓乖离，此《离骚》中有'判独离而不服'之语，就《骚》解骚方知作者当日命篇本意"①。钱澄之在其作《屈诂》题解中保留了李氏的观点："'离'则篇中有云'何离心之可同'，又云'余既不难夫离别'，又云'判独离而不服'，具见此义。"②也就是说，从《离骚》篇中的"何离心之可同"和"余既不难夫离别"两句即可得知"离骚"之义。在具体解释"离骚"题旨时，钱氏将"离"释为"遭"，此说承袭班固。又将"骚"释为"扰动"，然后进一步解释道，"扰者，屈原以忠被谗，志不忘君，心烦意乱，去住不宁，故曰'骚'也"③。

司马迁之后，自汉末至宋的七八百年时间里，各注家在论及"离骚"的命名问题时，基本从未跳出前人对"离骚"释义方式的窠臼，虽也有对旧说探讨的"离骚"意旨批判性地继承，但始终未有突破性的新解，遂未形成一家之言。至明代汪瑗以《离骚》篇内诗句阐释"离骚"题旨之法出现后，对其后的楚辞注家影响甚深，说明在文本中寻找内证的方法已得到了不少楚辞研究者的认同。李陈玉在汪瑗以《离骚》篇内"余既不难夫离别兮，伤灵修之数化"来解释"离骚"题旨的基础上，又另外补充了《离骚》篇中含有"离"字的"何离人之可同"、"判独离而不服"两句，这无疑是对汪瑗观点的继承和完善。钱澄之在保留李氏观点的基础上，又对前人对"离骚"题义的注解

---

① （明）李陈玉：《楚辞笺注》，《续修四库全书·集部楚辞类》第 1302 册，上海古籍出版社 2002 年版，第 8 页。

② （清）钱澄之：《屈诂》，《楚辞文献集成》第十册，广陵书社 2008 年版，第 6398 页。

③ （清）钱澄之：《屈诂》，《楚辞文献集成》第十册，广陵书社 2008 年版，第 6398 页。

进行了选择性的甄别。但是，仅将目光局限于《离骚》本篇来探讨"离骚"之命名，这种做法未免会流于片面。相比之下，黄文焕在吸收借鉴前人观点的基础上，从《离骚》及其他诸篇之中搜集更加翔实的证据加以完善、申说，分析入情入理，可谓深得"离"之义、"骚"之旨。这种放眼于屈原全部作品，通过对屈作整体性、全局性的把握来阐释"离骚"意旨的做法无疑是更加完备的。不过，黄氏将屈子言"离"之文尽数胪列，但始终没有明释"离"义，读罢让人愈发含混不明，又说："原自注'离'而不言'骚'，知'骚'之多端，足知'骚'之多况矣，举'离'可以该'骚'也"①。"离"、"骚"二字显然不能互为解释，故黄氏的结论还是有商榷余地的。

二、《离骚》称"经"问题考察

就目前可见的文献而论，《离骚》是《楚辞》中唯一称"经"的篇目，故而受到古今楚辞学者的特别关注，关于此篇何时称"经"、为何称"经"的讨论也由来已久。王逸《离骚经序》云："《离骚经》者，屈原之所作也。屈原执履忠贞而被谗邪，忧心烦乱，不知所愬，乃作《离骚经》。离，别也。骚，愁也。经，径也。言己放逐离别，中心愁思，犹依道径，以风谏君也。"②又《楚辞后叙》："楚人高其行义，纬其文采，以相教传。至于孝武帝，恢廓道训，使淮南王安作《离骚经章句》，则大义粲然。孝章即位，深弘道艺，而班固、贾逵，复以所见，改易前疑，各作《离骚经章句》。"③至宋洪兴祖补注《楚辞章句》，对王逸的说法提出了最早，也是最明确的反对声音。他在《楚辞补注》中写道："古人引《离骚》未有言'经'者，盖后世之士祖述其词，尊之为经耳，非屈原意也。逸说非是。"④不过，洪本《楚辞补注》

---

① （明）黄文焕撰，黄灵庚、李凤立点校：《楚辞听直》，上海古籍出版社2019年版，第239页。
② （宋）洪兴祖撰，白化文等点校：《楚辞补注》，中华书局2015年版，第1—2页。
③ （宋）洪兴祖撰，白化文等点校：《楚辞补注》，中华书局2015年版，第48页。
④ （宋）洪兴祖撰，白化文等点校：《楚辞补注》，中华书局2015年版，第2页。

目录中仍然保留了"离骚经"的称法，只在该篇目录下注"释文第一无'经'字"，注文中也尚言"骚经"。其后的朱熹在《楚辞集注》目录及注文言"经"之情况亦同洪本。

　　笔者整理了《楚辞书目五种》、《楚辞书目五种续编》、《楚辞著作提要》、《楚辞文献集成》中收录的汉至清代较具代表性的楚辞书目目录中首篇篇名的使用情况，详见下表：

	朝代	作者	著作名称	目录是否写作"离骚经"
1	汉	刘向	《楚辞》十六卷	不可考
2	汉	王逸	《楚辞》十七卷	是
3	晋	郭璞	《楚辞注》	是
4	唐	佚名	《文选集注》	是
5	唐	李善	文选李善注《楚辞》二卷	是
6	唐	李善等六臣	六臣注文选《楚辞》二卷	是
7	宋	晁补之	《重编楚辞》	是
8	宋	洪兴祖	《楚辞补注》	是①
9	宋	朱熹	《楚辞集注》	是②
10	宋	钱杲之	《离骚集传》	否
11	明	周用	《楚辞注略》	否
12	明	屠本畯	《离骚草木疏补》	是
13	明	赵南星	《离骚经订注》	是
14	明	林兆珂	《楚辞述注》	是
15	明	汪瑗	《楚辞集解》	否
16	明	刘永澄	《离骚经纂注》	是
17	明	来钦之	《楚辞》五卷	否
18	明	张京元	《删注楚辞》	否
19	明	黄文焕	《楚辞听直》	否③

① 目录下注"释文第一无'经'字"。
② 目录"离骚经第一"下小字注"释文无经字"。
③ 首篇"日月忽其不淹兮"品注中称《骚经》。

	朝代	作者	著作名称	目录是否写作"离骚经"
20	明	李陈玉	《楚辞笺注》	否
21	明	钱澄之	《屈诂》	是
22	明	陆时雍	《楚辞》十九卷	是
23	明	周拱辰	《离骚草木史》	是
24	清	王夫之	《楚辞通释》	是
25	清	李光地	《离骚经九歌解义》	是
26	清	林云铭	《楚辞灯》	否
27	清	方苞	《离骚正义》	是
28	清	高秋月 曹同春	《楚辞约注》	否
29	清	张诗	《屈子贯》	否
30	清	徐焕龙	《屈辞洗髓》	否
31	清	朱冀	《离骚辩》	否
32	清	贺贻孙	《骚筏》	否
33	清	张德纯	《离骚节解》	否
34	清	林仲懿	《离骚中正》	否
35	清	方桴如	《离骚经解略》	是
36	清	王邦采	《离骚汇订》	否
37	清	吴世尚	《楚辞疏》	否
38	清	蒋骥	《山带阁注楚辞》	否
39	清	顾天成	《离骚解》	否
40	清	王萌	《楚辞评注》	否
41	清	屈复	《楚辞新注》	是
42	清	陈远新	《屈子说志》	否
43	清	姚培谦	《楚辞节注》	是
44	清	夏大霖	《屈骚心印》	否
45	清	奚禄诒	《楚辞详解》	否

续表

	朝代	作者	著作名称	目录是否写作"离骚经"
46	清	刘梦鹏	《屈子章句》	否
47	清	戴震	《屈原赋注初稿》	是
48	清	佚名	《楚辞宗旨》	是
49	清	谢济世	《离骚解》	否
50	清	陈本礼	《屈辞精义》	否
51	清	董国英	《楚辞贯》	否
52	清	胡文英	《屈骚指掌》	否
53	清	龚景瀚	《离骚笺》	否
54	清	鲁笔	《楚辞达》	否
55	清	江有诰	《楚辞韵读》	是
56	清	梅冲	《离骚经解》	是
57	清	胡濬源	《楚辞新注求确》	否
58	清	朱骏声	《离骚补注》	否
59	清	方绩	《屈子正音》	否
60	清	王闿运	《楚辞释》	是
61	清	王树枏	《离骚注》	否
62	清	俞樾	《读楚辞》	否
63	清	马其昶	《屈赋微》	否
64	清	毕大琛	《离骚九歌释》	否
65	清	廖平	《楚辞新解》	否
66	清	王箴	《离骚详解》	否

由上表可知，汉宋之际的楚辞研究著作目录大多采用的是"离骚经"的称法。至明代，赵南星的《离骚经订注》、林兆珂的《楚辞述注》、钱澄之的《屈诂》、刘永澄的《离骚经纂注》、陆时雍的《楚辞》十九卷、周拱辰的《离骚草木史》亦对"离骚"称"经"，其余著作则未予保留，研骚专著中称"经"与不称"经"的比例基本持平。而到了清代，除王夫之的《楚辞通释》、李光地的《离骚经九歌解义》、方苞的《离骚正义》、方楘如的《离骚经解略》、

姚培谦的《楚辞节注》、屈复的《楚辞新注》、戴震的《屈原赋注初稿》、王萌的《楚辞评注》①、王闿运的《楚词释》及佚名的《楚辞宗旨》外，其余三十余种研骚著作于目录或注文中均不言"经"。这种变化在某种程度上体现了汉代被纳入经学体系的解骚方式在清代研究方法、研究视角的多元化潮流中逐渐弱化的趋势。

在明代楚辞学著作中，黄文焕的《楚辞听直》目录下对"离骚"题下"经"字的处理方式是不予保留。他在《凡例》中明确阐述了自己对于"离骚"称"经"的看法：

> "离骚"下，旧有"经"字，王逸本、朱子本皆然。今删之。洪兴祖曰："古人引《离骚》，未有言'经'者。盖后世之士，祖述其词，尊之耳，非屈子意也。"此论良确。王逸释"离骚经"之义曰："离，别也。骚，愁也。经，径也。言己放逐离别，中心愁思，犹陈直径以风谏也。夫尊《骚》比于《五经》，故以"经"名；若释"经"为"径"，归于原之自名之，牵强弥晦矣。②

对于这种处理方式，黄氏给出了自己的两点理由：其一，他肯定了洪兴祖对"经"字来源的判断，即《离骚》原本并未有"经"字附于其后，乃是后人尊屈而增饰。其二，黄氏认为王逸对"离骚经"的释义是较为牵强的。"离骚"称"经"既然是将其地位尊比于五经，那么反观王逸的注法，"经，径也。言己放逐离别，中心愁思，犹陈直径以风谏也"，王氏释"经"为"径"，将"离骚经"之名归于屈原自命之名的话，地位显赫之"经"则与"犹陈直径以风谏"自相矛盾。在这一点上，清代林云铭也持同样看法："屈子本传，太史公止云作《离骚》，后人添出'经'字，且将《九歌》以下诸作皆添一'传'

---

① 目录"离骚经"下注"近本诸家有'经'字"。

② (明)黄文焕撰，黄灵庚、李凤立点校：《楚辞听直·凡例》，上海古籍出版社 2019 年版，第 2 页。

字，不知何意？盖'传'所以释经，从无自作自释之例，而王逸《楚辞章句》，以'经'字解作'径'之义，又与诸篇加'传'之意不合矣。"①

另外，黄氏对于洪兴祖"盖后世之士祖述其词，尊之为经耳"②的推测形成了更加明确的答案，指出尊《骚》为"经"应始于西汉武帝时期：

> 然《骚》之称"经"，不从逸始，又非原始，将谁始乎？曰：始于汉武帝时。逸称武帝"使淮南王安作《离骚经章句》"，当日重辞赋之学，宜宗《骚》尊《骚》，特以"经"名之也。③

黄文焕对《离骚》称"经"时间的判定依据是源于东汉中后期王逸《楚辞章句》中的有关记载：

> 屈原履忠被谮，忧悲愁思，独依诗人之义而作《离骚》，上以讽谏，下以自慰。至于孝武帝，恢廓道训，使淮南王安作《离骚经章句》，则大义粲然。后世雄俊，莫不瞻慕，舒肆妙虑，缵述其词。逮至刘向，典校经书，分为十六卷。孝章即位，深弘道艺，而班固、贾逵，复以所见，改易前疑，各作《离骚经章句》。其余十五卷，阙而不说。又以壮为状，义多乖异，事不要括。今臣复以所识所知，稽之旧章，合之经传，作十六卷章句。④

这是关于《离骚》称"经"起源较为详细的记载。对于这段记述，我们

---

① （清）林云铭撰，彭丹华校点：《楚辞灯》，华东师范大学出版社2012年版，第3页。
② （明）黄文焕撰，黄灵庚、李凤立点校：《楚辞听直·凡例》，上海古籍出版社2019年版，第2页。
③ （明）黄文焕撰，黄灵庚、李凤立点校：《楚辞听直·凡例》，上海古籍出版社2019年版，第2页。
④ （宋）洪兴祖撰，白化文等点校：《楚辞补注》，中华书局2015年版，第36—37页。

存有两个疑问：一是淮南王刘安作《离骚经章句》是奉武帝之命，但"离骚经"的称法是否始于刘安，王逸未作更多交代；二是王逸是将《离骚》推崇至"经"的地位，但汉代只有儒家经典才被尊为"经"，《离骚经章句》之"经"又该如何作解呢？以下略作梳理。

关于《离骚》称"经"的时间问题，古今学人已作了诸多探讨，已有观点可大致分为两派：

其一，认为《离骚经》乃屈子自题。依据为王逸《楚辞章句·序》所言："《离骚经》者，屈原之所作也。……屈原执履忠贞而被谗邪，忧心烦乱，不知所愬，乃作《离骚经》。"清余萧客认同此说。王闿运则发挥了王逸的说法，认为《离骚经》与《逍遥游》命名方式类似，皆以三字为名。至司马迁为屈原作传，翦去"经"字而作《离骚》。继而又言"屈子此作，托于《诗》之一义，故自题为'经'，言此《离骚》乃经义，百代所不变也。离，别也；骚，动也。父子离别，骚动不宁，天之经也"。细观可知，王氏前后之观点有些不通，即仅将"离骚经"视为一个识别作品名称的标志，并不具有特殊意义。后半部却又将《离骚》地位推崇至"百代不变之经义"。前后反差甚为明显，那么后半的观点本身就足以推翻此前所言"《离骚经》犹《逍遥游》"的命题形式。如此，"离骚经"为屈子自题也就缺乏足够的证据了。

其二，认为"经"字为后人所加。这一观点中又可细化：

（1）屈原弟子所加。陈本礼《屈骚精义原稿留真》曰："《离骚》称'经'，其来已久，非汉儒所加，似其弟子宋、景辈尊师而名之也。其《九歌》、《天问》称'传'者，盖淮南王安曾奉诏作《传》，故有经、传之称。"①曹耀湘《读骚论世》云："《离骚》称'经'，屈子之徒，推尊此篇，比之于六艺也。其实则屈子所著二十余篇通可称之曰'骚'，而此一篇者，屈子一生绝大文章，后人尤尊而重之。"②今人蒋天枢先生认为："《离骚》下有'经'字，殆

---

① 崔富章、李大明：《楚辞集校集释》，湖北教育出版社 2003 年版，第 35 页。

② 崔富章、李大明：《楚辞集校集释》，湖北教育出版社 2003 年版，第 35 页。

旧题所本有，疑宋玉所题而汉人因之。"① 对于这一说法，诸家多冠以"似"、"盖"、"疑"等字样，表明此亦属推测之词，并未找到确凿的证据。

（2）刘安之前已有"离骚经"的说法。明人钱澄之以为，按王逸的说法，"汉武帝使淮南王安作《离骚经章句》，则'经'之称其由来也旧矣"。今人陈子展先生亦认为"经"字可能加于汉武帝前后，不过仍系推测之辞。

（3）刘安称"离骚"为"经"。今人王泗原先生《楚辞校释》言淮南王刘安奉诏作《离骚传》，"经"对"传"而言，据此可知"经"字为刘安作"传"时所加。不过，考《汉书·淮南王传》则知《离骚经章句》之名并非刘安始称，所以这一说法有待商榷。

（4）西汉成帝时刘向所加。王世贞曰："《楚辞》十七卷，其前十五卷为汉中垒校尉刘向编集，尊屈原《离骚》为'经'，而以原别撰《九歌》等章及宋玉、景差、贾谊、淮南、东方、严忌、王褒诸子，凡有推佐原意而循其调者为'传'。"② 考刘向《新序》可知，文中并未称《离骚》为"经"，况且刘向所集原本早已失传，王氏又如何确定刘向尊《离骚》为"经"的呢，故此说尚存漏洞。

（5）"经"字为王逸所加。清人梁章钜认为《离骚经》之名始于王逸，"当时本无'经'名，《离骚经》之名，实始于王叔师注'经者，径也，言己放逐离别，中心愁思，犹依道径以讽谏君'云云，则竟似屈子自题'经'字矣"。今人姜亮夫先生亦从此说。

（6）后世尊屈者所加。自洪兴祖明确提出与王逸不同的看法之后，诸家多对其观点加以申发。萧云从《离骚图》自序云："楚三闾大夫作《离骚》、《九歌》、《天问》、《九章》、《远游》、《卜居》、《渔父》，而其徒宋、景以企淮南、长沙、朔、忌、向、褒辈皆拟之，遂尊为经。"③ 清人蒋骥《山带阁注楚辞》余论："《离骚》以'经'名，特后人推尊之词。王叔师《小序》以为'经、

① 崔富章、李大明：《楚辞集校集释》，湖北教育出版社2003年版，第43页。
② 崔富章、李大明：《楚辞集校集释》，湖北教育出版社2003年版，第34页。
③ （清）萧云从绘：《离骚图·序》，河北美术出版社1996年版，第1页。

径也，言依道径以谏君也'。若系作赋本名，可笑甚矣。他若《九歌》以下皆缀'传'字，亦属赘设。"① 游国恩先生《离骚纂义》亦认为"经"字为后人尊屈所加。

通过以上说法可知，其实诸家关于《离骚》称"经"的时间问题上产生不同看法的重点还是在于"经"字是否为屈原所自题。试以目前所见距离屈原所处时代最近的汉代文献略作分析。《史记》中载"屈原忧愁幽思而作《离骚》"，《汉书·淮南王传》载："时武帝爱好艺文，以安属为诸父，辩博善为文辞，甚尊重之。……初，安入朝，献所作《内篇》，新出，上爱秘之。使为《离骚传》，旦受诏，日食时上。"② 此外，《汉书》中另外两处有关《离骚》的记载也未见称其为"经"。而刘安承诏所作《离骚传叙》云，"《国风》好色而不淫，《小雅》怨诽而不乱。若《离骚》者，可谓兼之矣。推此志，虽与日月争光可也"③，虽给予《离骚》极高的评价，但无论从题目《离骚传》还是叙言内文，皆称"离骚"而未见"经"字。从这点来看，"离骚经"不大可能为屈原自题，宋玉、景差之时似也未有"经"字。因此有学者推测，《离骚》称"经"应始于王逸，理由是《楚辞章句》中两次提及"《离骚经章句》"。不过近人又找到东汉初年王充《论衡·案书》篇中"扬子云反《离骚》之经，非能尽反。一篇文往往见非，反而夺之"的看法作为证据以驳斥称"经"始于王逸之说。但笔者以为这条材料并不足以作为《离骚》称"经"始于东汉初年的证明。一来这一记载为孤证，除此之外尚未发现同时代其他文献中有类似记载，论据并不充分；二来若彼时《离骚》已然称"经"，那么上文即应如王逸《楚辞章句》一般，写作"扬子云反《离骚经》之经"。换言之，"扬子云反《离骚》之经"中"经"字应不可简单等同于《离骚经》之"经"。可见，虽然无证据否定王充时《离骚》已然称"经"，但至少可以确定的是，当时尚无"离骚经"这一固定名称。同理，王逸《楚辞章句》中虽首见"离

---

① （清）蒋骥：《山带阁注楚辞》，上海古籍出版社 1984 年版，第 179 页。

② （汉）班固撰：《汉书》，中华书局 2007 年版，第 458 页。

③ 崔富章、李大明：《楚辞集校集释》卷首，湖北教育出版社 2003 年版，第 1 页。

骚经章句"字样，但也不能以此确定这就是《离骚》称"经"的最早时间。况且王逸《楚辞章句》是在刘向整理《楚辞》十六卷为底本的，那么我们就有理由推测"离骚经"的称法有可能是王逸沿袭了刘向本目录的旧名，也有理由推测刘向在《楚辞》诸篇名称法上也是沿袭前人所用旧名。只是刘安原本已无从考之，故无法得到确切的证据，不过可以确定的是，"离骚经"的称法最迟不会晚于东汉初年，这一说法应是不成问题的。

实际上，我国古代典籍中称"经"的著作并不在少数。两汉时期，自名为"经"的著作有扬雄的《太玄经》，东方朔的《灵棋经》、《神异经》等。历朝历代许多专业书籍，如《黄帝内经》、《本草经》、《相马经》、《水经》、《茶经》、《棋经》等也以"经"为名。但参考王逸所处时代，再以《文心雕龙·宗经》所言："经也者，恒久之至道，不刊之鸿教"① 这一判别标准而论，不难得知，王逸所指"经"之字义指向已非常明确，即唯有以"六经"为核心的儒家经典才可堪"至道"、"鸿教"之崇高地位。《离骚》虽非儒家著作，在汉代及之后的任何朝代也从未成为体现国家意志的"经典"，但从刘安的"兼之《风》《雅》"、汉宣帝的"皆合经术"，再到王逸的"《离骚》之文，依托《五经》以立义焉"②，《离骚》显然已被纳入儒家经学的价值模式当中。综观汉代百年的楚辞研究历程，判定《离骚》是否足够称"经"的价值指向就在于它"恢廓道训"、"深弘道艺"、合乎经术。正如顾天成《离骚解》的分析："汉人以《离骚》为经，《九章》为传，虽非原命名之旧，明系檃括《涉江》、《哀郢》、《抽思》、《怀沙》等篇旨而成。"③ 顾氏从汉代经学着眼，以经学中"经"与"传"的内在逻辑关系为解，可谓切中肯綮。的确，《离骚》称"经"是特定时代的产物。

综上，《离骚》在西汉的多数时期和场合中是不被称"经"的。然而，东汉时"离骚经"之称也不大可能是凭空而造，极有可能是王逸在整理辑注

---

① （梁）刘勰著，吴林伯义疏：《文心雕龙义疏》，武汉大学出版社 2002 年版，第 55 页。

② （宋）洪兴祖撰，白化文等点校：《楚辞补注》，中华书局 2015 年版，第 37 页。

③ （清）顾天成：《离骚解》，《楚辞著作提要》，湖北教育出版社 2002 年版，第 154 页。

《楚辞》的过程中对旧名的文献篇题加以保留和沿用。不管怎样，《离骚》获得"经"的地位显然只是在特定时间、空间中得以实现，其地位或许曾类似于"经"，只不过《离骚》从始至终都未像儒家"六经"那样被贯注以国家意志。称其为"经"或许完全是出于掌权者、喜爱者的推崇而增饰，并未官方化，自然也就不具备普遍性。虽然《离骚》在汉代称"经"的痕迹只出现于少数著述之中，但这一称法却并未随着时间的推移而消亡，反而多次出现在后世众多的楚辞研究著作中，较为合理的解释也许还要回到洪兴祖"盖后世之士祖述其词，尊之为经"的观点中去了。

第二节　《离骚》章法结构分析

作为中国古代诗歌史上最长的政治抒情诗，《离骚》多达 2490 字，全篇计 373 句。虽然从创作角度看，每篇文章都是一个完整的整体，不宜割裂，但每个整体往往又可看作是多个意义相关的独立个体所组成。对于《离骚》这样的意蕴丰富的长诗来说，划分段落对于理解全篇层次布局是非常必要的。在《离骚》的分段研究问题上，朱熹较早关注了分段的重要性。他认为，王逸逐句作注的注解方法，每句一注易导致文意割裂，"全然不见其语意之脉络次第"，所以在《楚辞集注》中，朱熹改用四句一注，将长诗《离骚》划分为 93 个小节，开《离骚》分段解读之先河。不过，正如黄震云先生所言，由于研究者对个体的把握尺度不同，对文章结构的解析结果也就会呈现出千人千面的差异。①

黄文焕将《离骚》全文分为 25 段，每段长短不一、字数不等，依照行文内容划分篇章层次。同时，黄氏特别关注段落之间的起承转合与字、词、句子间的呼应关系，并几乎逐段串讲大意。

---

① 黄震云：《楚辞通论》，湖南教育出版社 1997 年版，第 63 页。

第 1 段：篇首"帝高阳之苗裔兮"至"字余曰灵均"。开篇细数谱系，彰显高贵出身，以"灵均"匹"灵修"，暗寓宗臣之一体。

第 2 段：自"纷吾既有此内美兮"至"夕揽洲之宿莽"。言己内外兼修、济世为怀的理想抱负。

第 3 段：自"日月忽其不淹兮"至"来吾道夫先路"。"通篇总挈之纲"，"先路"尤《骚经》全篇奥义。

第 4 段：自"昔三后之纯粹兮"至"夫唯捷径以窘步"。言三后、尧舜、桀纣，数先圣之"尊道得路"，桀纣"躁而求捷"，"必至窘步而失其大矣"。

第 5 段：自"惟夫党人之偷乐兮"至"伤灵修之数化"。言党人遵桀纣覆亡之径以误君，"使君而不自误，犹可及救，而君竟数化之尤可伤也"①。

第 6 段：自"余既滋兰之九畹兮"至"哀众芳之芜秽"。前言"三后为众芳之主，此复云余之为众芳主也"，"前后照应，字同而意各异"②。

第 7 段：自"众皆竞进以贪婪兮"至"恐修名之不立"。言前有党人误君，此又有党人之妒贤，"彼能进，我偏不得进，彼有彼之求索不肯厌，我有我之求索不得遂。初生而锡以嘉者，乃老至而无所就"③。

第 8 段：自"朝饮木兰之坠露兮"至"索胡绳之纚纚"。"前以喜心栽培，此以哀心收拾"，"饥渴所资，惟香是藉"，言己忠而见谗、政治上空无依傍之苦闷无助。

第 9 段：自"謇吾法夫前修兮"至"虽九死其犹未悔"。言己正道直行、至死不渝的坚定立场。

第 10 段：自"怨灵修之浩荡兮"至"余不忍为此态也"。"重之以党人，娥眉见嫉，谣诼相加"④，言灵修信谗、灵均被疏之原因，表明君子"宁溘死以流亡"，也不愿为此态的决心。

① （明）黄文焕撰，黄灵庚、李凤立点校：《楚辞听直》，上海古籍出版社 2019 年版，第 6 页。
② （明）黄文焕撰，黄灵庚、李凤立点校：《楚辞听直》，上海古籍出版社 2019 年版，第 7 页。
③ （明）黄文焕撰，黄灵庚、李凤立点校：《楚辞听直》，上海古籍出版社 2019 年版，第 8 页。
④ （明）黄文焕撰，黄灵庚、李凤立点校：《楚辞听直》，上海古籍出版社 2019 年版，第 11 页。

第11段：自“鸷鸟之不群兮”至“固前圣之所厚”。“鸷鸟不群，前世然矣”，“方圆无互画之手，道相异耳”，“彼自追曲，我自死直。今人薄之，前圣厚之，足矣足矣”①。

第12段：自“悔相道之不察兮”至“岂余心之可惩”。“吾之芳不得用于世，乃益厚于身”②，穷且益坚。

第13段：自“女媭之婵媛兮”至“就重华而敶词”。“从前自负，壮气干天，忽入女媭，伦分相压，哑口难辨，但有陈之重华耳”，“下面陈辞上征，占氛，占咸，总从女媭一詈生出”③。

第14段：自“启《九辩》与《九歌》兮”至“孰非善而可服”。“此至浪浪，皆陈词之言”，“忧国所以忧家，未闻有独存之身也，是则所对女媭者也”，“天欲择主而无可辅，原欲计民而无由计，天与原交困矣”④。

第15段：自“阽余身而危死兮”至“沾余襟之浪浪”。“既悼世变，而因以自悼。”⑤

第16段：自“跪敷衽以陈辞兮”至“好蔽美而嫉妒”。“乘埃上征者，不能不仍在尘埃之世也。天关不可开，世路不可避，蔽美嫉妒实繁有徒，奈之何哉！”⑥

第17段：自“朝吾将济于白水兮”至“好蔽美而称恶”。“前由昆仑之玄圃而求见帝，复再由昆仑之白水而求得女”，“高丘为楚山，既登阆风，忽然反顾而叹无女者，哀楚无可求之人，故欲他往也。使楚有人，毋须此仆仆矣”⑦。

① （明）黄文焕撰，黄灵庚、李凤立点校：《楚辞听直》，上海古籍出版社2019年版，第13页。
② （明）黄文焕撰，黄灵庚、李凤立点校：《楚辞听直》，上海古籍出版社2019年版，第14页。
③ （明）黄文焕撰，黄灵庚、李凤立点校：《楚辞听直》，上海古籍出版社2019年版，第15页。
④ （明）黄文焕撰，黄灵庚、李凤立点校：《楚辞听直》，上海古籍出版社2019年版，第16—17页。
⑤ （明）黄文焕撰，黄灵庚、李凤立点校：《楚辞听直》，上海古籍出版社2019年版，第18页。
⑥ （明）黄文焕撰，黄灵庚、李凤立点校：《楚辞听直》，上海古籍出版社2019年版，第21—22页。
⑦ （明）黄文焕撰，黄灵庚、李凤立点校：《楚辞听直》，上海古籍出版社2019年版，第23页。

第 18 段：自"闺中既以邃远兮"至"余焉能忍而与此终古"。"四语结上叩阍、求女二段，文阵略一小住。"①

第 19 段：自"索琼茅以筳篿兮"至"尔何怀乎故宇"。"情不能忍，而又终无可诉，于是借占以发之。原向九州而觅女，九州之人亦求美而觅原，彼此互求也，所谓'两美其必合'"，"求女、佩芳，两者九州均有之，故宇真不足怀矣"②。

第 20 段：自"世幽昧以眩曜兮"至"谓申椒其不芳"。"大声痛骂党人一番，为申椒扬其声价。"③

第 21 段：自"欲从灵氛之吉占兮"至"使夫百草为之不芳"。"既已信占之所谓凶，故宇难怀，亟宜从占之所谓吉，九州当逝。乃占勉之以毋狐疑者，又犹豫而尚存狐疑也。一占未决，爰再占焉。"④

第 22 段：自"何琼佩之偃蹇兮"至"又况揭车与江离"。"此承咸占之既毕，而又怅然自念也。"⑤

第 23 段：自"惟兹佩之可贵兮"至"周流观乎上下"。"此原既慨世而又郑重自道也"，"原之深于观芬也"，"原自有原之声调，自有原之制度也"，"世既无与我同芳之人，不得不别求也"。⑥

第 24 段：自"灵氛既告余以吉占兮"至"聊假日以偷乐"。"吾将远逝者，向为吉占，勉以远逝，犹有狐疑焉，今无可狐疑矣。疏曰'自疏'者，世既弃我，我亦弃世。已矣！已矣！不待谗人之疏我矣。"⑦

第 25 段：自"陟升皇之赫戏兮"至"吾将从彭咸之所居"。"仆夫犹知悲，余马犹知怀，而况国之宗臣乎！所谓从灵氛之吉占者，至此而愈从之正愈不

---

① （明）黄文焕撰，黄灵庚、李凤立点校：《楚辞听直》，上海古籍出版社 2019 年版，第 26 页。
② （明）黄文焕撰，黄灵庚、李凤立点校：《楚辞听直》，上海古籍出版社 2019 年版，第 26 页。
③ （明）黄文焕撰，黄灵庚、李凤立点校：《楚辞听直》，上海古籍出版社 2019 年版，第 27 页。
④ （明）黄文焕撰，黄灵庚、李凤立点校：《楚辞听直》，上海古籍出版社 2019 年版，第 29 页。
⑤ （明）黄文焕撰，黄灵庚、李凤立点校：《楚辞听直》，上海古籍出版社 2019 年版，第 31 页。
⑥ （明）黄文焕撰，黄灵庚、李凤立点校：《楚辞听直》，上海古籍出版社 2019 年版，第 33 页。
⑦ （明）黄文焕撰，黄灵庚、李凤立点校：《楚辞听直》，上海古籍出版社 2019 年版，第 35 页。

能从矣"，"氖欲其生，原矢以死"。①

综合以上各段落大意可以看出，黄文焕非常注意揣摩屈作之文心，多以诗中叙事情节发展中屈子复杂的情感与心理变化为线索来划分篇章段落。清代朱冀《离骚辩·凡例》云："读《离骚》须分段看，又须通长看。不分段看，则章法不清；不通长看，则血脉不贯。旧注之失，在逐字逐句求其解，而于前后呼应阖辟处，全欠理会。所以有重复总杂之疑。"② 黄氏在解析《离骚》层次时，既对全篇作了分段处理，又兼之"通长"，于文章前后呼应、阖辟之处予以详辨，从而把握全文意旨。而该书品笺结合的注释体例也为厘清段落层次与章节大意增色不少，以下试举一例，在分析第2段"纷吾既有此内美兮"一节时，黄氏品曰：

> 既曰"不及"、"不与"，冀以朝夕及之。又亟曰"不淹"、"恐暮"，欲以驰骋先之，不先，将终不及也，复得可怜。"弃秽"起下"哀众芳之芜秽"。不改度，起下"竞周以为度"，又起下君之"中道而改路"，时俗之"偭规矩而改错"。从开章至此，作通篇总挈之纲。下字下句，布意布阵，层层埋伏……③

在每节的"品"注部分，黄氏基本都会将前后章节中的关联词语一一列出，这样，行文脉络的起承转合关系就比较清晰了。从开篇至"来吾道夫先路"为全篇总纲，而"先路"二字，则可视为全篇之奥义所在，下文"得路"、"改路"、"捷径"、"险路"、"相道"、"附路"，步步回应前文。在接下来的笺注中，黄氏对品注列出的关联词语所在句子作了具体诠释，进而疏通章节大义：

---

① （明）黄文焕撰，黄灵庚、李凤立点校：《楚辞听直》，上海古籍出版社2019年版，第36页。

② （清）朱冀：《离骚辩·凡例》，《楚辞书目五种》（辑注类），上海古籍出版社1993年版，第142页。

③ （明）黄文焕撰，黄灵庚、李凤立点校：《楚辞听直》，上海古籍出版社2019年版，第3页。

恐不吾与者，终不能吾与也。忽然而已，不淹矣，已代序矣。……草木零落，惧众芳之未得采也。岁月日以去，则迟暮日以来。……叹迟暮而终须迟暮，惧零落而终须零落，将如之何？……落英落蕊，餐焉贯焉，则可以不至弃秽而空悲矣。佩芳之怀始终以焉，则"不改度"之说也。……先路者，体国经野，先一著则事事可为，后一著则事事难救也，经世贵有妙手，观世贵有明眸也。①

除依屈子心理变化为据分段外，黄文焕还以空间变换作为划分段落的依据，并作了尝试。在分析"跪敷衽以陈辞兮，耿吾既得此中正"一节时，黄氏抓住"上下求索"一语，以此为"前后照应之连环"，"此言'溘埃风'，'发苍梧'，'腾凤鸟'，'开帝阍'，由下而上也。后言'登阆风'，'次穷石'，'观四极'，'周天乃下'，又从上而下也"②。又将"上下求索"细分成"上求索"和"下求索"两层含义。向重华陈辞之后，诗人"驷玉虬以乘鹥兮，溘埃风余上征"，由地上奔向天界，"灵之门可入而不欲留，帝之阍欲叩而不得入"，"世溷浊而不分兮，好蔽美而嫉妒"，事与心往往相违；"帝未易可见，而女尚冀可求"，于是"济白水"、"登阆风"，转而"求女"，无奈在天界屡屡碰壁，欲求之事皆无所成，这使抒情主人公再次认清"世溷浊而嫉贤兮，好蔽美而称恶"的现实。由此，由自下而上—自上而下的两次求索活动均以失败谢幕，诗人游走于现实与超现实之间，四极之中、六合之内，皆尽成为他活动的舞台，篇章层次也因两次空间的自由切换而得以清晰呈现。

此后，以空间变换作为分段依据的方法在黄文焕之后没有得到更进一步的探索。虽然后来王邦采将《离骚》分为"人境"和"神境"，但他在《离骚汇订》中并未将两种境界作为划分《离骚》段落层次的标准。至现当代，有学者尝试将《离骚》作线型结构分析，将故事场景划分为人界和天界，

① （明）黄文焕撰，黄灵庚、李凤立点校：《楚辞听直》，上海古籍出版社2019年版，第3—4页。

② （明）黄文焕撰，黄灵庚、李凤立点校：《楚辞听直》，上海古籍出版社2019年版，第19页。

从空间方面，则以天上、地下两处为线：前半部分自篇首至"霑余襟之浪浪"，抒情主人公的活动空间为地上；后半部分自"跪敷衽以陈辞"至篇末，抒情主人公的活动空间为天上。而文中的鸷鸟与神骏则可视为诗人在现实与虚幻世界上下往来的理想媒介。① 亦有学者将空间分类进行了更加细化的处理，凭借《离骚》篇中自上而下排列的神界、巫界、人界、祖灵界四个层面，描画出抒情主人公人生遭遇和经历的"心灵路线图"②。这些分析方法对于理清《离骚》脉络次第，体会屈子行文之用意无疑都是有益的尝试。

与其他分段法相比，黄氏将《离骚》作二十五分，此法虽有注解更详的优点，但缺点也较为明显，某些章节划分得过于细碎，如第 13 段"女嬃之婵媛兮"至"就重华而陈词"，借女嬃之詈责引出主人公外不见知于盈朝，内不见知于至亲，一片衷心，无可申告，只能向重华陈词之举；第 14 段"启《九辩》与《九歌》兮"至"孰非善可服"，为陈词的具体内容；第 15 段"陟余身而危死兮"至"霑余襟之浪浪"，为陈词之后的自我反思。三个部分的内容衔接非常紧密，完全可以合为一节。末段将"陟升皇之赫戏兮"至"倦局顾而不行"与"乱辞"划为一段，也让人不明所以。

第三节 "求女"为"求贤妃"说

王邦采有言："洋洋焉洒洒焉，其最难读者，莫如《离骚》一篇。而《离骚》之犹难读者，在中间见帝求女两段，必得其解，方不失为背谬侮亵，不流入奇幻，不入于淫糜。"③ 王氏对《离骚》难度的评价可谓十分客

---

① 参见赵逵夫：《〈离骚〉中的龙马同两个世界的艺术构思》，《文学评论》1992 年第 1 期。

② 参见黄崇浩：《〈离骚〉结构的深层解析》，《云梦学刊》2005 年第 6 期。

③ （清）王邦采：《离骚汇订》，《四库未收书辑刊》第 16 册，北京出版社 2000 年版，第99—100 页。

观。游国恩先生也说:"《离骚》第二大段之末,有求女一节。这一节的真正意义,从来注家都不了解。……越讲越糊涂,越支离,令人堕入云雾。这是《离骚》中一大难题。"①的确,屈子为数次"求女"打造的超现实幻境所要传达的真实意旨成为屈作流传两千多年来的难解之谜。自东汉王逸以来,研究者们围绕"求女"的解说历来聚讼纷纭,影响较大、较具代表性的有东汉王逸的"求贤臣"说、南宋朱熹的"求贤君"说,还有肇始于明赵南星后经黄文焕等人加以申说阐发的"求贤妃"说、清梅曾亮的"求同君侧之人"说、求实现美政理想之途径说等说法。其中,黄文焕关于"求女"问题的新说是本节将要重点论述的内容。在探讨黄文焕力主的"求贤妃"说之前,本书先对发端于明代以前的王、朱两家说法及其在明清之际的延续作简要梳理。

一、"求女"问题回顾

(一) 王逸的"求贤臣"说

最早将"求女"问题作系统探讨的当推东汉王逸,王逸《楚辞章句》在"路漫漫其修远兮,吾将上下而求索"下注云:"言天地广大,其路曼曼","吾方上下左右,以求索贤人,与己合志者也"②;在"忽反顾以流涕兮,哀高丘之无女"下注:"女以喻臣。言己虽去,意不能已,犹复顾念楚国无有贤臣,心为之悲而流涕也","无女,喻无与己同心也"③;在"及荣华之未落兮,相下女之可诒"下注"言己既修行仁义,冀得同志,愿及年德盛时,颜貌未老,视天下贤人,将持玉帛而聘遗之,与俱事君也"④;在"求宓妃之所在"下注:

---

① 游国恩:《楚辞论文集》,古典文学出版社 1957 年版,第 199—200 页。
② (宋) 洪兴祖撰,白化文等点校:《楚辞补注》,中华书局 2015 年版,第 21 页。
③ (宋) 洪兴祖撰,白化文等点校:《楚辞补注》,中华书局 2015 年版,第 23 页。
④ (宋) 洪兴祖撰,白化文等点校:《楚辞补注》,中华书局 2015 年版,第 23 页。

"宓妃，神女，以喻隐士"，"求隐士清洁若宓妃者，欲以并心力也"①；在"望瑶台之偃蹇兮，见有娀之佚女"下注："言己望见瑶台高峻，睹有娀氏美女，思得与共事君也"②；在"留有虞之二姚"下注："屈原设至远方之外，博求众贤"③。按照王氏男女君臣之喻的注解原则，屈子所求的"贤人"、"同志"、"隐士"等，皆是与自己同心同德的贤德之人，这样的人也就相当于自己的知音。而求贤的最终目的，是"与共事君"。

王逸按照"依《诗》取兴，引类譬喻"的解骚思路，首创"宓妃佚女，以譬贤臣"之说，他在"求女"问题上的研究具有开创意义，因此影响极大。唐代五臣、李善所注《文选》几乎完全直录了王氏的说法。宋洪兴祖对王逸《楚辞章句》进行了全面的梳通与阐发。在"求女"问题上，洪氏大体上承继了王逸原注，在细微之处有所损益。如在"求宓妃之所在"一句下，王逸只交代了宓妃的身份为神女，并未多做说明。洪氏在补注中先引《汉书》、《颜氏家训》等文献对"宓"的字音、字源做了考证；又引《洛神赋》注对宓妃的身份做了详细的说明，其确切身份为伏牺氏之女，"溺洛水而死，遂为河神"；在"见有娀之佚女"一句中，王氏注"有娀"为"国名"，洪氏引《淮南子》中的记载对有娀国的具体方位、佚女的名讳作了补充，"有娀在不周之北，长女简翟，少女建疵。注云：姊妹二人在瑶台也"④。后来有学者尝试以史载资料对应屈作中诸神女所在的位置来考察"求女"的真正寓意，或许正是受到洪氏《补注》的启发。对于王注自身的矛盾之处，洪兴祖参考五臣注，考量王逸对"求女"问题的整体看法做了补充修正。比如，在"将往观乎四方"句，王逸注为"四荒之外，以求贤君也"，洪氏补注中引《尔雅》对"四荒"所指问题加以明确解释，又对王逸前注"求君"、后注"求臣"的矛盾之处，借"礼失而求诸野"加以阐发，"当是时国无人，莫我知者，

① （宋）洪兴祖撰，白化文等点校：《楚辞补注》，中华书局2015年版，第24页。
② （宋）洪兴祖撰，白化文等点校：《楚辞补注》，中华书局2015年版，第25页。
③ （宋）洪兴祖撰，白化文等点校：《楚辞补注》，中华书局2015年版，第26页。
④ （宋）洪兴祖撰，白化文等点校：《楚辞补注》，中华书局2015年版，第25页。

故欲观乎四荒，以求同志，此孔子浮海居夷之意也。然原初未尝去楚者，同姓无可去之义故也"①。洪氏在疏通王注时并非简单照搬，而是加入了个人的思考与见解。在"求女"问题上，钱杲之将"求贤臣"的范围进行了扩展，"求女"的层次进行了细化。如注"见有娀之佚女"一节，钱氏就提出"女喻贤士或为他国所用"的看法；在"留有虞之二姚"句下注解道："少康未有室家，则二姚尚留，可得而求也。意喻贤士如宓妃，不可得见，其大贤如娀女，次贤如二姚，当及其未用而求之。"②虽不免有主观臆断的成分，但不失为认识上的创新。

明张之象、闵齐华沿用了王逸的说法。不过，两家基本未对王氏之说作更进一步的阐释，多是对王注作直录原解。至清代，诸家在吸收王逸"求贤臣"说基础上，对"求女"问题展开了较为细致的思考与辨析，解说总体而言亦更为具体。张德纯《离骚节解》云："女以谓贤人也，承上言世之汙独如此，我其将离俗而远去矣，乃忽焉睹顾宗国，不能不恻然于君侧之无人，固将及我未死之年，冀得一同志之人，出而图吾君耳，是此节求女之本怀。"③将"求女"注解为屈原哀君侧无人，故求"同志之人"出而"图吾君"，明确表示出"求女"并非为自己而求，是为君而求之意。王夫之对"上下求索"的解释较王逸具体，他在王逸注解的基础上将高丘之女与宓妃等人细化为朝廷的"在位者"与"在野"的宓妃所指的"草泽之贤"，简狄、二姚所指的"四方之贤者"。不过，船山先生并未在注文中解释如此划分的依据。刘梦鹏在解释高丘之女时注："美女，比贤者。臣之事君，犹女之事夫。正士入朝见忌，犹之美女入宫见妒。"仍然是以男女关系喻指君臣，将"正士入朝"与"美女入宫"之境遇相比。在解释求宓妃时，刘氏又提出其"不以己之废黜为忧，而以国之得人为望，可谓公而忘私者矣"。看法与张德纯有相通之处，亦认为主人公"求女"是为君而求。从以上各家注本来看，众位学者对主人

---

① （宋）洪兴祖撰，白化文等点校：《楚辞补注》，中华书局 2015 年版，第 14 页。

② （宋）钱杲之：《离骚集传》，《楚辞文献集成》第四册，广陵书社 2008 年版，第 2305 页。

③ （清）张德纯：《离骚节解》，《楚辞文献集成》第九册，广陵书社 2008 年版，第 5959 页。

公"求女"时的心态解读均是较为积极进取的。相比之下，戴震的解读虽也是基于王逸之说，但在"求女"的心态上则显得略为消极，《屈原赋注》云："淑女以比贤士，自恃孤特，哀无贤士与己为侣，此求女之意也"，又云"托言欲求淑女以自广"等。

以上诸家在王逸"求贤臣"说的基础上，分别从各自对《离骚》"求女"一段的理解中阐发了对"贤臣"的理解。不过，现代已有不少学者认为若将"求女"解释为诗人对"贤臣"的渴求，那么这一理想是绝无可能变为现实的。因为放眼高丘并无女可求，也就是说楚国之内根本无法得遇"志同道合"、并力事君之人。更为重要的一点，即便高丘有"女"堪用，但以屈原当时的处境来看，被朝廷疏离、身为逐臣的他早已不具备为国求贤辅政的身份和条件了。这一点从文中即可得到印证：其一，在遭遇党人谗谮、"灵修数化"之时，诗中已云："虽不周于今之人兮，愿依彭咸之遗则"；其二，主人公在上征天帝、三次"求女"皆惨淡收场后又感慨："世涵浊而不可分兮，好蔽美而嫉妒"、"世涵浊而嫉贤兮，好蔽美而称恶"；其三，从篇末"乱曰：已矣哉！国无人莫我知兮，又何怀乎故都？既莫足为美政兮，吾将从彭咸之所居"来看，经过了生死去留的矛盾与激烈的心理冲突之后，时世的黑暗、臣佞君昏的现状都让屈原心灰意冷，于是下定决心从终彭咸。文本中的这些细节都可作为诗人已孑然于世、根本无人与之共为"美政"的有力证明。

另外，王注本身也存在着对"求女"意象理解前后不一的问题。王逸在"勉升降以上下兮，求矩矱之所同"下注："言当勉强上求明君，下索贤臣，与己合法度者，因与同志共为治也"；在"忽反顾以游目兮，将往观乎四荒"下注："言己欲进忠信，以辅事君，而不见省，故忽然反顾而去，将遂游目往观四荒之外，以求贤君也"[1]；而在注"上下求索"时，又解释为"求贤人，与己志同者也"。朱熹正是抓住了王逸注释中不一其说的漏洞，向独步千年的"求贤臣"说提出质疑："'往观四荒'处，己云'欲求贤君'，盖得屈原

---

① （宋）洪兴祖撰，白化文等点校：《楚辞补注》，中华书局 2015 年版，第 18 页。

之意矣。至'上下求索'处，又谓'欲求贤人与己同志'，不知何所据而晃
其说也？"①

(二) 朱熹的"求贤君"说

朱熹在《楚辞辩证》中有这样一段论述："《离骚》以灵修、美人目君，
盖托为男女之辞而寓意于君，非以是直指而名之也。灵修，言其秀慧而修
饰，以妇悦夫之名也。美人，直谓美好之人，以男悦女之号也。今王逸辈乃
直以指君，而又训灵修为神明远见，释美人为服饰美好，失之远矣。"②相比
前人，朱熹对作品中意象的理解和把握更为准确，亦体现出其对《离骚》的
整体性观照。所以他在评价王注"得失不常"的缺点时，将原因归结为"不
先寻其纲领"，以致在注解中出现自相牴牾的情况。

正如前文所言，朱熹对王逸"求贤臣"说的质疑即是源于注本中"求
贤"指向前后不一的问题上，所以他在"上下求索"的理解上明确了自己
的看法。朱熹在"路漫漫其修远兮，吾将上下而求索"下注云："求索，求
贤君也……冀及日之未莫而遇贤君也。"③朱熹反对王逸的"女以喻臣说"，
自"将往观乎四方"始即表明诗人的内心所想，虽已"反服"，"犹未能顿
忘此世"，故而回顾以观四方绝远之国，希冀"庶几一遇贤君，以行其道"。
在"求女"的具体活动展开后，于"哀高丘之无女"下注："女，神女，盖
以比贤君也。于此又无所遇，故下章欲游春宫，求宓妃，见佚女，留二姚，
皆求贤君之意也"④；在"吾令丰隆乘云兮，求宓妃之所在"下注："盖雷迅
疾而威震，求无不获，故欲使之，求神女之所在"⑤。对"有娀之佚女"句
的看法上，朱熹否定了王、洪的注解，认为有娀国不至"绝远如此"，求佚

① （宋）朱熹撰，蒋立甫点校：《楚辞集注》，上海古籍出版社 1979 年版，第 175 页。
② （宋）朱熹撰，蒋立甫点校：《楚辞集注》，上海古籍出版社 1979 年版，第 176 页。
③ （宋）朱熹撰，蒋立甫点校：《楚辞集注》，上海古籍出版社 1979 年版，第 19 页。
④ （宋）朱熹撰，蒋立甫点校：《楚辞集注》，上海古籍出版社 1979 年版，第 20 页。
⑤ （宋）朱熹撰，蒋立甫点校：《楚辞集注》，上海古籍出版社 1979 年版，第 20 页。

女也并非为"求忠贤",不过未对否定理由做更多的说明。在"及少康之未家兮,留有虞之二姚"下注云:"言既失简狄,欲适远方,又无所向,故顾及少康未娶于有虞之时,留此二姚也。"① 之后,朱氏在《楚辞辩证》中又补充道:"留二姚亦求君之意,旧说以为博求众贤,非是。"② 相较于王逸注解过程中出现前后牴牾的缺陷,朱熹特别注意注解的前后统一,所以在"及荣华之未落兮,相下女之可诒"句,朱氏或考虑到"下女"之身份与君主的差距较悬殊,实在难以将"下女"直译为"君",故因地制宜将其注为"神女之侍女",并进一步解释"因下女以通意于神妃也"。如此,与"求贤君"之说就达成了统一。

"求贤君"说的支持者也为数众多,汪瑗、刘永澄、陆时雍、李陈玉、王萌、徐焕龙、蒋骥、陈远新、奚禄诒等人均对此说有所申发。如汪瑗在梳理"求女"问题时对诸家说法进行了反复考辨,在具体注解过程中,对宓妃、佚女、二姚等人的身份未作具体区分,统以神女、美女释之,以为"屈子求春宫之宓妃、有娀之佚女、有虞之二姚,与谒阊阖之灭帝一也,皆求君之意"③。在具体分析远游"求女"的情节时,汪氏将朱注中四荒求索与九州求索的"求女"活动的层次作了细化处理,将求高丘之女与求宓妃的活动释为"东西求索",将求简狄与求二姚的活动释为"四方求索",而将问卜之后的"浮游求女"视作"求贤君"的后续行动,属"非一方,无定在"之求,思路与朱熹是一脉相承的。

蒋骥十分推崇朱熹"求贤君"之说,认为朱子"以上下求索为求贤君,全首文理,如丝入扣"④。因此,在具体解说"求女"的相关情节时,蒋氏皆以朱熹的解说框架为基准疏通章节大意,于"将往观乎四荒"下注:"上既以死自誓矣,又念杀身无益,不若退而自全,又于退息之中,转生一念,欲相

---

① (宋)朱熹撰,蒋立甫点校:《楚辞集注》,上海古籍出版社1979年版,第22页。
② (宋)朱熹撰,蒋立甫点校:《楚辞集注》,上海古籍出版社1979年版,第177页。
③ (明)汪瑗撰,董洪利点校:《楚辞集解》,北京古籍出版社1994年版,第389页。
④ (清)蒋骥:《山带阁注楚辞》,上海古籍出版社1958年版,第185页。

君于四方。"①在解释叩见天帝一段时注曰："司阍者虽未显然见拒，而其意漠不相亲"，而后直接转引朱熹《集注》云"此求大君之比"，将叩阍纳入"求女"范畴。"吾将上下而求索"下注："求女，求贤君也。上下求索，兼下叩阍求女而言。"②两处的解释基本与朱熹的注解如出一辙，某些词句甚至是直录其解。在"求女"的具体活动展开后，蒋注才与朱注略有差异，不过均没有跳出朱注"求贤君"的阐释范畴。在《余论》部分，蒋氏还列举了诸家对于"求女"的其他看法，认为众说多"淤塞难通"。他结合楚国当时的政局和屈原的现实处境，将王逸的"求贤臣"说作为重点驳正的对象，认为求贤辅楚"非识时之言"，"楚众芳芜秽，虽得贤奚益。原以贵戚世卿，不能排党人，悟君主，乃望之九州羁旅之人，又必不行之势也。且好修之害，楚士逢而变节，亦安保来者之不变乎？势不可行，节不可保，而越修远多艰之路以求之，所求者又未必得也。……原之求女，明云远逝以自疏，夫欲求贤人求善道而辅之，而又曰疏之，此矛盾之说也"③。足见其对"求贤君"说极尽维护之力。

陈远新和奚禄诒将三次"求女"行动与史实一一对应坐实。如对"哀高丘之无女"的理解，陈远新将"女"释为"大国之贤君，可人事者"，"帝"则喻西方之美人，以为"上征喻往西周"。随后又结合战国末期的政治环境作进一步的说明，即周天子名存实亡，已无贤君，所以无女可寻，"言秦不可入而仕"。在之后的注文中，将与诗中主人公竞争"求女"的高辛也坐实为秦；至"及少康之未家兮，留有虞之二姚"句，陈氏更以"少康"为秦，"有虞"为韩赵魏。将不使少康先于我之意释为"恐秦入三晋"。奚禄诒认为高丘无女是"断指君说"，所指为是怀王被秦扣留，终未得返楚之事。下文宓妃、有娀、二姚亦皆喻指怀王，所以周游四极、引领跂望，都是祈盼怀王能得以返回故国，"而幸其一悟以召己也"。总之，二人将"求女"活动完全比附坐实到怀王去秦不返的历史事件上，将"求女"也限定在"求楚君"之上，

① （清）蒋骥：《山带阁注楚辞》，上海古籍出版社1958年版，第38页。
② （清）蒋骥：《山带阁注楚辞》，上海古籍出版社1958年版，第42页。
③ （清）蒋骥：《山带阁注楚辞》，上海古籍出版社1958年版，第194页。

因而被游国恩先生批评为荒谬之谈。

古往今来众多《楚辞》研究者皆以王、朱二人的说法为宗，从各角度寻找论据，不断加以申发、完善。不过与其他说法一样，"求贤臣"、"求贤君"两说也并不是无懈可击的，正如朱熹等人在"求贤臣"说中寻找漏洞一样，"求贤君"说也同样面临着质疑，如徐文靖就曾提出，"若以求宓妃、佚女、二姚皆求贤君之意，夫不求宓羲而求其女，不求高辛而求其妃，不求少康而求二姚，可谓求贤君乎哉？"① 此番质疑确是正中要害，但若以《离骚》"比喻变迁，疏忽无端"的创作特色来看，又似乎可作驳正徐说之用，此类论辩在"求女"问题研究史上俯拾皆是。可见，不同的阐释角度无疑就会得出各不相同的解读结果，而屈子"求女"的真正意图也没有在双方激烈的论争中得出定论，所以除"求臣"、"求君"两说之外，明清之际又涌现出了许多颇具影响的新观点。

二、黄文焕的"求贤妃"说及明末清初的"求贤妃"说阵营

明清之际，有不少学者认为求女是"冀得淑女以配怀王"（求贤妃），同时暗讽郑袖惑主乱政终至败国，亦兼刺怀襄中敌诡计，先后迎妇于秦。该说最早由明代赵南星提出，经黄文焕专篇申论而得到清代众多学者的呼应，钱澄之、方楘如、贺宽、林云铭、夏大霖、屈复、顾成天、陈本礼、张德纯等人均是"求贤妃"阵营中的一员。他们在"求女"问题上开启了一条新的探求之路。

赵南星《离骚经订注》于"相下女之可诒"下注曰："下女，女媭之类。遗之玉帛，冀以上达淑女，求配君王也。下文大约言淑女之难得。"② 又云："昔者幽王信用褒姒，谗巧败国。其大夫伤之，思得贤女以配君子，故作《车

---

① （清）徐文靖撰，范祥雍点校：《管城硕记》，上海古籍出版社2013年版，第286页。

② （明）赵南星：《离骚经订注》，明万历四十一年（1613）刻本。

辖》①……屈原患郑袖之蛊，亦托为远游，求古圣帝之妃以配怀王。"② 赵氏
引诗以证《离骚》求女是同理于《车辖》所刺之事，但对于郑袖之蛊未展开
具体的分析。此外，《离骚经订注》中对王逸"求贤臣"与己共事君的说法
也进行了驳正，认为屈原身为人臣"而令媒妁求母后"，且以之喻指共事君
主是有悖于情理的，切中了"求贤臣"说中存在的这个难以自圆其说的问题。
赵氏的"求女"说虽然只是草创，论证并不详细，不过此说倒颇得其后学者
的认同和阐发。

　　黄文焕对于"求女"问题的论说在明末清初是极有影响的。不过黄氏在
初撰《离骚》注文时在这个问题的认识上并不十分明朗，以致其阐释上似乎
在向"求贤臣"的方向倾斜。如"朝吾将济于白水"至"好蔽美而称恶"一
节，笺注云：

　　　　其层引古女，于溺水宓妃之外，独属之简狄、二姚者，简狄生契，
　　思得贤佐如契，偕与事君也；二姚则系少康国亡，逃之他国，娶二姚以
　　为妻，夏复重兴，原料楚之必至于覆灭，思有中兴如少康者，故又以寄
　　意也。③

　　又于"聊浮游而求女"笺注云："复言求女者，世既无与我同芳之人，
不得不别求也。"④ 均没有表现出"求女"为求得贤妃以配其君的意思。但到
了《听直合论》时，黄氏对"求女"意义的理解就有了非常明确的解说，《听
女》开篇即明言：

_____

① 《毛序》云："《车辖》，大夫刺幽王也。褒姒嫉妒，无道并进，谗巧败国，德泽不加于民。
周人思得贤女以配君子，故作是诗也。"
② （明）赵南星：《离骚经订注》，明万历四十一年（1613）刻本。
③ （明）黄文焕撰，黄灵庚、李凤立点校：《楚辞听直》，上海古籍出版社 2019 年版，第
25 页。
④ （明）黄文焕撰，黄灵庚、李凤立点校：《楚辞听直》，上海古籍出版社 2019 年版，第
33 页。

> 原因被谗而作《骚》……而叹当时之无女，求上古之妃后……盖寓意在斥郑袖耳。惟暗斥郑袖，故多引古之嫔妃，以此为吾王配焉。①

黄氏分析了楚国当时的政治形势是外有上官，内有郑袖。指出正是由于佞臣与宠妃内外勾结谗惑怀王，才导致张仪有机会逃离楚国。如果没有张仪的再次逃脱，也就不会有后来的劳师远伐。对于导致楚王被蒙蔽、被蛊惑的罪魁祸首们，黄文焕也有着比较客观的认定，在解释《离骚》前半篇内容中未出现"求女"的相关内容，而后半篇却专言"求女"的原因时说：

> 疏原者王之信上官，非郑袖之罪也。故前半篇叠言王，叠言党人，悲恸不能已也。然"众女嫉余之娥眉兮，谓余谣诼以善淫"，虽斥党人，已隐隐道及郑袖矣。后半篇之不复及王，不复斥党人，而但言求女，其殆因张仪发慨与？是篇之作，殆郑袖脱仪，王怒伐秦之候耶？观其于驷虬上征以后，纯言天上，巫接之曰"忽反顾以流涕兮，哀高丘之无女"，此其致恨君王乏贤内助明矣。②

表明了"求女"的原因，黄氏接着对"求女"的细节及"求女"段的前后章节作了进一步的梳理和说明。因为宫中无女为贤，高丘又难以得女，所以转而求上古之贤女。但考虑到宓妃溺水而死，必定"不肯为人配者也"，所以主人公自斥"无礼"，继而改求她人。无奈有娀、二姚都已配他人，所以这两次"求女"也无果而终。再次"求女"于九州，也以无女可求而告败，至此"求女"活动结束。下文"世幽昧以眩曜兮"一节，黄氏认为是"复叹

---

① （明）黄文焕撰，黄灵庚、李凤立点校：《楚辞听直》，上海古籍出版社 2019 年版，第233—234 页。

② （明）黄文焕撰，黄灵庚、李凤立点校：《楚辞听直》，上海古籍出版社 2019 年版，第234 页。

王斥党"，以"何必用夫行媒"、"聊浮游以求女"穿插点缀其中，意在言"郑
袖罪轻"、"诸谗罪重"，再次申明自己此前对奸佞谗臣痛恨和对怀王信用群
小、疏离忠贤的极度失望。

　　在"求女"问题上，黄文焕并未局限于对《离骚》篇中"求女"情节
的考察，而是将屈原其他作品中有关"求女"的内容均作了整体考量。他
认为《远游》篇旨虽是求仙，但其中的"腾告鸾鸟迎宓妃"、"二女御《九
韶》歌"① 的描写仍带有"求女"意味。又以《九歌》中湘君、湘夫人为"二
女"，言世传二湘"因舜崩而哭以死"，进而发出"今之宫中何若乎"的疑
问。他认为《九歌》的创作时间应是在怀王死后，屈子感慨"王素耽色"
而作。《天问》篇中，黄氏重点分析了众女对兴衰治乱的影响。认为篇中
"妹嬉何肆，汤何殛焉"、"周幽谁诛，焉得夫褒姒"是暗比郑袖，正是由
于郑袖放走张仪，才致使怀王与秦构衅，最终客死于秦。相比妹嬉之罪，
郑袖有过之而无不及。又说，"殷有惑妇，何所讥"为明比郑袖，"惊女采
薇，鹿何佑"，是感叹楚国无此贤女。黄文焕在分析《卜居》中有关"求
女"的细节时，以为"将呫訾栗斯，喔咿儒儿，以事妇人乎"也是斥郑袖
之语，他感慨到，上官大夫是善事妇人之人，假使屈子也如上官一般谄媚
求怜，上官必不敢谗言重伤之。至《九章》、《抽思》，黄氏皆以其为"求
女讽刺之旨"。

　　对于《悲回风》和《惜往日》两篇，黄文焕又有着不同的理解。他认为，
《悲回风》中"佳人永都"、"佳人独怀"是"有女而莫为求之者，又暗以佳
人自比"；《惜往日》中"西施美容，谗妒入代"，是以美人自比。他认为忠
臣、贤士与美人、佳人并无差别，"知女而不知求忠贤，抑何明蔽互殊"亦
为讽刺。在对屈原全部作品中有关"求女"内容——作了分析之后，黄氏又
将视线移回首篇，指出《离骚》"求女"之寓意并非仅斥郑袖，郑袖放脱张仪，
外因仍在于谗臣的蛊惑：

---

① 黄氏笺注曰：履地则祗应溺水之虑妃与洒泪之二女。

郑袖之脱张仪，因靳尚使人谓袖曰：秦爱张仪，王欲杀之，今将以美人聘楚，以宫中善歌者为之媵。秦女必贵，而夫人必斥，不如言而出之。此只虚言耳。①

黄氏又结合楚怀王二十四年（前305）、顷襄王七年（前292），楚国两次迎妇于秦、秦楚武关之会，怀王终客死异国的历史事件，将怀王之死、顷襄王忘仇、秦诡计屡屡得逞的原因尽皆归结于"求女"之上。指出屈原也正是因此而痛心愤恨于"求女"之事，才会在诸作中反复申诉，"诚合郑袖与两迎妇为细绎，谁能不深恨？谁忍不屡言，尚敢妄之乎？尚但泛尊之乎？"②黄文焕把研究范围和视角扩展至屈原的所有作品，从文本中探寻关于"求女"的各种线索，又联系楚国当时的具体历史事件来做对应的分析和解释，力求情理通顺且有迹可循，这也成为黄氏注骚的一大特色。

钱澄之在《屈诂·离骚经诂》中阐述了自己对于"求女"问题的理解，他梳理了女嬃詈屈子婞直、"判独离"与下文向重华陈词的逻辑关系。钱氏认为，诗人见帝无望，所以不得已而思"求女"，"盖君昏而有贤妃在内，不至小人蛊惑已甚"，将上官与郑袖的关系比作"皇甫七子恃褒姒为奥援"。又云："是时楚宫南后、郑袖并宠于王，袖与靳尚辈表里惑君，后不之问，谗与佞比，此王所以终不悟也。故思得贤女，正位宫中，以废嬖而沮谗也。"钱氏的解说基本是遵循了赵南星的说法，与赵氏一样，钱氏亦引《诗经·车辖》为证，意在说明《离骚》"求女"的用意也在求贤女为内助之意。在篇末"聊浮游而求女"至"吾将远逝以自疏"一段注云："至是犹言求女者，悟主之事不能望之于臣，犹可望之于女，故终未能忘情也。"③

---

① （明）黄文焕撰，黄灵庚、李凤立点校：《楚辞听直》，上海古籍出版社2019年版，第235页。
② （明）黄文焕撰，黄灵庚、李凤立点校：《楚辞听直》，上海古籍出版社2019年版，第236页。
③ （清）钱澄之：《屈诂》，《楚辞文献集成》第九册，广陵书社2008年版，第6481页。

　　贺宽认为《离骚》文中上征见帝是喻指怀王，"求女"则为"暗刺"郑袖。《钦骚》于"闺中既以邃远兮，哲王又不寤"下注"闺中邃远，即四极以祈求女之说也。哲王不寤，即叩阍不见帝之说。两无所遇，则此情谁诉？将诉之浑浊之世人乎？彼既嫉我蔽我矣，惟有怀情而不发矣……于是不得不转而求卜矣……闺中哲王对举，益见余楚怀、郑袖之说不谬矣"①。贺氏分析了屈原当时所处的情势，把见帝、求女、问卜等一系列情节作为因果加以梳理，但他对几次"求女"活动出发点的理解与前人有着较为明显的差异，以为屈原"求女"不是暗刺郑袖，而是寄希望于郑袖，"识原之芳洁"并能转达于君，甚至又将同样的希望寄托在上官、子兰等人身上。如此解读就明显与屈子在作品中所表达的情感相左了。

　　夏大霖对"求女"问题的阐释较为详尽，他主张在理解文章片段时要注意段落前后的转折照应关系，不能将章节意旨割裂开来。基于这种考虑，夏氏提出对《离骚》三次"求女"的疑问——三"求女"既传达同一意旨，"何用三求"？带着这样的疑问，夏氏仔细审读了"闺中既以邃远兮"一节，认为三次"求女"活动均指向王之闺中，暗指"郑袖庇党人以蒙其君"之事。下文具体分析"求女"活动，在"高丘无女"下注："无女，无贤女如简狄二姚者"②。在"求宓妃"段注曰："古来开国以圣女发祥者备闻之矣。今高丘无女，则当远求于外境春宫中……尽礼以期必得焉"，指出"纬繻难迁"是暗寓郑袖与靳尚受张仪贿赂，表里为奸蛊惑怀王之事。夏氏继而解释，洛水、洧水皆在河南，春秋时期是郑的属地，而郑袖出自郑地，"不可明指，故以宓妃为词，更以洧盘指其地"③。又以《毛诗》中有关溱洧地区的淫游之风与文中"日康娱以淫游"作为印证，坐实宓妃即暗指郑袖无疑。在"求简狄"一节下注云："取发祥之意而及之，言古来启疆发祥，莫不赖

①　转引自陈子展撰述，杜月村、范祥雍校阅：《楚辞直解》，复旦大学出版社1996年版，第433页。

②　（清）夏大霖：《屈骚心印》，《楚辞文献集成》第十一册，广陵书社2008年版，第7748页。

③　（清）夏大霖：《屈骚心印》，《楚辞文献集成》第十一册，广陵书社2008年版，第7750页。

有圣女以为之助。"二姚,则解释为"念及复业之少康,此三求意在收复"①。
最后以"闺中"、"哲王"并说,以为"是文之本意乃归罪于郑袖了然可见
矣"。夏氏从全篇内容考察三次"求女"的用意,又把每次"求女"活动的
意思作了细致地区分,阐述也较有个人见地。不过,解说太过求深也难免
会有些牵强的成分。

屈复《楚辞新注》有云:"古贤女甚多,篇中专引妃后者,是对照郑袖
而言也。"②又云:"闺中指郑袖言,哲王指怀王。犹云天王明圣也。党人怀
王可明言,郑袖不可明言,故以闺中浑言之。"③与夏氏观点有相似之处。而
差异之处则是,屈氏以为"求女"之举是屈原万分绝望、无可奈何之时,作
期望之想而已,并非真有其事。陈子展先生认为这点是有待商榷的,因为屈
子在文中三次"求女"都以失败收场,明显是暗刺郑袖用事,对于走女谒门
路是持否定态度的,怎么可能对郑袖寄寓期望,希望她贤如古妃谏君以道
呢?这在黄文焕的观点中也可以找到类似的说法,上文已涉及,黄氏认为
《卜居》"将以事妇人"是斥郑袖之意。

顾成天在《楚辞九歌解·自序》中列出了《离骚》"求女"的三层含义,
一是怀王为宠妃郑袖蛊惑乱政;二是怀王迎妇于秦;三是顷襄王迎妇于秦,
"第弦乱其词以隐其意耳,未尝以求女比思君也"④。与赵南星、林云铭等人
的"求女"说相比,顾氏又增补了刺怀王、顷襄王两次迎妇于秦之说,与黄
文焕的观点大体一致,应是受黄氏"求女"说的影响。

另外,有不少研究者将众家说法综合杂糅于自己的观点中,如林云铭
在《楚辞灯》的正文注解中对"求女"活动的阐释总体是倾向于求"知我与
类我之人"。林氏在"路漫漫其修远兮,吾将上下而求索"句注曰:"举世无
一人,若得一知我者而事之,是君之一寤也。得一同我者而交之,是俗之

---

① (清)夏大霖:《屈骚心印》,《楚辞文献集成》第十一册,广陵书社2008年版,第7751页。
② (清)屈复:《楚辞新注》,《楚辞文献集成》第十三册,广陵书社2008年版,第9032页。
③ (清)屈复:《楚辞新注》,《楚辞文献集成》第十三册,广陵书社2008年版,第9032页。
④ (清)屈复:《楚辞新注》,《楚辞文献集成》第十三册,广陵书社2008年版,第9368页。

一改也。安得不上下而求索"①，将"上下求索"视为此后见帝、"求女"活动的总引。在"哀高丘之无女"下注曰："因求见帝而不得意，谓知我之人竟无可求索矣。然岂无类我之人可取以相配，免我为茕独乎？故有求女一着。"又云："且是时郑袖专宠，缘君不明其德相配，故以古贤后为感，讽之微词。"②把刺郑袖作为"求女"的原因之一加以补充说明。到《后叙》部分，他结合《史记》中的记载，又以《卜居》言"事妇人"为内证，断定郑袖"为宫中之主无疑"。林氏分析，党人自可明言，而郑袖"必不便形之笔墨"，所以他认为屈原在篇中通过"求女"的形式告诫"君听信者必如古贤后"则可避"皇舆之败绩"。此外，林氏在"求女"诸注下，对旧说也多有驳正之词，如"高丘无女"注后，认为"求贤臣"已属无谓，"求贤君"则是以臣比君，且"辱襄古贤后"，亦是甚不合君臣之义。张德纯在支持"求贤臣"说之外还借鉴了"求贤妃"、"刺郑袖"之说，提出："愚闻古之治朝，非特贤辅力也，盖亦有内助焉。怀王以不寤之故，内惑于郑袖，而外欺于张仪，其所由来渐矣。屈子以呼抢之情，而借言于求女讽讥之指，不在于斯乎？"③

"求贤妃"说自明人赵南星提出，又经黄文焕等人力证，从明清两代延续至今，众多学者均从此说，足见其影响之深。若论此说的现实依据，考察《战国策·楚策》中记载的有关郑袖的逸事，再结合楚怀王时期楚国由强转衰的几个重要节点来看，一个阴险毒辣，为了擅贵固宠而不惜与佞臣国贼内外勾结，甚至出卖自己国家利益的女人，是完全有可能成为屈原指斥对象的。但正如不少论家所指出的，"求贤妃"说同样受到与王逸、朱熹之说类似的质疑，即在当时那样的形势、心境之下，屈原是否有资格、有条件去为君王寻求贤妃呢？答案自然无须多言。因此，以笔者愚见，"求贤妃"以配君同"求贤臣"、"求贤君"一样，都是屈原难以实现的美政理想中的一环。在屈原的系列作品中，上述三后、汤武，下序桀、纣、羿、浇，诗人对前代

① （清）林云铭：《楚辞灯》，《楚辞文献集成》第十一册，广陵书社 2008 年版，第 7394 页。
② （清）林云铭：《楚辞灯》，《楚辞文献集成》第十一册，广陵书社 2008 年版，第 7398 页。
③ （清）张德纯：《离骚节解》，《楚辞文献集成》第九册，广陵书社 2008 年版，第 5967 页。

贤君的推崇是随处可寻的。贤主们遵循法度、举贤授能，所以才令后世敬仰。同时，昏君贪图享乐、滥杀贤臣以致众叛亲离、亡国身死的例子也比比皆是。屈原显然是希望通过"遵道而得路"、"捷径以窘步"的强烈反差来劝诫怀王，使其意识到明主贤臣对于国家强盛的关键作用。但面对楚国的黑暗政局，自己的理想和抱负无处申发，甚至连至亲之人也劝自己从俗以自保。于是向上古圣王陈辞以表明自己"览余初其犹未悔"的初心，在得到重华的鼓励后，诗人决计上征天帝，可当他夜以继日地赶到天帝居所，眼中所见的却是帝阍的冷漠和无礼。《战国策》中确实记载过楚国"谒者难得见如鬼，王者难得见如帝"的政治氛围，足见楚王获取真实信息的通道已经被佞臣党人层层封锁了，君门万里，屈原求见君而不得。此外，发端于成汤时期的女谒弄权乱政之邪风早已作为"六事自责"之一被引为大戒。屈原去古未远，自然知晓后宫弄权干政会给楚国政局带来的巨大祸患，所以才在痛斥昏君党人之后将批判的矛头转向郑袖。换言之，屈原理想中的美政，需要明君、贤臣、贤内助的共同努力才可能得以实现。但可悲的是，"国无人兮，莫我知兮"，举国上下无人懂他，更不会有人与他共施美政。在令人绝望的现实中，屈子最后能做的也只有身从彭咸，让灵魂回归先祖高阳的故居了。

第四节 《离骚》注释研究

《楚辞听直》是黄文焕的解骚之作，更是寄托其个人际遇之感的抒愤之作，因此，该书特重阐释，评论多过训诂与考证。不过，这并不意味黄文焕在字词训诂上毫无新意，相反，《楚辞听直》一方面继承了王逸、洪兴祖、朱熹三家注本的经典注解，并旁征博引，对前人注释作出了更加明确、翔实的解说；另一方面，黄氏不一味盲从旧注，始终贯以"听直"之心推逆屈子心境，其中某些解释虽过于牵强，但其识断独到，往往能发前人所未及，亦可自成一说。故本节将对《楚辞听直》中《离骚》篇的训释情况作具体分析，重点考察黄文焕对经典注本的继承、发明、不足之处及黄氏后学对其解说的吸收与发挥。今举例如下：

（1）"纷吾既有此内美兮，又重之以修能"中的"内美"一词，王逸、洪兴祖两家均训为"内含天地之美气"，朱熹《楚辞集注》释为"天赋我美质于内也"。下半句，《楚辞章句》释"修能"为"绝远之能"，《楚辞补注》从字源角度释义，"能"为兽名，熊属，所以"有绝人之才者谓之能"。《楚辞集注》只在字义解释上作了补充，"重，再也，非轻重之重。修，长也。能，才也"。之后各家注解基本承袭洪注。三家的解释基本停留在对字词本身意义的解释，黄文焕则在解释字面意义的基础上，对上述两句内在的意义关联作了必要的探讨："内美言质，修能言才。有质无才，蕴于内者无以善指于外。故才与质不可不合也。恃其才质不加功焉，质将易亏，才亦速败。两合之中又且两伤矣。"①意为内在与外在相辅相成，缺一不可。有德无才，美德无法通过恰当的形式展示出来；有才无德则更加危险，若不兼修其内在，极其酿成内外俱毁的恶果，所以黄氏强调内外兼修的重要性，他对内美和修能的理解比前人深刻。钱澄之《屈诂》云："'内美'以质言，'修能'以才言。重之，言既有其质，又有其才。"②注解与黄文焕的观点大体相同。

（2）"朝搴阰之木兰兮，夕揽洲之宿莽"，王、洪、朱三家均释"木兰"、"宿莽"为"去皮不死"、"遇冬不枯"的植物③。《楚辞章句》、《楚辞集注》皆以为生命力如此顽强的植物是喻指屈原纵受谗人所困亦坚守忠善之道。黄文焕在对木兰、宿莽本体的解释上对三家注本作了保留。《楚辞听直》注云："木兰树高数仞，去皮不死。宿莽一名卷舒，去心复生，历大时，则两者皆

---

① （明）黄文焕撰，黄灵庚、李凤立点校：《楚辞听直》，上海古籍出版社 2019 年版，第 2 页。

② （清）钱澄之：《屈诂》，《楚辞文献集成》第九册，广陵书社 2008 年版，第 6403 页。

③ 王逸《楚辞章句》注："草冬生不死者，楚人名之曰宿莽。……木兰去皮不死，宿莽遇冬不枯，屈原以喻谗人虽欲困己，己受天性，终不可变易也。"朱熹《楚辞集注》："木兰，木名。《本草》云：'皮似桂而香，状如楠树，高数仞。去皮不死。'……草冬生不死者，楚人名曰宿莽。言所采取皆芳久固之物，以比所行者皆忠善长久之道也。"

可以经冬。"① 在比喻义上，则对前注作了发挥，以为"受人患则两者皆可以无恙"，"在众芳中最为久固"，因此较兰、离、芷三者又超一格。黄氏继而解释其言木兰、宿莽强于兰、蕙、江离的原因在于后三者"皆有变，而不及木兰、宿莽"，指出是"原之察物理以抒辞"②。黄文焕对《离骚》中香草意象本体属性的差异把握得较为准确。

（3）"不抚壮而弃秽兮，何不改乎此度?"王逸《楚辞章句》注："秽，行之恶也，以喻谗邪。"洪兴祖释"弃秽"为"谗佞"，与王注一致。朱熹《楚辞集注》云："三十曰壮。弃，去也。草荒曰秽，以比恶行。"③ 黄文焕沿用了王、洪的注解，《楚辞听直》中，释"抚壮"为"抚己自省"，释"秽"为"众芳同在零落之中"。疏通句意时注曰："即老而心益壮，则可以不待抚壮而空忧矣。落英落蕊，餐焉贯焉，则可以不至弃秽而空悲矣。佩芳之怀，始终以焉。则不改度此说也。"④ 解释较王、洪二家更为具体、明确，在品中又注明"弃秽"起下文"哀众芳之芜秽"，足见黄氏对段落前后的相关内容有整体性的把握。

（4）"苟余情其信姱以练要兮"，王、朱两家对"练要"的理解不尽相同。王逸注"练"为"简"，"要"为"道要"。朱熹释"练"为"精练"，释"要"为"要约"。黄文焕注曰："饮堕餐落，朝夕以之，以写吾恨，以寄吾情，可谓无聊之极矣。而又高自标置，交之以美名曰'信姱以练要'。练之道有二：凡芳从鼻受者也，随风而来，亦随风而散。饮之餐之，俾从口受，如此可以练风、扼风之要而不为风所分，一练也。凡佩芳从身受者也。未霜而繁，既霜而槁，饮之餐之，俾从心受，如此可以练霜、扼霜之要而不为霜所病，又一练也。"⑤ 这段阐发由前句"朝饮木兰之坠露，夕餐秋菊之落英"生发而来，

---

① （明）黄文焕撰，黄灵庚、李凤立点校：《楚辞听直》，上海古籍出版社 2019 年版，第 2 页。
② （明）黄文焕撰，黄灵庚、李凤立点校：《楚辞听直》，上海古籍出版社 2019 年版，第 3 页。
③ （明）黄文焕撰，黄灵庚、李凤立点校：《楚辞集注》，上海古籍出版社 1979 年版，第 4 页。
④ （明）黄文焕撰，黄灵庚、李凤立点校：《楚辞听直》，上海古籍出版社 2019 年版，第 3 页。
⑤ （明）黄文焕撰，黄灵庚、李凤立点校：《楚辞听直》，上海古籍出版社 2019 年版，第 9—10 页。

总结练木兰、秋菊之道。其一，木兰、秋菊未经霜之时，通过鼻、口等外在感官得芳之要。其二，待其芜秽之后，则以"心受"而得芳之要。由外在感官向内在感受升华，思考较前注深入。

黄文焕的《离骚》注解中还有黄氏不拘旧注，独抒己见的全新解释，也颇能自成一家，具有创新意义。如：

（1）"昔三后之纯粹兮，固众芳之所在"二句，王、洪、朱三家均以为"三后"指禹、汤及文王。黄文焕则释"三后"为"三皇"，他承接下文尧舜"尊道得路"疏通文意，以为"因述尧舜之遵道，故邀三皇也。三皇先尧舜而辟路者也，尧舜遵三皇而得路者也。天地开而德义之标立"①，且将"三皇"释为"众芳之始祖"与旧注皆异。

（2）"指九天以为正兮，夫唯灵修之故也"中，王逸释"灵"为神，释"修"为"远"，以神明远见喻指君王。朱熹《楚辞集注》释为"妇悦其夫之称"，以男女夫妇比作君臣。这一说法影响很大，游国恩先生的"《楚辞》女性中心说"即是受到此说启发。黄文焕注："其曰灵修者，原自矢以好修。望君以同修也。"②黄氏认为，屈子以己推人，寄望灵修与己"同修"，黄氏以宋明理学倡导的"内圣外王"思想为基础作解，不失新意。

（3）"望崦嵫而勿迫"，王逸、朱熹皆注"迫"为"附、附近"之义，而黄文焕注云："日暮弥节者，黄昏为期乃灵修与原之成约。期或一过，不可复得。故欲令羲和迟行以展其期以竟其路也。勿迫，言勿急迫也。"③与旧注不同。

（4）"路修远以多艰兮，腾众车使径待"两句，王逸、朱熹皆将"腾"释为"过"，将"径"释为"径路"。黄文焕则释"腾"为"飞腾"，言路远寄望车速之快。又将"径待"释为"使之预待"，整句释为众车"预待以备承接"之用，与王逸的"令众车先过，使从邪径以相待"和朱熹的"使由径

① （明）黄文焕撰，黄灵庚、李凤立点校：《楚辞听直》，上海古籍出版社 2019 年版，第 4 页。
② （明）黄文焕撰，黄灵庚、李凤立点校：《楚辞听直》，上海古籍出版社 2019 年版，第 6 页。
③ （明）黄文焕撰，黄灵庚、李凤立点校：《楚辞听直》，上海古籍出版社 2019 年版，第 20 页。

路先过而相待"不同，为一新解。

黄文焕于词句释义方面虽不乏大胆创新之处，但鉴于明代整体学风与黄氏注骚动机的影响，注本中亦出现不少主观臆测甚至乖谬之处，如：

(1)《离骚》首句"帝高阳之苗裔兮"至"字余曰灵均"。王逸《楚辞章句》注："屈原自道本与君共祖，俱出颛顼胤末之子孙，是恩深而义厚也。屈原言我父伯庸，体有美德，以忠辅楚，世有令名，以及于己。"朱熹《楚辞集注》同。洪兴祖则认为"伯庸"不是屈父之名，理由是人子"忍斥其父名乎"？黄文焕没有对具体字词作出注释，而是将篇首至"字余曰灵均"作整体解释，提出屈子不得不尽忠的原因有二：其一，屈子的宗臣身份，自当与楚国休戚存亡。其二，黄氏认为，屈子生辰之日即注定了他的"尽瘁之辰"，此说固然是为了表明屈原宗国宗臣之身份，但这样解说仍然显得十分牵强。故黄氏之后的注家如清钱澄之《屈诂》："开章诉陈氏族，见已为国宗臣，谊无可去。"[①] 清林云铭《楚辞灯》："颛顼后，与楚同姓，为世官。便有宗国不可去之义。"[②] 夏大霖《屈骚心印》："淡笔轻叙，见宗国之义焉，见世家之崇焉，见秉质之良焉，见父命之殷焉。则君不可忘，父不可辱，其矢忠以成考之大义，不待言而凛凛矣。"[③] 基本只借鉴了黄文焕的部分说法，未采纳他"尽瘁之辰"的解释。

(2)"荃不察余之中情兮，反信谗而齌[④]怒"二句中，王注训"齌"为"疾"，黄文焕则将句中"齌怒"理解为含怒而不发。《说文》："齌"字释为"炊餔疾也"。段玉裁《说文解字注》云："晚饭恐迟，炊之疾速，故字从火。"《尔雅·释诂》："齐，疾也。"文献中未见"齌"有作"包含"之义。朱冀《离骚辩》云："玩'齌'字字意，谓君为谗言所中，积怒于心，蓄而未露，如火之蕴于中而未发于外也。从此渐见疏忌，不复信任。怒在前，疏在后，《史记》甚明。"[⑤] 似乎是

① （清）钱澄之：《屈诂》，《楚辞文献集成》第九册，广陵书社 2008 年版，第 6401 页。

② （清）林云铭《楚辞灯》，《楚辞文献集成》第十一册，广陵书社 2008 年版，第 7377 页。

③ （清）夏大霖：《屈骚心印》，《楚辞文献集成》第十一册，广陵书社 2008 年版，第 7726 页。

④ 诸本多用"齐"字。

⑤ （清）朱冀：《离骚辩》，《楚辞文献集成》第十二册，广陵书社 2008 年版，第 8057 页。

承袭了黄文焕的说法且加以阐释。此说"力欲翻新，殊失字义"，仅据主观理解作注，缺乏文献支持，这种训诂方式定然是不可取的。

（3）"愿俟时乎吾将刈"，王逸释"刈，获也。草曰刈，谷曰获"。《诗·周南·葛覃》："是刈是濩。"《说文·丿部》："乂，芟草也。刈，乂或从刀。"段玉裁《说文解字注》："乂或从刀。义者，必用镰之属也。"《广雅》："刈，断也。"可为其证。黄文焕则认为"刈者，藏之也"。文献中未见"刈"有收藏之义，黄氏此注不可取。

（4）"不顾难以图后兮，五子用失乎家巷"二句，黄文焕注："宗臣与国共存，国破而家亦亡。忧国所以忧家，未闻有独存之身也。是则所可对女嬃者也。五子之作歌，原之作《骚》，一也。"① 且黄氏认为这是屈原在以五子失家自比，不免有些强彼以就己。

（5）"溘埃风余上征"，王逸释"溘"为掩，"埃"为尘，言"掩尘埃而上征"；《楚辞补注》释"溘"为奄忽，言"忽然风起，而余上征"；朱熹《楚辞集注》："埃风忽起，而余遂乘龙跨凤以上征。"黄文焕注"溘埃风"为"人世尘埃之中，忽然腾飞也。"② "忽然"义从何而来令人不解，此处黄氏对字词释义的拿捏显然不及王、洪、朱三家严谨。

（6）"忽纬𦈡其难迁"，王逸《楚辞章句》注"纬𦈡，乖戾也"。黄文焕则将其比之为绳墨、经纬，故释"纬𦈡"为守其一定之意。《楚辞听直》注曰："妃不我许，如织丝者经之有维，如引绳者墨之有𦈡，彼自守其一定，不因我而迁移也。所谓'使君自有妇，罗敷自有夫'也。"③ 李陈玉承此说。朱冀亦弃王注而采纳黄氏注法，并对字义作了细致解释，"凡织丝者，纵曰经，横曰维。𦈡，大匠斗中所引之墨绳也。盖织先经而后纬，则分寸不能移；匠引绳以定画，则广狭不踰矩。纬𦈡者，守其一定之意，非乖戾也"④。陈本礼

---

① （明）黄文焕撰，黄灵庚、李凤立点校：《楚辞听直》，上海古籍出版社2019年版，第17页。

② （明）黄文焕撰，黄灵庚、李凤立点校：《楚辞听直》，上海古籍出版社2019年版，第20页。

③ （明）黄文焕撰，黄灵庚、李凤立点校：《楚辞听直》，上海古籍出版社2019年版，第24页。

④ （清）朱冀：《离骚辩》，《楚辞文献集成》第十二册，广陵书社2008年版，第8130页。

释"纬"为墨绳，亦将句意理解为"如纬墨之画"，可见也是受黄、李二人影响。游国恩先生认为此说虽亦可解，但不及"乖剌"之训通顺。金开诚先生则认为黄氏"牵涉前文为说"，不甚恰当。

（7）"保厥美以骄傲兮，日康娱以淫游"二句，黄氏将"骄傲淫游"释为屈原自道玩世肆志之意，此解显然已谬之千里。

总体来看，黄文焕在《离骚》词句训释方面还是有所创见的，也提出了一些新奇且可自圆其说的观点。不过，他始终未能跳脱明末的空疏学风，在某些字词训诂及句意理解上仅凭主观臆测就妄加作解，无中生有者时有之，所以在研读前代注本时应尽可能做到仔细甄别，客观看待注本中存在的问题。

第三章　黄文焕《九歌》研究

　　《九歌》是屈原创作的，具有浓郁祭祀特征的组诗，由《东皇太一》、《云中君》、《湘君》、《湘夫人》、《大司命》、《少司命》、《东君》、《河伯》、《山鬼》、《国殇》、《礼魂》十一篇作品组成。在这组祭祀诗中，屈原笔下的诸神鲜活灵动又庄重典雅，祭祀场面更是充满了浓厚的生活气息。它是屈原作品中最富魅力的诗篇，也是其艺术创作的顶峰之作。《九歌》至美，同时又难以尽窥其旨，以致古今学人对《九歌》相关问题的理解也如屈作其他篇目一样，历经千年依旧是人言言殊、聚讼纷纭。黄文焕在《九歌》的题旨、题名来源、创作时间以及词句理解等问题的讨论上不拘于旧说，提出了不少独到见解，引起后世楚辞研究者的重视。

第一节　《九歌》主旨与题名来源辨析

　　《九歌》情致缥缈，众神丰姿多彩。诗人塑造了龙驾帝服、翱游周章，览冀洲而横四海的云中君；乘舟驾龙、横江扬灵，又朝驰夕济，水陆兼程的湘水之神；飘风为先驱、冻雨为之洒尘的大司命；荷衣蕙带、孔盖翠旌，竦长剑拥幼艾的少司命；驾龙辀、载云旗，朝升暮降的东君；被薜荔带女萝，含睇宜笑、形容窈窕的山鬼；等等，可谓"善言鬼神之情状者"。《九歌》题名具有怎样的意义，屈原又想通过这首组诗传达怎样的情感内容，始终是研究者们孜孜以求并试图解开的谜题。黄文焕不囿于王逸、朱熹旧说，提出新解，并以屈原作品中相关内容作为佐证，体现了他对《楚辞》诸篇内容的细致体味与良好把握。

一、《九歌》的写作主旨

关于《九歌》的创作主旨，王逸以为："楚国南郢之邑，沅、湘之间，其俗信鬼而好祠。其祠，必作歌乐鼓舞以乐诸神。屈原放逐……出见俗人祭祀之礼，歌舞之乐，其词鄙陋。因作《九歌》之曲，上陈事神之敬，下见己之冤结，托之以风谏。"[①] 王逸的阐释包含三层意思：其一，楚地沅湘地区有信鬼好祠的风俗。举行祭祀仪式的时候，必作歌乐鼓舞以愉神。其二，屈原在放逐期间曾亲见南郢、沅湘之地的民间祭祀之礼、歌舞之乐，鉴于歌词较为鄙陋，加以修改，即成为现今所见的楚辞《九歌》。其三，屈原创作《九歌》的目的有三——一陈事神之敬，二诉己之冤结，三托《九歌》以讽谏。所以每篇文意各不相同，"章句杂错，而广异义焉"。在创作主旨的认知上，朱熹基本全盘继承了王逸的说法。不同的是，朱熹将王逸"托以讽谏"的意旨具体化为忠君爱国之义，指出："蛮荆陋俗，词既鄙俚，而其阴阳人鬼之间，又或不能无亵慢淫荒之杂。原既放逐，见而感之，故颇为更定其词，去其泰甚，而又因彼事神之心，以寄吾忠君爱国眷恋不忘之意。"[②] 不过，他在具体注解时却否定了王、洪两家处处刻意深挖屈原的寄托之意，以致在很多辞句的理解上都显得过于牵强。朱熹在《楚辞辩证》中补充说明了自己的看法：

盖以君臣之义而言，则其全篇皆以事神为比，不杂它意。以事神之意而言，则其篇内又或自为赋、为比、为兴，而各有当也。然后之读

---

① （宋）洪兴祖撰，白化文等点校：《楚辞补注》，中华书局 2015 年版，第 43—44 页。
② （宋）朱熹撰，李庆甲校点：《楚辞集注》，上海古籍出版社 1979 年版，第 29 页。

者，昧于全体之为比，故其疏者以他求而不似，其密者又直致而太迫，又其甚则并其篇中文义之曲折而失之，皆无复当日吟咏情性之本旨。盖诸篇之失，此为尤甚，今不得而不正也。①

可见，王、朱二家虽然都认为屈原借《九歌》以寄意，但在实际理解上却有着显著差别。朱熹主张"君臣之义"与"事神之意"应当作为两个不同的层次区分来看。君臣之比是以全篇作为一个整体象征，不确指篇中的人和事；事神之比则在每篇之中各含赋比兴三义，不可合诸篇文义曲折而视之。虽然朱熹在辞句的具体阐释中也存在先入为主的问题，但他在这样的原则下阐释各篇主旨及其寄托之意，还是可以很大程度上避免前人注解中强彼以就此的弊端。

至明代，汪瑗完全摒弃王、洪、朱三家说法，提出《九歌》文意与君臣讽谏之说全然无关的看法。汪瑗指出，旧注大多以致意楚王注解屈作，无疑是支离了《九歌》文意。他认为，《九歌》的创作时间未必在屈原放逐之后，即便是放逐之作，也未必是屈原托以讽谏之作，所以不能先入为主地将《九歌》之词理解为讽谏之义。他还以杜甫诗作为例，指出杜诗并非字字句句都饱含了念君忧国之情。同理，屈赋也不必处处表达念君忧国之意。汪氏的认识较旧注更为客观。

在《九歌》题旨的看法上，黄文焕也有着异于旧说的独到看法，《听九歌》曰：

> 以原之言神，而专谓借事神以比事君，亦非也。原不得于君，故设言求庇于神，其如神之亦不我顾、不我庇何哉？因神道惨，盖赋意居多，比意居少焉。旧注谓：《太乙》至《河伯》皆为人慕神之词，寓己爱君之意；山鬼阴贱，不可比君，故以人况君，以鬼喻己，而为鬼

---

① （宋）朱熹撰，李庆甲校点：《楚辞集注》，上海古籍出版社1979年版，第185页。

媚人之语，此未尽知原也。原于下篇《国殇》、《礼魂》，俱以鬼言，实
自矢于一死，不得复为人矣。此非以人喻君也，叹己之将殊于人类也，
望于神而不获庇，不得不甘为鬼也。为鬼而悟君之念，绝矣。尚不获
于人亲，况与君亲乎？《山鬼》通篇纯属鬼语，旧注乃以前半属鬼，后
半属原，情何由惨乎？"魂魄毅兮为鬼雄"，"长无绝兮终古"，两从鬼
中自扬其声价，不复问君之悟不悟也。《国殇》之专言战者，顷襄不能
复父之仇，故原之志，欲一战而死也。其寓意之最明，曰"挟秦弓"，
欲夺秦之弓以为我用也。战不言胜而言败者，悼溯怀王与秦战败之往
事也。①

　　黄文焕的话包含以下几层意思：其一，屈原以诸神作为创作对象，并不
专指事君之意。其二，屈原是借祀神寄托自己的身世之感，因此赋意居多，
比意居少。其三，旧注过度强调屈原爱君之意，对文意的理解不免有些片
面。其四，屈原在《国殇》、《礼魂》中专篇言鬼，传达了他已经因为对君王
的绝望而显露死志。黄氏用"不得不甘为鬼"表达了屈原最后的选择是无奈
之举。另外还可以看出，黄氏根据《国殇》、《礼魂》的神灵身份的不同将《九
歌》分为上下两个部分，并否定了旧注认为《山鬼》篇"前半属鬼，后半属
原"的观点。还有，黄文焕明确主张《国殇》专篇描绘战争，所指即为顷襄
王忘记怀王之仇，屈原欲"挟秦弓"与秦决一死战，全篇寓意十分明了。又
"不言胜而专言败"，则是悼念怀王战败之往事。

　　具体而言，屈原的《九歌》十一篇中，各篇所反映的祭祀场景及作者流
露的情感都不尽相同，尤其是在不同的注家眼中，这十一篇作品又被赋予了
观点各异的解读。黄文焕是如何理解屈原《九歌》的，他的观点中有哪些进
步与不足之处，需要将其置于楚辞研究史中进行考察。

---

① （明）黄文焕撰，黄灵庚、李凤立点校：《楚辞听直》，上海古籍出版社 2019 年版，第
　　253 页。

（一）《东皇太一》与《云中君》

《东皇太一》是《九歌》的开篇之作。全文如下：

> 吉日兮辰良，穆将愉兮上皇。抚长剑兮玉珥，璆锵鸣兮琳琅。瑶席兮玉瑱，盍将把兮琼芳。蕙肴蒸兮兰藉，奠桂酒兮椒浆。扬枹兮拊鼓，疏缓节兮安歌，陈竽瑟兮浩倡。灵偃蹇兮姣服，芳菲菲兮满堂。五音纷兮繁会，君欣欣兮乐康。①

对于该篇的主旨，王逸《楚辞章句》云："神以欢欣，厌饱喜乐，则身蒙庆佑，家受多福也。屈原以为神无形声，难事易失。然人竭心尽礼，则歆其祀而惠降以祉。自伤履行忠诚以事于君，不见信用而身放弃，遂以危殆也。"②王氏主张，屈原想通过将事神得福与自己的事君遭遇作为对比，反衬自己忠而被谤、信而见弃的冤结。洪兴祖认为屈原把君王比作东皇，"言人臣陈德义礼乐以事上，则其君乐康无忧患也"。表达身为人臣欲"陈德义礼乐"以事君上，使君主康乐无忧之意。朱熹反对将现实中的人与事牵强地对应到作品之中，甚至一一坐实的做法，指出旧注"外增赘说，以害全篇之大指；曲生碎义，以乱本文之正意。且其目君不亦太迫矣乎"③。所以在具体解释中，朱熹将《东皇太一》的主题内涵分为两个层面：一是"竭诚尽礼以事神，而愿神之欣说安宁"，即该篇的表层含义；一是"寄人臣尽忠竭力爱君无已之意"，即屈原寄托于作品之中的深层含义。虽然这样的注解方式较前人通透，也更为合理，不过从《东皇太一》通篇的具体基调来看，似乎很难具体指出何处体现了屈原的寄托之意，所以朱氏也没有避免先入为主之嫌。

与汉宋之际的王、洪、朱三家重义理阐释不同，明代楚辞研究者对待

---

① （宋）洪兴祖撰，白化文等点校：《楚辞补注》，中华书局 2015 年版，第 44—45 页。

② （宋）洪兴祖撰，白化文等点校：《楚辞补注》，中华书局 2015 年版，第 45 页。

③ （宋）朱熹撰，李庆甲校点：《楚辞集注》，上海古籍出版社 1979 年版，第 186 页。

《九歌》题旨的认知在相比之下就显得较为客观。比如汪瑗，虽然也承认屈原《九歌》之作是有所寄托，但他对旧注句句"托意君臣"的做法是持否定态度的。黄文焕继承了汪瑗的观点，从文本本身出发，对《东皇太一》所描写的内容加以客观梳理，所以在注文之中没有体现出任何有关"君臣"的字眼。鉴于《楚辞听直》独特的注释体例所致，黄氏将全篇分为两段，从首句"吉日兮良辰"至"奠桂酒兮椒浆"为一段，"品"曰："'将愉'、'将把'互映，皆从神未至，礼未行预言之"①。描述了飨神之事，为迎接太乙神所做的准备，玉珥、瑶席、玉瑱等美玉齐备，兰蕙、桂椒也都准备妥当，显示了对尊神太乙的恭敬与祭祀者的虔诚。"扬枹兮拊鼓"至"君欣欣兮乐康"为第二段，"品"曰："'乐康'与'将愉'尤首尾相应。未至而预料将愉……既至而果乐康"②。先是对迎神乐曲的描述，太乙神未降临时鼓乐"即缓且安"，而当他身着华服降临人间时，"五音繁会，盛以娱之"，鼓乐齐鸣，祭祀场面随着欢乐的气氛达到高潮。此篇只有短短 87 个字，但是篇章层次严整有序，祭祀场面庄严而隆重，气氛活泼而热烈，整篇作品通过强烈的画面感传达了祭祀者对太乙神的崇敬与祈望。

《云中君》是《九歌》组诗的第二篇。全文如下：

> 浴兰汤兮沐芳，华采衣兮若英。灵连蜷兮既留，烂昭昭兮未央。蹇将憺兮寿宫，与日月兮齐光。龙驾兮帝服，聊翱游兮周章。灵皇皇兮既降，猋远举兮云中。览冀州兮有余，横四海兮焉穷。思夫君兮太息，极劳心兮忡忡。③

云中君的身份问题历来是《九歌》神祇研究中争议最多的一个。王逸、洪兴祖、朱熹、汪瑗等认为是云神，清人王闿运认为是云梦之神，此外还有

---

① （明）黄文焕撰，黄灵庚、李凤立点校：《楚辞听直》，上海古籍出版社 2019 年版，第 87 页。
② （明）黄文焕撰，黄灵庚、李凤立点校：《楚辞听直》，上海古籍出版社 2019 年版，第 88 页。
③ （宋）洪兴祖撰，白化文等点校：《楚辞补注》，中华书局 2015 年版，第 46—47 页。

月神、雷神、电神、云中郡神等诸多看法。由于《楚辞听直》略于训诂、更重阐释的特点，黄文焕在其注释之中并未纠结于云中君的神格问题，而是直接对《云中君》的文意进行了梳理。他将全篇分为两个部分，从句首"浴兰汤兮沐芳"至"聊翱游兮周章"为第一段。在疏解首四句内容时，黄氏以前篇《东皇太一》描述的为祭祀所做的虔诚准备作为与本篇相关内容的对应，言"前篇以芳备物，怯物之不洁。此以芳浴身，惧身之不洁。对越之怀，又加一倍"①。又言"前篇灵之来也姣服，此篇吾之事之亦以采衣，庶可相配乎"②。体现了黄氏对于《九歌》诸篇内容有着仔细的体味与良好把握。"连蜷既留"描画了云彩在空中回环宛曲、逐渐积聚停留的景象。"将憺"表达了祈望神灵安于我处的心愿。可神的意志又怎会因我而转移，所以"望将憺而周章"，最终事与愿违。从"灵皇皇兮既降"至"极劳心兮忡忡"为第二段。云中君安然欢乐地降临祭堂，可又"猋远举"、"览冀州"、"横四海"，表明神之恩德并不专属于我，而是遍及九州的，从侧面也可看出云中君神威无边、泽及四海的威严。篇末以"思夫君兮太息，极劳心兮忡忡"结尾，流露出对神的惜别眷恋和淡淡的忧愁。

（二）《湘君》与《湘夫人》

《湘君》、《湘夫人》是《九歌》中的姊妹篇，表现了同一主题，情感基调也大体相当，生动刻画了恋爱中的男女在爱情遭遇挫折时由急切至失望，由忧伤至疑虑，想要决绝而又难舍其情的复杂情感。

《湘君》全文如下：

> 君不行兮夷犹，蹇谁留兮中洲。美要眇兮宜修，沛吾乘兮桂舟。令沅湘兮无波，使江水兮安流。望夫君兮未来，吹参差兮谁思。驾飞龙兮

---

① （明）黄文焕撰，黄灵庚、李凤立点校：《楚辞听直》，上海古籍出版社 2019 年版，第 89 页。
② （明）黄文焕撰，黄灵庚、李凤立点校：《楚辞听直》，上海古籍出版社 2019 年版，第 89 页。

北征，邅吾道兮洞庭。薜荔柏兮蕙绸，荪桡兮兰旌。望涔阳兮极浦，横
大江兮扬灵。扬灵兮未极，女婵媛兮为余太息。横流涕兮潺湲，隐思君
兮陫侧。桂棹兮兰枻，斲冰兮积雪。采薜荔兮水中，搴芙蓉兮木末。心
不同兮媒劳，恩不甚兮轻绝。石濑兮浅浅，飞龙兮翩翩。交不忠兮怨
长，期不信兮告余以不闲。朝骋骛兮江皋，夕弭节兮北渚。鸟次兮屋
上，水周兮堂下。捐余玦兮江中，遗余佩兮澧浦。采芳洲兮杜若，将以
遗兮下女。时不可兮再得，聊逍遥兮容与。①

　　黄文焕以抒情主人公的行踪及情感变化为线索，将全篇分为四个部分：
首句"君不行兮夷犹"至"吹参差兮谁思"为第一节，仍以前篇《云中君》"有
所留而不肯来"的文意作为对比，指出此篇是水神因"波起而流不安"以致
"有所阻而不得来"，表达了对湘君热烈的等待和期盼。"驾飞龙兮北征"至"隐
思君息陫侧"为第二节，热切的期盼未能如愿，所以抒情主人公决定"往而
迎之"，"驾龙"表现寻君心情之急迫，洞庭、涔阳、极浦、大江，四处找寻
仍然不见湘君的踪影，就连旁观之女也为之叹息。"桂棹兮兰枻"至"期不
信兮告余以不闲"为第三节，桂棹兰枻本是为迎神所用，如今只能用来斲冰
积雪而已，满心悲伤与委屈无所倾诉，自己的真心不过是徒劳，痛苦和绝望
跃然纸上。"朝骋骛兮江皋"至篇末为第四节，写主人公绝望之中又生奢望，
"不复自知其无缘"，可又不敢直接向湘君表达自己的情感，最后只得"逍遥
而游，容与而戏"。黄氏以为"文势既已结局住阵"，又以"玦佩芳杜"、"将
遗下女"，与前文的"婵媛"照应，使得文章犹有余音，可以说黄文焕较为
准确地把握了《湘君》所要传达的情感。

　　《湘夫人》诗云：

　　　　帝子降兮北渚，目眇眇兮愁余。袅袅兮秋风，洞庭波兮木叶下。登

---

① （宋）洪兴祖撰，白化文等点校：《楚辞补注》，中华书局 2015 年版，第 47—51 页。

白蘋兮骋望，与佳期兮夕张。鸟何萃兮苹中，罾何为兮木上。沅有芷兮澧有兰，思公子兮未敢言。慌惚兮远望，观流水兮潺湲。麋何为兮庭中，蛟何为兮水裔。朝驰余马兮江皋，夕济兮西澨。闻佳人兮召予，将腾驾兮偕逝。筑室兮水中，葺之兮荷盖。荪壁兮紫坛，匊芳椒兮盈堂。桂栋兮兰橑，辛夷楣兮药房。罔薜荔兮为帷，擗蕙櫋兮既张。白玉兮为镇，疏石兰兮为芳。芷葺兮荷屋，缭之兮杜衡。合百草兮实庭，建芳馨兮庑门。九疑缤兮并迎，灵之来兮如云。捐余袂兮江中，遗余褋兮澧浦。搴汀洲兮杜若，将以遗兮远者。时不可兮骤得，聊逍遥兮容与。①

由于《湘夫人》在情感表达及篇章结构上与《湘君》有着非常多的相似之处，所以黄文焕也将该篇分为四部分进行疏解。首句"帝子降兮北渚"至"罾何为兮木上"为第一节，写抒情主人公含睇远望，虔诚期盼湘夫人之到来，可偏偏鸟萃苹中、罾张木上，流露出自己心愿难遂的无奈之感。"沅有芷兮澧有兰"至"夕济兮西澨"为第二节，描述了在久等不至的忧心焦虑之中，主人公朝驰夕济、水陆兼程地去寻觅湘夫人的急切心情。"闻佳人兮召予"至"灵之来兮如云"为第三节，正当主人公沉浸在求之不得的绝望中，忽然听到佳人的召唤，情绪瞬间转悲为喜。于是开始满腔热情地规划起美好的生活图景，"盖必以荷，壁必以荪，栋以桂，橑以兰，楣以辛夷，房以药，帷以荔，櫋以蕙"，房屋内外都用奇花异草芳香木材来装点。然而，即便再为筑室苦心劳力，眼前所见、心中所想也不过是幻象而已，于是喜又转愁。"捐余袂兮江中"至结尾为第四节，在绝望之余，主人公的情绪终于爆发，"并己之袂褋，欲裂而掷之"，想狠下心来与之决绝，又在江边徘徊不舍离去，满面愁容跃然纸上。

从黄文焕对《湘君》、《湘夫人》的注解可以看到，无论是"品"注还是"笺"注，抑或是两篇之后的"总品"，黄氏并没有将作品内容理解为湘君与

---

① （宋）洪兴祖撰，白化文等点校：《楚辞补注》，中华书局 2015 年版，第 51—54 页。

湘夫人的恋歌，更没有像旧注那样，把抒情主人公注解为屈原本人、湘水之神注解为怀王。他对两篇作品的解读视角更为客观，只是对祭祀二位水神的情形疏解，对文本中的人称多以抒情主人公"我"作解，从侧面表明文中所体现的爱慕之情并不是神灵之间，而是人神之间的，爱慕之情也未必限于男女之间，这也符合黄文焕"祀神即原之自祀"的主张。

（三）《大司命》与《少司命》

《大司命》、《少司命》是《九歌》组诗中的第五和第六篇，描写的是执掌人类命运的重要神祇——司命之神。早在周秦时期，有关司命神的记载就已存在于典籍之中了，如《周礼·春官·宗伯》云："大宗伯之职，掌建邦之天神、人鬼、地示之礼，以佐王建保邦国。以吉礼事邦国之鬼神示，以禋祀祀昊天上帝，以实柴祀日、月、星、辰，以槱燎祀司中、司命、飌师、雨师，以血祭祭社稷、五祀、五岳，以狸沈祭山林川泽，以疈辜祭四方百物。"[1]《礼记·祭法》云："王为群姓立七祀，曰司命，曰中霤，曰国门，曰国行，曰泰厉，曰户，曰灶。王自为立七祀。诸侯为国立五祀，曰司命，曰中霤，曰国门，曰国行，曰公厉。诸侯自为立五祀。大夫立三祀，曰族厉，曰门，曰行。适士立二祀，曰门，曰行。庶士，庶人，立一祀，或立户或立灶。"[2] 在周秦之后的《史记》、《晋书》中，司命神在祭祀活动中也依旧被摆在十分重要的位置。《史记·孝武本纪》云："神君最贵者太一，其佐曰大禁、司命之属，皆从之。"《史记·天官书》云："斗魁戴匡六星曰文昌宫：一曰上将，二曰次将，三曰贵相，四曰司命，五曰司中，六曰司禄。在斗魁中，贵人之牢。魁下六星，两两相比者，名曰三能。三能色齐，君臣和；不齐，为乖戾。"[3]《史记·封禅书》云："晋巫，祠五帝、东君、云中君、司命、

---

① （汉）郑玄注，（唐）贾公彦疏，黄侃经文句读：《周礼注疏》卷十九，上海古籍出版社1990年版，第269—271页。

② （汉）郑玄注，（唐）孔颖达疏：《礼记正义》，上海古籍出版社1990年版，第819页。

③ （汉）司马迁撰：《史记》，中华书局1982年版，第1293页。

巫社、巫祠、族人、先炊之属。荆巫，祠堂下、巫先、司命、施糜之属。"①《晋书·天文志》云："三台六星，两两而居，起文昌，列抵太微。西近文昌二星曰上台，为司命，主寿。"②足见对掌管人类生命的司命神的祭祀活动是十分普遍的。

从现有资料来看，除了屈原《九歌》将司命区分为大司命、少司命二神，《楚辞》之前的文献中尚未见过相同的提法。《楚辞章句》云："苏，谓司命也，言天下万民，人人自有子孙，司命何为主握其年命，而用思愁苦也。"这段注解附在《九歌·少司命》"苏何以兮愁苦"一句下，可看作楚辞注本中最早对司命职能作出的解释。洪兴祖《楚辞补注》："五臣云：司命，星名。主知生死，辅天行化，诛恶护善也。《大司命》云：乘清气兮御阴阳。《少司命》云：登九天兮抚彗星。其非宫中小神明矣。"③引五臣主生死、惩恶扬善的观点，又从二《司命》中对司命神"御阴阳"、"登九天"的描绘力排司命为宫中小神的说法。不过，王氏还是没有明确区别出两司命神的司职有何不同。朱熹引《周礼·大宗伯》"以槱燎祀司中、司命"的记载，提出"《疏》引《星传》云：'三台，上台曰司命。'又：'文昌第四，亦曰司命。'故有两司命也"的观点，并指出大司命是"阳神而尊"者，而少司命的不同之处只是"少卑"，在神格上没有太大的差别，二者的关系上似乎也只是长少之别。汪瑗的观点与前人大体一致，只是再次明确了司命神所司之命为"吾人死生之命"。

黄文焕认为司命神专司地界之事，是连接天界与人间的重要神祇，说法与前注大体相似。但是在司命二神的关系上，黄氏则以父子关系为解，提出大司命为父，少司命为子，少司命是继承大司命"志事职业"之人。这种提法的依据是什么？我们要回到黄文焕对二《司命》的注解中去寻找答案。

《大司命》诗云：

---

① （汉）司马迁撰：《史记》，中华书局1982年版，第1378—1379页。
② （唐）房玄龄等撰：《晋书》，中华书局1974年版，第293页。
③ （宋）洪兴祖撰，白化文等点校：《楚辞补注》，中华书局2015年版，第56页。

广开兮天门，纷吾乘兮玄云。令飘风兮先驱，使涷雨兮洒尘。君回翔兮以下，逾空桑兮从女。纷总总兮九州岛，何寿夭兮在予！高飞兮安翔，乘清气兮御阴阳。吾与君兮斋速，导帝之兮九坑。灵衣兮被被，玉佩兮陆离。壹阴兮壹阳，众莫知兮余所为。折疏麻兮瑶华，将以遗兮离居。老冉冉兮既极，不寖近兮愈疏。乘龙兮辚辚，高驰兮冲天。结桂枝兮延伫，羌愈思兮愁人。愁人兮奈何！愿若今兮无亏。固人命兮有当，孰离合兮可为？①

关于《大司命》的主旨，一般认为是人们向大司命虔诚地祈求福寿，神却来而复去，只留下祈福者的忧愁和怀恋，表达了人们对生命无常的无奈，整体基调是淡淡的忧怨。但到了黄文焕笔下，这种忧怨的情感似乎被放大了数倍，祈福者也不再是独自忧愁，而是以"三度上天之怀"，想将对司命"失职"的满腔怨愤诉之于上帝。黄氏将全篇分为四节："广开兮天门"至"何寿夭兮在予"为第一节，自己乘云迎神，恰逢司命神回翔而下，正当自己欣然以为天遂人愿之时，突然发觉"神意之不顾"、"何寿夭兮在予"、"纷总总兮九州"，虔诚的迎接被告之"非我之事"，亦"非我之能"，欣喜之情转而为忧；"高飞兮安翔"至"众莫知兮余所为"为第二节，司命如此失职，抒情主人公打算借天门大开的机会向统管诸神的天帝诉愤，可司命毫不在意的言辞和举动让人无可奈何；"折疏麻兮瑶华"至"不寖近兮愈疏"为第三节，司命的狂傲、上帝的冷漠，让死期将至，虽满腔愤恨却无计可施的自己绝望至极；"乘龙兮辚辚"至"孰离合兮可为"为第四节，自己终究无法释怀，回想自己上诉天帝却得不到回应，想要再次"乘龙冲天"的心愿也不得不放弃了，只能感慨寿夭命定，离合亦有定数。黄文焕认为屈原在诗中寄托了自己对大司命深深的怨责，故全篇"总品"曰："屈子必欲矢死者也，此司命所无如何者也，乃通篇怨责司命，万恨交攒，如必不肯

---

① （宋）洪兴祖撰，白化文等点校：《楚辞补注》，中华书局 2015 年版，第 54—56 页。

死然。文心最曲。"①

如果说黄文焕笔下的大司命既傲慢又蛮横，那么少司命又被他解读成怎样的形象呢？《少司命》诗云：

秋兰兮蘪芜，罗生兮堂下。绿叶兮素枝，芳菲菲兮袭予。夫人自有兮美子，荪何以兮愁苦？秋兰兮青青，绿叶兮紫茎。满堂兮美人，忽独与余兮目成。入不言兮出不辞，乘回风兮载云旗。悲莫悲兮生别离，乐莫乐兮新相知。荷衣兮蕙带，儵而来兮忽而逝。夕宿兮帝郊，君谁须兮云之际？与女游兮九河，冲风至兮水扬波。与女沐兮咸池，晞女发兮阳之阿。望美人兮未来，临风怳兮浩歌。孔盖兮翠旍，登九天兮抚彗星。竦长剑兮拥幼艾，荪独宜兮为民正。②

从篇首"秋兰兮蘪芜"至"忽独与余兮目成"为第一节，少司命在"满堂美人"之中唯独与我眉目传情结成友谊，受到这样的"优待"与此前遭遇的骄傲蛮横的大司命便形成了鲜明对比。"入不言兮出不辞"至"君谁须兮云之际"为第二节，少司命对我"情有独钟"，所以即便他"儵而来兮忽而逝"，甚至来去都未曾言语，我也依然不忍，也不愿心存疑虑。只得独自感慨"悲莫悲兮生别离"，转而又安慰自己"乐莫乐兮新相知"。黄文焕认为屈原在此寄托了对怀王赴秦不返的生离之悲，同时又祈望能被顷襄王所用的新知之愿。"与女游兮九河"至"临风怳兮浩歌"为第三节，抒情主人公意识到，少司命似乎并不像他原来所想的独与己"目成"，所以决心去追寻忽然而逝的司命神。可望眼欲穿，神终究没有如愿而来，独留自己形单影只、怅然而泣。"孔盖兮翠旍"至"荪独宜兮为民正"为第四节，用孔雀、翠羽精心装饰我的车，驾车登九天继续寻找少司命的神迹，虽"仍成契阔"，但最终还

---

① （明）黄文焕撰，黄灵庚、李凤立点校：《楚辞听直》，上海古籍出版社 2019 年版，第 99—100 页。

② （宋）洪兴祖撰，白化文等点校：《楚辞补注》，中华书局 2015 年版，第 56—58 页。

是称扬少司命"拥幼艾"、"为民正",尽职尽责地为人间扫除邪恶与灾祸。

我们从以上两篇的注解中注意到,黄文焕对同时执掌人类生死的大司命、少司命的态度有着截然的不同。首先,黄氏在《大司命》"总品"中将屈原绝望之后矢志赴死直接归结于大司命的失职。又在《少司命》注解中释"夫人"为父,为大司命。"美子"为子,为少司命,更直言"夫人自有美子"是明刺顷襄王,从侧面坐实了大司命为怀王,少司命为顷襄王,这与《九歌》前四篇注解中只字未提屈原、怀襄之事形成了强烈的反差。我们猜测,黄氏未将《九歌》想要表达的情感寄托于其他神灵,而选择将两位司命神作为情感抒发的出口,可能与司命神的职能分工有着极大的关系。虽然黄氏在注解中并未明确二司命的职能与分工,但从黄氏注本本身及他对二位司命神的态度来看,他是认同司命专掌人间寿夭的职能的。在黄氏看来,屈原将自己的寄寓之感直接诉诸司命,是因为司命神是连接天界与地界的神灵,是人神交流的重要媒介,而东皇太乙、云中君、湘水二神虽然也神格尊贵,但毕竟无法像司命那样将自己的冤结直接上达于天。与其他注家有所不同的是,黄文焕将掌人间寿夭、拥护幼艾、为民主正都归为少司命的职责范围。比照他此前将司命二神解读为父子关系,一方面对怀王充满怨责,明刺顷襄王不能为父报仇;另一方面又祈望少司命能继承父志,好好履行自己的职责,表达了对怀王绝望、对顷襄王不满,而又寄望于顷襄王的复杂情感,于理倒也可以说通。

(四)《东君》与《河伯》

《东君》是《九歌》的第七篇,全文如下:

> 暾将出兮东方,照吾槛兮扶桑。抚余马兮安驱,夜皎皎兮既明。驾龙辀兮乘雷,载云旗兮委蛇。长太息兮将上,心低徊兮顾怀。羌声色兮娱人,观者憺兮忘归。緪瑟兮交鼓,箫钟兮瑶虡。鸣篪兮吹竽,思灵保兮贤姱。翾飞兮翠曾,展诗兮会舞。应律兮合节,灵之来兮蔽日。青云衣兮白霓裳,举长矢兮射天狼。操余弧兮反沦降,援北斗兮酌桂浆。撰

余辔兮高驰翔,杳冥冥兮以东行。①

《礼记·祭仪》云:"祭日于东,祭月于西。日出于东,月出于西。"②《礼记·玉藻》云:"天子玉藻十有二旒,前后邃延,龙卷以祭,玄端而朝日于东门之外。"③《仪礼·观礼》云:"天子乘龙,载大饰,象日月,升龙降龙,出拜日于东门之外,反祀方明,礼日于南门外。"④《汉书·郊祀志》载汉高祖初年祠祭祀,皆承战国旧俗,"晋巫祀五帝、东君"。《广雅·释天》云:"东君,日也。"《九歌》中之《东君》,一般认为是对太阳神的礼赞,黄文焕则认为诗人以乐迎神,借以寄托自己去谗谮以昭君明德之感。

黄氏将全诗分为三节,开头至"观者憺兮忘归"为第一节,描述了日出东方,照耀四方,日神驾着龙车,乘雷而行,云旗招展,绵延屈曲的壮丽场面。黄氏笺注则曰:"主臣之际,所患者不明。离照高悬,则下无不达之悃,旁无可蔽之谗。此原所谆谆企彼杲日也。"⑤ 又将"太息将上"、"低徊顾怀"解释为屈原居安又虑危,居明又虑晦,自己的隐忧无法诉之于外人。将"声色娱人"、"观憺忘归"解释为众人自乐与屈原之自愁情不相通,景不相对。"緪瑟兮交鼓"至"灵之来兮蔽日"为第二节,以为"众所惧娱于忘归之会,而原所低徊于事神之际也。思灵保兮贤姱,惧非贤非姱之杂降"⑥。既欢喜于神灵降临,又夹杂着"蔽日"之恐。"青云衣兮白霓裳"至结尾为第三节,无奈日神来而"恶氛蔽之",于是着云衣霓裳,"射天狼之星以杜恶氛"。通过对黄文焕《东君》注解的考察不难发现,整篇注解中多处出现了对屈原感

① (宋)洪兴祖撰,白化文等点校:《楚辞补注》,中华书局2015年版,第58—60页。
② (汉)郑玄注,(唐)孔颖达等正义:《礼记正义》,上海古籍出版社1990年版,第805页。
③ (汉)郑玄注,(唐)孔颖达等正义:《礼记正义》,上海古籍出版社1990年版,第541页。
④ (汉)郑玄注,(唐)贾公彦疏:《仪礼注疏》,上海古籍出版社1990年版,第316页。
⑤ (明)黄文焕撰,黄灵庚、李凤立点校:《楚辞听直》,上海古籍出版社2019年版,第104页。
⑥ (明)黄文焕撰,黄灵庚、李凤立点校:《楚辞听直》,上海古籍出版社2019年版,第104页。

怀的解读，而这种解读根本无法在《东君》文本中找到实质的根据，只能说是黄氏本人的一种揣测，甚至可以说他对屈原心境的这种揣测极有可能是黄文焕彼时心境的写照。正如汪瑗所说，"不必拘拘著题，亦不必篇篇讽君也"，虽然汪氏主张屈原作《九歌》只是"漫写情怀"并不符合事实，但不必每篇附会于屈原忧国忧民之义的看法则道出了诸多注本中存在的弊端。

《河伯》是《九歌》的第八篇，全文如下：

> 与女游兮九河，冲风起兮横波。乘水车兮荷盖，驾两龙兮骖螭。登昆仑兮四望，心飞扬兮浩荡。日将暮兮怅忘归，惟极浦兮寤怀。鱼鳞屋兮龙堂，紫贝阙兮朱宫，灵何为兮水中？乘白鼋兮逐文鱼。与女游兮河之渚，流澌纷兮将来下。子交手兮东行，送美人兮南浦。波滔滔兮来迎，鱼邻邻兮媵予。①

黄文焕将《河伯》分为两个部分进行疏解，从首句至"惟极浦兮寤怀"为第一节，以第一人称"我"的视角描绘了主人公想象与河伯同游九河的情景，驾着飞龙牵引的车逆流而上，登上昆仑山巅，登高远望，九河尽收目中。可日暮之时已然来临，却始终不知河伯身处何处。"鱼鳞屋兮龙堂"至"鱼邻邻兮媵予"为第二节，四望之后终于得之河伯所在，于是将龙车换成白色的大鳖，急切地从陆地回到水中追随河伯。"与女游兮河之渚"，正当沉浸在当初同游的愿望终于实现的喜悦中时，河伯又骤然离去，"甫交手而忽东南"，主人公只能发出"合何艰，离何易"的叹息。

（五）《山鬼》、《国殇》与《礼魂》

《九歌》十一篇中的最后三篇是《山鬼》、《国殇》和《礼魂》，这三首诗与此前《东皇太一》至《河伯》诸篇最大的不同在于写作对象的变化，因此

---

① （宋）洪兴祖撰，白化文等点校：《楚辞补注》，中华书局2015年版，第60—62页。

也可看作《九歌》组诗描写对象的分界点。黄文焕认为，言天神地祇是源于屈原"慕神之词，寓己爱君之意"，那么屈原专篇言鬼的动机是什么，他又想寄托自己的何种情绪？下文仍从《楚辞听直·九歌》注解入手来考察黄文焕对这个问题的理解。

《山鬼》全文如下：

> 若有人兮山之阿，被薜荔兮带女萝。既含睇兮又宜笑，子慕予兮善窈窕。乘赤豹兮从文狸，辛夷车兮结桂旗。被石兰兮带杜衡，折芳馨兮遗所思。余处幽篁兮终不见天，路险难兮独后来。表独立兮山之上，云容容兮而在下。杳冥冥兮羌昼晦，东风飘兮神灵雨。留灵修兮憺忘归，岁既晏兮孰华予。采三秀兮于山间，石磊磊兮葛蔓蔓。怨公子兮怅忘归，君思我兮不得闲。山中人兮芳杜若，饮石泉兮荫松柏。君思我兮然疑作。雷填填兮雨冥冥，猿啾啾兮狖夜鸣。风飒飒兮木萧萧，思公子兮徒离忧。①

黄文焕根据文中"山阿"、"山上"、"山间"的空间转换将全篇分为三个部分。从开篇到"路险难兮独后来"为第一部分，写思鬼而不遇。从"表独立兮山上"至"岁既晏兮孰华予"为第二部分，写遇神而不留。从"采三秀兮于山间"以下至末句"思公子兮徒离忧"为第三部分，黄氏在注解中把握住了抒情主人公由思到怨、由怨又回到思的细微而复杂的心理活动。思人而不得见，最终只能感叹人鬼殊途，徒增离忧之愁。从注解来看，黄氏的确非常善于深挖屈原作品的情感表达，善于对字词及其前后照应之处加以仔细剖析，如果不是建立在对作品反复推敲、仔细打磨的基础之上，必然是无法做到这一点的。第三部分"品"注云："'怅忘归'应前'憺忘归'，彼以欢，此以恨，最工相彰。'雨冥冥'应前'羌冥冥'，彼为立山上之雨，此又为行

---

① （宋）洪兴祖撰，白化文等点校：《楚辞补注》，中华书局 2015 年版，第 62—64 页。

山间之雨，最苦叠逢。……终之曰'思公子兮徒离忧'，人鬼道殊，竟不宜相思矣，说得愤绝。"① 在解释"君思我兮然疑作"时笺注云："既怨公子之不思我，而又不敢怨，宽以自慰曰：公子未必不思我，意者其不闲耶。"② 虽然对苦等不来的公子有所怨辞，怅然若失，但她仍然愿意相信对方是思念自己的，只是因为"不得闲"而无法及时到来。"既思矣，岂有以不闲阻者？疑心存焉耳"，在自我宽慰之后，主人公又继续漫长地等待，可时光流逝，自己心心念念的公子始终没有如约而至。至此，主人公不得不怀疑公子对自己的心意了，"人鬼道殊，此所由终隔也"，此前执着的追求化为痛苦和绝望。由此可以看出，黄文焕对于作品情感的把握是非常细腻入微的。不过，此篇注解中也有诸如"鬼路亦惮险难，而党人乃欲以幽险之路导君也，此原所深痛也"一类将作品本身与屈原的经历加以对应的解释，黄氏对作者心理加以主观臆断的做法，显然是掺杂了过多的个人解读。

关于本篇的主旨，朱熹认为"此篇文义最为明白"，是屈原托意于君臣之作，甚至将《山鬼》中的内容与屈原的境遇一一对应并坐实。汪瑗认为本篇大旨为假托山灵以思贤者，"欲招其相与终志隐遁，而贤者卒迷于世途而不复返"③。陈第则以为山鬼阴贱，是不能用以比拟人君的，故"以人况君，以鬼喻己，而为鬼媚人之辞"。对于陈氏以人况君、以鬼喻己的观点，黄文焕认为"此未尽知原也"。他主张自《山鬼》篇以下"俱以鬼言，实自矢于一死，不得复为人矣。此非以人喻君也，叹己之将殊于人类也，望于神而不获庇，不得不自甘为鬼也。为鬼而悟君之念，绝矣"④。我们以为，屈原在面对是否以死亡来终结自己的悲惨境遇时必定会遭遇困惑与一番痛苦的抉择，

---

① （明）黄文焕撰，黄灵庚、李凤立点校：《楚辞听直》，上海古籍出版社 2019 年版，第 110 页。

② （明）黄文焕撰，黄灵庚、李凤立点校：《楚辞听直》，上海古籍出版社 2019 年版，第 111 页。

③ （明）汪瑗撰，董洪利点校：《楚辞集解》，北京古籍出版社 1994 年版，第 137 页。

④ （明）黄文焕撰，黄灵庚、李凤立点校：《楚辞听直》，上海古籍出版社 2019 年版，第 253 页。

这是人之常情，但黄氏仅以一番"鬼语"就断定屈原死志已决，这就纯属无稽之谈了。

《国殇》和《礼魂》是《九歌》组诗的最后两篇，一般认为这两篇作品原本应为一篇，《礼魂》是《国殇》之后的乱辞。两篇全文如下：

> 操吴戈兮披犀甲，车错毂兮短兵接。旌蔽日兮敌若云，矢交坠兮士争先。凌余阵兮躐余行，左骖殪兮右刃伤。霾两轮兮絷四马，援玉枹兮击鸣鼓。天时怼兮威灵怒，严杀尽兮弃原野。出不入兮往不反，平原忽兮路超远。带长剑兮挟秦弓，首身离兮心不惩。诚既勇兮又以武，终刚强兮不可凌。身既死兮神以灵，魂魄毅兮为鬼雄。（《国殇》）成礼兮会鼓，传芭兮代舞。姱女倡兮容与。春兰兮秋菊，长无绝兮终古。（《礼魂》）①

关于《国殇》的题旨，各家的看法基本是一致的。王逸依据"无主之鬼谓之殇"（《小尔雅》）将"国殇"解释为"死于国事者"。洪兴祖、朱熹均从此说。《说文》："殇，不成人也。"《仪礼·丧服传》："年十九至十六为长殇，十五至十二为中殇，十一至八岁为下殇，不满八岁以下为无服之殇。"②《周礼·谥法》："未家短折曰殇。"戴震对"殇"之含义作了进一步区分，指出其意义有二：一是指男女未及成年而死；二是指在外而死。"殇"即"伤"，"国殇"即为国事而死。关于本篇的祭祀对象及具体写作动机，诸家又联系历史上秦楚两国的几次重要交锋进行了具体分析，林云铭《楚辞灯》："怀王时秦败屈匄，复败唐昧，又杀景缺。大约战士多死于秦。"③马其昶《屈赋微》："怀王怒而攻秦，大败于丹阳，斩甲士八万。乃悉国兵复袭秦，战于蓝田，又大败。兹祀国殇，且祝其魂魄为鬼雄，亦欲其助却秦军也。"④刘永济《屈

---

① （宋）洪兴祖撰，白化文等点校：《楚辞补注》，中华书局 2015 年版，第 65—66 页。

② （汉）郑玄注，（唐）贾公彦疏：《仪礼注疏》，上海古籍出版社 1990 年版，第 336 页。

③ （清）林云铭：《楚辞灯》，《楚辞文献集成》第十一册，广陵书社 2008 年版，第 7474 页。

④ 马其昶：《屈赋微》，《楚辞文献集成》第十八册，广陵书社 2008 年版，第 12621 页。

赋通笺》："考秦楚大战，除怀王十七年，丹阳及蓝田两大战役外，其后有：二十八年，秦与齐、韩、魏共攻楚，杀楚将唐昧，取方城；二十九年，秦复攻楚，取新城，杀将军景缺，斩军士两万；三十年，秦复伐楚，取八城；乃顷襄王元年，秦怒楚立王，发兵攻楚……斩首五万诸役。此篇所祭者，即历次之国殇也。"① 褚斌杰先生主张，《九歌》以祭祀主神东皇太乙（楚上帝）作为组诗的开端，中间描述了一系列神祇故事，并以神话为题材演绎了神界（实为人界）的离合悲欢，最终又回归现实，这一切铺垫其实都是为了祭祷国魂，即那些刚强无畏、视死如归的楚国卫国将士。

黄文焕在其《国殇》注解中对屈原笔下勇往直前、浴血奋战的将士们与敌军近身搏杀的激烈战争场面亦多有着力。从篇首句"操吴戈兮披犀甲"至"严杀尽兮弃原野"为第一部分，黄氏"品"曰：

> "毂错兵接"，"凌阵躐行"，善写勇斗之况。专言鼓声者，军中以鼓为主，鼓不止，士不歇，直至人尽而后已也。尤善写死斗之况，败北中能描写生气。②

开头以"吴戈"、"犀甲"突出楚军装备之精良，接着以"错毂接短"描写两军短兵相接、近身搏杀的激烈战斗。这是一场生死之战，纵然敌众我寡，但楚军将士毫不畏惧，争先恐后地与敌军厮杀，战马死伤、战车被困也无人后退一步，鼓声震天，战士们视死如归。直至天怒神怨，横尸遍野。正所谓"极叙其忠勇节义之志，读之令人足以壮浩然之气，而坚确然之守也"③ 从"出不入兮往不反"至"长无绝兮终古"为第二部分，先描述将士们从军出征之时不畏征途遥远，离家之时既已"不求复反"。他们抱着慷慨

---

① 刘永济：《屈赋通笺》，人民文学出版社1961年版，第92页。
② （明）黄文焕撰，黄灵庚、李凤立点校：《楚辞听直》，上海古籍出版社2019年版，第112页。
③ （明）汪瑗撰，董洪利点校：《楚辞集解》，北京古籍出版社1994年版，第141页。

赴死的决心，虽身首异处仍然带剑挟弓，面无惧色，把烈士们的刚毅勇武刻画得字字悲壮，"生为士雄，死为鬼雄，魂之强足以扶其魄之坏矣"①。

　　《礼魂》是《九歌》的最后一篇，也是组诗中篇幅最为短小的一首。洪兴祖《楚辞补注》云："或曰：礼魂，谓以礼善终者。"②朱熹亦持此论。二家都认为"礼魂"是祭祀善终者之亡灵而举行的安魂仪式。也有说法认为此篇是通用于《九歌》的送神曲或是乱辞。《说文》："魂，阳气也。魄，阴神也。"《礼记·祭义》："魄也者，鬼之盛也。"《左传·昭公七年》："人生始化曰魄，即生魄，阳曰魂；用物精多，则魂魄强。"③《昭公二十五年》也提到："心之精爽，是谓魂魄；魂魄去之，何以能久？"在古人的观念中，"魂魄"显然都只涉及人之生死而言，而《九歌》前八篇祀主皆为神灵，第九篇为山鬼，神鬼皆无"魂"可言。第十篇为战死沙场的将士，将"礼魂"理解为祭祀善终者显然是洪、朱两家的失误，而将其视为通用的送神曲或是乱辞的观点显然也是不合适的。

　　从《九歌》诸篇的次序来看，《礼魂》恰好列于《国殇》之后，组诗中提及"魂"字的也只有这两篇，《礼魂》的标题又紧承《国殇》末尾句"魂魄毅兮为鬼雄"，所以才以"春兰兮秋菊，长无绝兮终古"祭奠那些为国英勇牺牲的将士们。因此，《礼魂》是作为《国殇》乱辞存在的，也是屈原作《九歌》之目的所系。

　　从黄文焕对《九歌》的整体注解来看，他主张《九歌》诸篇"比意少"而"赋意居多"，所以对《九歌》的注解并非如旧注一般，将众神的形象与君王对应，甚至一律灌以君臣大义，而是更多从作品本身出发，从作品的字面意义出发进行疏解，对字词进行反复推敲及揣摩，且非常注重对《九歌》诸篇情感关联的把握。如《湘夫人》首段笺注云："东皇太乙，最为满志，降于堂者也。云中君，比太乙隔矣，既降而远举云中矣，为时无几矣。湘君，又隔矣，不

① （明）黄文焕撰，徐燕点校：《楚辞听直》，南京大学出版社2017年版，第118页。
② （宋）洪兴祖撰，白化文等点校：《楚辞补注》，中华书局2015年版，第66页。
③ 杨伯峻：《春秋左传注》，中华书局1981年版，第1197页。

复降矣，未来者竟不来矣。湘君在中洲，湘夫人在北渚，而总无由接也。不足以生吾之喜，而只以召吾之愁，情绪又深一番。"①《大司命》品曰："《云中君》只言神之他往，未尝及神之有言。《湘君》告余以不闲，神自言之矣……至此而神之言乃公然相绝。文心递变递深。"②可谓颇善于体会文心，领悟较旧注细腻。虽然黄文焕并未对《九歌》主旨作专门的论述，但正如蒋骥所言，《九歌》托意于君臣。"在隐跃即离之际。盖属目无形者。或见其意之所存。况睹其形之似者乎。有触而发。固其理也。必欲句栉字比以求合之。则刓方为圆矣。"③黄文焕的大部分注解都能摆脱旧注执着于君臣纲纪的经学附庸思想及宋儒以义理生搬硬套《九歌》微旨的解骚方式，因而能更加客观地展现《九歌》文本本身所描绘的内容。不过，有些注解中还是明显存有借他人杯酒抒己胸臆的痕迹，因此也无法做到完全客观地遵循《九歌》作品原意。

二、《九歌》之名"非楚俗之歌"

关于《九歌》之名的由来，王逸的解释是："楚国南郢之邑，沅、湘之间，其俗信鬼而好祠。其祠，必作歌乐鼓舞以乐诸神。屈原放逐，出见俗人祭祀之礼，歌舞之乐，其词鄙陋。因作《九歌》之曲，上陈事神之敬，下见己之冤结，托之以风谏。"④王逸的意思也就是说，屈原改民间祭祀乐舞的鄙陋之词，进行了重新创作并以"九歌"为之命名。在王逸观点的基础上，朱熹强调巫觋之词鄙俚，所以屈原"去其太甚"，加以更定，似有在旧词基础上修

---

① （明）黄文焕撰，黄灵庚、李凤立点校：《楚辞听直》，上海古籍出版社 2019 年版，第94 页。

② （明）黄文焕撰，黄灵庚、李凤立点校：《楚辞听直》，上海古籍出版社 2019 年版，第97 页。

③ （清）蒋骥：《山带阁注楚辞》，上海古籍出版社 1984 年版，第 196 页。

④ （宋）洪兴祖撰，白化文等点校：《楚辞补注》，中华书局 2015 年版，第 43—44 页。

改之意。王、朱二家均认为楚辞《九歌》是在屈原目睹民间祭祀之礼，受到启发而作。黄文焕并不认同王逸和朱熹的说法，认为"九歌"之名自古已有，并非楚地俗歌。《听九歌》云：

> 稽原之溯古，曰"启《九辩》与《九歌》"，又曰"奏《九歌》以舞《韶》"，"启棘宾商，《九辩》《九歌》"，固自明言之。兹之有作，如后人拟古乐府、代古乐府，因其名而异其词云尔。①

黄文焕认为，屈原在自己的作品中已经多次提到了《九辩》、《九歌》，他认为屈原作《九歌》跟后世之人仿照古乐府的创作活动一样，只是保留了"九歌"之名，作品的具体内容则是全新的。

又云：

> 不可以云楚，何云巫？王逸与朱子总因《九歌》语皆祀神，难解其故，不得不溯诸俗人。因不得不溯诸巫觋，以不敢谓皆原之祀神。因不敢谓称余之暨即原，又不敢谓称灵之暨即神。既以灵专指属巫，复以余倏指属巫，倏指属原。夫《骚》经诸篇，言灵何限？原自命曰"灵均"，称君曰灵修，将皆巫乎？"横大江兮扬灵"、"身既死兮神以灵"，原明以"灵"为神灵之"灵"，何得一字两解也？同一"余"、"吾"之字，忽为巫言，忽为原言，更何解也？②

黄文焕批评了王逸、朱熹注解中人称指代混乱的问题，认为王逸、朱熹注解中对"灵"、"余"、"吾"等字意义解释飘忽不定的原因是对于作

---

① （明）黄文焕撰，黄灵庚、李凤立点校：《楚辞听直》，上海古籍出版社 2019 年版，第252 页。

② （明）黄文焕撰，黄灵庚、李凤立点校：《楚辞听直》，上海古籍出版社 2019 年版，第252 页。

品中主祭者身份的模糊认识，进而否定王、朱二家所认为的楚巫祀神。对此，黄氏提出了不同于旧注的观点，即《九歌》祀神为屈原自祀，曰："祀神即原之自祀，诸神之名亦即原所自拈，并非专属楚俗之神也"。这也印证了黄文焕《九歌》注本中的人称及叙事视角为何多为屈原自己。黄氏继而解释道：

> 试以原言考之，"怀椒糈而要。百神之备降"，非原之自祀乎？神既百矣，《九歌》之"诸神，何必不在其内乎？《远游》之"入帝宫"，"召玄武"，"后文昌"，"选署众神"，则东皇太乙、云中君、东君、大、少司命，固悉包之。若夫"舞冯夷"之为河伯，"二女御"、"湘灵鼓瑟"之为湘君、湘夫人，"神奔鬼怪"之同于言山鬼、言殇魂，何一非原之屡道？当其未被顷襄所迁，未至沅、湘以前，固已寄慨如此，必曰迁后别见楚俗楚神而始及之乎？《九章》亦曰"五帝折中，六神向服"，可谓皆楚人之事神，非原之欲质于神乎？可谓皆巫之事神，非原自事乎？ [①]

黄氏论述具有一定的说服力。首先，关于《九歌》的题名，黄氏所举诗句来源于屈原的《离骚》、《天问》两篇作品，先不论《天问》与《九歌》创作时间之先后，《离骚》的写作时间早于《九歌》是没有问题的。也就是说，《离骚》中提到的"九歌"早已先于屈原所作之《九歌》存在于屈原作品之中了。"启《九辩》与《九歌》，夏康娱以自纵"一句也已经明确交代了《九辩》、《九歌》与夏启相关。传为三《易》之一的《归藏》之《启筮篇》就曾有记载："昔彼九冥，是与帝辨同宫之序，是为《九歌》。"又云："不得窃《辩》与《九歌》，以国于下。" [②] 又《山海经·大荒西经》载："西南海之外，赤水之南，流沙之

---

① （明）黄文焕撰，黄灵庚、李凤立点校：《楚辞听直》，上海古籍出版社 2019 年版，第 252—253 页。

② 《归藏》佚文，见（清）朱彝尊：《经义考》卷三，《影印文渊阁四库全书》第 677 册，上海古籍出版社 1987 年版，第 26 页。

西，有人珥两青蛇，乘两龙，名曰夏后开。开上三嫔于天，得《九辩》与《九歌》以下。此天穆之野，高二千仞。开焉得始歌《九招》。"① 虽然夏启得《九歌》的方式未必可信，但以上两则材料足以说明《九歌》存在的时代至少应与夏启同时。业师方铭先生认为："屈原又在自己的诗歌中多次提到《九歌》、《九辩》，并且把《九歌》《九辩》与《韶》《舞》等乐并列在一起，说明在屈原时代，夏禹的《九歌》《九辩》乐还存在，并且，《九歌》《九辩》应该也是宫廷音乐，而不是民间音乐。另外，如果说屈原和宋玉分别作《九辩》《九歌》，与夏后启的乐歌完全没有干系，显然是不能让人信服的。"② 至于夏《九歌》与屈原《九歌》之间具体存在着何种联系，从现有的考古发现及文献记载来看还无法得知。

再者，《九歌》诸神的祭祀主体确实未必为巫觋。这与对屈原《九歌》性质与功用的理解有关。《九歌》题材虽反映祭祀，但并非真正用于祭祀，只是屈原在以事神的方式赋陈己意。其一，从屈原的身份来看，他不大可能参与祭祀歌曲的创作。在朝之时，屈原只有过短暂被怀王重用的经历，但官职也不过左徒。左徒并非高官，祭祀既不在左徒的职责范围之内，亦不属于屈原曾经担任的三闾大夫所管辖的范围。③ 那么轻易便可推知，屈原在被疏离、放逐之后就更不具备参与国家祭祀、创作祭歌的身份和条件了。其二，从《九歌》所反映的内容来看，屈原所作的这组诗歌不大符合祭祀歌曲的要求。在作品情感上，我们在《九歌》各篇写作主旨中已有详细分析，此处不再赘述。在作品内容方面，戴震等人早有论述。戴震认为《东皇太一》是"就当时祀典赋之"，并非祀神之歌；二《湘》"不陈享神之物及主祭者之辞，以神不来……其非祠神所歌，于斯可决"④；二《司命》"皆非祭辞"；又言《东君》

---

① 袁珂：《山海经校注》，巴蜀书社 1996 年版，第 473 页。

② 方铭：《〈楚辞·九歌〉主旨发微》，《深圳大学学报》（人文社会科学版）2008 年第 5 期。

③ 关于左徒的职位问题，业师方铭先生已有精当论述，详见方铭：《战国文学史论》，商务印书馆 2008 年版，第 376—378 页。

④ （清）戴震撰，褚斌杰、吴贤哲校点：《屈原赋注》，中华书局 1999 年版，第 22 页。

"此歌备陈乐舞之事，盖举迎日典礼赋之"①。褚斌杰先生也认为《九歌》是"祭事诗"，并不是祭歌，也不是戏剧。

第三，除《九歌》作品下的注解，黄文焕另在《听九歌》中分析了作品所表达的情感。在他看来，《山鬼》之悲，《国殇》之愤，愁闷之感都较前面诉神之作更甚。黄氏认为，《礼魂》虽以寥寥四语作为赞词，表面上看是"寂然安之"，隐含的深层情感却比此前显露于外的更令人痛心疾首：

> 《太乙》曰"将愉"，曰"乐康"，未尝怅神之愁也。《云中君》既留而遽去，乃费劳心之忡忡，视《太乙》愁矣。《湘君》未知谁留，不为我来，孤负集芳之舟，固觖望其愁。《湘夫人》已闻其召，且见其来，似不愁者，又被他人所迎，令费力芳室之筑，倍于集芳之舟，置诸无用，何能不较《湘君》而倍觖望乎？《大司命》不顾人之寿夭，以相疏无情而愁于我。《少司命》"独与余兮目成"，"倏而来兮忽而逝"，以相亲有情而又愁于我。《东君》之高翔难追，苦于不得近也。《河伯》之交手遽别，得近而依然不得近也。②

就黄氏的分析而言，他也认为屈原所作的这组诗歌除了首篇《东皇太一》外，其他篇目似乎都不大符合祭祀歌曲一般所要求庄严肃穆、欢快娱神的情绪。又云"前言神，后言鬼"，诸神次序安排亦严整有序。太乙、云中君、东君为天界之神，湘君、湘夫人、河伯为地界之神，大司命、少司命亦为天界之神，又以天神身份"翔下空桑"、"满堂目成"，与人相接。后"高驰冲天"、"夕宿帝郊"，又是二神由地界返回天界的举动，而从大司命"人命有当"、少司命"为民正"的司职可知二神专司地界之事。黄氏认为这样的排列方式"布置有意，吞吐有法"。他以情感递进的方式诠释《九歌》诸

---

① （清）戴震撰，褚斌杰、吴贤哲校点：《屈原赋注》，中华书局1999年版，第31页。
② （明）黄文焕撰，黄灵庚、李凤立点校：《楚辞听直》，上海古籍出版社2019年版，第254页。

篇，指出"原之情绪万端，不得不一死以就鬼界矣"。又言"不克亲诸尊神，但亲战鬼而已。不克礼神灵，但礼鬼魂而已。'为雄'、'无绝'之扬鬼声价也，是鬼之仍可等于神也，是其全歌中，悲中取壮之结局也。"① 因此，黄氏以为，《九歌》的次第安排即已表明其来源并非因楚俗，亦不因楚神。

第二节 《九歌》其他问题讨论

除《九歌》性质和各篇的写作主旨外，《九歌》的篇目问题也是困扰古今楚辞研究者的一个尚未圆满解开的谜团。黄文焕在这一问题上提出了自己的见解，提出"九歌"之名古已有之，非"楚俗之歌"。对《九歌》在屈原作品中的排序也形成了自己的一家之言，虽然他的看法未必全然无误，但其不盲目因循前人，敢于创新的做法是值得肯定的。

一、《九歌》十一篇仍以"九"命名之讨论

较早注意到《九歌》篇目数量与标题"九"不符的是宋人晁补之，《离骚新序》云："《汉书》志屈原赋二十五篇，今起《离骚》《远游》《天问》《卜居》《渔父》《大招》而六，《九章》《九歌》又十八，则原赋存者二十四篇耳。并《国殇》《礼魂》在《九歌》之外，为十一，则溢而为二十六篇。不知《国殇》《礼魂》何以系《九歌》之后。又不可合十一为九。"② 从这段议论可知，晁氏将《九歌》十一篇中的最后两篇《国殇》和《礼魂》排除在了《九歌》作品之外，言外之意就是《九歌》组诗始于《东皇太一》，止于《山鬼》。晁氏的疑问不是没有道理的，无论从描写的对象、反映的主题还是作品流露出

---

① （明）黄文焕撰，黄灵庚、李凤立点校：《楚辞听直》，上海古籍出版社 2019 年版，第254 页。

② 转引自姜亮夫：《楚辞书目五种》，上海古籍出版社 1993 年版，第 29 页。

的情感基调，《国殇》、《礼魂》的确是《九歌》中最特别的两首。特别是《礼魂》，全篇只有五句，在篇幅上似乎不足以独立成篇。总之，正是由于这两篇与其他九篇的明显不同，使它们成了窜入《九歌》的首要嫌疑对象。

王逸《九辩》有云："九者，阳之数，道之纲纪也。故天有九星，以正机衡；地有九州，以成万邦；人有九窍，以通精明。屈原怀忠贞之性，而被谗邪，伤君闇蔽，国将危亡，乃援天地之数，列人形之要，而作《九歌》《九章》之颂，以讽谏怀王。"① 按照王逸的说法，"九歌"之"九"并不是指作品篇目的数量，而是体现了天道纲纪。这种说法实际上是较为牵强的，如果《九歌》可以如此解释，那么《九章》篇目数量为何恰好与题名之"九"吻合呢？所以看似成理的解释并没有得到后世学者的认同和采纳。五臣云："九者，阳数之极。自谓否极，取为歌名矣。"洪兴祖认为，《九歌》、《九章》均以"九"命名，是"取箫韶九成、启《九辩》《九歌》之意。《骚》经曰：奏《九歌》而舞《韶》兮，聊假日以媮乐。即其义也"②。朱熹《楚辞集注》云："篇名《九歌》，而实十有一章，盖不可晓，旧以九为阳数者，尤为衍说。或疑犹有虞夏《九歌》之遗声，亦不可考，今姑阙之，以俟知者，然非义之所急也。"③

与前人专注于对《九歌》之"九"的意义阐释不同，明人汪瑗采取了合篇的方式，他认为大司命、少司命的司职"犹文武之道相同"，所以将二《司命》合为一篇。此后，蒋骥、陈本礼等学者均持此论，足见合篇做法之影响。黄文焕借鉴了汪氏的做法，主张"歌以九名，当止于《山鬼》。既增《国殇》《礼魂》，共成十一，乃仍以九名者，殇、魂皆鬼也，虽三仍一也"④。黄文焕合篇的做法应是基于对《九歌》全部作品所祀对象的不同分类，

---

① （宋）洪兴祖撰，白化文等点校：《楚辞补注》，中华书局2015年版，第145页。
② （宋）洪兴祖撰，白化文等点校：《楚辞补注》，中华书局2015年版，第44页。
③ （宋）朱熹撰，李庆甲校点：《楚辞集注》，上海古籍出版社1979年版，第185页。
④ （明）黄文焕撰，黄灵庚、李凤立点校：《楚辞听直》，上海古籍出版社2019年版，第253页。

即他所谓的"前言神后言鬼之浅深次序"①，这种以类而归的方法倒也可以说通，只是黄氏之后又有"'鬼雄'、'无绝'之扬鬼声价也，是鬼之仍可等于神也"的说法，将鬼和神的地位等同起来，前后认知似乎有些矛盾。不过，黄氏的做法还是对其后的楚辞研究者产生了一定的影响，林云铭采纳了黄文焕的合篇方法，并进一步加入了个人理解，《九歌总论》云："盖《山鬼》与正神不同，《国殇》、《礼魂》，乃人之新死为鬼者。物以类聚，虽三篇实止一篇，合前共得九。"② 不过，他随后又说"不必深文可也"，不知是认为不必执着于此问，还是对于合《山鬼》、《国殇》、《礼魂》为一篇的做法信心不足。

其实，根据上文对《九歌》性质与功用的讨论可知，《九歌》组诗只是屈原仿照夏代《九歌》而写作的一组祭事诗，因为取材相似而汇集在一起，并冠以《九歌》之名，如马其昶所说，"九"为数之极，凡甚多之数皆可以用"九"来表示，故篇目数量不必限于"九"。虽然他的解释未必皆然，但篇目数量与题名并无必然的联系看法也不无道理。总之，各家均基于自己对《九歌》性质的理解阐发对于篇名的认识。其实，不管是纲纪之说还是合篇之法都大可不必。不管怎样，黄氏不因循旧说，敢于提出自己见解的做法还是值得肯定的。

二、《九歌》应居于《天问》之后的讨论

关于《九歌》的写作时间，最早可见的表述来源于《楚辞章句》：

> 《九歌》者，屈原之所作也。昔楚国南郢之邑，沅、湘之间，其俗信鬼而好祠。其祠，必作歌乐鼓舞以乐诸神。屈原放逐，窜伏其域，怀

---

① （明）黄文焕撰，黄灵庚、李凤立点校：《楚辞听直》，上海古籍出版社 2019 年版，第 253 页。

② （清）林云铭：《楚辞灯》，《楚辞文献集成》第十一册，广陵书社 2008 年版，第 7419 页。

忧苦毒，愁思沸郁。出见俗人祭祀之礼，歌舞之乐，其词鄙陋。因为作
《九歌》之曲。①

王逸认为，《九歌》的写作时间应是屈原在楚地南郢放逐之时。之后，
唐人沈亚之关于屈原放逐而作《九歌》的描述更为生动，沈氏甚至明确提出
了《九歌》的创作地点。《屈原外传》中写道："一日三濯缨，事怀襄间，蒙
谗负讥，遂放而耕……尝游沅、湘，俗好祀，必作乐歌以乐神，辞甚俚，原
因栖玉笥山作《九歌》，托以讽谏。"②朱熹在王逸论述的基础之上加入了个
人见解，《楚辞集注》云：

> 《九歌》者，屈原之所作也。昔楚南郢之邑，沅、湘之间，其俗信
> 鬼而好祀，其祀必使巫觋作乐，歌舞以娱神。蛮荆陋俗，词既鄙俚，而
> 其阴阳人鬼之间，又或不能无亵慢淫荒之杂。原既放逐，见而感之，故
> 颇为更定其词，去其太甚。③

朱熹的观点大体上继承了王逸，在对《九歌》写作时间的相关表述上，
他将王逸"屈原放逐"改为"原既放逐"，似乎是强调《九歌》作于屈原被
放逐以后，即顷襄王在位期间。黄文焕肯定了王、朱二家关于《九歌》写作
时间的大体判断，又依据屈原生平行踪对《九歌》与屈原其他作品的创作时
间先后进行了详细的考辨，并以此排列篇目次序。黄氏以为，王逸认定《离
骚》作于怀王，《九歌》、《天问》、《九章》、《远游》等篇作于顷襄王是无误的，
但王逸关于《九歌》等篇的次序排列却是没有经过仔细考证的，他甚至怀疑
王逸的目录顺序是源自刘向，大概因刘氏"未深考"，以致王逸在编辑《楚辞》

---

① （宋）洪兴祖撰，白化文等点校：《楚辞补注》，中华书局 2015 年版，第 43—44 页。

② （唐）沈亚之：《屈原外传》，《续修四库全书》楚辞类 1302 册，上海古籍出版社 2002 年版，
第 464 页。

③ （宋）朱熹撰，李庆甲校点：《楚辞集注》，上海古籍出版社 1979 年版，第 29 页。

之时也直接照搬了刘向未经深考的目录。这种质疑并非没有道理，但缺乏足够的依据，所以也只是黄文焕的猜测。不过，黄氏还是没有采用旧本《楚辞》的目录排序，而是将他所认定的屈原诸作品顺序重新加以排列，将《远游》列于《离骚》之后，《九歌》列于《天问》之后。

黄氏的排序标准基于两个方面：一是"意绪相关"，二是"岁月之堪据"。也就是说，考察相关作品之间意义与情感的联系及作品的写作时间。在具体分析中，还会对这两个标准加以综合考量。基于以上标准，又因前四篇的顺序调整多依照文章意绪考虑，因此，考察黄注本《九歌》次序调整的缘由，还要从首两篇《离骚》和《远游》开始。《听次》云：

> 《离骚》作于怀王，《远游》作于顷襄，年固互隔，然意绪则同。以《远游》即《离骚》忽反顾以游目兮，将往观乎四荒，何离心之可同兮，事将远逝以自疏，四句之旨，畅言之耳。其中句法，语语相似。①

黄氏将《离骚》与《远游》中的相关文句一一加以比对，如指出《远游》"悲时俗之迫厄"、"遭沉浊而污秽"与《离骚》中"世混浊而不分"相应；"载营魄而登霞兮，淹浮云而上征"与《离骚》中"驷玉虬以桀鹥兮，溘埃风而上征"相应；"命天阍其开关兮，排阊阖而望予"与《离骚》中"吾令帝阍开关兮，倚阊阖而望予"相应；"朝发轫于太仪兮，夕始临乎于微间"与《离骚》中"朝发轫于苍梧兮，夕余至乎县圃"、"朝发轫于天津兮，夕余至乎西极"相应；"上至列缺兮，降望大壑"与《离骚》中"上下其求索"相应；等等。在他看来，两篇文辞皆"意同文同，应自相连"，继而据此判定《远游》应紧随《离骚》之后。

解决了《离骚》及《远游》的排序，黄氏继续阐发第三篇《天问》、第四篇《九歌》在意绪方面紧承此前两篇的看法：

---

① （明）黄文焕撰，黄灵庚、李凤立点校：《楚辞听直》，上海古籍出版社 2019 年版，第217 页。

　　《天问》之仍居三，以不待易也。《离骚》、《远游》吾令帝阍开关，此其欲登天而问乎……徐而睨乡抑志，终之视无见，听无闻，未尝以言问也。不登无由问，拟登又未及问，胸中万感，究竟何能默默，故继之以不得不问也。《远游》欲快意于升天，《天问》则兀坐而憾天也。《九歌》之宜居四，以问天之后，偏祈慰望于诸神也。天无言而与人远者也。纵详于问天，而天不能以言示人。谁相答者？神则可有言而与人近者也。遍祈焉，而涎我之神或有以语我乎！①

　　《离骚》、《远游》两篇中有描述抒情主人公遭遇群小谗潜、昏君疏离，依然坚守正道却无人理解的遭遇，所以他日夜兼程地赶到天帝居所，欲"令帝阍开关"的情节。黄文焕认为文章这样的构思已经暗含了屈原想要登天而问，将满腔愁怨上诉天帝的意愿。他从两篇作品中找到对应的句子作为佐证——加以分析，以为《离骚》中周流天下是"登而未问"之时，"载魄登霞"、"问太微"、"集重阳"、"入帝宫"、"造旬始"、"观清都"等情节是详细交代了所登之处。而同样是想登天而问，《远游》与《天问》流露的情感又有所不同。向天发问，可"天不能以言示人"，"神则可有言而与人近者"，于是作者又转而祈神，希望得到神灵的慰藉。《听次》云：

　　歌之命名为九，而数则十一，《国殇》、《礼魂》不在神列。巫继《山鬼》者，此原之所以自悼也。吾为人，而神不吾悯，吾将为鬼，而神亦不吾怜乎！既已为鬼，亦无俟神之怜之矣。且吾自可称雄，自可无绝，则为鬼固即同于为神矣。此其宜次于《天问》之意绪也。②

---

① （明）黄文焕撰，黄灵庚、李凤立点校：《楚辞听直》，上海古籍出版社 2019 年版，第 218 页。

② （明）黄文焕撰，黄灵庚、李凤立点校：《楚辞听直》，上海古籍出版社 2019 年版，第 219 页。

关于《九歌》与《天问》的意绪相关之处，黄文焕认为，屈原将自己的满腔愤懑诉诸于众神，可结果却并不像自己期待的那样得到神灵的怜悯与安慰，所以诗人只能将情感寄托于山鬼，借以自悼。黄氏指出，此时的屈原已经不再寄望于神灵，而是将情感发泄的出口移向自身，既然为人、为鬼都得不到神的怜惜，那么我"自可称雄，自可无绝"，凸显了悲中取壮之感，这也就是作者在《天问》之后所表达的意绪。至此，黄氏所更定的屈赋前四篇次第即为：首《离骚》，《远游》次之，《天问》仍居第三，《九歌》则由旧本的第二移至第四，居于《天问》之后。

从黄文焕对《楚辞》前四篇次序的论述可以看出，他从文章的意义与情感出发，在对各篇文句一一对照分析的基础上详细阐释了《离骚》、《远游》、《天问》、《九歌》四篇作品之间的意绪关联与照应之处，前后论证缜密有致，理据亦较为充分，颇具创见。虽然其中不排除黄氏的主观臆测之处，但他能离析旧本篇目次第，依据作品的具体内容来更定目录，治学态度之踏实严谨是极具正面意义的。

第三节 《九歌》注释研究

在对《九歌》组诗的文句理解上，黄文焕既继承了王、洪、朱三家注本的经典注解，又深入思考，在旧本注释基础上或加以翔实阐发，或细致甄别、去伪存真；另一方面，黄氏不盲从旧注，始终将自己视为屈子的异代知音，所以在对《九歌》的注解上，他一反旧本牵强附会君臣之义的做法，以"听直"之心推逆屈子心境，虽然某些解释倾注了过多的个人情感，但其识断独到，往往能发前人所未及，颇能自成一家之说。故本节将对黄文焕《九歌》篇的训释情况作具体分析，重点考察黄文焕对旧本注释的继承、发明、不足之处及黄氏后学对其解说的借鉴与发挥。今举例如下：

（1）《东皇太一》中"穆将愉兮上皇"一句，王逸注："穆，敬也。愉，乐也。"整句释义为"斋戒恭敬，以宴乐天神"之义。朱熹亦持此解。黄文焕注："穆然，无可见也。将愉，若可想也。"整句释义为"愉悦之意已在若可想之内"。王、朱二家强调祭祀者恭敬虔诚的态度，黄氏则侧重对迎神之前主祭者心理状态的描述，与旧注不同。"灵偃蹇兮姣服"一句，王逸将"灵"释为巫，《楚辞补注》曰："古者巫以降神"。朱熹释"灵"为"神降于巫之身者"。三家注解一致，均认为东皇太乙降临人间是以灵巫作为其寄身的媒介。黄文焕甄别旧说，释"灵"为东皇。林云铭对这一说法加以详解，指出"敬神重在主祭，不重在巫"，旧注"谓身则巫而心则神"，指巫为神，是对神灵的大不敬。姜亮夫先生也认为王逸将"灵"注为巫是错误的，指出"《九歌》言巫曰灵保，其单言灵者，皆指当篇所祀之神言"①，所以姜先生亦认为此处的"灵"应是直指东皇太乙神的。

（2）《云中君》"聊翱游兮周章"一句，王逸、朱熹均注："周章，犹周流也"。句意为"云神居无常处，动则翱翔，周流往来，且游戏也。"② 黄文焕则释"周章"为云神"亟于他游而意绪仓皇"之义。从其上下文的注解来看，"料将愉而得乐康，神人互合。望将檐而得周章，神人互殊矣，乖从此始矣"，整体写云神倏忽难留之意，文意可自通。蒋骥承袭了黄氏的观点，《山带阁注楚辞》："周章，急遽貌。言神暂得遨游祭所，而行色又甚急也。"③《文选》左思《吴都赋》："轻禽狡兽，周章夷犹。"刘良注："周章夷犹，恐惧不知所之也。"④ 王延寿《鲁灵光殿赋》："俯仰顾眄，东西周章。"李周翰注："周章，言惊视也。"⑤ 可知此解于训诂亦有依据可寻。

（3）《湘君》"扬灵兮未极"一句，王逸注："极，已。"整句释义为"言

① 姜亮夫：《屈原赋校注》，人民文学出版社1957年版，第200页。

② （宋）洪兴祖撰，白化文等点校：《楚辞补注》，中华书局2015年版，第46页。

③ （清）蒋骥：《山带阁注楚辞》，上海古籍出版社1984年版，第52页。

④ （梁）萧统、（唐）李善等注：《六臣注文选》，中华书局2012年版，第113页。

⑤ （梁）萧统、（唐）李善等注：《六臣注文选》，中华书局2012年版，第217页。

己远扬精诚，虽欲自竭尽，终无从达。"①朱熹注："极，至也。未极，未得所止也。"黄文焕释"扬灵"为扬彼之灵，"神闷之以避我，我扬之以求神也。神之所在，光气必有异也"。又释"未极"为尚未得极我之力。注云："私谓终必得当，神定顾我。神实邈邈，我乃恋恋……自羞自掩，但有隐思之而已，无可扬矣。"②从《楚辞章句》的解释来看，王逸认为扬灵是扬己之灵，而黄氏认为所扬为神之灵，而神终究不肯顾我的原因是我尚未得到可以极我的助力，此为新解。

（4）《湘夫人》"目眇眇兮愁予"一句，王逸注："眇眇，好貌也。言尧二女仪德美好，眇然绝异，又配帝舜，而乃没命水中。"③洪兴祖《楚辞补注》："眇眇，微貌。言神之降，望而不见，使我愁也。"朱熹注同王逸。黄文焕注："湘君在中洲，湘夫人在北渚，而总无由接也。不足以生吾之喜，而只以召吾之愁，情绪又深一番矣。眇眇者，含睇而远望之也。"④黄氏描述了湘君、湘夫人极目远望而无法相逢的情景，将湘君茫然失落的情绪展现得细腻生动。此解于文献亦有依据，《文选》张衡《思玄赋》"风眇眇兮震余旗"，李善注："眇眇，远貌。"

（5）《少司命》中"夫人自有兮美子"一句，王逸释"夫人"为万民，整句释义为"天下万民，人人自有子孙，司命何为主握其年命，而用思愁苦。"洪兴祖释"夫人"为凡人，言"爱其子者，人之常情。非司命所忧，犹恐不得其所。原于君有同姓之恩，而怀王曾莫之恤也。"朱熹释"夫人"犹"彼人"，"美子"为所美之人，意思是"彼神之心自有所美而好之者"。黄文焕认为"夫人"是隐指大司命，"美子"则隐指少司命，与旧说不同。

---

① （宋）洪兴祖撰，白化文等点校：《楚辞补注》，中华书局 2015 年版，第 49 页。
② （明）黄文焕撰，黄灵庚、李凤立点校：《楚辞听直》，上海古籍出版社 2019 年版，第 91 页。
③ （宋）洪兴祖撰，白化文等点校：《楚辞补注》，中华书局 2015 年版，第 51 页。
④ （明）黄文焕撰，黄灵庚、李凤立点校：《楚辞听直》，上海古籍出版社 2019 年版，第 91 页。

《楚辞听直》注云："前篇描写大司命做甚横甚，自应难诉难赖。此特拈自成，忽字庆速，独字庆专。说得司命亲甚昵甚，可诉可赖矣。乃有问之者，而亲昵之后，仍成契阔。真堪恨绝，自有美子，何以愁苦？明刺襄顷不能为父复仇。"①又言："少司命者，继大司命之志事职业者也。则是大司命为之父，少司命为之子也。不获邀恩于大司命，又转冀之少司命焉。大司命失职，少司命干蛊。天下之人将从夭而复寿，庶愁苦可免乎？于是而复言秋兰自矜得幸。曰满堂美人独与余目成。少司命之于我昵矣。使终始如是，又岂有几微忧色见于颜面哉。"②黄氏将二司命的关系诠释为父子，并指出屈原是以此讽喻怀王、顷襄王，明斥顷襄王不报父仇，思考较旧注深入。

"登九天抚慧星"一句，王逸注："抚持彗星，欲扫除邪恶，辅仁贤也。"③洪兴祖补注："《左传》曰：天之有彗，以除秽也。"④黄文焕注："计为妖氛，为孽崇者，在天之上，实为彗星。离间谗蔽，其彗星之罪乎？登而抚之，夫然后咎有所归也。"⑤王逸的解释是将彗星作为扫除邪恶、除旧布新的工具，黄氏则与旧注不同，他将彗星理解为邪恶势力在天上的对应，即彗星为邪恶的代表。《尔雅·释天》："彗星以櫼枪"，郭璞注："妖星也。亦谓之孛，言其形孛孛似扫彗也。"⑥董仲舒云："孛者，乃非常之恶气之所生也。"石申谓："扫星者，逆气之所致也。"古人把彗星视为妖星，是"恶气之所生"，所以黄氏作此理解也不无道理。

末尾两句"竦长剑兮拥幼艾，荪独宜兮为民正"。王逸释"幼"为少，"艾"

① （明）黄文焕撰，黄灵庚、李凤立点校：《楚辞听直》，上海古籍出版社 2019 年版，第 100 页。
② （明）黄文焕撰，黄灵庚、李凤立点校：《楚辞听直》，上海古籍出版社 2019 年版，第 101 页。
③ （宋）洪兴祖撰，白化文等点校：《楚辞补注》，中华书局 2015 年版，第 58 页。
④ （宋）洪兴祖撰，白化文等点校：《楚辞补注》，中华书局 2015 年版，第 58 页。
⑤ （明）黄文焕撰，黄灵庚、李凤立点校：《楚辞听直》，上海古籍出版社 2019 年版，第 103 页。
⑥ （晋）郭璞注，叶自本纠讹，陈赵鹄重校：《尔雅》，中华书局 1985 年版，第 85 页。

为长，"民正"为公正。整句注曰："言司命执长剑，以诛绝凶恶，拥护万民，长少各使得其命也。言司命执心公方，无所阿私，善者佑之，恶者诛之，故宜为万民之平正也。"① 与王注略有不同的是，洪兴祖以"艾"为美好、美女。《楚辞补注》云："《孟子》曰：'知好色，则慕少艾。'说者曰：'艾，美好也。'《战国策》云：'今为天下之工或非也，乃与幼艾。'又：'齐王有七孺子。'注云：'孺子，谓幼艾，美女也。'《离骚》以美女喻贤臣。此言人君当遏恶扬善，佑贤辅德也。或曰：丽姬，艾封人之子也。故美女谓之艾。犹姬贵姓，因谓美妾为姬耳。"② 朱熹继承洪兴祖的注法，对整句的注解基本与王注一致。黄文焕在"幼艾"的解释上遵循王逸之说，补注以"五十为艾"。将"民正"释为"愿司命予民以正命"。司命掌握百姓年岁，大司命却"不顾人间寿夭"，唯少司命"拥护幼艾而称宜民"，可见黄氏对大司命和少司命的评价与旧注有着明显不同。

(6)《国殇》"凌余阵兮躐余行"一句，王逸注："凌，犯也。躐，践也。言敌家来侵凌我屯军，践躐我行伍也。"③ 朱熹注解承袭王逸《楚辞章句》。黄文焕注："争先之状，不以在后而避也。"联系前后注解，黄氏将句意理解为楚军将士毫不畏惧，争先恐后地与敌人殊死搏斗的场景，与王逸的解释大不相同。姜亮夫先生也指出了这样解释的句法依据，"凌余阵"、"躐余行"意思与余凌阵、余躐行相同。姜先生认为屈原作品中以主词倒置动词之后的情况有很多，此句如果解释为敌人凌躐，则淡化了作品中其为士争先之义，也就不见其为鬼雄之意了。

黄文焕不拘旧注，于注解中提出了不少颇具见地的解说，但在其注解中也不乏过度解读或不依据文献而仅凭主观臆测的无根之说。如《东君》"灵之来兮蔽日"一句，王逸注："言日神悦喜，于是来下，从其官属，蔽日而至也。"④

---

① （宋）洪兴祖撰，白化文等点校：《楚辞补注》，中华书局 2015 年版，第 58 页。
② （宋）洪兴祖撰，白化文等点校：《楚辞补注》，中华书局 2015 年版，第 58 页。
③ （宋）洪兴祖撰，白化文等点校：《楚辞补注》，中华书局 2015 年版，第 65 页。
④ （宋）洪兴祖撰，白化文等点校：《楚辞补注》，中华书局 2015 年版，第 60 页。

朱熹沿用此说。黄文焕注:"灵之来,志喜也。来而曰'蔽日',喜之中,又若微有怯焉。将出而庆照栏,乃侍从交集复或蔽之,毋乃光有照有不照乎!呜呼!何其多虑而易惊也。"① 此句是描写东君降临人间时阵仗显赫的场景,黄氏注解东君喜中有怯,显然是对文本的过度解读了。《国殇》"霾两轮兮絷四马"句中,王逸注:"言己马虽死伤,更霾车两轮,绊四马,终不反顾,示必死也。"朱熹注:"霾,一作埋,与埋同。"黄文焕注:"轮霾者,战尘涨,车伍迷也。"《孙子兵法·九地篇》:"是故方马埋轮,未足恃也。"曹操注曰:"埋轮,亦不动也。"②《虞寄传》:"孰能被坚执锐,长驱深入,系马埋轮,奋不顾命,以先士卒者乎?"③ 马茂元、何剑熏、汤炳正等先生曾解释过埋轮缚马的含义,是指古代的一种军事行动,常用于在作战失利时,采取这样的方式来表示必死的决心。黄氏将"霾"理解为战尘,是主观臆度之言。

---

① (宋)洪兴祖撰,白化文等点校:《楚辞补注》,中华书局 2015 年版,第 109 页。

② (春秋)孙武:《十一家注孙子》,上海古籍出版社 1978 年版,第 292 页。

③ 杨忠主编:《陈书》,《二十四史全译》第一册,汉语大词典出版社 2004 年版,第 215—216 页。

第四章　黄文焕《九章》研究

　　继朱熹、汪瑗之后，黄文焕对《九章》的写作时间、创作背景等问题作了更深一步的挖掘，并有了新的开拓。其一，提出《九章》是未有文而先已有题，即为屈原自辑之名。其二，黄氏详细考察了九篇作品中所提供的时间信息，以《史记》的相关记载作为佐证，系统阐述了《九章》各篇写作的先后顺序，并据此更定篇目次第，成为明代首个《九章》篇目次第未因袭旧本的楚辞研究著作。虽说黄氏的立论尚显单薄且不乏臆测之处，所列次序亦未必尽然，但他以屈赋与史载资料相互印证，论证缜密有致，更敢于提出创见，离析旧本更定目录，可谓前无古人。本章针对黄文焕对《九章》题名的来源与释义、九篇作品次第的先后安排及其对于屈赋文本具体细节的理解三方面入手，进行梳理与考察。

第一节　《九章》题名释义及来源考辨

　　《九章》是屈赋的重要组成部分，关于《九章》的题旨及题名来源是研究《九章》系列问题的起点，这也是黄文焕探讨《九章》篇目次序前最早考虑的问题。黄氏在综合考辨前人研究，特别是王逸、朱熹两家观点的基础上表达了自己的新见解。他择取了王逸对《九章》的阐释，肯定了朱熹提出的《九章》非一时一地之作的看法，进而提出《九章》虽非作于一时一地，但屈原在写作之前，题名《九章》及各篇次第"固早定于胸中矣"，因而得出《九章》

并非后人成集的观点。关于《九章》的题名理解，黄氏详举作品之中体现"章明己志"的词句作为文本内证，可见其对各篇作品思想情感的细腻把握。

一、《九章》题名释义

关于《九章》题旨，现今可见最早的论述是源自班固，《离骚赞叙》云："至于襄王，复用谗言，逐屈原。在野又作《九章》赋以风谏，卒不见纳。不忍浊世，自投汨罗。"① 班孟坚主张屈原"作《九章》赋以风谏"。王逸在班固观点之上加以阐发，认为屈原在被放逐江南期间，"思君念国，忧心罔极，故复作《九章》。章者，著也，明也。言己所陈忠信之道，甚著明也。卒不见纳，委命自沉。楚人惜而哀之，世论其词，以相传焉"②。王逸的意思很明确，《九章》中的九篇作品均为屈原被放逐江南期间，临近其自沉汨罗前所作，借以表明自己忠君念国之心。李周翰云："原既放逐，又作《九章》，自述其志。"朱熹认为，屈原被放，"思君念国，随事感触，辄形于声。今考其词，大抵多直致无润色，而《惜往日》、《悲回风》又其临绝之音，以故颠倒重复，倔强疏卤，尤愤懑而极悲哀，读之使人太息流涕而不能已"③。黄文焕认同王逸对"九章"的理解，并加以发挥，主张屈原将九篇作品总体命名为"九章"，是题先于文，旨在"借历年所作以章明己志"。他认为王逸仅将"章"注为"章者，著明"的解释是"未畅其意"。针对朱熹说屈原在放逐过程中写作《九章》是"随事感触，辄形于声"，即九篇作品并非出于一定的计划安排，而是随感而发的看法，黄氏也阐明了其个人理解。《听〈九章〉》云：

> 首称《惜诵》"致愍"，悔夫早未自章也，结曰"故重著以自明"，及今而务求章也。曰"陷滞不发"，曰"沉菀莫达"，曰"愿自申而不得"，

---

① （宋）洪兴祖撰，白化文等点校：《楚辞补注》，中华书局 2015 年版，第 39 页。
② （宋）洪兴祖撰，白化文等点校：《楚辞补注》，中华书局 2015 年版，第 93—94 页。
③ （宋）朱熹撰，李庆甲校点：《楚辞集注》，上海古籍出版社 1979 年版，第 73 页。

曰"固将重昏而终身"；曰"心犫羁而不开兮"，曰"忠湛湛而愿进兮，妒被离而鄣之"，曰"惭光景之诚信兮，身幽隐而备之"，曰"惜壅君之不昭"，曰"郁结纡轸"，曰"冤屈自抑"，均叹夫不得自章也。曰"结微情以陈词兮"，曰"初吾所陈之耿著兮"，曰"道思作颂"，曰"介眇志之所感兮，窃赋诗之所明"，曰"昭彭咸之所闻"，曰"愿陈情以白行"，曰"情冤见之日明"，均务求章也。其曰"情与质信可保兮，羌居蔽而闻章"，又曰"章画"，曰"矇瞍谓之不章"，更屡经明点"章"字矣。①

　　黄氏进而指出，如果真如朱熹所说，这九篇作品是后人合之为一卷的话，那么"九章"的"章"就应该解释为"章句"的"章"，这样就不符合屈原在作品中所表达的"章明己志"的初衷了。黄氏以屈原九篇作品为佐证，将诸篇中体现"己志"的词句一一详举出来，以由郁结不发到务求章明己志的情感变化轨迹为依据，论证缜密，言之有物，可见其对屈原作品细致入微的把握。不过，仅凭这一点作为立论依据，理由显然不够充分，所以黄氏关于《九章》成集问题的论证尚存在一定缺失。

　　还有学者将《离骚》与《九章》联系起来，把《九章》看作是《离骚》意绪之延续。陈第云："《离骚》一篇，已足以尽意矣。然放逐幽忧之日，情不能以无感，感不能以无苦，宫不能以不尽，尽不能以不怨，怨不能以不死，故自《惜诵》以至《悲回风》，未始有出于《离骚》之外也。《离骚》括其全，《九章》条其理，譬之根干枝叶，继之皆树，源委按栏，总之皆水，未始异也。"② 陆时雍云："九章，章之也。缠兰自姿，无谖美人，《离骚》已既章之矣，而《惜诵》诸篇，存《离骚》序意矣。"③ 屈复云："三闾忠而被谤，

① （明）黄文焕撰，黄灵庚、李凤立点校：《楚辞听直》，上海古籍出版社 2019 年版，第 259 页。
② （明）陈第：《屈宋古音义》，《楚辞文献集成》第十九册，广陵书社 2008 年版，第 13705 页。
③ （明）陆时雍：《楚辞疏》，《续修四库全书》（楚辞类），上海古籍出版社 2002 年版，第 390 页。

国无知者,《离骚经》之作,以自表明其志。怀迁襄放,远志彭咸,又作《九章》以自表明也。故首章曰'重著以自明',末章曰'寓赋诗之所明',苦心真切如此。"① 刘梦鹏认为,《九章》皆为《哀郢》之词,"甲朝始行,九年不复,自起一烽,南郡焦土,时原已老矣,痛国故之未泰,念龙关之遗楸,死者何辜,生者已愍,于是哀郢而作《九章》以叙忧思",又言"此章与《离骚》末节结意大同"。② 各家虽对《九章》的写作时间有着不同的认识,但在文章意旨方面,诸家均从作品的创作背景入手,以屈子所要表达的情感来考察《九章》意旨,阐释也较为贴合实际。

洪兴祖则从作品的体例形式的角度来解释"九章",他认为《九歌》、《九章》均以九命名,是"取箫韶九成、启《九辩》《九歌》之义"。洪氏的看法应是源于五臣,李周翰曰:"九义与《九歌》同。"回顾《九歌》题解,五臣注:"九者,阳数之极。自谓否极,取为歌名。"近人姜亮夫、刘永济等先生皆持此论。姜先生认为《九章》之中各篇独立成章,又"篇自为义",并且大部分篇章末又各有乱词,恰如大曲之中的合奏。《说文》对"章"的解释是"从音从十。乐竟为一章。十,数之终也。"段玉裁注:"歌所止曰章。"由此推测《九章》为九首乐章,是各自独立的,而不是一首大曲中的九段。刘永济先生认为,《九章》命名也同《九辩》、《九歌》一样,是取义于乐章的。刘先生除同样援引《说文》释义外,又引《礼记》、《周礼》③ 及杜诗中的有关史料作为佐证,力证九章之"章"为乐章之义。可见,洪氏及后世诸家是将"九章"题名作为乐章来看待的,论据也符合实际。

无论是班固、王逸的放逐忧思之作还是洪氏等人的乐章之说,以上观点并不互相冲突,诸家只是从不同角度出发,阐释了各自对于《九章》题名的

---

① (清)屈复:《楚辞新注》,《楚辞文献集成》第十九册,广陵书社 2008 年版,第 9141 页。

② (清)刘梦鹏:《屈子章句》,《楚辞文献集成》第二十七册,广陵书社 2008 年版,第 19622 页。

③ 《礼记·曲礼》"读乐章"疏曰:"谓乐书之篇章。"《周礼·大司乐》:"乐有六变、八变、九变。"注曰:"变,乐称则更奏也。"

理解。我们也有理由相信，《九章》大概是屈原采用乐章形式创作的一组作品，九篇之中的大部分作品记录并反映了屈原生平的某些经历、遭遇及作者当时的思想活动。

二、《九章》的题名来源考辨

将"九章"作为收录屈原九篇作品的总称，最早见于西汉末期。刘向《九叹》云："叹《离骚》以扬意兮，犹未殚于《九章》。"关于《九章》的得名，班固《离骚赞叙》云："至于襄王，复用谗言，逐屈原。在野又作《九章》赋以风谏，卒不见纳。不忍浊世，自投汨罗。"[1] 指出《九章》是屈原最后的作品，写作于被顷襄王放逐期间。王逸在班氏说法的基础上进一步明确了屈原写作《九章》的地点在江南。洪兴祖则结合司马迁的记载，《楚辞补注》云："《史记》云：上官大夫短屈原于顷襄王，王怒而迁之，乃作《怀沙》之赋。则《九章》之作，在顷襄时也。"[2] 从以上论述来看，诸家似乎均认为《九章》写于顷襄王时，屈原被放江南期间，由其本人统一创作并辑集的。

对于前人的观点，朱熹并不认同。他从各篇作品的情感和风格出发，突破传统，提出《九章》并非屈原一时之作，且九篇作品的结纂成集也是由后人完成的全新见解。《楚辞集注》云：

> 《九章》者，屈原之所作也。屈原既放，思君念国，随事感触，辄形于声。后人辑之，得其九章，合为一卷，非必出于一时之言也。今考其词，大抵多直致无润色，而《惜往日》、《悲回风》又其临绝之音，以故颠倒重复，倔强疏卤，尤愤懑而极悲哀，读之使人太息流涕而不能已。[3]

---

① （宋）洪兴祖撰，白化文等点校：《楚辞补注》，中华书局 2015 年版，第 39 页。

② （宋）洪兴祖撰，白化文等点校：《楚辞补注》，中华书局 2015 年版，第 93 页。

③ （宋）朱熹撰，李庆甲校点：《楚辞集注》，上海古籍出版社 1979 年版，第 73 页。

　　至此，"九章"之名是否为屈原本人自题、九篇作品又是如何成集的，均成为学者们普遍关注的话题，而关于上述问题的看法也自然形成了两大不同阵营，诸家纷纷在王、朱观点的基础上发表了各自的见解。

　　首先是以班固、王逸为代表的放逐而作，自题其名之说。《楚辞章句》云："屈原放于江南之野，思君念国，忧心罔极，故复作《九章》。章者，著也，明也。言己所陈忠信之道，甚著明也。卒不见纳，委命自沈。楚人惜而哀之，世论其词，以相传焉。"① 王逸认为"章"是"明"的意思，《九章》就是九"明"，不是单指篇数，并且这组作品都是屈原被流放以后所写的。李周翰云："原既放逐，又作《九章》，自述其志。"持此看法的学者均认为《九章》是屈原在被放逐期间陈己忠信之道的讽谏之作，所以也就从侧面表明"九章"为屈原自题之名。明人黄文焕在王逸等人观点的基础上明确提出了《九章》为"屈原自辑"的观点。《听〈九章〉》云：

　　　　《惜诵》之决当为首，非属漫然者，以其开口自道，从来忍惜诵言，遂致抑郁忧悬，今始发愤抒词。则《九章》之以此为首篇，次第当有继作，原固早定于胸中矣。且首篇既命题曰《九章》，是未有文先有题，原所自辑，非后人之辑之也。②

　　对于王逸和朱熹的说法，黄文焕都进行了仔细甄别。他对于王逸"章者，著明"的解释并不完全认同，认为王逸"未畅屈子之意"，但在《九章》由何人命名的问题上，他还是站在了王逸一边。黄氏首先从《九章》与《卜居》《渔父》两篇作品的内容及作品的构思安排入手进行论述：

　　　　其第三年，则有《卜居》"既放三年"之确证。《渔父》之"行吟泽

---

① （宋）洪兴祖撰，白化文等点校：《楚辞补注》，中华书局 2015 年版，第 93—94 页。
② （明）黄文焕撰，黄灵庚、李凤立点校：《楚辞听直》，上海古籍出版社 2019 年版，第 256—257 页。

畔"，"枯槁"，"憔悴"，自属第三年以后，其曰"宁葬鱼腹"，则为将死前之决意，明矣。《九章》不详及第三年以后，而于《哀郢》曰放九年而不复，正以有《卜居》、《渔父》之二篇在，故《九章》中可略而不言也。以彼详为此略，布置之妙如此，此岂后人所辑哉？①

黄氏认为，屈原《九章》中对流放三年之后的境遇略去不提，是因为他在《卜居》、《渔父》中已作了详细交代，如此巧妙的构思安排是后人无法做到的，因此《九章》就不可能是由屈原以外的人成集。

另外，针对朱熹说屈原在放逐过程中写作《九章》是"随事感触，辄形于声"，即九篇作品并非出于一定的计划安排，而是随感而发的看法，黄氏也阐明了其个人理解。他认为，屈原将九篇作品总体命名为"九章"，是题先于文，旨在"借历年所作以章明己志"。黄氏以屈原九篇作品为佐证，将诸篇中体现"章明己志"之意的词句一一列举出来，如《惜诵》开篇首句"惜诵以致愍兮"，是后悔自己早前未能自章。至篇末"故重著以自明"处，则表达了屈原"务求自章"的情感诉求。《思美人》中"蹇蹇之烦冤兮，陷滞而不发"、"申旦以舒中情兮，志沉菀而莫达"，《抽思》中"道卓远而日忘兮，愿自申而不得"，《涉江》中"余将董道而不豫兮，固将重昏而终身"，《悲回风》中"心鞿羁而不开兮，气缭转而自缔"，《哀郢》中"忠湛湛而愿进兮，妒被离而鄣之"，《惜往日》中"惭光景之诚信兮，身幽隐而备之"、"卒没身而绝名兮，惜壅君之不昭"，《惜诵》中"心郁结而纡轸"，《怀沙》中"郁结纡轸兮，离愍而长鞠"、"抚情效志兮，冤屈而自抑"，均为屈子自叹心意不得章明之意。而《抽思》中"结微情以陈词兮，矫以遗夫美人"、"初吾所陈之耿著兮，岂至今其庸亡"、"道思作颂，聊以自救兮"，《悲回风》中"介眇志之所感兮，窃赋诗之所明"、"孰能思而不隐兮，昭彭咸之所闻"，《惜往日》中"愿陈情

---

① （明）黄文焕撰，黄灵庚、李凤立点校：《楚辞听直》，上海古籍出版社 2019 年版，第257 页。

以白行兮，得罪过之不意"、"情冤见之日明兮，如列宿之错置"等，则是屈子务求自章的具体体现。又指出《思美人》中"情与质信可保兮，羌居蔽而闻章"，《怀沙》中"章画志墨兮，前图未改"、"玄文处幽兮，矇瞍谓之不章"几句，更直接点明了"章"字。黄文焕进而指出，如果按照朱熹所说，这九篇作品是后人合之为一卷的话，那么"九章"的"章"就应该解释为"章句"的"章"，这样就不符合屈原在作品中所表达的"章明己志"初衷了。黄氏以屈赋九篇中作者从郁结不发到务求章明己志的情感线索为依据，论证缜密，言之有物，可见其对屈原作品细致入微的把握。不过，仅凭作品中体现的情感大体一致还不足以说明《九章》所包括的九篇作品一定是作者先成竹于胸然后才付诸于笔端，因此，朱熹的观点才得到了更多学者的支持。

以朱熹为代表的众多楚辞研究者主张"后人辑之"之说。朱熹在王逸之说的基础上，提出《九章》未必为屈原一时之作，而是由后人集合成为一卷的观点。虽然朱氏并未对"后人辑之"作具体论述，但这一看法得到了多数学者的认同。近人徐英先生在《楚辞札记》中引证《屈原贾生列传》中的记载，"乃作《怀沙》之赋"。又云："余读《离骚》、《天问》、《招魂》、《哀郢》，悲其志。"[1]试图证明司马迁只在屈原传记中提及《怀沙》、《哀郢》两篇文章，至少表明至司马迁写作《史记》之时"九章"还未作为专名收录屈原的九篇作品。又说，至西汉末期的刘向，"九章"这个名称才首次出现。《九叹》云："叹《离骚》以扬意兮，犹未殚于《九章》。"他进而推断《九章》之名源于与楚辞的保存和传播有着密切关系的淮南王刘安文学集团。刘安及其周围的文士严助、朱买臣等在寻检故籍的过程中，"得此九章，合为一卷，遂以名之与"。游国恩先生也认为朱熹的观点更加符合事实，他认为刘向将《离骚》与《九章》并列提出，说明《九章》已经作为一个现成的名词存在了，且出现时间应早于刘向。既然并不全是屈原被放逐江南时所作，而且也不全是放

_____

① （汉）司马迁撰：《史记》，中华书局1982年版，第2503页。

逐之作，那么《九章》最初应该不是一个整体，也就不可能是屈原本人统一命名的了。姜亮夫先生认为，《九章》必不是屈原自题，实为后世辑录之人所加，时间应在司马迁之后，王褒、刘向之前。姜先生通过分析西汉时期楚辞的传播与结集过程，断定《九章》之辑"盖必成于淮南幕府无疑"。汤炳正先生亦持此观点，认为《九章》是后人将屈原作于不同时间、不同地点的作品搜集成集，书目恰为九篇，故而命名为"九章"。我们认为，诸位先生的看法是有现实依据可寻的。的确，在刘向奉诏"典校经书"之前，作为楚国的国都旧地，淮南地区一直是楚辞传习的中心，而得益于淮南王刘安集团的递次进献，楚辞作品得以汇存于宫廷之中，所以刘向纂辑的楚辞作品中必然包括了刘安等所献的楚辞在内。而刘安"旦受诏，日食时上"的呈递速度也可说明他对自己手中所掌握的楚辞作品一定是早就做了整理工作的，那么《九章》之名就不排除刘向沿袭刘安旧有说法的可能性。而"后人辑之"的推测也更加符合《九章》的九篇作品在时间、空间上的大跨度以及各篇作品在思想上的发展演变，同时也符合屈原在当时所处境遇中的实际创作条件。

第二节　《九章》次第考辨

《九章》除少数片段采用了幻想、夸张等艺术手法外，绝大部分为纪实之辞，是反映屈原生平部分经历和思想情感的重要记录，是屈原平生遭际的印证。关于《九章》创作时地的研究是了解屈子流放生涯中相关情况的重要媒介。黄文焕以《九章》篇目次第的视角为切入点，以作品中的时令信息为依据，同时结合《史记》中的相关记载，对屈原写作《九章》诸篇的时间问题作了详细的考辨与论证。黄氏不墨守成说，推动了《九章》篇次问题学术研究的发展。

一、《楚辞听直》以前诸家注本的《九章》次第安排

在讨论《九章》各篇的排列顺序前，我们首先需要对《楚辞》的编纂成集过程作一个简要的梳理。一般认为，《楚辞》的搜集和整理工作并不始于刘向，而是自汉初开始，经过了数百年，分成了数个阶段的漫长过程。班固曾对楚辞的流传做过这样的叙述：

> 始楚贤臣屈原被谗放流，作《离骚》诸赋以自伤悼。后有宋玉、唐勒之属，慕而述之，皆以显名。汉兴，高祖王兄子濞于吴，招致天下之娱游子弟枚乘、邹阳、严夫子之徒，兴于文景之际。而淮南王安亦都寿春，招宾客著书。而吴有严助、朱买臣，贵显汉朝，文辞并发，故世传楚辞。①

屈原作品的流传，首先始于楚人宋玉、唐勒等人，西汉建国后，由于统治阶层对文学的喜爱，加上武帝借《离骚》寄托个人政治诉求的强大推力，在吴王刘濞、淮南王刘安周围汇聚了不少善辞赋之士，从而依次形成了当时的文学集团。通过这些人的搜集、整理和递次进献，使原本流传于民间的楚辞作品得以汇集于宫廷之中。至西汉成帝时，官方又进行了一次"求遗书于天下"的大规模的搜集整理工作。光禄大夫刘向即受命于此时，对汇集而来的楚辞作品辨伪存真，校订勘误，最后才得以定本保存。而在刘向之前，楚辞已经经历了数百年的流传与编辑过程，在漫长的流传过程中很可能存在不同版本并存的情况，到了西汉晚期，刘向在前人的基础上编辑成十六卷本《楚辞》，应该就是当时最为完备的本子，所以今见东汉王逸的《楚辞章句》即是以刘向本为底本加注成书的。

王逸今本楚辞《九章》中共收录了九篇作品，诸篇的排列次序为：首篇

---

① （汉）王逸：《楚辞章句》，《丛书集成初编》，中华书局 1985 年版，第 955 页。

《惜诵》、二《涉江》、三《哀郢》、四《抽思》、五《怀沙》、六《思美人》、七《惜往日》、八《橘颂》，最后为《悲回风》。王逸的这个篇次安排应是依照刘向旧本而来的，至宋人洪兴祖补注《楚辞章句》时也并未对各卷次序作出调整。而将《九章》各篇顺序作为问题提出并加以论述的，最早始于朱熹，他在《楚辞辩证》中就《九章》篇目的先后顺序作了大致的梳理：

> 屈子初放，犹未尝有奋然自绝之意，故《九歌》、《天问》、《远游》、《卜居》，以及此卷《惜诵》、《涉江》、《哀郢》诸篇，皆无一语以及自沉之事，而其词气雍容整暇，尚无以异于平日。若《九歌》则含意凄惋，恋嫪低徊，所以自媚于其君者，尤为深厚。《骚经》、《渔父》、《怀沙》，虽有彭咸、江鱼、死不可让之说，然犹未有决然之计也，是以其词虽切而犹未失其常度。《抽思》以下，死期渐迫，至《惜往日》、《悲回风》，则其身已临沅、湘之渊，而命在晷刻矣。顾恐小人蔽君之罪，闇而不章，不得以为后世深切著明之戒，故忍死以毕其词焉。计其出于瞀乱烦惑之际，而其倾输磬竭，又不欲使吾长逝之后，冥漠之中，胸次介然有毫发之不尽，则固宜有不暇择其辞之精粗，而悉吐之者矣。故原之作，其志之切而词之哀，盖未有甚于此数篇者。读者其深味之，真可为恸哭而流涕也。①

朱熹认为，《九章》诸篇写作的时间顺序大致应为：《惜诵》、《涉江》、《哀郢》先于《怀沙》，《抽思》继之，然后才是《惜往日》和《悲回风》。朱熹不盲目认同旧本《九章》的编次，根据文章意绪重新考辨《九章》次第，虽然他并未对《九章》的创作时地作深入探讨，《楚辞集注》本《九章》目次也仍然因袭了王逸旧说，说明其尚未对《九章》各篇的创作时地形成十分明确的认识，但这种研究方式还是为其后的楚辞学者，特别是明清之际的楚辞

---

① （宋）朱熹撰，李庆甲校点：《楚辞集注》，上海古籍出版社1979年版，第196—197页。

研究者们提供了《九章》研究的新视角。

　　明人汪瑗对《九章》的篇目次序进行了重新审视。《思美人》题解曰："况《哀郢》曰'至今九年而不复'，又曰'冀一反之何时'，盖年犹可纪，而尚望其还也……盖历年永久，非复可纪，安于优游卒岁，而无复望还之心矣。是此篇作于《哀郢》之后无疑。"① 在《抽思》题解下云："《哀郢》曰：'方仲春而东迁。'《怀沙》曰：'滔滔孟夏。'《抽思》曰：'悲秋风之动容。'可以考其所作之时矣。洪氏曰：'屈原以仲春去国，以孟夏徂南土。'则《抽思》其作于是年之秋欤？作于是年之秋，则序当在《怀沙》之后矣。"② 并依据作品中提供的时间信息将《怀沙》与《抽思》列于《哀郢》之后。不过汪氏或许也考虑到仅以作品中出现的季节时令作为判定写作时间先后的依据并不十分严谨可靠，所以随后又说："意者《抽思》作于东迁之秋，《怀沙》作于次年之夏者也。今按其说亦通，未知其审，不敢辄自移易，姑从旧序，因缀其说于题下，以俟后之君子有所考据而订证云。"③ 基于这样的考虑，汪瑗在《九章》篇次调整的问题上还是选择了较为保守的方式，仍然遵从王逸旧本的篇次。但以他以作品中出现的时间信息为依据考察《九章》诸篇写作次序的研究方式对明清两代不少楚辞学者均产生了极大的影响。

二、《楚辞听直》的《九章》次第安排

　　正如上文所说，在《九章》篇次调整的问题上，汪瑗最后还是选择了较为保守的方式，并未对王逸旧本的篇次目录进行调整，但是他以作品中透露的时间信息为依据考察《九章》诸篇写作次序的研究方法却对其后学者产生了不可忽视的影响。明末清初的学者黄文焕即是其中的典型代表，他甚至将这种方法推延到了屈原的全部作品之中。在黄氏的研骚著作《楚辞听直》中，

---

① （明）汪瑗撰，董洪利点校：《楚辞集解》，北京古籍出版社 1994 年版，第 205 页。

② （明）汪瑗撰，董洪利点校：《楚辞集解》，北京古籍出版社 1994 年版，第 182 页。

③ （明）汪瑗撰，董洪利点校：《楚辞集解》，北京古籍出版社 1994 年版，第 182—183 页。

篇次的调整体现在两个层面上，一是对各卷排序进行了调整，二是对《九章》内部九篇作品的次序也作了较大幅度的改动。《九章》内部九篇作品的次序与旧本对比也有着明显的变动。

首先，黄文焕对《九章》在屈原作品中的排列顺序进行了调整，将其由旧本的第四位调至《卜居》、《渔父》之后，位列第七。《听次》云：

> 他篇尚易混淆，移后为先，移先为后，可以任之，至《九章》则决不宜在《远游》、《卜居》、《渔父》之上，以可考者确而易知也……曰：岁月之易考在也。无岁月之先后，则不可以移旧本，无屈子自言之岁月，则亦不敢移旧本。《卜居》、《渔父》皆明言被放，而《卜居》但曰既放三年，《九章》之《哀郢》则曰放九年而不复，谁先谁后，依原自言，岂待臆断。①

如果说汪瑗对以作品时令来判断屈赋创作时间的方法尚存疑虑的话，这个方法在黄文焕眼里似乎就把握十足了。黄氏依据《卜居》"既放三年"、《哀郢》"既放九年"的说法断定《九章》必当列于《卜居》之后。随后他又以《屈原列传》引《渔父》之后云，"作《怀沙》之赋，怀石自投"的说法，以此证明司马迁在为屈原作传的时候已经对三篇的次序作了交代，不宜改动。又提出，旧本将《卜居》、《渔父》作为屈原的最后作品，大概是因为这两篇文体较之前稍有不同，"似属《骚》之余意"，所以才有此安排，并不是基于作品年代而做出的安排。黄氏认为，前人对篇次的排列"皆紊其旧"，因此他才更定目录，以"还其旧耳"。

之后，黄文焕又专篇论证了《九章》内部各篇作品的先后顺序。从中"详稽其岁月"，将旧本《惜诵》、《涉江》、《哀郢》、《抽思》、《怀沙》、《思美人》、

---

① （明）黄文焕撰，黄灵庚、李凤立点校：《楚辞听直》，上海古籍出版社 2019 年版，第 219 页。

《惜往日》、《橘颂》、《悲回风》之次序作了较大幅度的调整。《听〈九章〉》云：

> 《惜诵》之决当为首，非属漫然者，以其开口自道，从来忍惜诵言，遂致抑郁忧愍，今始发愤抒词。则《九章》之以此为首篇，次第当有继作，原固早定于胸中矣。且首篇既命题曰《九章》，是未有文先有题，原所自辑，非后人之辑之也。①

黄氏对《九章》篇次调整的出发点源于其对《九章》得名的认知，即认为《九章》"次第当有继作，原固早定于胸中矣"。也就是说，他主张这九篇作品的先后次第是屈原在创作以前就已经做好安排的，只是在流传过程中被后人打乱了。即便如此，作品的顺序还是可以依照"岁月"加以考证的。黄氏以《惜诵》篇结尾"愿春日以为糗芳"为判定写作时间的基点，指出《惜诵》作于"兹岁之冬，而预计明春之预行也。欲行而未行，故曰'谓女何之'，曰'曾思远身'，尚未定其所之于远身之地也"②。《思美人》中"媒绝路阻兮"是怵然欲行而不敢行。"开春发岁"承接《惜诵》篇"春日糗芳"。"尊江夏以娱忧"，指出了将要远身而行的地名，"将荡志而愉乐"则指出"犹未遵以往也"。末句"独茕茕而南行，思彭咸之故"亦只是指出意欲南行，没有再提及地名，黄氏认为此文大概是作于屈原初行之时。《抽思》中"曼遭夜之方长，悲秋风之动容"、"望孟夏之短夜"，则表明写作于由春以后，初夏至初秋，屈原已在流放途中这段时间。"泝江潭"表明行进路线为逆水而上，"宿北姑"，又指出"止而未遵泝也"。《涉江》中"将济乎江湘"，是上承《抽思》"低徊夷犹，宿北姑兮"的说法，表示"既宿之后，复泝以行"。黄氏又指出，文中"欸秋冬之绪风"，是屈子乘舟而行的写照，时间在由秋至冬之季。"乘

---

① （明）黄文焕撰，黄灵庚、李凤立点校：《楚辞听直》，上海古籍出版社 2019 年版，第 256—257 页。
② （明）黄文焕撰，黄灵庚、李凤立点校：《楚辞听直》，上海古籍出版社 2019 年版，第 257 页。

舲船余上沅兮"交代了沂水而上的目的地，"朝发枉陼，夕宿辰阳"、"入浦溆而遭迴"两句，表明行程受阻，沂水而上的想法有不得已暂停之意。由于行程暂停，所以《橘颂》是描写屈原在冬天等候遭迴之时的所见所感。文中"愿岁并谢，与长友兮"即表明一年之终于此时。《悲回风》中"岁呼呼其若颓"，是明言是岁之终，但又言"观炎气之所积，悲霜雪之俱下"，又是"夏秋冬之总言之"，借以表达自己"途间舟间之愁况"。黄文焕最后总结到，首篇《惜诵》作于屈原被流放初年的冬天，《思美人》、《抽思》、《涉江》、《橘颂》、《悲回风》五篇则分别作于被放次年的四季。

在论述了《九章》前六篇的写作时间后，黄文焕又阐释了自己对于《九章》诸作中没有记录屈原流放第三年以后相关内容的原因，指出：

> 其第三年，则有《卜居》"既放三年"之确证。《渔父》之"行吟泽畔"，"枯槁"，"憔悴"，自属第三年以后，其曰"宁葬鱼腹"，则为将死前之决意，明矣。《九章》不详及第三年以后，而于《哀郢》曰放九年而不复，正以有《卜居》、《渔父》之二篇在，故《九章》中可略而不言也。①

黄氏主张，正是由于屈原在《卜居》、《渔父》两篇中已经详细交代了流放三年之后的困恶处境，所以《九章》之中才略去不记而直接由《哀郢》接续此前几篇。且《哀郢》中所记述的内容均为屈子追溯其被放次年的情境。如"仲春东迁"对应的是《思美人》中对开春将遵江夏的内容，"至仲春始实行"。又云屈子"纪仲月，复纪甲日"，在追溯九年之前的经历时记载如此之详，历历不忘，大概是因为自己遭上官谗谮，被迫为顷襄王迁逐，而"非原之自迁"。回首自己的痛心之苦，必然会"详数确忆"；"遵江夏以流亡"对应的是《思美人》之"遵江夏以娱忧"，为纪实之句。"发郢都"、"望长楸"、

---

① （明）黄文焕撰，黄灵庚、李凤立点校：《楚辞听直》，上海古籍出版社 2019 年版，第 257—258 页。

"过夏首"、"顾龙门"、"上洞庭"、"背夏浦"、"登大坟",均为九年前沂江而上沅水之实景。

《惜往日》与《怀沙》是黄本《九章》篇次的最后两篇。黄文焕也给出了调整旧本次序的理由。《惜往日》全篇为追溯之语,应为屈原流放九年之后所作。"惜壅君之不昭",为不忍立即投水赴死。"不毕辞以赴渊兮,惜壅君之不识",是表明《九章》尚未完成,且待辞毕而死之意。黄氏认为屈子在这里已然明确交代了诸篇的次序,是后人忽视了作者本意将《九章》次序打乱了。除了对其他篇目的调整,黄本《九章》目录与旧本最大的差异之一便是对屈原绝命辞的认定。黄文焕以篇章内容和《史记》中的记载作为佐证,给出了他以《怀沙》为屈原绝笔的两条理由。首先,一般的说法认为屈原投水的时间在仲夏五日,那么《怀沙》中"滔滔孟夏"、"汩徂南土"的说法则表明此篇应为屈原就死之前的一个月所作。关于屈原在五月五日投江的说法,最早的文字记载见于南朝梁代。吴均的《续齐谐记》曾载:"屈原五月五日投汨罗水,楚人哀之,至此日,以竹筒贮米投水以祭之。"宗懔的《荆楚岁时记》亦载:"五月五日竞渡,俗为屈原投汨罗日,伤其死所,并命舟楫以拯之。"民间传说虽然未必为信史,但既能口口相传至今,也未必无因,倒也可备为参考。再从诗人在《怀沙》末尾所表达的思想情感来看,"舒忧娱哀兮,限之以大故",又云"知死不可让,愿勿爱兮。明告君子,吾将以为类兮"。自知"古今不可闻,自强不可迁,君国不可返",已表现出了万念俱灰后的悲凉和必死之志。所以,黄氏认为的屈原在四月写作,至五月初自投汨罗而死,是有可能符合史实的。

其次,黄氏提出,司马迁在《屈原传》中有"作《怀沙》之赋……于是怀石,自投汨罗以死"的记载,这就表明屈原的确是在写作了《怀沙》之后,在汨罗江投水自沉的。那么《九章》以《怀沙》为屈原绝笔,恰好可与太史公的说法吻合,也就是说,黄氏认为太史公的记载是证明屈原绝命辞的最明确证据。东方朔在《七谏·沉江》中亦称:"怀沙砾以自沉兮,不忍见君之蔽壅。"虽然太史公与东方朔二人并未明确解释"怀沙"意旨,但显然已将其理解为怀抱沙石以自沉之义。而这种理解方式在很长一段时间内也几乎成为定论。朱熹虽对屈原绝命辞有不同的看法，但对《怀沙》的解释仍继承了前人之说。但自明代开始，学者对"怀沙"之名又有了新的理解，即将"沙"作为地名看待，认为《怀沙》篇名与屈原最后的投水方式并无必然联系。汪瑗首先提出，汨罗在今长沙府地界，篇名取为"怀沙"大概是因为屈原迁至长沙，目睹土地沮洳，草木幽蔽，触景生情，感怀而作此篇。所以"怀沙"的"沙"应取长沙义。命题方式与《哀郢》相似。李陈玉又根据汪瑗之说进一步指出："怀沙，寓怀长沙也。"后清人蒋骥从历史地理的角度对此看法作了深入且充分的论证，至此形成了关于"怀沙"含义的两种截然不同且相持不下的说法。支持两派观点的古今研究者纷纷拿出各自的证据以证明或驳正对方的论点，虽然各有道理，但又无法拿出更新或更为有力的证据去证明哪种说法更加符合作者本意。正如金开诚先生所言，在尚未发现可作为结论材料的情况下，以上两种不同说法可以并存。不过，笔者更倾向于《史记》的说法。因为现有材料下，并没有可以确证推翻太史公的记载，而且司马迁据屈原生活的年代较近，作为史官，在编纂《史记》之时应是作了多番考索才落笔成文的，说法应该更具可信度。

而对旧本以《悲回风》为终篇的做法，黄氏也作了驳正。《听〈九章〉》云：

> 《悲回风》曰"悲申徒之抗迹"，"负重石之何益"，于历数古人中，以徒投水为太急，与其后"自忍沉流"之念不同也。九年以前，未尝不矢死，而不肯急于即死，迨九年以后，无可如何而不得不死。知此则《九章》之次第，安得以《悲回风》之不肯死者，反居其终耶？①

黄氏认为，《悲回风》全篇的情感表现为两个层面，前半从"悲回风"

---

① （明）黄文焕撰，黄灵庚、李凤立点校：《楚辞听直》，上海古籍出版社 2019 年版，第 258—259 页。

至"托彭咸之所居",由"不欲死说到必当死"。至"不忍常愁",则又以为当死。从"上高岩"至"负重石之何益"是由"可以说死到不忍死"。又篇末"悲申徒之抗迹"与"负重石之何益"两句,黄氏注曰:"四人之中分别低昂,则申徒之死伤于过急,伯夷以忍饿,介子以被焚,皆隐避山中久而后死者也,子胥则君之赐剑投江也。申徒谏一不听,负石自沉,骤矣!乖从容之义矣!故终评之曰:骤谏不听,任重石之何益。"① 注解的言外之意是说,全篇虽表现出死志,但屈原并不认同骤谏不听即投水以死的做法,认为有悖从容之义,表明此时的屈原仍对投水之事存有顾虑和迟疑,所以不是绝笔之作。至此,黄文焕摒弃了旧本《九章》各篇的先后次序,将其改为:首篇《惜诵》,次以《思美人》,《抽思》第三,《涉江》第四,《橘颂》、《悲回风》、《哀郢》、《惜往日》继之,而以《怀沙》为终篇。

总结黄文焕关于《九章》篇目次序的看法,有两点令人困惑之处。第一,黄氏对《九章》各篇次序的判定有一个总体的前提,即认为屈原全部作品中,除《离骚》作于楚怀王时期之外,其余诸篇均作于顷襄王在位之时。且因《九章》详细记录了屈子的被放经历,所以黄氏推测其中的部分作品写作时间应为屈原初被放逐的前两年,之后又有《卜居》穿插作于其中。这里必须绕回上文涉及的《九章》题目来源的问题。如果真如黄氏所言,《九章》各篇次序及写作题材是屈原早在动笔之前就已经安排好的,为"借历年所作以章明己志",那么既然在"被放初年之冬"作了《惜诵》,又于"被放次年之四季"陆续写作了《思美人》、《抽思》、《涉江》、《橘颂》、《悲回风》,那么接下来的诸篇就应该从被放第三年依次写至第九年才符合常理,可作者是出于什么原因将被放第三个年头的情况特别独立出来加以记述的呢?这是黄氏没有作出解释的,也是无法自通之处。第二,黄氏根据季节轮转判定作品的写作时间,这一立论点本身也是有问题的。季节虽然可以记录写作时间,但其本身

---

① (明)黄文焕撰,黄灵庚、李凤立点校:《楚辞听直》,上海古籍出版社 2019 年版,第 159 页。

就存在循环往复的特性。加上屈原被流放时间之久，黄氏又是如何确知作品中所透露的季节信息具体是指流放中哪年的春夏或秋冬呢，所以，据此排定诸篇的先后次序并不可靠。所以黄氏的这种研究方法遭到了后学的诟病，蒋骥就曾说："黄氏论《九章》，好组织春夏秋冬以定先后，观其总论，殊可喷饭。"①不过，黄氏以屈赋与史料互相印证的研究方法与对后世学者的启发之贡献是不可一笔抹杀的。

相比黄文焕，清人林云铭与蒋骥的论述则更为成熟可信。林云铭在黄氏之说基础上进一步加以申述，提出《九章》诸篇杂作于怀王与顷襄王两朝的观点。《九章总论》云：

> 兹以其文考之，如《惜诵》乃怀王见疏之后，又进言得罪，然亦未放。次《思美人》《抽思》，乃进言得罪后，怀王置之于外。其称造都为南行，称朝臣为南人，置在汉北无疑。……《涉江》以下六篇，方是顷襄放之江南所作：初放起行，水陆所历，步步生哀，则《涉江》也；既至江南，触目所见，借以自写，则《橘颂》也；当高秋摇落景况，寄慨时事，以彭咸为法，且明赴渊有待之故，则《悲回风》也；本欲赴渊，先言贞谗不分，有害于国，且易辨白，一察之后，死亦无怨，则《惜往日》也；《哀郢》则以国势日趋危亡，不能归骨于郢为恨；《怀沙》则绝命之词，以不得于当身，而俟之来世为期。看来九章中，各有意义，虽所作之先后未有开载，但玩本文，了如指掌，不待纷纷聚讼。②

在林氏看来，《九章》各篇的前后次序应为：《惜诵》、《思美人》、《抽思》、《涉江》、《橘颂》、《悲回风》、《惜往日》、《哀郢》、《怀沙》。九篇之中，前三篇作于楚怀王时期，后六篇作于顷襄王时期。《惜诵》创作于屈原被怀王疏

---

① （清）蒋骥：《山带阁注楚辞》，上海古籍出版社 1984 年版，第 227 页。

② （清）林云铭：《楚辞灯》，《楚辞文献集成》第十一册，广陵书社 2008 年版，第 7511—7512 页。

离之后，写作于郢都；《思美人》、《抽思》两篇作于怀王放屈原之后，又从作品中提及国都为"南行"、朝臣为"南人"的说法判定创作地点必然在汉北；《涉江》至《怀沙》六篇均作于屈原被顷襄王流放江南之后，《涉江》写于辗转江南的途中，其余五篇均作于江南之野。

蒋骥也认为《九章》中的作品既有作于楚怀王时期的，也有作于顷襄王时期的。且认为林云铭所主张的《惜诵》作于怀王见疏未放之前，《思美人》、《抽思》作于楚怀王斥屈子于汉北时，《涉江》、《哀郢》六篇均为顷襄王时流放江南所作的观点"颇得其概"。但在作品的具体创作时间上，蒋氏又提出了自己不同于林氏的看法，认为《惜诵》应作于《离骚》之前，《思美人》宜在《抽思》之后；《涉江》与《哀郢》作于不同的时间地点，不应"比而一之"；《惜往日》已然流露了赴死之言，应为屈原绝笔，而林氏误解于"怀沙"之意，以《怀沙》为终篇等均为林氏谬误。因此，他提出了《九章》排序的新方案：《惜诵》、《抽思》、《思美人》、《哀郢》、《涉江》、《怀沙》、《悲回风》，终篇为《惜往日》。又依据《橘颂》的大体创作时间，故将其置于《怀沙》之后。不过，蒋氏对更定目录的态度十分慎重，自言"不敢率意更定，以蹈不知而作之戒"，所以其研骚之作《山带阁注楚辞》的目录仍然因循了旧本目次。

其实，篇次的问题说到底还是作品的创作时间问题。无论是黄文焕、林云铭，还是蒋骥，诸家对篇目次序所作的重新安排均是基于对九篇作品创作时间的不同看法而作出的调整。对《九章》篇次的改动所遵循的原则与宋人陈说调整《楚辞》次序的原则相同，都是对各篇的创作时间形成了自己的认识和理解，进而在此基础上重新进行的排序。而想要完全探清《九章》的具体创作时间已是不大可能的了。不过可以确定的是，《九章》必定非一时一地之作，但因各篇之间篇幅、形式相近，亦存在着内在的相似性，即均为屈原被疏离或被流放后的失意抒写，表达了屈子"思君念国"、"忧心罔极"之感，所以由后人辑合而成。

第三节　《九章》注释研究

在对《九章》诸篇文句的理解上，黄文焕一如既往地继承了王、洪、朱三家经典注本对屈原作品的解读，同时又不乏深入思考，在旧本注释基础上或加以翔实阐发或细致甄别、去伪存真，因此在注解上能发前人所未及，成其一家之言。故本节将对黄文焕《九章》的训释情况作具体分析，重点考察黄文焕对旧本注释的继承、发明与不足之处，同时关注黄氏后学对其解说的借鉴与发挥。今举例如下：

（1）《惜诵》"一心而不豫兮，羌不可保也"两句，王逸《楚辞章句》注："豫，犹豫也。保，知也。言己专一忠信以事于君，虽为众人所恶，志不犹豫，顾吾君心不可保，知易倾移也。"①朱熹《楚辞集注》云："不豫，言果决不犹豫也。不可保，言君若不察，则必为众人所害也。"②王、洪、朱三家均将"不豫"释为不犹豫。黄文焕则释"豫"为豫备。注曰："不豫，谓不豫为备也。仇隙既存，从而备之，犹虑或疏，况不备而可保哉？如是以徐待君之亲我，不亟求合众人众兆，众不之妒乎。"③屈子身为人臣，应对君王"从而备之，犹虑或疏"，早作准备，才不致临事仓促失据。黄氏此解于文献可查。见《礼记·中庸》篇："凡事豫则立，不豫则废。……在下位不获乎上，民不可得而治矣。"朱熹《中庸章句》："豫，素定也。"④"素定"，犹宿定，预先确定之义。《后汉书·翟酺传》："目见正容，耳闻正言，一日即位，天下旷然，言其法度素定也。"黄氏注解中"不豫"当取此意。

---

① （宋）洪兴祖撰，白化文等点校：《楚辞补注》，中华书局 2015 年版，第 95 页。
② （明）黄文焕撰，黄灵庚、李凤立点校：《楚辞听直》，上海古籍出版社 2019 年版，第124 页。
③ （明）黄文焕撰，黄灵庚、李凤立点校：《楚辞听直》，上海古籍出版社 2019 年版，第124 页。
④ （宋）朱熹：《四书章句集注》，中华书局 1983 年版，第 31 页。

篇末"矫兹媚以私处兮，愿曾思而远身"两句，王逸《楚辞章句》注："言己举此众善，可以事君，则愿私居远处，唯重思而察之也。"①《楚辞集注》："私处，犹曰自娱也。"《说文》："处，止也。得几而止。"《礼记·射义》："处者处。"注："犹留也。""处"于文献中未见有"娱乐"之义，朱熹此句属曲解。黄文焕则释"私"为"爱"，注曰："众媚则背，兹媚则拊者，以之徇君之恶则媚不可不背，以之爱己之鼎则媚不可不举也。私处，谓自私其身也。"②《战国策·秦四》："即王虽有万金，弗得私也。"高诱注："私，爱也。"③此解于训诂有据。

(2)《思美人》"情与质信可保兮，羌居蔽而闻章"两句，王逸《楚辞章句》注："言行相副，无表里也。虽在山泽，名宣布也。"④朱熹《楚辞集注》云："遂言其郁郁远蒸皆由情质诚实可保，故所居虽蔽而其名闻则章也。"⑤黄文焕依据上下文意，将"质"与"芳"联系起来，言"质"即指上文之"薰"，"质"为内在品德，而"情"则指外在行为。黄氏注曰："我借芳以扬，我芳得风而自外扬也。芳扬则我之意亦与俱扬矣。……情质可保者，既有其质亦若有其情焉。欲人之赏之也，珍之也。薰必不为犹所谓可保也。纵在萎离仍可敬也。"⑥是为发明旧注。

(3)《抽思》"思蹇产之不释兮，曼遭夜之方长"两句，王逸《楚辞章句》注："心中诘屈，如连环也。忧不能眠，时难晓也。"⑦注解较简略。洪兴祖《楚辞补注》、朱熹《楚辞集注》皆无新解。黄文焕则提出新解，《楚辞听直》注云：

---

① （宋）洪兴祖撰，白化文等点校：《楚辞补注》，中华书局 2015 年版，第 99 页。

② （明）黄文焕撰，黄灵庚、李凤立点校：《楚辞听直》，上海古籍出版社 2019 年版，第 129 页。

③ （汉）高诱：《战国策》，上海书店 1987 年版，第 54 页。

④ （宋）洪兴祖撰，白化文等点校：《楚辞补注》，中华书局 2015 年版，第 115—116 页。

⑤ （宋）朱熹撰，李庆甲校点：《楚辞集注》，上海古籍出版社 1979 年版，第 93 页。

⑥ （明）黄文焕撰，黄灵庚、李凤立点校：《楚辞听直》，上海古籍出版社 2019 年版，第 133 页。

⑦ （宋）洪兴祖撰，白化文等点校：《楚辞补注》，中华书局 2015 年版，第 106 页。

"遭夜方长者，繇夏入秋则其初长之候也。秋有秋之容焉，风一至而容动矣。天为变色，林为换姿矣。"①黄本由王逸本的"时难晓"引申出"由夏入秋"的物候变化，注解时注意了文意的前后衔接，指出这是入秋的特色，解说较旧注详尽。

"超回志度"，王逸《楚辞章句》注："超，越也。言己动履正直，超越回邪，志其法度，隐行忠信，日以进也。"②《楚辞补注》："《说文》：隐，安也。"黄文焕释"志度"为回环，注曰："超回志度者，繇下升高，志度之超越也。娱在水而愿兼在山，志度之回环也。"③"志度"，犹豫徘徊之貌。郭在贻《楚辞解诂》："今考《史记·司马相如列传》载相如《大人赋》云：'跮踱辐辏以委丽兮'，《集解》引徐光广曰：'跮踱，乍前乍却也。跮音丑栗反，踱音敕略反。'按此'跮踱'实即连绵词'踟蹰'之异文。而'至度'实又为'跮踱'之假借。"④黄氏之见虽未及郭氏做明确训释，但亦取意如此，解说较旧注更能发人深思。

"低徊夷犹"，王逸《楚辞章句》注："夷犹，犹豫也。北姑，地名。言所以低徊犹豫、宿北姑者，冀君觉寤而还己也。"⑤王氏以为屈原之所以低徊犹豫而宿于北姑，是仍希冀君王"觉寤而还己"，解说较为牵强。而黄文焕《楚辞听直》注曰："夷犹北姑者，有隐进登山之怀而未尝往，爰宿北姑也。"⑥认为写的是屈子流放途中的事情，由"有隐进登山之怀而未尝往"，引出宿北姑的缘由，而这也只是流放路上的一个地点，未必就与楚王有所关

---

① （明）黄文焕撰，黄灵庚、李凤立点校：《楚辞听直》，上海古籍出版社 2019 年版，第 135 页。
② （宋）洪兴祖撰，白化文等点校：《楚辞补注》，中华书局 2015 年版，第 109 页。
③ （明）黄文焕撰，黄灵庚、李凤立点校：《楚辞听直》，上海古籍出版社 2019 年版，第 141 页。
④ 郭在贻：《新编训诂丛稿》，浙江大学出版社 2010 年版，第 58 页。
⑤ （宋）洪兴祖撰，白化文等点校：《楚辞补注》，中华书局 2015 年版，第 109 页。
⑥ （明）黄文焕撰，黄灵庚、李凤立点校：《楚辞听直》，上海古籍出版社 2019 年版，第 141 页。

联，解说较旧注客观。

（4）《涉江》"芳不得薄兮"，王逸《楚辞章句》注："薄，附也。言不识味者并甘臭恶，不知人者信任逸佞，故忠信之士，不得附近而放逐也。"① 《楚辞补注》："《左传》曰：'薄而观之。'薄，迫也，逼近之意。"② 朱熹因袭王逸之说，《楚辞集注》云："草木交错曰薄。……薄，附也。言污贱并进而芳洁不容也。"③ 三家皆释"芳不得薄"为贤臣不能靠近君主。黄文焕注："不得薄者，芳气为腥臊之气所胜，受压受郁，不能喷薄也。不得薄又緣于'并御'，一君子不足以胜众小人也。"④ 黄氏以"喷薄迸发"为解，以为"芳受抑不能喷薄"，君子势单力薄，远不足以胜群小，其解可自通。

"怀信传傺，忽乎吾将行兮"两句，王逸《楚辞章句》注："言己怀忠信不合于众，故怅然住立忽忘居止，将遂远行之他方也。"⑤ 黄文焕释"怀"为坚抱、执守，释"信"为信念，注曰："怀信者，坚抱自信，终不能从俗也。"⑥《文选》颜延之《皇太子释奠会作诗》"怀仁憬集"，李善注："怀，抱，谓包韫。"⑦ 黄氏补旧注疏略。

（5）《橘颂》首两句"后皇嘉树，橘徕服兮"，王逸《楚辞章句》注："后，后土也。皇，皇天也。服，习。言皇天后土生美橘树，异于众木，来服习南土，便其风气。屈原自喻德如橘树，亦异于众也。"⑧ 王逸、洪兴祖释"皇"为皇天，释"服"为习。朱熹则以"后皇"为楚王，以"服"为"橘生土"《楚辞集注》云："后皇，指楚王也。嘉，喜好也。言楚王喜好草木之树，而

---

① （宋）洪兴祖撰，白化文等点校：《楚辞补注》，中华书局 2015 年版，第 102 页。

② （宋）洪兴祖撰，白化文等点校：《楚辞补注》，中华书局 2015 年版，第 102 页。

③ （宋）朱熹撰，李庆甲校点：《楚辞集注》，上海古籍出版社 1979 年版，第 81 页。

④ （明）黄文焕撰，黄灵庚、李凤立点校：《楚辞听直》，上海古籍出版社 2019 年版，第 146 页。

⑤ （梁）萧统、（唐）李善等注：《六臣注文选》，中华书局 2012 年版，第 379 页。

⑥ （明）黄文焕撰，黄灵庚、李凤立点校：《楚辞听直》，上海古籍出版社 2019 年版，第 146 页。

⑦ （梁）萧统、（唐）李善等注：《六臣注文选》，中华书局 2012 年版，第 379 页。

⑧ （宋）洪兴祖撰，白化文等点校：《楚辞补注》，中华书局 2015 年版，第 119 页。

橘生其土也。《汉书》：'江陵千树橘。'楚地正产橘也。受命不迁，记所谓'橘踰淮而北为枳'也。旧说：屈原自比志节如橘，不可移徙，是也。篇内意皆放此。"① 黄文焕释"服"为"驯服"，注曰："江陵千树，地气所独宜，是此树之不往他邦，独来服于楚土也。服者，傲岸之气于兹驯服也。后皇，犹云后土之神也。生物者属之地，故以美树归之后皇也。"② 黄氏融合旧说，指出"后皇乃土之神"，正朱熹偏颇。注解中又凸显了橘树的不屈性格，补益了王注之空泛。

"秉德无私，参天地兮"两句，王逸《楚辞章句》注："秉，执也。言己执履忠正，行无私阿，故参配天地，通之神明，使知之也。"③ 洪兴祖补注曰："天无私履，地无私载，秉德无私则与天地参矣。"④ 黄文焕注曰："秉德者，橘之幼而志立，老而德成也。参天地者，橘受地宜而不负地，则参地；受天命而不负天，则参天也。"⑤ 黄氏以橘之生长进程比喻幼时立志，老而成德，是为"秉德"。在对"参天地"的解释上，"受地宜而不负地则参地，受天命而不负天则参天"，贴合阳明心学"发明本心"、"致良知"之意旨，意境较旧注开阔，也反映出心学思潮在明代的深远影响。

"愿岁并谢，与长友兮"两句，王逸《楚辞章句》注："谢，去也。言己愿与橘同心并志，岁月虽去，年且衰老，长为朋友，不相远离也。"⑥《楚辞补注》："《说文》云：谢，辞去也。此言己年虽与岁月俱逝，愿长与橘为友也。"⑦ 朱熹《楚辞集注》云："并谢，犹永谢也。岁并谢而长与友，则是终身

① （宋）朱熹撰，李庆甲校点：《楚辞集注》，上海古籍出版社 1979 年版，第 98 页。
② （明）黄文焕撰，黄灵庚、李凤立点校：《楚辞听直》，上海古籍出版社 2019 年版，第 147 页。
③ （宋）洪兴祖撰，白化文等点校：《楚辞补注》，中华书局 2015 年版，第 120 页。
④ （宋）洪兴祖撰，白化文等点校：《楚辞补注》，中华书局 2015 年版，第 120 页。
⑤ （明）黄文焕撰，黄灵庚、李凤立点校：《楚辞听直》，上海古籍出版社 2019 年版，第 149 页。
⑥ （宋）洪兴祖撰，白化文等点校：《楚辞补注》，中华书局 2015 年版，第 120 页。
⑦ （宋）洪兴祖撰，白化文等点校：《楚辞补注》，中华书局 2015 年版，第 120 页。

友之矣。"① 王、洪、朱三家皆将"岁谢"释为岁月逝去之意。黄文焕注:"岁谢,斯青黄之实俱谢,圆果不复存矣,然而可长友也,其志其德俱在也。与友而曰'愿岁谢'者,知松柏必于岁寒,尊橘亦必于岁谢。吾所欲友,存乎'徕服'、'不迁'之志,非独珍其嘉实也,故于实谢之后愿与友也。"又云:"岁谢而圆果谢,所谓青黄之交,精白之色,不复可见,然而其志其德,原自附离未谢,枝梗之间,皆有道理存焉,不惟可友,而且可师也。"② 黄氏以"果谢"指代"岁谢",以果实凋落诠释岁月流逝,解说更切合作品本身的意蕴。

"淑离不淫,梗其有理兮"两句,王逸注:"淑,善也。梗,强也。言己虽设与橘离别,犹善持己行,梗然坚强,终不淫惑而失义也。"③《尔雅·释诂》:"梗,直也。"注:"梗,正直也。"王逸训"梗"为强,将"梗其有理也"释为梗然坚强,以橘之品格喻人,甚是。但其"虽设与橘离别"之说使人不得其解。朱熹《楚辞集注》:"淑,善也。离,如离立。言孤特也。梗,强也。"④ 解释不甚详尽。黄文焕注:"淑,善也。离,附离也。不淫,即前所云'独立'、'无求'也。梗,枝梗也。岁谢而圆果谢,所谓青黄之文、精白之色,不复可见,然而其志其德,原自附离未谢,枝梗之间,皆有道理存焉,不惟可友,而且可师也。"⑤ 借橘之高洁以比屈子,如橘之枝梗,枝梗之间皆有文理而不乱,亦通。《庄子·骈拇》:"附离不以胶漆,约束不以纆索。"疏曰:"离,依也。"于文献有据。

在《橘颂》篇旨的理解上,前人皆认为前半段"后皇嘉树"至"娉而不丑兮"是说橘,后半段自"嗟尔幼志"起为屈原自言,难免将"奇语化为腐谈",而黄氏一扫旧注为"原自谓"之说,谓后半当与前一节相呼应,且约以两节

---

① (宋)朱熹撰,李庆甲校点:《楚辞集注》,上海古籍出版社 1979 年版,第 98—99 页。

② (明)黄文焕撰,黄灵庚、李凤立点校:《楚辞听直》,上海古籍出版社 2019 年版,第149 页。

③ (宋)洪兴祖撰,白化文等点校:《楚辞补注》,中华书局 2015 年版,第 121 页。

④ (宋)朱熹撰,李庆甲校点:《楚辞集注》,上海古籍出版社 1979 年版,第 99 页。

⑤ (明)黄文焕撰,黄灵庚、李凤立点校:《楚辞听直》,上海古籍出版社 2019 年版,第149—150 页。

中对应的"四同"为解，条理井然，可谓尽得文心之奥。

（6）《悲回风》"据青冥而摅虹兮"一句，王逸注："上至玄冥，舒光耀也。"洪兴祖补注："摅，舒也。"《楚辞集注》："摅，舒也。"在对"摅"的理解上，黄文焕吸收了旧注之见，并加以申发，注云："摅虹者，胸中之愤气吐如虹也。谗邪害正，忠直蒙冤，彼之霓偏不肯沉，我之虹偏不得吐。处标颠者，出乎彼之上也。据而摅者，尽达我之中也。"①在具体注解中，黄氏将"摅虹"释为"胸中之愤气吐如虹"，借助其比喻义阐释文意，注解较前人深刻。

"观炎气之相仍兮，窥烟液之所积"两句，王逸、洪兴祖从五行角度训释"炎气"，故将之解为"南方火"。王逸《楚辞章句》注："炎气，南方火也。火气烟上天为云，云出凑液而为雨也。烟液所积者，所聚也。"②《楚辞补注》："《神异经》曰：南方有火山，昼夜火然。《抱朴子》曰：南海萧丘之中有自生之火，常以春起而秋灭。"③朱熹则从字义角度释"炎"，《楚辞集注》云："炎气，火气也。烟液者，火气郁而为烟，烟所著者又凝而为液也。"④黄文焕承袭朱熹之解，释"炎气"为"炎热之气"，《楚辞听直》注曰："炎气，炎热之气也。炎气生烟，烟复生液，夏而秋也。下霜之后，继之以雪，秋而冬也。潮水相击，则一日再至。历乎四时而如一者也。观焉窥焉，悲焉听焉。景递变，绪递牵矣。于此而四时索伴，则俯乘光景仰奋鞭策，介子、伯夷，真吾友也。"⑤黄氏在借鉴朱注的基础上又将炎气、烟、液的变换与四季之轮回、景致之变换类比，进而表达出作者的惜时之慨。黄氏的解说较前人更形象、深入，也更切合作品原意。

（7）《怀沙》"进路北次兮"，王逸《楚辞章句》注："路，道也。……言

---

① （明）黄文焕撰，黄灵庚、李凤立点校：《楚辞听直》，上海古籍出版社2019年版，第157页。

② （宋）洪兴祖撰，白化文等点校：《楚辞补注》，中华书局2015年版，第125页。

③ （宋）洪兴祖撰，白化文等点校：《楚辞补注》，中华书局2015年版，第125页。

④ （宋）朱熹撰，李庆甲校点：《楚辞集注》，上海古籍出版社1979年版，第103页。

⑤ （明）黄文焕撰，黄灵庚、李凤立点校：《楚辞听直》，上海古籍出版社2019年版，第158页。

己思念楚国，愿得君命，进道北行，以次舍止，冀遂还归，日又将暮，不可去也。"① 朱熹《集注》："言将北归郢都而日暮不得前也，于是将欲舒忧以娱哀，而念人生几何，死期将至，其限不可得而越也。"② 黄文焕注："进路者，进沅、湘之路也，此投死之区也。江、沅均为南行。"③ 黄氏在注解中依据作品上下文意，明确指出"进路"是"进沅、湘之路"，补益了旧注空泛无所确指之短。

黄文焕不拘旧注，于注解中提出了不少颇具见地的解说，增益、发明旧注所未及。不过，在黄本《九章》的注解中也不难发现其过度解读或不依据文献而仅凭主观臆测的无根之解。如：

(1)《惜诵》"吾使厉神占之兮，曰有志极而无旁"两句，王逸、朱熹皆释"旁"为辅助之义。《广雅疏证》："'旁'与'榜'通。榜、辅一声之转。"④ 王逸《楚辞章句》注："旁，辅也。言厉神为屈原占之曰：人梦登天无以渡，犹欲事君而无其路也。但有劳极心志，终无辅佐。"⑤《楚辞集注》："旁，辅也。言梦登天而无航者，其占为：但有心志劳极，而无辅助也。"⑥ 黄文焕注解与前人不同，《楚辞听直》注曰："有志极而无旁，此占之料我不知旁门，不知旁路也。极，言直往也。旁，偏旁也。有正行有旁行，则随步不碍。径直遂志则坎陷在前，或无所避矣。"⑦ 黄氏以"旁"为偏旁。《释名》："在边曰旁"，《玉篇》："旁，犹边也，侧也"，黄氏此解于文献有据，解说亦可通。然黄氏以为"极"为直往。《世说新语》："顾司空未知名，诣王丞相。丞相

① （宋）洪兴祖撰，白化文等点校：《楚辞补注》，中华书局 2015 年版，第 112 页。

② （宋）朱熹撰，李庆甲校点：《楚辞集注》，上海古籍出版社 1979 年版，第 90 页。

③ （明）黄文焕撰，黄灵庚、李凤立点校：《楚辞听直》，上海古籍出版社 2019 年版，第 175 页。

④ （清）王念孙撰，钟宇讯点校：《广雅疏证》，中华书局 1983 年版，第 126 页。

⑤ （宋）洪兴祖撰，白化文等点校：《楚辞补注》，中华书局 2015 年版，第 96 页。

⑥ （宋）朱熹撰，李庆甲校点：《楚辞集注》，上海古籍出版社 1979 年版，第 76 页。

⑦ （明）黄文焕撰，黄灵庚、李凤立点校：《楚辞听直》，上海古籍出版社 2019 年版，第 126 页。

小极，对之疲睡。"极，疲也，为疲乏义。黄氏此解不妥。

（2）《抽思》"行隐进兮"，王逸注："言己动履正直，超越回邪，志其法度，隐行忠信，日以进也。"① 黄文焕注曰："行隐进者，隐隐而自进于此也。亲身在舟，隐意在山，故曰'隐进'也。"②《说文》："隐，蔽也。"《尔雅》："隐，微也。"黄氏释"隐进"为隐隐而进，虽有文献可据，但黄氏"亲身在山，隐意在山"之解与文意不甚相符。

（3）《悲回风》："惟佳人之永都兮，更统世以自贶。"王逸注："佳人，谓怀、襄王也。邑有先君之庙曰都也。更，代也。贶，与也。言己念怀王长居郢都，世统其位，父子相举，今不任贤，亦将危殆也。"③ 朱熹《楚辞集注》："佳人，原自谓也。都，美也。更，历也。统世，谓先世之垂统传世也。自贶，谓己得续其官职也。"④ 黄文焕《楚辞听直》注曰："此中之意，匪人不知，惟佳人知之，务求实行以砥素心。永都者，以之为都居也，意安于是之谓也。统世者，统包一世之美事，一肩承当，必不肯放下片刻，必不肯少漏纤毫。此非他人所能赠吾，亦非可赠它人者，故曰'自贶'也。"⑤ 黄氏未对"佳人"做单独解释，但从其注解来看，他显然未采纳王逸、朱熹旧注，而以"佳人"与"匪人"相对而解，以佳人为美好贤德之君子，为知我之人，此解可通。但黄氏"永都"之解非是。《说文》："永，水长也。象水巠理之长。"《诗经·周南·汉广》："江之永矣，不可方思。"毛传："永，长。""都"，此处应取美好义，与本义无涉。《诗经·郑风·山有扶苏》："不见子都。"传："世之美好者也。"《战国策·齐策》："妻子衣服丽都。"永都，乃言德行美好。黄注非是。

（4）《哀郢》"外承欢之汋约兮"，王逸《章句》注："汋约，好貌。"朱熹《楚

① （宋）洪兴祖撰，白化文等点校：《楚辞补注》，中华书局 2015 年版，第 109 页。
② （明）黄文焕撰，黄灵庚、李凤立点校：《楚辞听直》，上海古籍出版社 2019 年版，第 141 页。
③ （宋）洪兴祖撰，白化文等点校：《楚辞补注》，中华书局 2015 年版，第 122 页。
④ （宋）朱熹撰，李庆甲校点：《楚辞集注》，上海古籍出版社 1979 年版，第 100 页。
⑤ （明）黄文焕撰，黄灵庚、李凤立点校：《楚辞听直》，上海古籍出版社 2019 年版，第 153 页。

辞集注》："汋约，好貌。言佞人承君欢颜，好其谄言，令之汋约然，小人诚难扶持之也。"① 黄文焕注曰："汋约，即《远游》之所谓'神要眇以汋约'也。感多欢少，神气不旺也。"②《远游》："质销铄以汋约兮，神要眇以淫放。""汋约"同"淖约"，《庄子·逍遥游》："藐姑射之山，有神人居焉，肌肤若冰雪，淖约若处子。"《音义》引李注："淖约，柔弱貌。"《汉书·扬雄传》："闺中容竟绰约兮。"注曰："绰约，善容止也。"旧注"汋约"为"好貌"，而黄氏则解为"神气不旺"，非是。

（5）《怀沙》"进路北次兮，日昧昧其将暮"两句，王逸《楚辞章句》注："次，舍也。言己思念楚国愿得君命，进道北行，以次舍止，冀遂还归，日又将暮，不可去也。"③ 朱熹《楚辞集注》："言将北归郢都，而日暮不得前也，于是将欲舒忧以娱哀，而念人生几何，死期将至，其限有不可得而越也。"④ 黄文焕注曰："江沅均为南行，北次者，乖其所之，一讬宿焉，不欲死之意也。日既将暮，则投死可以无急也，又一不欲死之意也。"⑤ 黄氏以为沅、湘为屈原"投死"之区，江沅均为南行，可通。但黄文焕将"北次"解为"乖其所之，一讬宿焉，不欲死"之意，将"日既将暮"释为"投死可以无急"，亦作不欲死之解，则是无根之说。

---

① （宋）洪兴祖撰，白化文等点校：《楚辞补注》，中华书局 2015 年版，第 122 页。

② （明）黄文焕撰，黄灵庚、李凤立点校：《楚辞听直》，上海古籍出版社 2019 年版，第164 页。

③ （宋）洪兴祖撰，白化文等点校：《楚辞补注》，中华书局 2015 年版，第 112 页。

④ （宋）朱熹撰，李庆甲校点：《楚辞集注》，上海古籍出版社 1979 年版，第 90 页。

⑤ （明）黄文焕撰，黄灵庚、李凤立点校：《楚辞听直》，上海古籍出版社 2019 年版，第176 页。

第五章　黄氏对《楚辞》其他篇目之研究

本章将探讨黄文焕注解《天问》、《大招》、《招魂》的相关问题。黄文焕从解析《天问》的释义与全诗意旨入手，探讨《天问》的"文义不次序"乃是前人误解，又以字法、句法、段法，再深入至章法的探索路径，厘清全诗的段落层次，提出的"穿插之奥"之解尤其启人思致。在《大招》、《招魂》的研究上，黄文焕结合二《招》所述内容，又通过对屈赋其他作品相关内容的抽绎与分析，详细论列并提出"二《招》之概似屈原"之见，在楚辞学史上影响颇深。下文将对上述问题进行详细论述，分析黄氏观点的合理与悠谬之处。

第一节　《天问》研究

《天问》是楚辞中篇幅仅次于《离骚》的第二首长诗。全诗 374 句，共计 1500 余字，通篇皆以问句体写成，句式参差错落，章法更为奇矫活突，是屈原作品中的又一典范之作。诗人对天、地、人各方面提出的 170 余问，表现出对宇宙、历史、人生的深刻思考，内容博大精微，被公认为楚辞中最难解的一篇。在对《天问》的解读上，黄文焕仔细揣摩屈子之心，提出了许多异于旧注又颇具参考价值的见解。在《天问》的次序问题上，黄氏亦未纠结于对所谓"错简"的调整，而是在遵循作品原貌的基础上对文本层次加以分析，在此基础上提出的"穿插之奥"之解尤可备为一说。

一、《天问》释义与主旨

（一）《天问》题解

《天问》这个题目该如何作解？古今注家和学者均持不同的看法。关于《天问》题名的解释最早可见于东汉王逸的《楚辞章句》，他对屈原创作《天问》的相关问题有过具体的思考与阐述。《天问序》云：

> 天问者，屈原之所作也。何不言问天？天尊不可问，故曰天问也。屈原放逐，忧心愁悴。彷徨山泽，经历陵陆。嗟号昊旻，仰天叹息。见楚有先王之庙及公卿祠堂，图画天地山川神琦玮僪佹，及古贤圣怪物行事。周流罢倦，休息其下，仰见图画，因书其壁，呵而问之，以泄愤懑，舒泻愁思。楚人哀惜屈原，因共论述，故其文义不次序云尔。①

王逸的这段话包含以下几层意思：其一，肯定《天问》乃屈原所作；其二，题名《天问》，实为"问天"之意；其三，此篇创作的缘起是屈原放逐在外之时，见到楚国的先王庙和公卿祠堂中琦玮僪佹的壁画，其上绘有天地山川神灵及古代贤圣怪物之行事，屈原于是"呵而问之"，借以舒泄胸中愤懑愁思；其四，《天问》为楚人"共论述"之作，因而文义次序有些凌乱。洪兴祖在保留王逸说法的基础之上进行了阐发，《天问补注》云：

> 《天问》之作，其旨远矣。盖曰遂古以来，天地事物之忧，不可胜穷。欲付之无言乎？而耳目所接，有感于吾心者，不可以不发也。欲具道其所以然乎？而天地变化，岂思虑智识之所能究哉？天固不可问，聊以寄吾之意耳。楚之兴衰，天邪？人邪？吾之用舍，天邪？人邪？国无

---

① （宋）洪兴祖撰，白化文等点校：《楚辞补注》，中华书局 2015 年版，第 67 页。

人，莫我知也；知我者，其天乎？此《天问》所为作也。太史公读《天问》，悲其志者以此。柳宗元作《天对》，失其旨矣。王逸以为文义不次序，夫天地之间，千变万化，岂可以次序陈哉。①

如果说王逸的解读仍停留在对史实与情景的直观把握上，那么到了洪兴祖这里，则更多关注了《天问》所展现出的文化内涵。屈原从遂古之初，宇宙洪荒写起，对天地事物发生、发展的发问与思考的真正意图并不是要"具道其所以然"，而是"聊寄吾之意耳"。而对于为何不言"问天"的回答，洪兴祖则引申了王逸之说，以为"天固不可问"。王、洪二家均认为作者出于对上天的敬畏，不敢直接质问于天，遂将"天"置于"问"前，以"天问"为"问天"之意。

后世学者虽对"天尊不可问"的说法多有质疑，但也多为申发旧注之见，以"问天"为《天问》之解。屈复认为，《天问》是"仰天而问"。李陈玉《楚辞笺注》云："不曰问天，曰天问者，问天则常人之怨尤，天问则上帝之前有此一段疑情，凭人猜揣。"② 戴震则主张，"天地之大，有非恒情所可测者，设难疑之"。胡文英以为《天问》乃"搔首问天之语"。近人孙作云先生认为，天问就是问天、问天命，因为"天"是着重被问的对象，所以就将其置于"问"字之上，故此而成了"天问"。雷庆翼、黄震云等先生从古汉语用法的角度阐释"天问"，认为"天问"缘于古人在语言使用中动宾倒置的习惯，而非是王逸所谓的"天尊不可问"。黄先生还列举了《论语·宪问》、《墨子·鲁问》、《列子·汤问》等篇名为例来证明"天问"之"问"是先秦时期的一种体例。杨义先生认为，"天问"就是天问，诗中所表现的正是诗人想要代天立言，超越天人尊卑观念的思想。殷光熹先生发展了以柳宗元为代表的释"天问"为"假天以为言"的观点，认为所谓"天问"，是天来问人，而非是

---

① （宋）洪兴祖撰，白化文等点校：《楚辞补注》，中华书局 2015 年版，第 67 页。

② （明）李陈玉：《楚辞笺注》，《楚辞文献集成》第八册，广陵书社 2008 年版，第 5224 页。

屈原问天之意等等，可谓见仁见智。虽然诸家对"问"的理解略有差异，但无论是"天问"、"天来问"，抑或是"问天"，学者们关注的重点都在于对"天"的领会和解释。我们认为，想解释《天问》的题名含义，确实必须回到"天"字的释义问题上，弄清在作者屈原生活的时代，人们对于"天"的概念是如何理解的。

经王国维先生考证，古文中的"天"字，殷墟卜辞或作"大"。《盂鼎》及《大丰敦》作"大"，两字的上部代表人之顶，下像人张开的双臂和双脚。由此可知，"天"象人形，其最初意义应是人的头顶。古人又将"天"的本义引申开来，将这一概念赋予了丰富的外延。归结起来大体可分为两类：一类指物质自然的天，一类指有神主宰的天，每个大类之中又包含着不同语境下的同类释义。如《诗》曰："三星在天。"《易》曰："乾为天，坤为地。"都是指自然的天，这个"天"不带有任何感情或意志在内，是宇宙、自然及其法则的代称。由此又引申出"天地"、"天体"、"天宇"、"天道"、"天德"、"天理"等诸多意义。而有神主宰的"天"也频见于《诗经》、《尚书》等先秦典籍当中，如：（1）皇天。《书》曰："皇天既付中国民越厥疆土于先王。"《召诰》："皇天上帝改厥元子兹大国殷之命。"《周书》："皇天无亲，惟德是辅。"（2）上天。《书》曰："自上监下，则称上天。"《诗》曰："有虞殷自天，上天之载……"（3）上帝。《舜典》："肆类于上帝，禋于六宗，望于山川，遍于群神。"《康诰》："闻于上帝，帝休。天乃大命文王。"（4）天命。《尚书·盘庚上》："先王有服，恪谨天命。"（5）天道。《汤诰》："天道福善祸淫，降灾于夏，以彰其罪。"①上述说法都将"天"当作有意志的上帝神来看。在实际使用中，这两类概念又时常会交错在一起。我们在《天问》中看到的屈原关于"上下未形"、"冥昭瞢暗"、"冯翼惟象"、"阴阳三合"、"圜则九重"等一系列的发问都是作者关于宇宙天体等方面，即天象的思索；而"帝降夷羿，革孽夏民；胡射夫河伯，而妻彼雒嫔"、"授殷天下，其位安施"、"稷惟元子，帝何竺之"、"皇天

---

① 参见殷光熹：《〈天问〉题名考辨》，《思想战线》2014 年第 1 期。

集命，惟何戒之"、"厥严不奉，帝何求"、"天命反侧，何罚何佑"等一连串的提问又是出于作者对上天、对天命、对兴衰治乱的思考，这又属于天道的范畴。正是由于"天"的概念涵盖广泛且存在着交叉，所以后人在对屈原《天问》题名含义的认识上才产生了诸多不同的看法。

　　明人李陈玉将"天"释为"天道"，《楚辞笺注》云："天道多不可解，善未必蒙福，恶未必获罪；忠未必见赏，邪未必见诛。冥漠主宰，政有难诘，故著《天问》以自解。"① 清人陈远新认为，天即为理。"理有可信，亦有可疑。理可疑，故有问。疑而问，即以问而使人悟，故举曰天问也。"② 近人陈子展、詹安泰、游国恩、王泗原等先生都以"天问"为"天的问题"作解。虽同解为"天的问题"，诸位先生的解读角度又不尽相同。陈先生认为，《天问》并非问天的意思，"因为天道不可解，上帝之前有此一段疑情就叫做天问。也就是说，此不是人对天道的疑问，而是上帝的疑问，天的问题"③。此解与明人李陈玉的说法大体相当。詹先生认为，《天问》全篇都是问题的提出，天的问题是文章后续一切问题的起始，故此命名为《天问》。我们认为，游国恩、王泗原先生的解释似更为切合题意。王先生认为，"天问"的"天"是"问"的定语。在古人的观念中，"天降下民"、"天生烝民"，万事万物都统摄于天，所以"天问"就是天地现象以及事物关系的疑问。聂恩彦先生则从古汉语的构词角度出发，认为诸如"天命"、"天意"等词中的"天"都是充当定语之用。"天问"中的"天"亦如此用法，而"问"作名词解，指的是问题，由此也得出"天问"就是天的问题。

　　《春秋繁露·顺命篇》："天者，万物之祖。"《周礼·天官》郑氏注曰："天者，统理万物。"《庄子·齐物论》郭象注曰："天者，万物之总名也。"游国恩先生对此作过详细的阐述：

---

① （明）李陈玉：《楚辞笺注》，《楚辞文献集成》第八册，广陵书社 2008 年版，第 5225 页。
② （清）陈远新：《屈子说志》，《楚辞集校集释》（上），湖北教育出版社 2003 年版，第 1004 页。
③ 陈子展：《〈天问〉解题》，《复旦学报》（社会科学版）1980 年第 5 期。

屈子以《天问》题篇，意若曰：宇宙间一切事物之繁之不可推者，欲从而究其理耳。故篇内首问两仪未分，洪荒未辟之事；次问天地既形，阴阳变化之理；以及造化神功，八柱九天，日月星辰之位，四时开合晦明之原，乃至河海川谷之深广，地形四方之径度，昆仑增城之高，冬暖夏寒之所，皆天事也。天事之外，旁及动植珍怪之产，往古圣贤凶顽之事，理乱兴衰之故，又天道也。盖天统万物，凡一切人事之纷纭错综，变幻无端者，皆得摄于天道之中，而与夫天体天象天算等，广大精微，不可思议者，同其问焉。此天问之义也。[1]

游先生认为，"天问犹言以此自然界之一切事理为问耳"。因为天是广义上世间万物的总名，屈原所疑所问之中既包含天象，又包含天道。而天统万物，万事万物皆包罗其中、统摄于天象天道之中，所以《天问》是以天为问，可以理解为对天道之问，它是"就自然和人类的历史探究天道的问题"[2]。刘文英先生亦持此论，他认为各家对"天"之含义理解的差异体现的是不同时期人们对于世界、宇宙，或者说天道的不同看法。日月星辰、天地自然变化的天象是为狭义的天道，包含人事祸福与社会兴亡；广义的天道则无所不包，泛指宇宙中一切事物的存在和变化。屈原的《天问》，就是指广义的"天道"。[3] 我们认为，把《天问》理解为天道之问是符合作品立意的，同时也是对《天问》主旨的正确理解。作者通过对宇宙万物、治乱兴亡的发问与深沉思考，即为本诗大旨所在，托天以问道，作者"述往事，思来者"，希冀楚国君主能够以历代兴亡为鉴，改弦更张，以救亡图存，这是在对历史的回顾与反思中总结出的经验教训，也是屈原心怀楚国，创作《天问》的意旨所在。

在对《天问》题意的理解上，黄文焕虽未作字义上的拆解，但从其注解

---

① 游国恩：《楚辞论文集》，古典文学出版社 1957 年版，第 153 页。
② 褚斌杰：《楚辞要论》，北京大学出版社 2003 年版，第 203 页。
③ 刘文英：《奇特而深邃的哲理诗——关于屈原的〈天问〉》，《文史哲》1978 年第 5 期。

可知，他是不认同王逸之说的。在他看来，屈原之所以将此篇命名为"天问"，是因其不敢归咎于人，"但当咎天之意，由实抒愤"，以"遂古莫传，未有天之先"为发问之始，是欲借以宣泄内心之恨，"盖欲问其无由问者也。此原一腔之深恨，非混沌之泛谈也。自有天以来，世间物理人事，无一而不令人可疑，无一而不令人可愤。种种弗堪，难言难尽，不知莫传未形之先，可愤可疑者又更何若也"①。又云："原盖曰：天当自问耳，犹之乎'诏西皇使涉余'、'倚阊阖使望余'之旨也。"② 黄氏以为，世间之一切治乱、倚伏、颠倒，以及诸种怪诞事物均为天所为，如不是上天自问其故，人之识必然无法解之、无法陈之，这显然也是将天视为世间物理人事之统辖来看的。此外，"凡屈子之所问，皆无一可答"，因此他认为柳子厚作《天对》以解屈原在《天问》篇中所提出的问题是大失《天问》之旨，而各家解注也是愈解愈失。黄文焕在《听天问》中详细阐述了他所谓"问无可答"的理由，即"问所不必问，问所不肯问，问所不宜问，问所不敢问。是皆原之绝人于欲答也"③。首先，天地、日月、山川等自然事物是人人习以为常的，自然不必问，但若真将儒者所道，诸书所载之内容详尽考稽起来，确未有谁果真"登天下地而确见之"，所以诗人问所不必问，亦令人无语可答。其次，鸟兽、草木、虫鱼、仙子等鄙俚怪诞之说，皆为人所不肯问，而屈原又对其发问，正因世间大雅与鄙俚并举，中正与怪诞并存，"偏尔相杂，无由除绝"之缘故。最后，不宜问者，即全篇中"极愤之言，专在轻宥妇人"。郑袖与上官大夫内外勾结释放张仪，才导致怀王败师结盟，为秦所留。黄氏认为，在这一历史事件中，"谗臣罪重，女宠罪轻"，假使没有上官诸谗臣，纵有郑袖蛊惑也不会酿

---

① （明）黄文焕撰，黄灵庚、李凤立点校：《楚辞听直》，上海古籍出版社 2019 年版，第 54 页。

② （明）黄文焕撰，黄灵庚、李凤立点校：《楚辞听直》，上海古籍出版社 2019 年版，第 248 页。

③ （明）黄文焕撰，黄灵庚、李凤立点校：《楚辞听直》，上海古籍出版社 2019 年版，第 248 页。

成怀王客死他国的惨局。有如夏商之亡，不言妹嬉、妲己，是"汤、武所借口以殛桀讥纣"，如果不是谗佞之人充斥朝廷，仅凭一女子是无法致使国家覆亡的。因此，屈子特曰"妹嬉何肆，汤何殛焉"，"殷有惑妇，何所讥"。接着，黄氏对王逸此两处的注解作出了驳正，《听天问》云：

> 王逸解为桀得妹嬉，肆其情欲。纣宠妲己，莫由讥谏。其于两"何"字，作何著落乎？"周幽谁诛，焉得夫褒姒"，则亦宽褒姒之旨也。诛幽王者为谁？犬戎也。无犬戎，则幽即宠姒，未至于身诛也。褒姒者，褒人之所献，以陷幽王于死地也。非其献，则幽王乌从得之，褒姒岂能自入宫而惑幽王乎？①

不难看出，黄文焕对"女色亡国"的看法是予以否定的。他以文中有关妹嬉、妲己、褒姒的诗句为例，认为美色固然害政，但归根结底还是"惑者自惑"，君主失德，信谗杀贤，亡国并非一日一人之故，更绝不独因惑妇之一事。特别是黄氏对周幽亡国一事的分析，论证缜密且入情入理。他主张，"国事之日非，君实听谗失德，非尽属妇人之罪"②。

最后，黄氏阐述了自己对屈子"问人所不敢问"的看法。他以《离骚》、《九章》中对帝王圣贤的态度作为对比，指出两者皆"屡陈屡尊"，并未寄寓诗人的不满之意，"至《天问》而概寄不满焉"。黄文焕详细列举了诗中"寓不满以致讶者"。"何不课行"、"夫何三年不施"，是责"尧任鲧之失，刑鲧之迟"。"舜闵在家，父何以鳏"、"尧不姚告，二女何亲"，则是责怪尧舜之私相婚娶。"舜服厥弟"、"何肆犬豕，而不危败"、"眩弟并淫，危害厥兄。何变化以作诈，而后嗣逢长"，则是"迭讶舜之私其弟"。"续初继业，而厥

---

① （明）黄文焕撰，黄灵庚、李凤立点校：《楚辞听直》，上海古籍出版社 2019 年版，第 249 页。
② （明）黄文焕撰，黄灵庚、李凤立点校：《楚辞听直》，上海古籍出版社 2019 年版，第 77 页。

谋不同"、"禹何所成",是责问禹之"无以早救其父"。"闵妃匹合,厥身是继。胡为嗜欲不同味,而快鼌饱",则是讶于大禹虽急治水,未尝不急于娶妻。"启代益作后"、"无害厥躬",是责启之不让益。"夫何罪尤?不胜心伐帝,夫谁使挑之","武发杀殷,何所悒?载尸集战,何所急"则讶汤、武之伐君。"承谋夏桀",是责伊尹助汤伐君之事。"列击纣躬,叔旦不嘉。何亲揆发,定周之命以咨嗟",是责周公代武王画策。"师望在肆"、"鼓刀扬声"、"苍鸟羣使萃之",则是"讶太公之鹰扬伐商,立志已在文时,不独佐武"。最后,黄氏总结道,"以古代帝王圣贤概为可讶,他人敢作此问乎?于此欲顺其说而答之,非正论也;欲驳其说而答之,则原固非不知历尊古昔者,何待于驳"①。鉴于"人无可答"的上述四条理由,黄氏遂主张《天问》命题必归之于天当自问。黄文焕以"天问"为上天自问之解,又以屈原作品作为文本内证一一详举之,论证细致严密,也颇能自通。

（二）天问的主旨

关于《天问》的主旨,自王逸开始就已经有了诸多讨论,但因其掺杂着该篇的成书时间等问题,所以对这首千古奇诗创作主旨的研究就变得较为复杂。褚斌杰先生将古今学者的观点大体归纳为三种:

第一种,舒愤说。王逸首主此说,认为这是一首"泄愤懑,舒泻愁思"的作品,屈原信而见疑、忠而被谤,被楚王流放在外,满腔怨结,见到楚国的先王庙和公卿祠堂中琦玮僪佹的壁画,其上绘有天地山川神灵及古代贤圣怪物之行事,"仰见图画,因书其壁,呵而问之",结撰此诗以抒发心中的愤懑。虽然王逸"因书其壁"的说法未必可信,但联系诗人的身世遭遇,在流放之时,受所见壁画之启发或触动而作此诗也是说得通的。此后,许多注家在解释《天问》之意时也纷纷将屈原的遭遇作为阐释该诗意旨的重要因素

---

① （明）黄文焕撰,黄灵庚、李凤立点校:《楚辞听直》,上海古籍出版社 2019 年版,第251 页。

并加以申发。冯觐认为,屈原作忠造怨,作《天问》以"寓其忠不见报之意"。李陈玉以为,《天问》是作者思君之至,发愤而作,《楚辞笺注》云:"天道多不可解,善未必蒙福,恶未必获罪;忠未必见赏,邪未必见诛。冥漠主宰,政有难诘,故著《天问》以自解。此屈子思君之至,所以发愤而为此也。"① 黄文焕在注"圜则九重,孰营度之"至"角宿未旦,曜灵安藏"一段时说到,屈原是借言天地、天象的疑团抒发"愤端"。不过,黄氏对王逸的"呵壁而作"说是持质疑态度的。他认为,篇中天地人物,无所不有,任何一座建筑中都不可能有如此数量的壁画将其一一呈现出来。林云铭以为,屈子历数三代之兴亡,是借以阐明"兴在贤臣,亡在惑妇"之教训,指出贤臣之被斥、谗谄之益张,罪魁即为惑妇。屈子深受其害,故作此文,"全为自己抒胸中不平之恨"。屈复以为,《天问》即仰天而问。《天问校正》云:"忠直菹醢,谗佞高张,自古然也。三闾抱此,视彼天地三光,山川人物变怪倾欹,及历世之当亡而存,当废而兴,无不然者。非天是问,将谁问乎?萧条异代,尚欲搔首一一问之,而况抱痛者乎?然不可情原,不可义正,不可理论,不可言诠,不可事判,呜呼!是之谓《天问》。"② 就是说,诗人含怨抱痛,无处申诉,只能将这种感情诉诸笔端,舒泄自己"痛极呼天"的感情。清人陈本礼、胡睿源等亦持此说。

二是诘问说。戴震将"问"训为诘问、问难,《屈原赋注》云:"天地之大,有非人之智所能测者,设难以疑之。而曲学异书,往往惊为闳大不经之语,设难以诘之;其称述人事,备陈三代兴亡之迹,皆归于天命。然天命不可知,故冀幸人事之改而天或为之转移,此《天问》之所以作也。"③ 在戴震看来,屈子所问的是有关天地间非人力所能解释的问题,特别是针对一些"曲学异书",即毫无根据的附会之言、荒唐之语。对其加以诘难,有批判旧说、追求真解之意。近人聂石樵先生持类似观点,认为诗人是在发问中探寻

---

① （明）李陈玉:《楚辞笺注》,《楚辞文献集成》第八册,广陵书社 2008 年版,第 5225 页。
② （清）屈复《天问校正》,《楚辞文献集成》第十三册,广陵书社 2008 年版,第 9299 页。
③ （清）戴震:《屈原赋注》,《楚辞文献集成》第十四册,广陵书社 2008 年版,第 9 页。

着朝代兴衰的答案。黄文焕认为，《天问》并不是屈子的"混沌泛谈"之作，而是寄托了自己的"一腔深恨"，《楚辞听直》云："自有天以来，世间物理人事，无一而不令人可疑，无一而不令人可愤。不知莫传未形之先，可愤可疑者又更何若也。"① 黄文焕虽未对"天问"作单独训释，但也认为此诗是源自屈原对世间物理人事之疑之愤而成，因此带有问难的意味。

三是究理讽谏说。以王夫之为代表，《楚辞通释》云："原以造化变迁、人事得失，莫非天理之昭著，故举天之不测不爽者，以问懵不畏明之庸主具臣。"② 又云："要归之旨，则以有道而兴，无道则丧。黩武忌谏，耽乐淫色，疑贤信奸，为废兴存亡之本。原讽谏楚王之心，于此而至。欲使其问古以自问，而蹑三王五伯之美武，违桀纣幽厉之覆辙……抑非徒泄愤舒愁而已。"③ 依照王夫之的理解，屈原认为综观夏、商、周及楚先王之历史，总是"有道而兴，无道则丧"，因此，以史为鉴来讽谏楚之有国者才是屈原创作本诗的主要目的，而不应只将其视为作者的个人抒愤之作。

从《天问》文本内容来看，以上三种旧说均各具其合理的成分。首先，全诗可大致分为前后两个部分。前半部分 120 句，诗人自"遂古之初"开始，从开天辟地、日月运行、大地形态、川流走向，及鲧禹治水等自然史方面的传说一一提出自己的疑问。通过诗人的诘问，人们既可以从中了解到作者所呈现出的璀璨无比的远古神话世界，同时也可以体会到作者对于宏观宇宙的思考，对前人成说的质疑与否定。从"禹之力献功"至"易之以百两，卒无禄"为全诗的后半部分。从篇幅上看，这部分计 245 句，占全诗的篇幅的三分之二。从立意来看，它也是全诗的骨干部分。诗人通过对夏、商、周、春秋等历朝历代的传说与史实的种种诘问，对"天命反侧，何罚何佑？齐桓九会，卒然身杀"、"皇天集命，惟何戒之？受礼天下，又使至代之"的深沉思

---

① （明）黄文焕撰，黄灵庚、李凤立点校：《楚辞听直》，上海古籍出版社 2019 年版，第 54 页。

② （清）王夫之：《楚辞通释》，上海人民出版社 1975 年版，第 46 页。

③ （清）王夫之：《楚辞通释》，上海人民出版社 1975 年版，第 46 页。

考，对败身亡国之惨痛教训的含义深永的陈述，均表达出对楚国未来命运的强烈担忧。最后，诗人以楚国的现状和自己的处境收尾，对楚国当权者的倒行逆施表达了无奈与愤慨。正如司马迁在为屈子作传时所言："夫天者人之始也……故劳苦倦极未尝不呼天也"。依王逸的记述，屈原写作《天问》之时，正是其彷徨于山泽之间，"嗟号昊旻"的愁苦之时。在这样的心境之下，诗人便以反问的形式，将内心的万种疑端向苍天、神明发问，也就是顺理成章的了。诗中的确流露了诗人的悲愤心情，但这仅是该诗反映出的一个方面，并未完全涵盖《天问》的创作主旨。相较而言，以王夫之为代表的"究理讽谏"说似乎较前两者更为深刻，也更贴近全诗的思想内容。也就是说，对历代兴衰史的发问与反思，才是本诗的主旨所在，即以历史观照现实，来讽谏楚国当权者救亡图存，可谓肯綮之言。

二、《天问》的"文义不次序"

关于《天问》"文义不次序"的问题，自王逸首次提出后就一直困扰着古往今来的读者和楚辞研究者。《〈天问〉章句》序曰："楚人哀惜屈原，因共论述，故其文义不次序云尔。"① 而以宋代洪兴祖为代表的许多学者均对此提出了异议，认为《天问》篇中并不存在王逸所谓的"不次序"的问题。洪兴祖《楚辞补注》云："王逸以为文义不次序，夫天地之间，千变万化，岂可以次序陈哉。"② 在洪氏看来，天地万物纷繁复杂、变化万千，要求《天问》叙事做到井然有序是不够现实的。陈深以为，《天问》全篇所疑所问"皆有法度"。王夫之对《天问》篇内在文理的分析亦颇为精当，如他所言，《天问》内容虽较为驳杂，但"自天地山川，次及人事，追述往古，终之以楚先，未尝无次序存焉"③。蒋骥、林云铭等人也认为全诗"条理秩然"、"序次甚明"，

---

① （宋）洪兴祖撰，白化文等点校：《楚辞补注》，中华书局 2015 年版，第 67 页。

② （宋）洪兴祖撰，白化文等点校：《楚辞补注》，中华书局 2015 年版，第 67 页。

③ （清）王夫之：《楚辞通释》，上海人民出版社 1975 年版，第 46 页。

可惜他们未进行更为详细的论证。相比之下，明人黄文焕对《天问》结构问题的研究则细致深入了许多，他提出的"穿插之奥"之解尤其启人思致。

黄文焕在《听天问》篇首即阐明了自己对于旧说的看法："王逸谓属屈子之题壁，楚人之所共述，故其文义多不次序。此论殊谬。……首末中间，作法井井，可谓不次序乎？"① 又指出了洪兴祖论述的不足，言洪氏"既知非不次序"，但"终未能得其次序之何在"。黄氏认为，《天问》虽难读，"诚知其次序中之变顺为逆，即逆是顺，字法如何，句法如何，段法如何，合字法、句法、段法以成章法如何，则读之了了矣"②。也就是说，如果从字法、句法、段法、章法入手进行剖析，那么《天问》之文义次序就会了然于胸了。从字法上看，全篇设问 171 处，"以'何'字、'胡'字、'焉'字、'几'字、'谁'字、'孰'字、'安'字为字法之变"③。陆侃如先生对此曾进行过统计，《天问》全篇疑问字使用的情况如下："何"字出现 124 次，"焉"字出现 14 次，"几"字 3 次，"谁"字 8 次，"孰"字 9 次，"安"字 13 次。从段法上看，"以或于所已问者复问焉，或于正论本论中，忽然错综他语而杂问焉，或于已问之顺序者复而逆问焉，以此为段法之变"④。字法、句法都较为易知，但段法之变化牵涉章法，而章法因"顺中之逆、逆中之顺，知其不易知"，因此，黄氏从"通篇之最顺者"入手，对《天问》的结构内容进行分析阐释。他将《天问》分为三个部分，即"天地之开辟"、"夏商周之治乱"，最后是"楚国之事"。由"勋阖"引出"荆勋"，"何以试上自予，而忠名弥彰"，以罪己结束全篇。

《听天问》云：

① （明）黄文焕撰，黄灵庚、李凤立点校：《楚辞听直》，上海古籍出版社 2019 年版，第 245 页。

② （明）黄文焕撰，黄灵庚、李凤立点校：《楚辞听直》，上海古籍出版社 2019 年版，第 245 页。

③ （明）黄文焕撰，黄灵庚、李凤立点校：《楚辞听直》，上海古籍出版社 2019 年版，第 245 页。

④ （明）黄文焕撰，黄灵庚、李凤立点校：《楚辞听直》，上海古籍出版社 2019 年版，第 245—246 页。

自"遂古之初"至"乌焉解羽",纯言天地,乃插禹、鲧治水于分言天地之后,再言天地之先,施其顺中之逆。无禹继鲧,将天地平成,必不可冀。言禹、鲧仍言天地也。局虽逆而意未尝不顺,序次之工也。①

黄文焕将"羿焉弹日,乌焉解羽"作为问天地与问人事之界点,又阐释了中间插述鲧、禹治水之事的理由。若无禹继其父志,则天地上下必不会成为如今的平和之态,因此,表面看是言人,但实际仍是说天地,并未破坏文章原有的次序。在黄文焕看来,《天问》"布阵至大,布势至顺",如果句句皆顺,读来则会使人感觉"文字板直,意绪不惨",因而此诗布局谋篇错综而出,忽此忽彼,这也是出于打破文字板直之弊端的需要。

同样地,诗人在追溯夏史、商史、周之历史的时候也大体遵循了统一的范式,即先述一朝一族的起源,其取得政权的经过,中间插入神话传说,最后问其末世无道终致覆灭之事,后续则接以问新王朝的兴起。黄氏对夏、商、周之治乱史中插入的神话传说一一进行了仔细地分析与梳理。如诗人在追溯夏史时插入了"白蜺婴茀"等16句与夏史无关的内容。对于这种安排,黄文焕解释说:

承前禹、鲧,由"禹之力献功"至"鲧疾修盈",纯言夏代之兴而忽衰,为臣所篡;由"惟浇在户"至"汤何殛焉",纯言夏代之中兴而再衰,为汤所殛。兴亡两属顺言,乃插"白蜺婴茀"至"何以迁之"十六句于忽衰之后,中兴再衰之先,作一比兴,为顺中之逆。兴亡难料,犹之乎仙人倏死倏生,雨之骤起,鹿之殊形,鳌之戴与钓耳。虽言仙人物类,仍比兴夫兴亡也。局虽逆而意未尝不顺,又一次序之工也。②

---

① (明)黄文焕撰,黄灵庚、李凤立点校:《楚辞听直》,上海古籍出版社 2019 年版,第 246 页。

② (明)黄文焕撰,黄灵庚、李凤立点校:《楚辞听直》,上海古籍出版社 2019 年版,第 246 页。

黄氏认为，前后叙次夏事，以及于汤，将"白蜺婴茀"数句错综其间，是章法变幻破直之处。诗人是想借此表达国统无常、神仙难凭、物理不可定之意。而庄重论史之中又旁及其他，则是以仙人物类与兴亡为比兴之法，因此，章法形式虽看似错综，文意却仍旧连贯。总之，《天问》之所以采用插叙手法布局谋篇，一是出于章法需要，目的在于"破直"；二是出于主题需要，才使得文章貌似"忽为庄论，忽及旁"。黄氏此论较一味"正简"之解更为深切透辟。

在分析"妹嬉汤殛"中插叙的"舜闵二女"至"女娲孰制"12句，及"舜服厥弟"至"得两男子"两段文字时，《听天问》云：

> 承上"妹嬉何肆"，故言舜之二女，不告而娶，高辛简狄之筑台，床席之爱，亦人之常情耳。使桀不拒谏信谗，即有妹嬉为妃，与舜二女、高辛简狄何异？岂妹嬉妇流，而责其能治天下如女娲，方云无放肆哉？此顺承"何肆"之最明者。因妇女而及兄弟，则又顺承"何殛"之句。象杀兄而舜容之，桀即虐如象，汤独不能以臣而容君乎？太伯让其弟以王，汤独不可让其君之终王乎？顾殛之也，穿插之奥，视前禹、鲧、白蜺，又更进矣。①

对于这两段"错简"，他注大多专注于对诗中所载事件发生的先后顺序进行调整，而黄文焕则仔细揣摩作者意图，认为诗人此段是针对"女色亡国"论而发。黄氏指出，男女之欢乃是"人之常情"，如果桀不拒谏信谗，纵然有妹嬉在侧，也同样可以成为圣君仁主。而妹嬉如果可以同女娲一般，也就不必有"何肆"之问了。而从黄氏对《天问》中提到的夏之妹嬉、周之褒姒以及商之妲己这三位"惑主亡国"的"妖姬"的态度来看，他并不认同旧注

---

① （明）黄文焕撰，黄灵庚、李凤立点校：《楚辞听直》，上海古籍出版社 2019 年版，第247 页。

所谓的得女色以致失江山的看法。姑且不论此解正确与否，黄氏对于在夏、商两代交替之间穿插舜与女娲二问的解释最大限度地遵循了原作文序，分析缜密精当，论述亦完整，颇可备为一说。

对于夏商周三代兴衰史中插叙的部分，如将"该秉季德"至"不但还来"16句插入记述殷商伐夏一段，将"昏微有狄"4句插入夏代少康中兴的史实中，而在记述商朝始祖诞生的传说时，诗人又插入"眩弟害兄"4句，黄氏又做了较为合理的解释。《听天问》云：

> 重言中兴，为夏叹也。遇汤之卒殂，与未中兴之逢纂一也。后之圣王，前之奸臣，人品虽分，而其于夺夏，正不必分也。复言简狄，归之天意，生契，即伐夏之根也。此兴自彼废也。复言舜之容虐弟，以况夫臣之不肯容虐君也。语语讥征诛之懋德，而用复为藏也。"东巡"十二句，结汤伐夏之全局，乃咎尹之挑汤放伐，以为接入周代。"会朝争盟"，咎太公咎周公辅武放伐之相映，缝笋善连。既由武王以及昭、穆、幽、桓，周代之盛衰毕矣，复逆溯纠乱，以及生稷之预造周，文王之无由扶殷，仍以咎武终焉。三代治乱，历历道尽，可以径接"皇天集命，惟何戒之？受礼天下，又使至代之"之四句作总收矣，复逆插"伯林雉经"四句，见夫子受虐于父，惟有一死，乃臣受虐于君，而纷纷放伐也，何君臣之不如父子也。局逆而意最顺，又次序之工也。"集命使代"，原属总收，又单拈"初汤臣挚"四句，咎夫放伐之自汤始，武其踵行者也。单收仍是总收也。此中段之全局也。①

黄文焕特别对夏、商、周三代更替之始末提出了异于旧说的见解，对汤武的"微词"在《听天问》中也有所体现。他依循作品本身，对前代圣主贤

---

① （明）黄文焕撰，黄灵庚、李凤立点校：《楚辞听直》，上海古籍出版社2019年版，第247页。

王的相关记载作了较为客观的解读，展现了诗人对历史人物的理性评价。黄氏指出，尧、启、禹、汤等圣主贤君在屈子笔下并不是完美无缺的，他们在道德上、在事功上是存在着缺失的。特别是汤之伐夏、武之伐商等改朝换代之举其实都是不合道义的。汤之所以能够为伊尹、有莘所挑动，是因为汤有伐帝之心在前，也正是因为汤显露了自己的心意，伊尹和有莘才会选择汤。在判定汤伐桀之举的性质时，黄氏则说，"圣主亦伐君"，"以君臣之义，毋使篡杀借口"。为了掩盖自己的"不义之举"，汤以妹嬉作为借口，这种做法不只违背了君臣之义，甚至已经是以下犯上的篡杀了。

　　黄文焕对周武王的"仁义"也提出了质疑。其一，否定了八百诸侯不期而会之事。黄氏以为，既然有誓师活动，就表明此事并非所谓的受到异象指引，而是事先已有绸缪的。其二，周武王在夺取王位时"列击纣躬"，手段残忍。对此，黄氏注曰："既死矣又忍击之乎？'列击'谓非一人、非一击也，是周人尽凌其死君也。"[1]关于这一点，我们在贾谊的政论中也可看到相似说法。《新书·连语》曰："纣走还于寝庙之上，身斗而死……民观之者进蹴之，蹈其腹，蹙其肾，践其肺，履其肝。"[2]其三，武王以惑妇之事作为其灭商的借口，进而施行自己的伐纣之举，这与其"仁义形象"是背道而驰的，"君臣大义绝不容轻"。再依屈作文本本身来看，从诗人发问所用的"何所悒"、"何所急"等字样亦可知屈原对武王急于夺取政权，竟载着文王木主而东伐的行为表示不满。因此，黄氏的解读是十分贴合作品原意的。

　　在儒家正统思想的浸染下，王逸、洪兴祖等前代注家在解读《天问》时，多是突出圣贤的正面形象，极力掩盖圣贤的缺点。在经学体系下，旧注对屈原的怀疑批判精神存在着不同程度的抹杀。在解读的过程中，黄文焕则能较为充分地发掘诗人对传统观念及对历史人物的怀疑精神。屈原所处的战国时代是政治体制巨变、思想文化领域"百家争鸣"的社会大变革时期。新旧思

---

[1]　（明）黄文焕撰，黄灵庚、李凤立点校：《楚辞听直》，上海古籍出版社2019年版，第76页。

[2]　卢文绍：《贾谊新书》，上海古籍出版社1989年版，第41页。

想处在不断碰撞、融合的过程之中，在这样的历史条件下，人们对旧思想、旧观念重新加以审视与评判。黄文焕生于明代中后期，活跃于明清易代之际，这与屈原所处的战国末期的社会环境有着一定程度上的相似之处。在阳明心学狂潮的影响下，明人对社会历史进行了大胆的反思，在思想界、学术界形成了普遍的怀疑和批判精神。思想文化上的相似性使黄文焕更能接近屈原作品想要传达出的真实意旨。因此，黄文焕在解读《天问》之时对诗人的怀疑与批判精神多有阐发，更加彰显了《天问》散发出的理性光彩。

在分析全诗的最后一部分，即诗人在"概述楚恨"时又插入了"彭铿"至"易之以百两，卒无禄" 8 句，黄文焕指出：

> "勋阖"至末，专言楚事，而以阖庐之勋为始者，叹夫越能复吴仇，楚何以不能复秦仇也。顺言之，则当直接"薄暮雷电"十三句，概详楚恨，顾又逆插"彭铿"至"易之以百两，卒无禄"八句，以叹夫怀之死，为天所怒，不蒙寿，不蒙固，不蒙祐喜，而归恨夫秦之暴焉。①

黄氏认为，屈子在痛陈楚国现实时又作插叙，是叹悼怀王之终不得归，最终客死于秦之事。诗人不敢明言，是有心避谗之举。虽言其他，但皆是围绕"悲怀王之死于秦，愤顷襄之不能复仇于秦，忧楚之将终折于秦"展开论述。正如黄文焕所言，"句句逆，依然句句顺也"，王逸未能透析作品本意才会有"文义不次序"之谬误。

此外，黄文焕从命题立意的角度也阐释了"次序"问题：

> 余于次序之外，尤深咀之于命题。《离骚》、《远游》皆言登天，务写其厌世之怀，借幻志快。此篇从言天中又换题目，创拈"问"字以写

---

① （明）黄文焕撰，黄灵庚、李凤立点校：《楚辞听直》，上海古籍出版社 2019 年版，第248 页。

其不敢咎人，但当咎天之意。緣实抒愤，不曰问天，而曰天问，立题甚奥。王逸以为"天尊不可问，故曰天问"，非也。原盖曰：天当自问耳，犹之乎"诏西皇使涉余"、"倚阊阖使望余"之旨也。世间一切治乱，倚伏颠倒，及诸怪诞之事物，皆天所为。非天自问其何故，人之智，岂能解之？人之力，岂能尸之哉？人无緣问，天不肯自问，一时千古，只共昏迷愤极，亦哑极矣。①

此段虽是黄氏于次序之外对《天问》命题的讨论，但仔细推敲，命题与文章缘何"不次序"紧密相关。细参其意，诗人一连串的思考与发问，恰恰是"咎天之意"、"愤极哑极"之情使然。品笺中虽有多处直解为"隐指顷襄子兰"，此解未免太实，但从"命题"角度阐释"文义不次序"问题的尝试对后世研究者不失为一种启发。而黄氏提出的"合三大段四无可答与隐指两端以读《天问》，而后《天问》之愤情始出，始末之错综始直"的见解，则是对司马迁"悲其志"与王逸之论的继承与发明，无疑是正确之解。

三、《天问》注释研究

在《天问》注释方面，黄文焕继续吸收王、洪、朱三家注本的经典解读，在旧注基础上或加以翔实阐发或细致甄别、去伪存真；虽然某些解释倾注了过多的个人情感，亦多掺杂己事强为之说，但其识断独到，往往能发前人所未及，许多见解颇有新意。故本节将黄文焕对《天问》的训释情况作具体考察，并重点关注黄氏对旧本注释的继承与发明及其中的悖谬之处。今举例如下：

（1）"鸱龟曳衔，鲧何听焉"，王逸《楚辞章句》注："言鲧治水，绩用不成，尧乃放杀之羽山，飞鸟水虫曳衔而食之，鲧何复能不听之乎？"②洪兴

---

① （明）黄文焕撰，黄灵庚、李凤立点校：《楚辞听直》，上海古籍出版社 2019 年版，第 248 页。

② （宋）洪兴祖撰，白化文等点校：《楚辞补注》，中华书局 2015 年版，第 71 页。

祖《补注》:"此言鲧违帝命而不听,何为听鸱龟之曳衔也?《天对》云:'方
陟元子,以胤功定地。胡离阙考,而鸱龟肆啄。'"① 朱熹《楚辞集注》:"鸱
龟,事无所见。旧说谓鲧死为鸱龟所食,鲧何以听而不争乎?特以意言之
耳。详其文势与下文应龙相类,似谓鲧听鸱龟曳衔之计而败其事,然若且顺
彼之欲,未必不能成功,舜何以殛刑之乎?然若此类无稽之谈,亦无足答
矣。"② 黄文焕《楚辞听直》注:"鸱龟曳衔者,飞鸟亲高,水族就下,类既各
殊,性亦各逆,欲使之互相衔曳而不相违,必无之理也。言鲧之治水不知用
顺而逆也,《国语》称其'堕高堙卑'。以高为卑,则是欲鸱下而从龟,龟曳
鸱以入也。以卑为高,则是欲鸱龟仰而从鸱,鸱衔龟以飞也。何听者,不知
鲧之何故而取法于是也。顺欲成功者,不违高卑之势而从水之性也。鸱龟互
相曳衔则逆。鸱还鸱性,龟还龟性,则顺。功自可成,刑法何所加,而鲧顾
昧之也。"③ 旧注对"鸱龟曳衔"的解释并不清楚。黄氏以"堕高堙卑"为鲧
的治水方法,此解对后世研究者启发甚大。清人毛奇龄《天问补注》解"鸱
龟曳衔"为"鲧筑堤",即是在黄氏之说的基础上进一步作了补充说明。

(2)"闵妃匹合,厥身是继"二句,旧注均训"闵"为"忧","言禹所
以忧无妃匹者,欲为身立继嗣也"④。黄文焕则将"闵妃"发挥为"闵民",注:
"闵妃者,禹以治水为闵民者也,先娶而后出,是闵民不如闵妃也。闵妃之
匹合倍于闵民之陷溺也"⑤。黄注特别强调禹先娶而后出治水,是"闵妃之匹
合倍于闵民之陷溺"。他发挥了王逸、朱熹"欲为身立嗣"之解,进一步道
出禹"家天下"的萌芽已初显,较旧注更具深意。

(3)"覆舟斟寻,何道取之"二句,王逸《楚辞章句》注:"言少康灭斟

① (宋)洪兴祖撰,白化文等点校:《楚辞补注》,中华书局 2015 年版,第 71 页。
② (宋)朱熹撰,李庆甲校点:《楚辞集注》,上海古籍出版社 1979 年版,第 54—55 页。
③ (明)黄文焕撰,黄灵庚、李凤立点校:《楚辞听直》,上海古籍出版社 2019 年版,第
58—59 页。
④ (宋)洪兴祖撰,白化文等点校:《楚辞补注》,中华书局 2015 年版,第 76 页。
⑤ (明)黄文焕撰,黄灵庚、李凤立点校:《楚辞听直》,上海古籍出版社 2019 年版,第
64 页。

寻氏，奄若覆舟，独以何道取之乎？"①洪兴祖补注："《左传》云：'有过浇杀
斟灌，以伐斟寻，灭夏后相。'注云：'二斟，夏同姓诸侯，相失国，依于二
斟，为浇所灭。'然则取斟寻者，乃有过浇，非少康也。《天对》云：'康复
旧物，寻焉保之？覆舟喻易，尚或艰之。'承逸之误也。"②朱熹《楚辞集注》
云："斟寻，国名也。杜预云：'斟灌、斟寻，夏同姓诸侯，相失国，依于二
斟，为浇所灭，其子少康为虞庖，正有田一，成有众一，旅遂灭过殪祀夏，
配天下不失旧物也。'旅谓一旅五百人也。覆舟，言夏后相已倾覆于斟寻之
国，今少康以何道而能复浇乎？"③黄文焕《楚辞听直》注曰："浇灭相而覆
其舟。少康灭浇与夏、汤复代其后，是又覆其舟也。何厚何取者，少康之得
民甚厚，汤何以更厚，少康之取国甚工，汤何以更工？故为疑讶之言。见夫
少康之道，若子孙世守不失，汤未能厚之取之也。"④旧注均未对"何道取之"
加以详释，而黄氏注不仅仅局限于少康一事，而是将其置于历史链条中，将
"浇灭相，少康灭浇"与"夏、汤复代其后"综合考量，指出"子孙失守"
才是政权复代的原因，补益了旧注之缺失。

（4）"妹嬉何肆，汤何殛焉"二句，王逸、朱熹的注解基本一致，均认
为桀得到了妹嬉而纵情沉溺于美色中，才终为汤所放。黄文焕则将桀被汤所
放的原因归结为桀自己失德，而并非全属妹嬉之过，即"美色害政，惑者自
惑"。《楚辞听直》注："伐蒙何得，得一妹嬉，以亡其国，是为有得乎？无
得乎？伐人乎？自伐乎？于是又庄言之曰，美色害政，惑者自惑。桀实失
德，非复一端。纵肆之罪，岂但一妇人，故曰妹嬉何肆。宽喜之辜，所以甚
桀之罪也。"⑤黄氏与王、朱二家的观点截然相反，他否定了"女色亡国"的

①　（宋）洪兴祖撰，白化文等点校：《楚辞补注》，中华书局 2015 年版，第 80 页。
②　（宋）洪兴祖撰，白化文等点校：《楚辞补注》，中华书局 2015 年版，第 80 页。
③　（宋）朱熹撰，李庆甲校点：《楚辞集注》，上海古籍出版社 1979 年版，第 54—55 页。
④　（明）黄文焕撰，黄灵庚、李凤立点校：《楚辞听直》，上海古籍出版社 2019 年版，第 68 页。
⑤　（明）黄文焕撰，黄灵庚、李凤立点校：《楚辞听直》，上海古籍出版社 2019 年版，第 69 页。

说法，且质疑了王注的缺漏。黄注曰："王逸解为桀得妹嬉，肆其情欲。纣宠妲己，莫由讥谏，其于两何字，作何着落乎？"①在黄文焕看来，前人在解《天问》时忽略了文本中起到重要作用的疑问词，而误以陈述句进行注解。而考《天问》整篇作品可知，诗人都是在以一种怀疑、反问的语气发问。从这点来看，黄氏的解读较旧注更为合理。

同样，黄文焕对"女色亡国"的否定一以贯之地出现在其注解之中。如"周幽谁诛，焉得夫褒姒"，旧注皆以为周幽王宠信惑妇褒姒，"遂为身杀"。黄文焕则注："至于幽王，尤有异者，数定于数百年之前，而祸应于数百年之后。龙漦既经三代，童谣亦非一日。因童谣而执卖桑箕之人，因被执而反收弃掷之女，此真天也。然使幽王不诛褒人，则褒人不赎罪，此女终不入王宫，又焉能得之？因得褒姒而卒为犬戎所杀，王之诛褒人谁乎？自诛而已。"②黄氏强调，是周幽王自己失德在先，褒姒才得以进入王宫，才有了后面周幽丧国被诛。他又将一系列的历史事件作为前因后果做了进一步假设：周幽王如果没有杀害褒人，那么褒人也就无须为了赎罪，把褒姒敬献给周朝。褒人敬献褒姒虽是导致周朝灭亡的直接诱因，但一朝覆灭的根本原因绝不在于女色，君主施行暴政，失德、失民心才会招致亡国。黄氏的注解着眼于事物的内在联系，抓住了事件变化发展的根本原因，分析入情入理，理解阐释亦较旧注深刻。当然，这与黄文焕自己所处的时代与个人际遇等诸多因素有着深刻的关联。

黄文焕在"殷有惑妇，何所讥"下注曰："放伐之际，不得不借口于此"。在黄氏看来，所谓的"女色亡国"不过是放伐者为师出有名而寻的借口。夏商周的覆灭并非全因妹嬉、褒姒、妲己三人所致，所以不该把亡国的责任推给她们。基于这样的观点，黄氏又分析了楚国的郑袖，认为郑袖释放张仪之

---

① （明）黄文焕撰，黄灵庚、李凤立点校：《楚辞听直》，上海古籍出版社 2019 年版，第69 页。

② （明）黄文焕撰，黄灵庚、李凤立点校：《楚辞听直》，上海古籍出版社 2019 年版，第77—78 页。

事只是让秦楚两国埋下了怨结，罪责自然远轻于妹嬉等人。在《楚辞听直》注文中，黄氏也多次表达了"疏原者王之信上官，非郑袖之罪也"、"郑袖之罪轻，诸谗之罪重也"的见解，屈原被楚王疏远乃至流放，主导因素是权臣进谗，而并非全因郑袖。《诗经·正月》云："赫赫宗周，褒似灭之"，《国语·晋语》亦云："妲己有宠，龄是乎与胶两比而亡殷"。屈原在《天问》中对女色亡国的质疑和批判，打破了当时的传统观念，而自比为屈原异代知音的黄文焕也确实最得屈子本心。

　　（5）"尧不姚告，二女何亲"二句，王逸《楚辞章句》注："姚，舜姓也。言尧不告舜父母而妻之也。如令告之，则不听尧，女当何所亲附乎？"[1]《楚辞补注》曰："《孟子》曰：'舜不告而娶，为无后也，君子以为犹告也。'又，《万章》曰：'舜之不告而娶，则吾既得闻命矣。帝之妻舜而不告，何也？曰帝亦知告焉，则不得妻也。'伊川程颐曰：'舜不告而娶，固不可。尧命瞽使舜妻，舜虽不告，尧固告之尔。尧之告也，以君治之而已。'"[2]朱熹调合了王、洪二家之说，注曰："姚，舜姓也。问舜孝如此，父何以不为娶乎？尧妻舜而不告其父母，二女何自而与之相亲乎？程子曰：'舜不告而娶，固不可。尧命瞽使舜娶，舜虽不告，尧固告之尔，尧之告也，以君治之而已。'"[3]黄文焕则以为，舜"不告而娶"，虽有悖儒家礼法，但不妨害其为圣帝，国运日下的根本原因是君主失德，而并非"尽属妇人之罪"。黄氏笺注云："舜之父母何故不为娶也？尧不姚告者，疑圣人之急于从权，何故无禀命而遽亲也。"[4]将"尧不姚告"的原因归结于"圣人急于从权"，以暗斥君王听谗失德。此解对旧注有所补益。

　　（6）"恒秉季德，焉得夫朴牛？"王逸、洪兴祖皆释"朴牛"为大牛，《楚

---

① （宋）洪兴祖撰，白化文等点校：《楚辞补注》，中华书局 2015 年版，第 81 页。

② （宋）洪兴祖撰，白化文等点校：《楚辞补注》，中华书局 2015 年版，第 81 页。

③ （宋）朱熹撰，李庆甲校点：《楚辞集注》，上海古籍出版社 1979 年版，第 62 页。

④ （明）黄文焕撰，黄灵庚、李凤立点校：《楚辞听直》，上海古籍出版社 2019 年版，第 69 页。

辞章句》注:"朴,大也。言汤常能秉持契之末德,修而弘之,天嘉其志,出田猎,得大牛之瑞也。"①《楚辞听直》注:"恒秉季德者,美康之德始终如一,无有初鲜终之叹也。朴,鞭朴也。'焉得夫朴牛'者,即承上'牧夫牛羊'之说也。以牧正之官而复得天下,机缘疑属意外,故以此致问何所得也。"②黄文焕训"朴"为"鞭朴"。"朴"通"扑",取击、打之意,如《史记·刺客列传》:"举筑朴秦皇帝"、《酷吏列传》:"水衡阎奉朴击卖请"。《山海经·大东荒经》:"王亥托于有易、何伯仆牛。有易杀王亥,取仆牛。"③王亥托身于河伯为其服牛。黄注于训诂有据,故可通。

(7)"何亲就上帝罚,殷之命以不救"二句,《楚辞章句》注:"上帝,谓天帝也。言天帝亲致纣之罪罚,故殷之命不可复救也。"④洪兴祖《楚辞补注》:"此言纣为无道,自致天讨,故不可救也。《天对》云:孰盈癸恶,兵躬殄祀。"⑤《集注》云:"言纣醢梅伯以赐诸侯,文王受之以祭告语于上帝,帝乃亲致纣之罪罚,故殷之命不复可救也。"⑥黄文焕延用朱熹注,以"文"为周文王,释"亲"为"文欲亲代殷受罚",《楚辞听直》注:"亲就上帝罚者,帝欲罚殷。文之意则欲代殷受罚,亲就之不肯避也。烹其子,囚其身,就非一矣,卒不能救殷之命也。文王竭忠事纣,卒无以存纣。屈原竭忠事怀,卒无以存怀。原殆自比于文耶?"⑦黄氏将屈原与文王作比,寄寓其"无以存怀"的悲痛之心,更将屈子"千古忠臣第一人"的形象凸显得淋漓尽致。

(8)"何感天抑地,夫谁畏惧"二句,王逸注:"言骊姬谗杀申生,其冤

① (宋)洪兴祖撰,白化文等点校:《楚辞补注》,中华书局 2015 年版,第 83 页。

② (明)黄文焕撰,黄灵庚、李凤立点校:《楚辞听直》,上海古籍出版社 2019 年版,第 73 页。

③ (晋)郭璞注,毕沅点校:《山海经》,上海古籍出版社 1989 年版,第 106 页。

④ (宋)洪兴祖撰,白化文等点校:《楚辞补注》,中华书局 2015 年版,第 89 页。

⑤ (宋)洪兴祖撰,白化文等点校:《楚辞补注》,中华书局 2015 年版,第 89 页。

⑥ (宋)朱熹撰,李庆甲校点:《楚辞集注》,上海古籍出版社 1979 年版,第 69 页。

⑦ (明)黄文焕撰,黄灵庚、李凤立点校:《楚辞听直》,上海古籍出版社 2019 年版,第 80 页。

感天，又谗逐群公子，当复谁畏惧也。"①洪兴祖、朱熹基本遵循王注。黄文焕将"感天"、"抑地"发挥为申生之"悲冤为天之所怜"，极言申生之冤。其注曰："感天者，悲冤为天之所怜也。抑地者，自抑而委魄于重泉也。夫何畏惧者，孝子之义不敢指斥受谗，与父争辨，以伤父心，一死自甘，非有畏惧而后死也。"②又将"畏惧"解为申生尽孝父之义而不忍指斥谗言，令父亲伤心。黄氏注较旧注笃实、具体。

（9）"彭铿斟雉，帝何飨?"王逸、洪兴祖均释"斟雉"为作"雉羹"之味。《楚辞章句》注曰："彭煙，彭祖也，好和滋味，善斟雉羹，能事帝尧，尧美而享食之。"③《楚辞补注》云："斟，勺也。《神仙传》云：'彭祖姓篯，名铿，帝颛顼之玄孙，善养性，能调鼎，进雉羹于尧。尧封彭城，历夏经殷至周，年七百六十七岁而不衰。'"④黄文焕见解与前人不同，曰："斟雉，王逸以为铿好滋味，善斟雉羹，且以帝为帝尧，与'受寿'二语不相合，晦菴辟其谬，而终不得其解。以《庄子》'鸟申'之说⑤，《鬼谷》五禽之法绎之，则斟雉当为养生之术，谓斟酌于此也。"⑥黄氏旁征博引，将"斟雉"释为古之健身延年之戏，颇有新意。

（10）"薄暮雷电，归何忧"中，王逸、洪兴祖均认为"归何忧"之人是屈原自己。"薄暮雷电"句，王逸以为实写，说屈原作毕《天问》，意欲离去时已是日暮十分，雷雨交加之时。洪兴祖则认为此句是屈原暗喻自己年老却不为君所重。《楚辞章句》注："言屈原书壁所问略讫，日暮欲去，时天大

---

① （宋）洪兴祖撰，白化文等点校：《楚辞补注》，中华书局 2015 年版，第 89—90 页。
② （明）黄文焕撰，黄灵庚、李凤立点校：《楚辞听直》，上海古籍出版社 2019 年版，第 82 页。
③ （宋）洪兴祖撰，白化文等点校：《楚辞补注》，中华书局 2015 年版，第 90 页。
④ （宋）洪兴祖撰，白化文等点校：《楚辞补注》，中华书局 2015 年版，第 90 页。
⑤ 《庄子·刻意》："吹呴呼吸，吐故纳新，熊经鸟申，为寿而已矣，此道引之士，养形之人，彭祖寿考者之所好也。"
⑥ （明）黄文焕撰，黄灵庚、李凤立点校：《楚辞听直》，上海古籍出版社 2019 年版，第 84 页。

雨雷电，思念复至。自解曰：归何忧乎？"①《楚辞补注》云："薄暮，日欲晚，
喻年将老也。雷电，喻君暴怒也。归何忧者，自宽之词。"② 黄文焕则认为，
"归何忧"是明指怀王之不归，《楚辞听直》注："薄暮雷电，则行者路迷胆摇，
然苟得归家，复何所忧乎？悼怀之永不归。"③ 根据黄氏的推断，屈原创作
《天问》的时间应在怀王初死时，此时屈原尚未放逐，故"不得归"是叹悼
怀王死于秦而不得归楚。黄氏言之成理，持之有故，此解可备为一说。

如前所述，黄氏著书多因寄寓自身感慨，常掺杂己事而强为之说，故其
注中存有不少悠谬之处，今举几例观之。

(1)"启棘宾商，《九辩》《九歌》"二句，王逸《楚辞章句》注："棘，陈也。
宾，列也。《九辩》《九歌》，启所作乐也。言启能备修明禹业，陈列宫商之音，
备其礼乐也。"④《楚辞补注》："《史记》：契佐禹治水有功，封于商，兴于唐、
虞、大禹之际。此言宾商者，疑谓待商以宾客之礼。"⑤ 朱熹疑"棘"、"商"
为篆文误字，《楚辞集注》："窃疑棘当作梦，商当作天，以篆文相似而误也。
盖其意本谓启梦上宾于天，而得帝乐以归，如《列子》、《史记》所言周穆王、
秦穆公、赵简子梦之帝所，而闻钧天广乐，九奏万舞之类耳。"⑥《楚辞听直》
注："棘，犹亟也，《诗》所谓'匪棘其欲'之棘也。宾，陈也。商，略也。
《九辩》、《九歌》即禹所云'《九叙》《九歌》'也。以所叙列者明辩而不容混，
故曰辩也。言启亟于缵禹之绪，陈列而商略此九者也。"⑦《周礼·天官·大
宰》有"二曰嫔贡"，郑注："嫔，故书作宾。"⑧ 可知，古字"宾"与"嫔"

① （宋）洪兴祖撰，白化文等点校：《楚辞补注》，中华书局 2015 年版，第 91 页。
② （宋）洪兴祖撰，白化文等点校：《楚辞补注》，中华书局 2015 年版，第 91 页。
③ （明）黄文焕撰，黄灵庚、李凤立点校：《楚辞听直》，上海古籍出版社 2019 年版，第 85 页。
④ （宋）洪兴祖撰，白化文等点校：《楚辞补注》，中华书局 2015 年版，第 77 页。
⑤ （宋）洪兴祖撰，白化文等点校：《楚辞补注》，中华书局 2015 年版，第 77 页。
⑥ （宋）朱熹撰，李庆甲校点：《楚辞集注》，上海古籍出版社 1979 年版，第 60 页。
⑦ （明）黄文焕撰，黄灵庚、李凤立点校：《楚辞听直》，上海古籍出版社 2019 年版，第 65 页。
⑧ （汉）郑玄注：《周礼注疏》上册，上海古籍出版社 2010 年版，第 52 页。

可通。《说文通训定声》释"商"为"帝"之误字,"帝,天也"。故"宾商"当为献嫔于天。《山海经·大荒西经》:"西南海之外,赤水之南,流沙之西,有人珥两青蛇,乘两龙,名曰夏后开。开上三嫔于天,得《九辩》与《九歌》以下。此大穆之野,高二千仞,开焉得始歌《九招》。"郭璞注:"嫔,妇也。言献美女于天帝。"①朱熹注应为正解,王氏、洪氏注及黄注皆失。

(2)"该秉季德,厥父是臧",《楚辞章句》注:"季,末也。臧,善也。言汤能包持先人之末德,修其祖父之善业,故天佑之,以为民主也。"②《楚辞补注》:"曰:《天对》云:该德胤考,蓐收于西,爪虎手钺,尸刑以司匿。《左氏传》:少皞氏有四叔:曰重、曰该、曰修、曰熙。使该为蓐收,世不失职,遂济穷桑。宗元所云谓此也。按此当与下文相属,下云弊于有扈,则秉季德者,谓夏启也。该,兼也。言能兼秉大禹之末德,犹曰恒秉季德耳,恒岂亦人名乎?"③《楚辞听直》注:"季,稚幼也。传国多仗长君。少康为相之遗腹,非属伯仲之列。乃德足兴夏,故曰'秉季德'也。"④"该"应指"亥",亥为殷人先祖,其事迹见《山海经》,《山海经·大荒东经》:"有人曰王亥。两手操鸟,方食其头,王亥托于有易河伯仆牛,有易杀王亥,取服牛。"郭璞注说:"殷王子亥宾于有易而淫焉,有易之君绵臣杀而放之,是故殷主甲微假师于河柏以伐有易,遂杀其君绵臣也。"季为亥之父,即甲骨文及《史记·殷本纪》中的"冥"。王国维《殷卜辞中所见先公先王考》:"卜辞人名中又有'季'。其文曰:'辛亥卜,□贞,季□求王。'又曰'癸已卜之于季。'又曰'贞之于季。''季'亦殷之先公,即冥是也。"⑤黄氏将其释为"少康之德",又以"季"为"幼小",似误解。

---

① (晋)郭璞注,毕沅点校:《山海经》,上海古籍出版社1989年版,第113页。

② (宋)洪兴祖撰,白化文等点校:《楚辞补注》,中华书局2015年版,第83页。

③ (宋)洪兴祖撰,白化文等点校:《楚辞补注》,中华书局2015年版,第83页。

④ (明)黄文焕撰,黄灵庚、李凤立点校:《楚辞听直》,上海古籍出版社2019年版,第72页。

⑤ 王国维:《王国维手定观堂集林》,浙江教育出版社2014年版,第220页。

（3）"天式纵横，阳离爰死"二句，《楚辞章句》注："言天法有善阴阳纵横之道。人失阳气则死也。"①《楚辞集注》云："旧注引《仙列传》云：'崔文子学仙与王子侨，子侨化为白蜺而婴茀，持药与之。文子惊怪，引戈击蜺，因堕其药。俯而视之，子侨之尸也。须臾化为大鸟，飞鸣而去。'事极鄙妄，不足复论。"②《楚辞听直》注："文子既化蜺持药以与子乔，乃被击而堕，何所持之不固也？尸坠而死，又何匿之不臧也？是变化之术疏也。式，法也。仙术仰法乎天，所当纵横自如。今乃被击而阳死。阳死者，佯死也。离者，魂离而魄堕也。阳死之后乃始化为大鸟，其后既能化鸟以飞，其先又何堕体而死乎？则是可以变化于后，不能变化于先也，神仙犹有疏时，而况人哉！故以问也。"③黄文焕想表达天道纵横，"神仙犹有疏时"，人亦无可避之意，可通。但魂魄离散则谓之死，黄氏释"阳死"为"佯死"，则误。

（4）"昭后成游，南土爰底"，王逸释"成"为成王，"游"为出游，《章句》注："言昭王背成王之制而出游，南至于楚，楚人沈之，而遂不还也。"④洪兴祖以"斯游遂成"释"成游"，《楚辞补注》云："《左传》：齐候伐楚，曰：'昭王南征而不复，寡人是问。'对曰：'昭王之不复，君其问诸水滨。'注云：昭王，成王孙，南巡守，涉汉，船坏而溺。《史记》：昭王之时，王道微缺，南巡狩不返，卒于江上。其卒不赴告，讳之也。成游，谓成南征之游，犹所谓'斯游遂成'也。"⑤《楚辞集注》："昭后，成王孙。昭王，瑕也。成犹遂也。底，至也。昭王南游至楚，楚人凿其船而沈之，遂不还也。杜预云：'昭王南巡狩，涉汉，船坏而溺。'二说不同未知孰是。"黄文焕注："成游者，圣主省民，原有巡狩，昏主恣欲，只成其为游而已。"⑥昭王南征之事于《左

① （宋）洪兴祖撰，白化文等点校：《楚辞补注》，中华书局 2015 年版，第 79 页。
② （宋）朱熹撰，李庆甲校点：《楚辞集注》，上海古籍出版社 1979 年版，第 61 页。
③ （宋）洪兴祖撰，白化文等点校：《楚辞补注》，中华书局 2015 年版，第 67 页。
④ （宋）洪兴祖撰，白化文等点校：《楚辞补注》，中华书局 2015 年版，第 86 页。
⑤ （宋）洪兴祖撰，白化文等点校：《楚辞补注》，中华书局 2015 年版，第 86 页。
⑥ （明）黄文焕撰，黄灵庚、李凤立点校：《楚辞听直》，上海古籍出版社 2019 年版，第 77 页。

传》、《史记》皆有记载，可信。黄氏却释"成游"为"成其为游"，此解不知所云。又云："意者当昭之时，别有所征贡于楚，遂亲历楚地耶？"① 明显为漫衍无根之说。

又如，"舜服厥弟，终然为害。何肆犬豕，而厥身不危败"，"眩弟竝淫，危害厥兄。何变化以作诈，而后嗣逢长"数句，黄文焕注曰："此痛斥子兰之隐语也。原阻怀王以毋入秦，子兰坚劝其入，遂死于秦。是害怀王者子兰也。与象之谋杀舜一也。顷襄立而仍用子兰为令尹，不正其陷怀之罪，而反欲信其扶楚之才，天下事有倒置如此哉？然古已有之矣，舜之庇弟，有例存矣。"② 黄氏在注解中掺杂己事而强为之说，当属过度解读之误。诸如此类，不胜枚举。

第二节　《大招》和《招魂》研究

在"惊采绝艳，难于并能"的楚辞作品中，《招魂》无疑是可与《离骚》、《天问》鼎足而三的瑰丽奇崛之作。明人陆时雍曾赞《招魂》为"文极刻画，然鬼斧神工，人莫窥其下手处"。但在《招魂》与其姊妹篇《大招》的著作权、魂主、自招还是他招、招生人之魂还是亡灵之魂等一系列问题上，千余年来诸家各执一说，相关论述也如汗牛充栋，却始终未得统一，足见其复杂程度。黄文焕结合二《招》所述内容，又通过对屈赋其他作品相关内容的抽绎与分析，详细论列并提出"二《招》之概似屈原"之见，在楚辞学史上有首创之功。黄氏持论虽不全无疑，但亦存不少精彩解说且言之成理之处。本节首先对黄文焕以前诸家对二《招》作者归属问题的讨论进行简要梳理，并

① （明）黄文焕撰，黄灵庚、李凤立点校：《楚辞听直》，上海古籍出版社 2019 年版，第77 页。
② （明）黄文焕撰，黄灵庚、李凤立点校：《楚辞听直》，上海古籍出版社 2019 年版，第251 页。

在前人立论基础上，重点分析黄氏对二《招》著作权的阐释，分析其说的合理与悠谬之处。此外，黄文焕在《招魂》、《大招》的注释方面也提出了一些补益旧注或是优于前人的全新见解。当然，其中也有不少无端臆断之处。

一、关于二《招》作者的论争

（一）《招魂》的作者问题

有关《招魂》作者最早的记载出自《史记·屈原贾生列传》。太史公曰："余读《离骚》《天问》《招魂》《哀郢》，悲其志。"看似清楚简短的一句话自古以来却有着截然不同的解读，同时也揭开了诸家关于《招魂》作者论争的序幕。有学者认为，既然太史公将《招魂》与确定是屈原的其他作品并列举出，那么《招魂》自然也属屈作无疑，断没有将别人的作品打乱插叙其中的道理。另一方则主张，司马迁的这段表述不足以成为认定《招魂》作者的证据，司马迁只说读了上述作品"悲其志"，不能说明《招魂》的著作权一定为屈原所有。而自王逸开始就已有将《招魂》著作权判给宋玉的先例，《楚辞章句》云：

> 《招魂》者，宋玉之所作也。宋玉怜哀屈原忠而斥弃，愁懑山泽，魂魄放佚，厥命将落，故作《招魂》，欲以复其精神，延其年寿，外陈四方之恶，内崇楚国之美，以讽谏怀王，冀其觉悟而还之也。①

王逸的说法自东汉以来本无异议。刘勰、萧统、李善、朱熹、陈第、陆时雍、王夫之等屈辞名家均从其说。比如，朱熹明确将《招魂》认定为宋玉作品，《楚辞集注》云：

---

① （宋）洪兴祖撰，白化文等点校：《楚辞补注》，中华书局 2015 年版，第 159 页。

　　《招魂》者，宋玉之所作也。古者人死，则使人以其上服升屋履危，北面而号曰皋其复，遂以其衣三招之，乃下以覆尸，此《礼》所谓复。而说者以为招魂复魄，又以为尽爱之道而有祷祠之心者，盖犹冀其复生也。如是而不生，则不生矣。于是乃行死事，此制礼者之意也。而荆楚之俗乃或以是施之生人，故宋玉哀怜屈原无罪放逐，恐其魂魄离散而不复还，遂因国俗，讬帝命，假巫语以招之。以礼言之，固为鄙野，然其尽爱以致祷，则犹古人之遗意也。是以太史公读之而哀其志焉。①

　　朱熹以"哀怜屈原无罪放逐，恐其魂魄离散"、"荆楚之俗，讬帝命，假巫语"来解释宋玉招魂的缘由及招魂的手段，较王逸说更为翔实，亦为正解。至于梁人沈炯作的《归魂赋》序文中已出现"屈原著《招魂》篇"的说法。初唐卢照邻在《秋霖赋》中亦提及，"及夫屈平既放，登高一望，湛湛江水，悠悠千里。泣故国之长楸，见玄云之四起"，本是源于《招魂》"悬火延起兮玄颜烝"、"湛湛江水兮上有枫，目极千里兮伤春心"。② 王勃的《春思赋序》云："屈平有言：'目极千里伤春心'"。卢照邻和王勃显然是将《招魂》默认为屈原所作。有人曾提出这是诗人们的误记，但持类似的观点并不止于王勃等人，比如吴融在《楚事》序中有"屈原云'目极千里伤春心'，宋玉云'悲哉秋之为气'"，宋人吴开《优古堂诗话》也写有"然屈原《招魂》已尝云：'成枭而牟呼五白'"之语。《招魂》为屈作的说法在唐宋之际不绝如缕，多人对《招魂》作者的认定应该也不是空穴来风。力之先生通过对《山海经·海内经》有关内容以及《楚辞》在《七录》、《隋志》等书中归类情况的考察，认为这与梁至隋唐时期"《楚辞》者，屈原之所作"的认定有关。

　　至明代末期，宋玉为《招魂》作者的观点才开始遭到质疑，明人黄文焕首当其冲，他取司马迁之说，提出《招魂》乃为屈原自招的"首创性见解"③。

①　（宋）朱熹撰，李庆甲校点：《楚辞集注》，上海古籍出版社1979年版，第133页。
②　（宋）洪兴祖撰，白化文等点校：《楚辞补注》，中华书局2015年版，第172—173页。
③　潘啸龙：《〈招魂〉研究商榷》，《文学评论》1994年第4期。

《楚辞听直》云：

> 王逸谓《大招》系原自作，或曰景差，疑不能明也，未尝确然归之
> 景差也。晁无咎则称《大招》古奥，其为原作无疑。太史公曰读《离骚》、
> 《招魂》，悲其志，似乎《招魂》亦并属原作，不专指为宋玉也。①

关于黄文焕的具体观点，本书将在对二《招》研究的梳理后作进一步详细探讨，故此处暂不详述。不管怎样，黄文焕的观点影响甚深已然是不争的事实，清人王萌、林云铭、蒋骥、吴世尚、屈复、胡文英、姚培谦、夏大霖、刘梦鹏、许清奇、胡睿源、陈本礼、方东树、马其昶等；今人梁启超、郭沫若、游国恩、姜亮夫、陈子展，乃至日本的楚辞学者藤野岩友等诸位先生无不翕然从之。在"屈原作"阵营中，值得一提的要属清人林云铭。如果说黄文焕对自己所提的"屈原自招"说还心存犹疑，到了林云铭这里，就已十分确定地将《招魂》判定为屈原自招了。林氏以有关《招魂》作者的第一个重要记载——《屈原贾生列传》为切入点，直接向王逸的"宋玉作"说发难，提出：

> 试问太史公作屈原传赞云"余读《招魂》，悲其志"，谓悲原之志乎？
> 抑悲玉之志乎？此本不待置辩者。乃后世相沿不改，无非以世俗招魂皆
> 出他人之口。不知古人以文滑稽，无所不可，且有生而自祭者。则原被
> 放之后，愁苦无可宣泄，借题寄意，亦不嫌其为自招也！②

林云铭的观点非常具有代表性，也在根本上动摇了王逸的判断，也间接推动《招魂》为屈原自作的说法在很长一段时间内逐步占据主流地位。吴汝

---

① （明）黄文焕撰，黄灵庚、李凤立点校：《楚辞听直》，上海古籍出版社 2019 年版，第
259—260 页。
② （清）林云铭：《楚辞灯》，《楚辞文献集成》第十一册，广陵书社 2008 年版，第 7649 页。

纶受林氏说启发，在《文心雕龙·辨骚》篇中找到刘勰评价屈骚时所引，出自《招魂》的"士女杂坐，乱而不分"、"娱酒不废，沈湎日夜"等语，以此证明刘勰在作文时是对全部楚辞作品的总体评判，并非单指屈作，亦"不谓此篇为宋玉作矣"。

直至最近二三十年间，情况才再次出现逆转。有关《招魂》作者的归属问题呈现出此消彼长、新见频出的多元态势。但仅就作者问题来看，虽有非宋非屈说，然多臆测而实证不足，故仍以屈原作和宋玉作两派观点为主流。主屈和主宋两派的分歧主要集中在《招魂》篇首尾两部分使用的人称和叙述视角、招词部分所描写的豪华场面，以及对司马迁赞语"悲其志"的理解等方面。

首先，有学者围绕文中所用人称及叙述视角展开讨论。常森先生在他的著作中曾专门论述过这一问题。书中提到，自宋玉至汉代，出现过不少悼屈子兼抒己怀的辞作，这类文章"一方面从第一人称视角书写屈原的身世遭遇，一方面糅合作者自己的情感、评判与价值取向"[1]。而这种直接从第一人称的角度叙述他者的独特创作体式，就被称为"代言体"。宋玉的《九辩》有"愿一见兮道余意，君之心兮与余异。车既驾兮朅而归，不得见兮心伤悲"[2]。东方朔《七谏》有"窃怨君之不寤兮，吾独死而后已"、"怜余身不足以卒意兮，冀一见而复归"[3]。王褒《九怀》有"步余马兮飞往，览可与兮匹俦"、"横垂涕兮泫流，悲余后兮失灵"[4]。刘向《九叹》云："余思旧邦，心依违兮。去郢东迁，余谁慕兮。"[5] 诸家都大量采用了代言体悼怀屈原。也就是说，《招魂》以第一人称叙写"己"事的手法并不独为宋玉所用，不足以成为判定其作者的依据。

---

① 　常森：《屈原及楚辞学论考》，北京大学出版社 2016 年版，第 421 页。
② 　（宋）洪兴祖撰，白化文等点校：《楚辞补注》，中华书局 2015 年版，第 147 页。
③ 　（宋）洪兴祖撰，白化文等点校：《楚辞补注》，中华书局 2015 年版，第 195、203 页。
④ 　（宋）洪兴祖撰，白化文等点校：《楚辞补注》，中华书局 2015 年版，第 225 页。
⑤ 　（宋）洪兴祖撰，白化文等点校：《楚辞补注》，中华书局 2015 年版，第 239 页。

其次，坚持《招魂》为宋玉代屈原立言之作的一派认为，《招魂》主体部分中描绘的宫室园林、车马仆御、美衣玉食等事物中，"宫室之美，声色之奢"为王者之制，与屈原的身份不符，这也是部分论者否定《招魂》为屈原自作自招的重要依据。清人方东树认为："中间所陈荒淫之乐，皆人主之礼体，非人臣所得有也。"①即篇中所陈之乐、所述场面并不是身为人臣的屈原所应享有的礼制。现当代学者中，持此论者亦不在少数。姜亮夫先生云：

> 《招魂》的礼制，不是用于一般人的，而是诸侯以上的礼制，是王者之制，只能用于楚王……说《招魂》为屈原招怀王，不仅礼制上说得通，如陈列的物品是王者气象，吃的东西，住的宫殿，歌舞队的人数等都是王者之制；而且，长沙马王堆汉墓出土的帛画也可以说明。②

由此，在所招对象问题上又衍生出"屈原招楚怀王生魂"、"屈招怀王亡魂"、"宋玉招屈原"、"宋玉招顷襄王"等说法。但是，有学者质疑《招魂》中所叙内容是否真的为王者之制，并在其他先秦典籍与相关出土文物中找到证据加以驳正。如针对歌舞队的人数"二八齐容，其郑舞些"，王逸注"二八"为"二列"，"言大夫有二列之乐"，王逸注已明言此为大夫制，而非王制。《论语·八佾》有季氏"八佾舞于庭"。马融注曰："天子八佾，诸侯六，卿大夫四，士二。八人为列，八八六十四人。"③又《左传·隐公五年》："公问羽数于众仲，对曰：'天子用八，诸侯用六，大夫四，士二。夫舞，所以节八音而行八风，故自八以下。'公从之。于是初献六羽，始用六佾也。"④均可证实王逸说有文献可依。同样，通过相关文献与招词中对宫室、饮食、器物等描述的比对不难得知，上述事物未必只能君王所有。更重要的是，若真以礼

---

① （清）方东树：《昭昧詹言》，人民文学出版社 1984 年版，第 346 页。
② 姜亮夫：《楚辞今绎讲录》，北京出版社 1981 年版，第 78 页。
③ （清）阮元校刻：《十三经注疏》，上海古籍出版社 1997 年版，第 2465 页。
④ （晋）杜预：《春秋左氏经传集解》，上海古籍出版社 1997 年版，第 34 页。

制、格局观之，那么屈原作品中绝不乏过《招魂》之所陈者。《离骚》中有"麾蛟龙以梁津兮，诏西皇使涉予……驾八龙之蜿蜿兮，载云旗之委蛇"①。《惜诵》中有"令五帝以折中兮，戒六神与向服。俾山川以备御兮，命咎繇使听直"②。《涉江》中有"登昆仑兮食玉英，与天地兮同寿，与日月兮齐光"③。诸如此类，如此大气魄、高格局的诗句均出自屈原自传性作品中。如果以"礼制"来衡量，这些表述岂不更非人臣之礼了吗？既然屈原可以这样写，那么正如力之先生所言，"宋玉代屈原设言有同样格局之礼制，又如何非人君而不可"④。董楚平先生则从《招魂》采用的写作手法来解释这一问题，主张正如天地四方未必如文中所说的那么可怕一样，夸张内美外恶，是招词普遍采用的手法，故以招词所描绘的生活状况套上礼制的标尺来考量判定文章作者或招魂对象，这种出发点本身就是有问题的。

最后，围绕《史记》所载内容论争的两派将关注点集中在司马迁"悲其志"之说的"本意"。坚持屈原作《招魂》的一派认为，既然太史公将《招魂》与确定是屈原的其他作品并列举出，那么《招魂》自然也属屈作无疑，断没有将别人的作品打乱，再插叙其中的道理。比如郭沫若先生就曾驳正道，《招魂》夹在屈原的其他作品《离骚》、《天问》、《哀郢》之间，那么在司马迁的判断中，《招魂》也毫无疑问应是屈原的作品了。另外一派则提出，既然司马迁并未明言《招魂》为屈原所作，那么别人所作的可以体现屈原之"志"的文章和屈原自作的文章夹在一起叙述也不是全无可能的。汤炳正先生说：

> 主屈说的原始证据，只是《史记·屈传》；主宋说的原始证据，也只是王逸《章句》。此外双方皆无更多的东西。当然，平心而论，《史记》未明言《招魂》为屈作，而《章句》却确指《招魂》为宋作。在这一点

---

①　（宋）洪兴祖撰，白化文等点校：《楚辞补注》，中华书局 2015 年版，第 34—35 页。

②　（宋）洪兴祖撰，白化文等点校：《楚辞补注》，中华书局 2015 年版，第 94 页。

③　（宋）洪兴祖撰，白化文等点校：《楚辞补注》，中华书局 2015 年版，第 100 页。

④　力之：《〈招魂〉考辨》，《武汉教育学院学报》1997 年第 1 期。

上，宋作之说，确实占了上风。①

清人王邦采的论述指向性更强：

> 夫《史记》之文，疏而不密，宋玉《招魂》一篇，以其为屈子而作
> 也，遂连类及之，则所谓"悲其志"，即谓读玉之文而悲原之志，何不
> 可者？②

徐英称：

> 太史公特通言屈、宋之作，以悲屈原之志耳。读屈原自作，固可以
> 悲屈原之志；读宋玉哀屈之作，独不可以悲屈原之志乎？③

前人的分析很是切中要点，太史公读《招魂》而"悲其志"与"《招魂》
为屈原所作"并不可简单等同。因为宋玉也可以悲屈子之志，而代其设言，
体现屈原之志，"文为宋文，语为屈语"。又如《招隐士序》所言，"小山之
徒，闵伤屈原……故作《招隐士》之赋，以章其志也"④。很显然，"章其志"
是《招隐士》的作者淮南小山作赋以章屈原之志，而非小山章己之志。王逸
《九思序》云："自屈原终没之后，忠臣介士，游览学者读《离骚》、《九章》
之文，……高其节行，妙其丽雅。至刘向、王褒之徒……作赋骋辞，以赞其
志。则皆列于谱录，世世代代相传。"⑤同理，刘向、王褒等人作赋的目的是
赞屈原之志，所以后人读之同样像读《离骚》、《九章》那样，高屈原之节行，

---

① 汤炳正讲述，汤序波整理：《楚辞讲座》，广西师范大学出版社 2006 年版，第 72 页。

② （清）王邦采：《屈子杂文笺略》，康熙六十一年刻本。

③ 徐英：《楚辞札记》，钟山书局 1935 年版，第 193 页。

④ （宋）洪兴祖撰，白化文等点校：《楚辞补注》，中华书局 2015 年版，第 189 页。

⑤ （宋）洪兴祖撰，白化文等点校：《楚辞补注》，中华书局 2015 年版，第 259—260 页。

而绝不是高赋作者刘向、王褒的节行，以上表述与太史公读《招魂》"悲其志"如出一辙。因此，按王逸所说，宋玉作《招魂》与司马迁所说的读《招魂》"悲其志"并不相违。

此外，林庚先生对《招魂》篇有着全然不同的解读，认为对于《招魂》的作者和所招对象，未必只限于个人哀悼的作品。林先生认为，无论从《招魂》所记述的时间信息、作者自述，还是末尾乱辞中记叙的有关行猎的情节，都表明这应是一场在春日举行的，由君王亲自参与，规模盛大的"安礼亡魂"、"君临臣葬之礼"的盛典。但若不是个人哀悼的作品，而是祭祀仪式，那么王逸在《招魂章句序》中的那段话就完全被推翻了。王逸生活的年代较屈原不甚远，《楚辞章句》所叙《楚辞》各篇的作者又本自刘向父子。刘向必定是参考了汉代最为权威的资料作为编集《楚辞》的重要依据，虽说楚辞专家的话未必就是绝对真理，但若他们的话完全不可取，这也不大说得通。且王逸既身为校书郎，严谨审慎应为必须的职业素质，知之为知之，不知为不知。如序所见，于存疑者，王氏均已言明。如《招魂序》云"宋玉之所作也"，《大招序》中则说"《大招》者，屈原之所作也。或曰景差，疑不能明也"，《惜誓》注文前序曰："不知所作也。或曰贾谊，疑不能明也"等存疑式表述方式多可见于序中。可见，王逸在整理校对《楚辞》时，对各篇的作者是做过认真考证的。鉴于此，多数学者主张，王逸的见解至少不应在没有确凿证据证明《招魂》为他人所作的情况下妄自改之。

（二）《大招》的作者问题

《大招》是《招魂》的姊妹篇，然正如《招魂》作者悬而未决一样，关于《大招》的作者历来也是说法不一。王逸在《大招序》中也未提出明确的归属，虽然他对《大招》作者的交代倾向性非常明显，但其存疑的部分却引发了一场长达两千余年的纷争。《大招序》云：

> 《大招》者，屈原之所作也。或曰景差，疑不能明也。屈原放流九

> 年，忧思烦乱，精神越散，与形离别，恐命将终，所行不遂，故愤然大招其魂，盛称楚国之乐，崇怀、襄之德，以比三王，能任用贤，公卿明察，能荐举人，宜辅佐之，以兴至治，因以风谏，达己之志也。[①]

王逸的这段话读来也使人"疑不能明"，理解起来至少包含两种可能。也由此形成了屈原作与非屈原作两派意见：第一，《大招》为屈原所作。但也有人说是景差所作，王逸认为主张景差所作的证据"疑不能明"。如果作此理解，那么此段序中，除了交代作者情况之外，王氏对该篇写作背景、作者心境、创作动机的叙述视角显然都是围绕屈原而发的。屈原长期放流，"忧思烦乱，恐命将终"故而"愤然大招其魂"，寄望楚王明察事理，纳杰举贤，使其辅佐君王治国兴邦，是谓"达己之志也"。也就是说，除了"或曰景差，疑不能明"这句话外，其余所述均明确指向屈原。宋人晁补之亦认为，《大招》"词义高古，非原莫能及"。明人黄文焕认为，自《离骚》以下至《九章》，只有23篇，而"《九歌》虽十一，而当日定之以九，无由折为十一"，那么再合二《招》，就恰足25篇之数了。林云铭从黄氏之论，又将其说增补阐释，《楚辞灯》云："原自放流以后念念不忘怀王。冀其生还楚国，断无客死归葬，寂无一言之理。骨肉归于土，魂魄无不之。人臣以君为归，升屋履危，北面而皋，自不能已。特谓之大，所以别于自招，乃尊君之词也。"[②]此后，蒋骥、吴世尚、夏大霖、屈复、陈本礼、胡文英、廖平，今人陈子展、孙作云、殷光熹、赵逵夫、周炳高、黄凤显等学者均持此论。

王逸序的第二种理解是：《大招》为屈原所作，但也有可能是景差所作，王逸认为有关作者何人的证据都不够充足，因此认为作者"疑不能明"。由此而衍生出的反对作者为屈原者亦众。如唐人皮日休于作者问题也持两可态度。洪兴祖、朱熹也以这种理解为出发点，考索作者为景差的证据。洪兴祖

---

① （宋）洪兴祖撰，白化文等点校：《楚辞补注》，中华书局2015年版，第175页。
② （清）林云铭：《楚辞灯》，《楚辞文献集成》第十一册，广陵书社2008年版，第7671页。

以《汉书·艺文志》所载的"屈原赋二十五篇"为依据，认为既然《渔父》以上是为屈作，那么列于其下的《大招》恐怕就不是屈原作品了。但是《艺文志》的写作背景却是在秦火"燔灭文章，以愚黔首"之后，班固自己也说："书缺简脱，礼坏乐崩"，"书颇散亡，使谒者陈农求遗书于天下"。在这样的情况下，屈赋 25 篇究竟确指哪 25 篇？屈原的作品是否就只限于二十五之数？这都是难以确知的问题。与班固同时代的王逸对此就存有不同见解，在《楚辞章句》中，《离骚》之后，把《大招》算在内才得"凡二十五篇"之数。可见，以屈作篇数判定《大招》作者的方法是行不通的。

朱熹更是彻底否定了《大招》作者为屈原的可能性，将《大招》归入"续离骚"，并设法证明作者"决为"景差无疑。《楚辞集注》云：

> 《大招》不知何人所作，或曰屈原，或曰景差，自王逸时已不能明矣。……其谓景差，则绝无左验。是以读书者，往往疑之。然今以宋玉《大小言赋》考之，则凡差语，皆平淡醇古，意亦深靖闲退，不为词人墨客浮夸艳逸之态，然后知此篇决为差作无疑也。①

朱熹的话包含两层意思：一是说《大招》的作者从王逸之时就已无法查清，可能是屈原，也可能是景差。二是以宋玉《大小言赋》中景差的行文风格作比照，断定《大招》定为景差所作。但反观王逸的话，王逸只说"或曰景差"，并没有说"或曰屈原"，朱熹的话与王逸原文不能完全等同。而朱子所谓的"平淡醇古"、"深靖闲退"是这样的情形：

> 校士猛毅皋陶唁，大笑至兮摧覆思。据牙云，稀甚大，吐吞万里唾一世。
>
> 载氛埃兮乘剽尘，体轻蚊翼，形微蚤鳞。韦遑浮涌，凌云纵身。经

---

① （宋）朱熹撰，李庆甲校点：《楚辞集注》，上海古籍出版社 1979 年版，第 145 页。

由针孔，出入罗中。飘纱翩绵，乍见乍泯。

清人蒋骥曾对此提出质疑，认为朱熹判定作者所采用的依据并不严谨，《山带阁注楚辞·楚辞余论》云：

> 其梗概略具于此，夫岂宋玉景差之徒，好辞而不敢直谏者所能仿佛其万一哉？且《大小言赋》，本皆玉所著，意在假人以炫己长，因未必果出于诸人之口；即所谓差语，亦徒以谩词相竞，未见所谓平淡闲退，又可以是而决此篇为差作乎？①

诚如蒋氏所论，所谓景差的大小之言，不过就是借想象、夸张的手法与宋玉、唐勒等人互见高下以博取楚王的欢心罢了。这类游戏之作，充斥着浮夸、大而空泛之语，固为说客游士之陋习，实在品不出"平淡"、"醇古"之意味②。另外，就宋玉本身而言，其作品除《九辩》外，其他作品是否确属于宋玉，学界尚无定论，甚至有学者经考证后认为《文选》、《古文苑》中所收的署名宋玉的作品均为后人伪作③，其中就包括朱熹用来举证的《大小言赋》。如此，若以尚无确论的文章作为证明《大招》作者的证据的话，立论已经出现问题，由此而得出的结论可信度自然更是站不住脚了。

王夫之认为，"昭、屈、景为楚三族，屈子旧所掌理，受教而知深。哀其誓死，而欲招之，宜矣。则景差之说为长"④。除此之外，明人林兆珂、蒋之翘，清人王闿运、邱仰文、江有浩、徐天璋、王萌、胡濬源，民国徐昂，

---

① （清）蒋骥：《山带阁注楚辞》，上海古籍出版社1984年版，第243页。
② 参见殷光熹：《〈大招〉的作者及写作年代考辨》，《贵州文史丛刊》1985年第1期。
③ 《文选》所收的五篇：《风赋》、《高唐赋》、《神女赋》、《登徒子好色赋》、《对楚王问》。《古文苑》收入的六篇：《大言赋》、《小言赋》、《笛赋》、《讽赋》、《钓赋》、《舞赋》。还有一篇《高唐对》收入《全上古文》。以上这些作品，经章樵、王周运、刘大白、陆侃如等先生考证，认为无一篇是宋玉所作，均系后人伪托。
④ （清）王夫之：《楚辞通释》，上海人民出版社1975年版，第150页。

今人林庚、王泗原、方铭、许富宏等先生赞同此说。

清人吴汝纶虽未肯定《大招》的作者为景差，但其在论述这一问题时指出：

> 起言顷襄初政方明，魂无遥远，此讽君之婉辞也。后言三圭重侯，聪听，极于幽隐，无不雪之。冤魂可归而辅治也。文字古质，而义则视《招魂》为俭，奇丽亦少逊之。殆依仿《招魂》而为之者。①

吴氏认为，《大招》似仿《招魂》所作，文字风格亦不甚相同，故非屈原所作。

王邦采《屈子杂文笺略》云：

> 使屈子秉笔，自招招君，必有一种忠爱激楚之意，溢于笔墨之外，而不徒侈陈宴乐之丰，姑冶歌舞之盛，堂室苑囿之娱，为此劝百讽一，如杨子云之所讥也。②

王邦采认为，二《招》若是屈原自招或招君，那么文章中必然会流露愤激狷狂之态和屈作中一以贯之的爱国之志，而《大招》、《招魂》之中并没有体现这样的内容，因此当然不是屈原所作。

近代以来，学界又由古说衍生出"宋玉作说"、"汉人仿作说"等。梁启超先生认为，《大招》"明是摹仿《招魂》之作"，并非出自屈原之手，不必多辩。郭沫若、朱季海、游国恩、汤炳正等先生遂借此提出异于古籍文献中的说法，虽在具体认定何人所作方面存在分歧，举证材料也不尽相同，但诸位先生的观点大体一致。要之，诸家对于《大招》作者的疑问与否定屈原作

---

① （清）姚鼐撰，吴汝纶评点：《古文辞类纂》，中国书店 1986 年版，第 1120 页。

② （清）王邦采：《屈子杂文笺略》，康熙六十一年刻本。

的看法分歧主要集中在以下两个方面：一是认为《招魂》与《大招》两篇之间有诸多相似之处，两篇内容、形式雷同的作品不大可能同出自屈原笔下，以屈原的思想和才气更不可能为之，故《大招》当为摹仿《招魂》之作，甚至有人怀疑《大招》是一篇伪作。二是从《招魂》及《大招》的语体风格来看，《大招》的语体风格更和雅高古，风格既别于《招魂》，与屈原的其他作品也不相同，因此，两篇作品不会是一人所作。

黄凤显先生认为，产生上述分歧的主要原因是不明了楚地的招魂礼俗及其仪式，而这恰恰是考察二《招》作者不应忽视的环节。《招魂》和《大招》分属一个仪式的两个部分，分别对应不同时地、不同需要所举行的仪式。而招魂之辞因为用途所限，应该是遵循着一定的创作原则。无论是内容还是形式，甚至在某些词语的使用上都存在规范，不能完全凭作者自由创作。与此相关，二《招》的语体风格各异也就可以理解了，故语体风格并不能作为判定作者的依据。

如果把《大招》与屈原的其他作品，特别是《离骚》的相关内容加以比照就会发现：《大招》在一些重要的政治观点及态度上，与屈原此前在作品中所表达的政治诉求与美政理想有着高度的一致性。比如，屈原在《离骚》中多次推崇诸如尧舜、禹、汤、文、武等"举贤授能"的人君典范时尝言："昔三后之纯粹兮，固众芳之所在"、"汤禹俨而抵敬兮，周论道而莫差"。《大招》篇中同样可见作者对明君圣主的热情呼唤："魂乎归来，尚三王只"。屈子将"圣德之行"视为政教伦理之本，强调"皇天无私阿兮，览民德焉错辅"。《大招》中也可见对"名声若日，照四海只。德誉配天，万民理只"的盛赞。《离骚》渴望当权者"举贤而援能"；《大招》则以"尚贤士"、"禁苛暴"、"举杰压陛，诛讥罢只。直赢在位，近禹麾只。豪杰执政，流泽施只"回应。《离骚》尝云："世混浊而不分"、"世混浊而嫉贤"，《九章》亦有"世混浊而莫余知"、"世混浊而莫吾知"、"忠何罪以遇罚兮"、"得罪过之不意"等句，均是诗人对楚国现实社会，尤其是上层社会不分美丑善恶的强烈抨击，进而强调治国必须修明法度，"循绳墨而不颇"，以求君明臣正、赏善罚恶的清明之治。屈子的这种政教伦理追求在《大招》中同样有所体现，即"先威后文，善美明只。魂乎归来，赏罚当只"，诗人痛彻心扉的现实遭遇，一生苦苦追寻而终不可得的美政理想只能在作品中得以实现。由此可见，《大招》作者对屈原的人生遭遇、处世态度、政教追求等情况是十分熟稔的，他深知以何招之是对屈子最具吸引力的关键所在。试问能与屈原此前作品高度契合，又如此深知屈子本心之作，除了屈原自己，还有谁能达到如此地步呢？

二、黄文焕的"二《招》皆属屈原"说

黄文焕在《招魂》与《大招》的著作权问题上并未囿于前人旧说。他结合二《招》所述内容，通过对屈赋其他作品相关内容的考辨，首次将两篇作品的作者全都归为屈原，这一论断对其后的楚辞研究者产生了极大的影响。以下将对黄氏的二《招》作者研究加以辨析，找出其合理与疏漏之处。

《听二〈招〉》是黄文焕研讨《招魂》《大招》作者及文意的专篇论文，黄氏在篇首详细阐述了自己对于《招魂》与《大招》作者归属的看法。他先是细数了前代研究中较具代表性的观点或说法，云：

> 王逸谓《大招》系原自作，或曰景差，疑不能明也，未尝确然归之景差也。晁无咎则称《大招》古奥，其为原作无疑。太史公曰读《离骚》、《招魂》，悲其志，似乎《招魂》亦并属原作，不专指为宋玉也。前人之未专决之，后之人何由坚定之？徒曰未有魂而自招者，乌得不归诸他乎？夫原不曰"魂一夕而九逝"乎？逝矣，何得不招？原不曰"道思作颂，聊以自救"乎？自救矣，何讳自招？①

---

① （明）黄文焕撰，黄灵庚、李凤立点校：《楚辞听直》，上海古籍出版社 2019 年版，第259 页。

通过比较王逸、晁补之及司马迁在《屈原贾生列传》中的有关论述，黄氏认为，既然王逸、司马迁均未确然将《大招》与《招魂》的作者认定为景差、宋玉，那么前代某些注家在没有详细论证的情况下将作者归为某一方的做法就是无端臆测，屈原无法自招的说法也是没有细读屈原在作品中的自述而产生的误解。对于上述做法，黄氏均一一予以驳斥。在简要评价前人研究成果之后，黄文焕详细阐述了自己将二《招》作者尽归之屈原的理由。《听二〈招〉》云：

> 余谓二《招》之概似屈原，有数端焉。《大招》之终曰"尚三王只"，如此大本领，超夏商周而欲为二帝之治，非原不能道也。原之作《怀沙》，曰"孟夏"，使诸弟子招之，必当从死月以立言，今二《招》之辞俱在，《大招》发端曰"青春受谢"，"春气奋发"，《招魂》之殿末曰"献岁发春，汩吾南征"，曰"目极千里兮伤春心"，均不及夏月。读《九章》，曰"愿春日"，曰"开春发岁"，曰"仲春东迁"，原之被放，实以春候。盖当出门之日，即为决死之期，魄存而魂散久矣，夫是以指春而两自招也。是则以时日证之，而似可定其为原作也。……因《九辩》之言夏秋，而愈知二《招》之言春，似属原所自作也。《离骚》共二十五篇，今合《骚》、《远游》、《天问》、《卜居》、《渔父》、《九歌》、《九章》，只二十三耳。《九歌》虽十一，而当日定之以九，无由折为十一，则于二十三之中，再合二《招》，恰足二十五之数焉。是又以篇计之，而愈似乎原之自作也。必曰二《招》属其弟子所作，将招之于死后耶？何以不溯死月之属夏，而概言春？将曰招之于生前耶？既疑"招魂"为不祥之语，非原所肯自道，乃以弟子事师，于师之未死而遽招其魂，以死事之耶？其为不祥，又岂弟子所敢出口耶？此余所以于续《离骚》概去之，而只留二《招》也。以二《招》之似出于原，有此数端，足以合于王逸、太史公之言也。①

---

① （明）黄文焕撰，黄灵庚、李凤立点校：《楚辞听直》，上海古籍出版社 2019 年版，第260 页。

　　黄文焕以二《招》为屈原所作，其论列之证据有以下四个方面：其一，从篇中语气之格局来看，"尚三王"这样如此大气魄的话只可能出自屈原之口。其二，从作品所记的时间信息来看，二《招》言春，春为屈原决死之期，言春，而不及夏月，屈原"孟夏"作《怀沙》，为其绝笔。宋玉招屈原之魂则应在夏月，但反观宋玉的《九辩》之中，只言夏秋而未言春，"盖原死于夏，故其弟子之感怀从秋也"①。故以时日推测，二《招》"似属原所自作也"。其三，招魂为不祥之语，"于师之未死而遂招其魂"，与弟子事师之道不合。其四是以篇目为证，屈作二十五篇，此前黄氏将《九歌》十一篇合之为九，合《离骚》、《远游》、《天问》、《卜居》、《渔父》、《九章》凡二十三，再合《大招》、《招魂》恰成二十五篇之数。

　　黄文焕从多个角度阐释了自己的观点，乍看上去思路也较为严密，但若仔细揣摩便不难发现，黄氏之说不全无疑。首先，关于"尚三王"，黄氏称"尚三王，而所重在射礼之揖辞让，直欲升三王于二帝，代征伐为揖让，尤有微意"②。这样解读虽有些过度，但春秋战国时代士人对三王的崇尚则是毋庸置疑的。无论儒家还是道家，无不以自己的领会歌颂三王，屈原可以推崇三王，宋玉自然也可以。《九辩》中就有"尧舜之抗行兮，瞭冥冥而薄天"、"尧舜皆有所举兮，故高枕而自适"的辞句，其气魄与屈赋中称述圣王之语并无多大差别。

　　其次，屈原绝笔之作究竟是否为《怀沙》，犹未可确知。关于这一问题，我们在黄文焕的《九章》研究一章中也已有讨论。既然《怀沙》未必为屈原最后所作，其曰"孟夏"，也就未必为屈原死期了。正如业师方铭先生所说，屈原的生平事迹只有大致的线索，其生年死月的精确日期已无法得知，至于民间关于其生卒年的传闻，司马迁并未采纳，自然是因为真实度并不甚高，

―――――――――――

① （明）黄文焕撰，黄灵庚、李凤立点校：《楚辞听直》，上海古籍出版社 2019 年版，第 260 页。

② （明）黄文焕撰，黄灵庚、李凤立点校：《楚辞听直》，上海古籍出版社 2019 年版，第 189 页。

因此无以为据。

第三，招魂未必就是人死之后才可招其魂。魂魄离散谓之死，人死后魂魄出窍而升天，若将其魂招回至人间，游离于人世，岂不成了游魂野鬼一般。《招魂》外陈四方之险恶，内崇楚地之美，招魂返于故土，必是因为失魂之生人尚在楚国而生命未止，而绝不是此人已死而招其亡魂附体，这样做也是没有意义的。至于宋玉为屈原招魂是否合乎弟子事师之礼，朱熹曾说到，宋玉哀怜屈原，"恐其魂魄离散"，故因荆楚之俗而施之生人。朱熹的意思很清楚，招生人之魂或许为楚地之俗。屈原无罪见放，"心烦虑乱，不知所从"，"颜色憔悴，形容枯槁"，"被发行吟泽畔"，宋玉哀怜其师，为其招魂应是出于善心的习俗，并不关涉无礼或不祥之意。

第四，黄文焕将《九歌》十一篇合为九篇是否合适尚可商榷。自刘向父子典校经书，定《楚辞》为16卷，《汉书·艺文志·诗赋略》亦本刘向父子辑录诗赋的成果加以汇编。而《艺文志》中采纳"屈原赋二十五篇"是自《离骚》至《大招》，说"宋玉赋十六篇"，将《招魂》纳为其中的说法，应是在辑录之时经过一番认真审定，择取可信度较高的说法予以收录的。不过，黄氏的观点也并非是无端臆断。因为在唐宋之际的书法作品中，如欧阳修《旧拓唐欧阳率更令正草〈九歌〉千文》与米芾书《九歌》中均未见收录《国殇》、《礼魂》二篇。可见，黄文焕对《九歌》篇数的处理方式应是经过一番考证的。即便如此，也无法找出更多的证据去证明黄氏合篇的做法全然无误，所以这一论据的支撑也未必尽然。

另外，在表述上，黄注中多见"似"、"似乎"、"似可"之类游移之词，其注解中甚至还曾流露出宋玉悲屈原之志而作《招魂》之意，如在"高堂邃宇，槛层轩些"至"离榭修幕，侍君之闲些"一段笺注中出现了"抑何玉之善言布置也"、"此玉之微旨也"之语；在《招魂》"人有所极，同心赋些"句下注"玉之为原深悲也"；乱辞中"婵青兕"诸句下注"此玉之悲惊隐语也"。在《听二〈招〉》中，黄氏又明言"然余所绎二《招》，尤在其用意。不知其用意，则即为原之自作，无益也。知其意，则即归之景差、宋玉，仍如原之自作也"①。若黄氏笃信《大招》、《招魂》为屈原自作,则必不会出现"即归之景差、宋玉,仍如原之自作"的话了。《听二〈招〉》作于《招魂》、《大招》注数年之后,黄氏对二《招》作者著作权的判定并未随着时间和研究的深入而确凿,此类表述虽出现次数不多,也足见黄氏持论之游移。

不过,黄文焕对二《招》文意的分析确有不少精彩之处。他认为,二《招》之所重并不在前人所解之"矜庄斗艳",而是别有关窍。"至庄之论,至艳之语,皆从至惨之中托根敷叶,层叠以致其愈惨"②,又云"其间一字落纸,万泣盈胸,与二十五篇来历相对,正反相钩,发想布序,步步相因,必不可移易"③。黄氏的理由是,"倘可移以招他人,为忠魂通用之套,则理虽庄,腐理耳,词虽艳,浮词耳"④,必然无法传达出屈子文心之惨、经历之痛。因此,黄氏主张将屈作 25 篇一一对勘,以求详释二《招》之意。黄文焕曰:

> 朱子所许《大招》,在颇知政体。观其末段,先"孤寡"而后及"人阜昌",不首无告,无以惠众民也。先一邑之"人阜昌",而后及"万民理",不由治国,无以平天下也。阜昌必本之"田千畛",不重农使可富,无以保昌也。"万民理"必归之"尚贤士",不仕贤,无与共理也。贤士尚,而后俊者、杰者、直者,始皆为吾用,而又亟言"诛讥罢",讥罢之小人不诛,则苛暴不得禁,德泽章者将复晦,贤俊进者将复阻,人阜昌者将复残,万民理者将复隔,流泽何能终施乎? 三公九卿何得晏然无事,修礼射之雍容乎? 又乌在其为能追三王乎? 此真经济先后,灿然心

---

① (明) 黄文焕撰,黄灵庚、李凤立点校:《楚辞听直》,上海古籍出版社 2019 年版,第 261 页。

② (明) 黄文焕撰,黄灵庚、李凤立点校:《楚辞听直》,上海古籍出版社 2019 年版,第 261 页。

③ (明) 黄文焕撰,黄灵庚、李凤立点校:《楚辞听直》,上海古籍出版社 2019 年版,第 261 页。

④ (明) 黄文焕撰,黄灵庚、李凤立点校:《楚辞听直》,上海古籍出版社 2019 年版,第 261 页。

手，岂但颇知而已！①

　　黄氏对《大招》文意的理解亦可谓灿然明了，正如其论："先言孤寡存，乃及人阜昌、万民理，是王政必先大本领，不明不能行仁"②。首先，存孤寡是儒家王制的重要元素，也是儒家政教伦理的基本诉求之一。《礼记·王制》："少而无父者谓之孤，老而无子者谓之独，老而无妻者谓之矜，老而无夫者谓之寡，此四者天民之穷而无告者也。"《礼记·礼运》："使老有所终，壮有所用，幼有所长，鳏寡孤独废疾者，皆有所养。"阐述了儒家理想"大同"社会的基本特征。再看"人阜昌"，孔子曾与子路谈治民之策，应以"庶"之为先，再继之以"富"与"教"；梁惠王与孟子讨论国民多寡的问题，感慨"邻国之民不加少，寡人之民不加多"；《墨子》中也记述了古代圣王如何使人口增殖的办法。可见，春秋战国时期，人民阜昌是国力强大、政治清明的直接体现。在黄文焕看来，"田千畛"就是要达到"每一邑而皆灿然于千畛之田"，那么"野无不辟，民无不农"，人民自然可以"阜昌"。孟子主张，"夫仁政，必自经界始"，有地可种，人民才能安居乐业，"明君制民之产，必使仰足以事父母，俯足以蓄妻子，乐岁终身饱，凶年免于死亡，然后驱而善之"③。又云，"春省耕而补不足，秋省敛而助不给。入其疆，土地辟，田野治，养老尊贤，俊杰在位，则有庆，庆以地。入其疆，土地荒芜，遗老失贤，掊克在位，则有让"④。可见，土地问题也是当时极为重要的保民措施。由此可知，《大招》中"田邑千畛"绝非泛泛无所指，而是具有明确指向性的招魂之语。

---

① （明）黄文焕撰，黄灵庚、李凤立点校：《楚辞听直》，上海古籍出版社 2019 年版，第261 页。

② （明）黄文焕撰，黄灵庚、李凤立点校：《楚辞听直》，上海古籍出版社 2019 年版，第189 页。

③ 杨伯峻编著：《孟子译注》，中华书局 1960 年版，第 17 页。

④ 杨伯峻编著：《孟子译注》，中华书局 1960 年版，第 287 页。

"万民理"则再次凸显了以德治民、以德平天下的为政理念。屈原的德治思想在《离骚》中早有集中体现，即他所谓："皇天无私阿兮，览民德焉错辅。夫维圣哲以茂行兮，苟得用此下土。瞻前而顾后兮，相观民之计较。夫孰非义而可用兮，孰非善而可服。"①这一论述与孔子所宣扬的"为政以德，譬如北辰，居其所而众星共之"有着高度的关联。"诛讥罢"更是圣贤所倡导的人才选拔的重要标准，孟子一贯主张"不信仁贤则国空虚"，君主必须重视、任用才德兼备之人，做到"贵德而尊士"，尊贤使能，使"俊杰在位"。将德与才作为用人的准则，唯有如此，才能富国强民。正如黄文焕所论，讥罢不诛，"则苟暴不得禁，德泽章者将复晦，贤俊进者将复阻，人阜昌者将复残，万民理者将复隔，流泽何能终施乎？三公九卿何得晏然无事，修礼射之雍容乎？又乌在其为能追三王乎"②。表明人才在国家建设各环节中起到的根本性的决定作用。而"尚贤士"更是屈子毕生执着却始终未能达成的夙愿，屈子在其作品中多次提到那些举贤授能的前代圣王，就是祈望楚王能够以尧舜禹汤文武等明君为楷模，聚"众芳"以辅之。

此外，黄文焕将屈原作品中的相关表述一一标明了其与所招事项的对应关系，论曰：

　　余所推许于对勘，一一可改，则末段之政体，确有相因者。因夫"傲朕辞而不听"，"戒六神与向服"，"命咎繇为听直"，故招之曰"听若神"。因夫"终不察民心"，上"无度"以察下，"莫察余之衷"，"独鄣壅而蔽隐"，"身幽隐而备之"，"何寿夭兮在余"，故招之曰"尚贤士"。因夫诽俊疑杰之庸态、伏清白以死直，故招之曰"举杰压陛"、"豪杰执政"、"直赢在位"。因夫屡言尧舜、屡谈夏商周、追前王之踵武，故招

① （明）黄文焕撰，黄灵庚、李凤立点校：《楚辞听直》，上海古籍出版社 2019 年版，第 16 页。
② （明）黄文焕撰，黄灵庚、李凤立点校：《楚辞听直》，上海古籍出版社 2019 年版，第 261 页。

之曰"尚三王"。①

如此对勘，的确可知"政体理解之非腐，所招之非泛也"。黄氏认为上述事项对屈子之魂无疑有着十足的吸引力，故其品曰："以此为招，而魂之本怀——恰慰，有不蹶然起、勃然来哉！"②黄氏所引无疑是阐明了《大招》所招之事物的高度针对性。

综观黄文焕对于二《招》作者的讨论，在大部分学者认为二《招》作者另有其人的情况下，黄文焕仍然坚持将二《招》作者属之屈原，并在晁补之、司马迁二家论述的基础上做了充分的补充和论述。黄氏论说虽不全无疑，但其说之中确存不少言之成理之处。亦有不少学者根据黄文焕的观点界定屈原作品并据此限定《楚辞》篇目，足见其说的可取之处及其影响之深。

三、《大招》和《招魂》注释研究

在二《招》的注释方面，黄文焕继续吸收王、洪、朱三家的经典注解，同时又能在旧注基础上或进行深入阐发或细致甄别、去伪存真；虽然某些解释倾注了过多的个人情感，亦多掺杂己事强为之说，但其识断独到，往往能发前人所未及，许多见解颇有新意。故本节将黄文焕对《招魂》与《大招》两篇的训释情况作具体考察，并重点关注黄氏对旧本注释的继承与发明及其注解本身的悠谬之处。今举例如下：

（1）《大招》"容则秀雅，稚朱颜只"二句，王逸《楚辞章句》注："则，法也。秀，异也。稚，幼也。朱，赤也。言美女仪容闲雅，动有法则，秀异

---

① （明）黄文焕撰，黄灵庚、李凤立点校：《楚辞听直》，上海古籍出版社 2019 年版，第 261—262 页。
② （明）黄文焕撰，黄灵庚、李凤立点校：《楚辞听直》，上海古籍出版社 2019 年版，第 190 页。

于人，年又幼稚，颜色赤白，体香洁也。"① 朱熹《楚辞集注》未有所发明。黄文焕注曰："容则秀雅者，容既美而合乎法则也，姿既秀而又兼乎大雅也。秀易而雅难，是则眉目朱颜中所尤相映发者也。"② 容美而合度，姿秀而兼大雅，则美人在皮更在骨。黄氏在前注的基础上极意发挥、阐释，体会深刻又兼具韵味。

（2）《大招》"易中利心"，王逸注："言复有美女，用志滑易，心意和利，动作合礼，能顺人意，可以自侍也。"③《楚辞集注》："易中利心，皆敏慧之意。"④ 黄文焕注："易，平易也。平易其中而和其心，性情之可喜也。妇人之心多险毒而少平易，多躁戾而少温和。前言心曰'浩潆'，此又曰'和易'，惟广大故能和易，惟和易故征其广大。广大者，心之内藏；和易者，心之外见也。"⑤ 黄氏训"易"为"平易"，以"易中"、"和心"对文，取妇人性情温和宁静、心胸宽广之义。黄氏说把美女内心的平易与伶俐阐释得更为透彻。

（3）《大招》"田邑千畛，人阜昌只"二句，王逸《楚辞章句》注："田，野也。邑，都邑也。阜，盛也。昌，炽也。言楚国田野广大，道路千数，都邑众多，人们炽盛，所有肥饶，乐于他国也。"⑥ 朱熹《楚辞集注》："田，野也。邑，居也。《周礼》：'九夫为井，四井为邑。'畛，天上道也。阜，盛也。昌，炽也。"⑦ 黄文焕注："田邑千畛者，每一邑而皆灿然于千畛之田，则野无不辟，民无不农，阜昌固可立致也。"⑧ 旧注只对文句做了字面上的解释，

---

① （宋）洪兴祖撰，白化文等点校：《楚辞补注》，中华书局 2015 年版，第 180 页。
② （明）黄文焕撰，黄灵庚、李凤立点校：《楚辞听直》，上海古籍出版社 2019 年版，第 185 页。
③ （宋）洪兴祖撰，白化文等点校：《楚辞补注》，中华书局 2015 年版，第 180 页。
④ （宋）朱熹撰，李庆甲校点：《楚辞集注》，上海古籍出版社 1979 年版，第 151 页。
⑤ （明）黄文焕撰，黄灵庚、李凤立点校：《楚辞听直》，上海古籍出版社 2019 年版，第 185 页。
⑥ （宋）洪兴祖撰，白化文等点校：《楚辞补注》，中华书局 2015 年版，第 182 页。
⑦ （宋）朱熹撰，李庆甲校点：《楚辞集注》，上海古籍出版社 1979 年版，第 151 页。
⑧ （明）黄文焕撰，黄灵庚、李凤立点校：《楚辞听直》，上海古籍出版社 2019 年版，第 189—190 页。

但黄文焕的解读更多结合了儒家的重农保民思想，阐释较旧注更贴近文意。

（4）《招魂》"蓖蔽象棋，有六搏些。分曹并进，遒相迫些"，王逸注："投六箸，行六棋，故为六簿也。言宴乐既毕，乃设六簿，以蓖蔽作箸，象牙为棋，丽而且好也。"①《楚辞集注》："蓖，竹名。蔽，行。搏，箸也。《博雅》云：'投六箸，行六棋，故为六簿也。'言宴乐既毕，乃设六搏，以篦簵作箸，象牙为棋也。曹，偶也。遒，亦迫也。投箸行棋，转相遒迫，使不得择行也。"②黄文焕云："六簿分曹者，乐既终而以呼白为助饮也。铿摇与楔，则乐既终而复作也。乐再作而饮不休，则'费白日'者又费长夜。故亟继之曰'沉日夜'也。"③黄文焕承袭旧注，认为"六搏"、"分曹"虽然都属于游戏，但目的不只是行棋博采，而是为了佐酒助饮。在黄氏看来，博戏是为下文"铿钟摇虡"、"娱酒不废"、"费白日"、"沉日夜"铺垫的。黄注阐释更生动，也更深入。

（5）《招魂》"酎饮尽欢，乐先故些"，王逸注："故，旧也。言饮酒作乐，尽己欢欣者，诚欲乐我先祖及与故旧人也。"④《楚辞集注》："先故，旧事也。陈婴母曰'汝家先故未曾贵'是也。"⑤黄文焕注："乐先故者，相乐之怀先故旧也。君臣之道不可得明，姑尽欢以销愁。眷恋于同心故旧之间，毋以魂离魄僵，添谗人之见快而已。"⑥黄氏以"君臣之道不可得"解释"怀先故旧"的原因，借乐以销愁。魂离魄僵徒增谗人之快而已，黄文焕将旨意阐释得更加透彻。

（6）《招魂》"目极千里兮伤春心"，王逸《楚辞章句》注："言湖泽团平，

---

① （宋）洪兴祖撰，白化文等点校：《楚辞补注》，中华书局 2015 年版，第 170 页。

② （宋）朱熹撰，李庆甲校点：《楚辞集注》，上海古籍出版社 1979 年版，第 142 页。

③ （明）黄文焕撰，黄灵庚、李凤立点校：《楚辞听直》，上海古籍出版社 2019 年版，第 201 页。

④ （宋）洪兴祖撰，白化文等点校：《楚辞补注》，中华书局 2015 年版，第 172 页。

⑤ （宋）朱熹撰，李庆甲校点：《楚辞集注》，上海古籍出版社 1979 年版，第 143 页。

⑥ （明）黄文焕撰，黄灵庚、李凤立点校：《楚辞听直》，上海古籍出版社 2019 年版，第 201 页。

春时草短，望见千里，令人愁思而伤心也。或曰：荡春心。荡，涤也。言春时泽平望远，可以涤荡愁思之心也。"① 朱熹《楚辞集注》云："目极千里，言湖泽博平，春时草短，望见千里，令人愁思也。"② 黄文焕注："伤春心者，历岁递迁，不知易几四时，而昔者被放之春日，炯炯难忘，如昨日事也。则凡所伤者，皆春心也。"③ 黄氏的注解大体承袭旧注。但是他将此句前的"湛湛江水兮上有枫"释为"原之去郢以春，故为追遡之日曰'发春南征'也"，即将伤春心之根由与屈原被放的时节联系在一起，强调屈原遭谗见放犹在昨日，痛心之事历历在目。屈子心境与春景形成了巨大反差，悲怆之心愈加凸显，黄氏因自身的相似经历，体会较前注更为深刻。

黄文焕在词句释义方面虽不乏可取之处，但鉴于明代整体学风与黄氏注骚动机的影响，注本中亦出现不少脱离文献依据的主观臆测甚至乖谬之处，试举几处观之：

（1）《大招》"煎鰿臛雀，遽爽存只"，王逸注："遽，趣也。爽，差也。存，前也。言乃复煎鲋鱼，臛黄雀，敕趣宰人，差次众味，持之而前也。"④ 朱熹《集注》："鰿，小鱼也。遽爽存，未详。"⑤ 黄文焕则注曰："爽存，谓爽脆之致有于此也。遽爽存者，同一鲫雀之恒味，一经煎臛，味遽有殊也。"⑥ 先秦时期，"爽"尚无"爽脆"义，如《诗·卫风·氓》有"女也不爽，士贰其行"，《毛传》注："爽，差也"。《国语·周语》："言爽，日反其信"，韦昭注："爽，贰也"。《司马相如列传》："其何爽与？"裴骃《集解》引徐广曰："爽，差异也。"黄氏释"爽"为爽脆，无文献可据，其注误之。

---

① （宋）洪兴祖撰，白化文等点校：《楚辞补注》，中华书局 2015 年版，第 173 页。

② （宋）朱熹撰，李庆甲校点：《楚辞集注》，上海古籍出版社 1979 年版，第 144 页。

③ （明）黄文焕撰，黄灵庚、李凤立点校：《楚辞听直》，上海古籍出版社 2019 年版，第 203 页。

④ （宋）洪兴祖撰，白化文等点校：《楚辞补注》，中华书局 2015 年版，第 178 页。

⑤ （宋）朱熹撰，李庆甲校点：《楚辞集注》，上海古籍出版社 1979 年版，第 148 页。

⑥ （明）黄文焕撰，黄灵庚、李凤立点校：《楚辞听直》，上海古籍出版社 2019 年版，第 182 页。

（2）《招魂》"若必筮予之，恐后之谢，不能复用巫阳焉"，王逸《楚辞章句》注："谢，去也。巫阳言如必欲先筮问求魂魄所在，然后与之，恐后世怠懈，去卜筮之法，不能复修用，但招之可也。"① 朱熹《楚辞集注》："如必筮其所在，而后招以与之，则恐其离散之远，而或后之，以至徂谢，且将不得复用巫阳之技矣。"② 黄文焕注曰："不惟君上不能用，且不能考而知之，安得不堕殃苦哉？巫阳不肯从帝之筮，说得急甚。殃苦既长，魂魄久散，早一刻亦即一刻之帝恩也。"③ 又云："谢，逊谢也。待筮魂之所在，乃始下招予之，则有太后之恐，天下之人交逊谢而无所赖于巫阳矣。谢之一言，作者之冷语。旧注俱连上作句，始费解而以为脱误，何尝脱误哉！"④《文选》潘岳《西征赋》："孟秋爰谢"，李善引王逸注曰："谢，去也。"曹植《朔风诗》："四气代谢"，李周翰注："谢，去也。"而"逊谢"为"道歉谢罪"、"谦让辞谢"义，《陈书·留异传》："败绩，退还钱塘，异乃表启逊谢。"《明史·焦竑传》："大学士陈于陛建议修国史，欲竑专领其事，竑逊谢。""恐后之谢"大意应为担心屈原魂魄散去，不能使之复生，并无谢罪或辞谢之义。黄注误解之。

（3）《招魂》"砥室翠翘"，王逸注："砥，石名也。《诗》曰：其平如砥。翠，鸟名也。翘，羽也。"⑤ 洪兴祖补注曰："《书传》云：砥细于砺，皆磨石也。《穀梁》云：天子之椁，斲之砻之，加密石焉。注云：以细石磨之。翘，鸟尾长毛也。"⑥ 黄文焕注："翠翘，插翠色之长羽以供玩也。"⑦《说文》："翠，

---

① （宋）洪兴祖撰，白化文等点校：《楚辞补注》，中华书局 2015 年版，第 160 页。

② （宋）朱熹撰，李庆甲校点：《楚辞集注》，上海古籍出版社 1979 年版，第 134 页。

③ （明）黄文焕撰，黄灵庚、李凤立点校：《楚辞听直》，上海古籍出版社 2019 年版，第 191 页。

④ （明）黄文焕撰，黄灵庚、李凤立点校：《楚辞听直》，上海古籍出版社 2019 年版，第 191 页。

⑤ （宋）洪兴祖撰，白化文等点校：《楚辞补注》，中华书局 2015 年版，第 164 页。

⑥ （宋）洪兴祖撰，白化文等点校：《楚辞补注》，中华书局 2015 年版，第 164 页。

⑦ （明）黄文焕撰，黄灵庚、李凤立点校：《楚辞听直》，上海古籍出版社 2019 年版，第 197 页。

青羽雀也。"《尔雅·释鸟》:"翠,鹬。"郭云:"似燕,绀色,生郁林。"《文选》左思《蜀都赋》"孔翠群翔",刘逵注:"孔,孔雀。翠,翠鸟也。"《汉书》"尉他献文帝翠鸟毛,然则鹬羽可以饰器物"。黄氏以"翠"为"翠色",此说误之。

第六章 《楚辞听直》之学术贡献

大凡易代鼎革之际，屈子皆呼之欲出，官场失意、落拓不偶之士多借注《楚辞》以寓其生不逢时、愤懑不平之气，明人黄文焕即属其列。黄文焕因受明末钩党之祸牵连，含冤下狱，在狱中注《楚辞》，并冠以"听直"之名，以皋陶自况，阳以听直于《楚辞》，实则听直于己之冤狱。而四库馆臣看到了这一点，称其"盖借屈原以寓感"，评价是书"大抵借抒牢骚，不必尽屈原之本意。其词气傲睨恣肆，亦不出明末佻薄之习也"①。四库馆臣的评价的确道出了部分事实，黄氏困厄于钩党之祸，狱中著书为黄道周与自己鸣不平，其托意固深。再者，受明代学术习气所染，黄氏论说中多有空疏不实及过于主观之言，故后人多以《楚辞听直》为"空疏"、"注我"之作。但从另一方面看，黄氏著书虽为抒愤，其"摧陷廓清之功，实不可没"。《楚辞听直》虽以探求大义为主，略于考证、训诂，但黄文焕在对各篇段落层次、艺术手法、语言技巧分析等方面均不乏精彩独到之处；其将屈原作品与史载资料相互印证，从而考索屈原的生平行迹及其作品的写作时地，提出了不少新见，也颇具影响，为后世开了很好的风气。刘献廷《广阳杂记》尝云："向予见《楚辞听直》一书，能使灵均别开生面。每出一语，石破天惊。虽穿凿附会不少，然皆能发人神智。"②《楚辞约注》两位著者高秋月、曹同春对《楚辞听直》的评价甚高，评注《楚辞》时甚至独取王逸、

---

① （清）刘献廷著，汪北平、夏志和点校：《四库全书总目》，中华书局2003年版，第1270页。

② （清）永瑢等撰：《广阳杂记》，中华书局1957年版，第213页。

朱熹、黄文焕三家注，言"晦翁注后四百三十余年，而有黄坤五先生出，复作《楚辞听直》，发明《天问》之意以推屈子之死靡悔之隐衷。且据《史记·屈原传史》定其篇次，与夫《大招》《招魂》之为原自作，其言确而可信"①。是书提出的诸多创说，也是其特色与价值所在，黄氏研骚之功是不应忽视的。

第一节　评注并行的诠释模式

正如前文所述，《楚辞听直》成书于明末清初的历史大变革时期，黄文焕的注书风格、体式及其观点都深深地刻上了时代的烙印。明代心学及文学评点之风的盛行，再加上黄文焕个人际遇等因素成就了此书作者独特的解骚视角与特有的注释体例。

《楚辞听直》总体由两大部分构成。前半部分包括作者自序、凡例和正文。正文注部分采用评、注结合的注释模式，大部分篇末还附有"总品"，"与旧本皆异"。后半部分是《听直合论》，实际也可分为两个部分。前半部分以义而分，有《听忠》、《听学》、《听年》、《听次》、《听复》、《听芳》、《听玉》、《听路》、《听女》、《听体》十篇，"拈出一字而牵动全篇，前后关联之，触类旁通之，精义皎然，考证缜细，文体分析亦有致"②；后半部分以篇名分，《听离骚》、《听远游》、《听天问》、《听九歌》、《听〈卜居〉〈渔父〉》、《听九章》、《听二〈招〉》七篇，或解读篇题，或申发篇旨、分析布局，或谈章法，或考察作品的创作时地，或驳旧说，等等，合而论之，"以补《听直》之未尽"。

① 周建忠、汤章平：《楚辞学通典》，湖北教育出版社2002年版，第374页。
② （明）黄文焕撰，徐燕点校：《楚辞听直·前言》，南京大学出版社2017年版，第10页。

一、黄文焕对篇章结构及段落层次的灵活划分与阐释

汉宋之际的《楚辞》注本大体以辑注为主，以单句为一个注解单位，着重训诂，即先释字词，再对该句的文意进行梳理。如王逸《楚辞章句》、洪兴祖《楚辞补注》就是其中的典型代表。至朱熹的《楚辞集注》才突破了一句一注的基本模式，注释体例和注解内容等方面都较《楚辞章句》和《楚辞补注》灵活和丰富。《楚辞集注》体例的显著变化表现在，朱熹开始从篇章层次的角度探究《楚辞》作品，他将四句（偶尔有六句、八句）划分为一个注解单位，进而将诸篇分为若干小节。先释词之音义，再疏通小节大意。另外，仿照《毛诗》体例，于某些章节下，以解《诗》的手法对文本加以诠释。每篇题下附有题解，对该篇作者、题意、写作背景、创作意旨等做简要阐述。

相比前人，无论是对篇章结构、段落层次的划分还是注释的形式与内容等方面，黄文焕的处理方式都更加灵活多变。在对屈原作品脉络层次的分析上，黄文焕首先将他所收的全部楚辞作品视为一个主次分明的统一体，认为自《离骚》以下，其他各篇都是对首篇《离骚》意义的阐发。《听离骚》曰：

> 至于首篇之包括他篇，则分经、分传固略似之矣。"溘埃上征"与屡言朝夕，足括《远游》；"指天为证"与引尧舜及夏、殷、周、君臣亦近《天问》；"巫咸"、"百神"似带《九歌》，其余所诉之语自与《九章》相通；若"从彭咸之所居"，则即其《卜居》之早自决也。[①]

在黄氏看来，诸篇作品无论是"即后申前"，抑或是"以此贯彼"，屈原作品中始终贯穿着的是诗人执着的信念、一生追求却始终未能实现的美政理

[①] （明）黄文焕撰，黄灵庚、李凤立点校：《楚辞听直》，上海古籍出版社 2019 年版，第 239—240 页。

想和故土难离的爱国情怀。

黄文焕虽然在自己的《楚辞》注本中将后人所加的"经"、"传"、"离骚"等字尽数删除，以"还屈子之初"，但他却对"经传"的意旨表示了赞同。同时又主张，《离骚》与其以下诸篇的关系和《庄子》内外篇的关系相似，因此可将《离骚》及其余全部作品看作一个整体：

> 逸之系以传也，首篇为经，则他篇自应为传。……朱子加"离骚"二字，二十五篇本均称"离骚"，以其义概从《离骚》中出也。去"传"字而加"离骚"，犹夫称传之旨也，譬诸庄子之外篇、杂篇，总内篇之注脚也。①

黄氏对待"经传"关系的辩证态度也得到了姜亮夫先生的认同，姜先生在《〈离骚〉析疑》中提到：

> 《离骚》确有概括总领的气象。《远游》重点说了个"游"字（《离骚》游字之扩大），《九章》、《卜居》、《渔父》各得一偏，《九歌》照王逸以来旧说是屈子寄托之词，则也不过是偏军；《天问》其实也是屈子引述的古文零简，而以"皇天无私"等类的天道说为中心的发挥，不也是偏军吗？所以《离骚》看来是有作为总纲领的资格。《离骚》称经，从版本上说，是无甚意蕴可说的。从义理上说是很能概括的字例。后世讨厌一个经字，因而也否定这一标题，我看是不必这样来认识的。②

在篇章层次的划分上，少则三四句，如"魂乎归来！无东无西，无南无北只"（《大招》）、"闺中既以邃远兮，哲王又不寤。怀朕情而不发兮，余焉

---

① （明）黄文焕撰，黄灵庚、李凤立点校：《楚辞听直·凡例》，上海古籍出版社 2019 年版，第 2 页。
② 姜亮夫：《楚辞今绎讲录》，北京出版社 1983 年版，第 57—58 页。

能忍而与此终古"(《离骚》);多则四五十句,如"命天阍其开关兮,排闾阖而望予"至"内欣欣而自美兮,聊愉娱以淫乐"(《远游》)、"肴羞未通,女乐罗些"至"魂兮归来,返故居些"(《招魂》);《卜居》、《渔父》篇则直接以整篇为一个意义单位。如《远游》对求仙部分段落层次分析:

> 始之求仙,从"漠虚静以恬愉"至"高阳焉程"为一段。求仙之乐,忽而生愁,于是再言仙,从"重曰:春秋忽其不淹"至"登霞上征"为一段,不复愁矣。继言天游,从"天阍开关"至"临睨太息,抑志自弭"为一段。天游之乐,忽而生愁,于是再言游,从"指炎神而直驰"至"召黔嬴先平路"为一段,不复愁矣。局既相对,意亦相同,而其中又有易知,有不易知。修仙而尚滞世间,何如成仙而竟登天上,此其始愁继不愁之易知也。天游之忽悠,乃舍天界而反游地界。①

在处理较难理解的《天问》篇时,黄文焕将其分为三个层次,首遡天地之开辟,中胪夏商周之治乱,末乃归于楚国之事②。以此划分,既解决了《天问》淆杂难懂的问题,亦使诸家眼中"文义不次序"的文本内容明晰起来。

二、品笺结合的诠释模式

对正文篇章进行层次和意义划分后,黄文焕首创先"品",后"笺"(少数段落正文后只有"笺"注)的全新注解方式,对屈原作品进行全面、深入,且颇为细致的阐释。对于《楚辞听直》采用"评注并行"的解骚模式的原因,

---

① (明)黄文焕撰,黄灵庚、李凤立点校:《楚辞听直》,上海古籍出版社 2019 年版,第 242—243 页。
② (明)黄文焕撰,黄灵庚、李凤立点校:《楚辞听直》,上海古籍出版社 2019 年版,第 246 页。

黄文焕在《凡例》中有清楚的交代：

> 评《楚辞》者不注，注《楚辞》者不评，评与注分为二家。余于评
> 称"品"，于注称"笺"，合发之，以非合不足尽《楚辞》之奥也。品拈
> 大概，使人易于醒眼，笺按曲折，使人详于回肠。品之中亦有似笺者，
> 然系截出要紧之句，不依本段之次序也。至于笺中字费推敲，语经煅
> 炼，就原之低徊反覆者，又再增低徊反覆焉。则固余所冀王明之用汲，
> 悲充位之胥谗，自抒其无韵之《骚》，非但注屈而已。①

黄氏主张，诸家注本"评《楚辞》者不注，注《楚辞》者不评，评与
注分为二家"②。实际上，前代注本中已有少量评论性质的话语穿插于注中，
如洪兴祖《楚辞补注》本并未囿于《楚辞章句》之说，对王逸注解多有阐发；
朱熹注本虽亦多承袭《楚辞章句》，但又颇有创见，且已开始注重探求屈作
的言外之意，借以阐发微词奥义。不过，洪、朱本仍侧重用传统训诂学的
方式方法注解楚辞，重点仍在于"注"，因此评注合一的倾向不甚明显。对
此，黄氏以为品、评分家不足以道尽"《楚辞》之奥"，故而"于评称'品'，
'品'拈大概，重在句子结撰之意，行文脉络起承之间，使人易于醒眼；于
注称'笺'，'笺'按曲折，重在诠释字句，阐发章节大意，使人详于回肠"③，
黄氏合而发之，意在得"屈子深旨与其作法之所在"。笺注中几乎不注释字
词，只是对篇章意旨进行阐发，时而掺杂寄寓身世之感。黄氏对自己注骚
之动机并不讳言，"品中亦有似笺者，然系截出要紧之句，不依本段之次
序也。至于笺中字费敲推，语经煅炼，就原之低徊反复者又再增低徊反复

---

① （明）黄文焕撰，黄灵庚、李凤立点校：《楚辞听直·凡例》，上海古籍出版社 2019 年版，
第 2—3 页。

② （明）黄文焕撰，黄灵庚、李凤立点校：《楚辞听直·凡例》，上海古籍出版社 2019 年版，
第 2 页。

③ （明）黄文焕撰，徐燕点校：《楚辞听直·前言》，南京大学出版社 2017 年版，第 10 页。

焉，则固余所冀王明之用汲，悲充位之胥谗，自抒其无韵之骚，非但注屈而已"①。

（一）品笺屈辞起承转合与作品间的内在关联

黄文焕在品笺《楚辞》之时，对屈赋的文法给予了特别的关注。《楚辞听直·凡例》云：

> 余所绅绎，盖属屈子深旨，与其作法之所在。从来埋没未抉，特为创拈焉。凡复字复句，或以后翻前，或以后应前，旨法所关，尤倍致意。②

黄氏以为，《楚辞》作品自有逻辑，所以他采用古文评点的方法，把作品中的关键点离析出来，使文章脉络清晰、层次分明。他十分注重文章的起承转合，常用"映"、"承"、"相应"、"呼应"、"互对"等词语指出照应前文之处，又以"起"、"埋"、"引出"等字词点出引领下文之意。如：

《离骚》"纷吾既有此内美兮"至"夕揽洲之宿莽"段下品曰：

> "既有"、"又重"与下"既滋"、"又树"相吸。"若不及"、"恐不与"与下"侯时将刈"、"老将至"、"日将暮"相吸。③

"昔三后之纯粹兮"至"夫唯捷径以窘步"段下品曰：

---

① （明）黄文焕撰，黄灵庚、李凤立点校：《楚辞听直》，上海古籍出版社 2019 年版，第 2 页。
② （明）黄文焕撰，黄灵庚、李凤立点校：《楚辞听直·凡例》，上海古籍出版社 2019 年版，第 2 页。
③ （明）黄文焕撰，黄灵庚、李凤立点校：《楚辞听直》，上海古籍出版社 2019 年版，第 2 页。

"岂惟纫"应前"纫秋兰"。"得路"应前"先路"。①

"惟党人之偷乐兮"至"伤灵修之数化"段下品曰：

> "忍不能舍"起下"余不忍为此态"，"忍尤而攘诟"，"焉能忍而与此终古"。"成言"、"有他"起下"结言"、"导言"。"悔遁"起下"九死未悔"、"余初"、"其犹未悔"。"数化"起下"荃蕙化茅"。②

《远游》"步徙倚而遥思兮"至"离人群而遁逸"一段，品曰：

> "虚静无为"起下"虚以待之"，"无为之先"。"休德"起下"和德"。"化去不见"起下"遥见"。……通篇总从此段埋伏。③

《惜诵》"惩热羹而吹齑兮④，何不变此志也？欲释阶而登天兮，犹有曩之态也。众骇遽以离心兮，又何以为此伴也？同极而异路兮，又何以为此援也？"黄文焕品注中寥寥几语就道出了以词法照应前文及叠拈而产生的效果：

> "不变此志"应前"陈志"。"同极"应"志极"。"异路"应"无路"。曰门曰路曰阶，三者我无一焉，又何以行世？叠拈最惨。"何不"、"何以"，三"何"字，自骂得痛绝。⑤

---

① （明）黄文焕撰，黄灵庚、李凤立点校：《楚辞听直》，上海古籍出版社 2019 年版，第 4 页。
② （明）黄文焕撰，黄灵庚、李凤立点校：《楚辞听直》，上海古籍出版社 2019 年版，第 5 页。
③ （明）黄文焕撰，黄灵庚、李凤立点校：《楚辞听直》，上海古籍出版社 2019 年版，第 39 页。
④ 补注本作"惩于羹者"，下注："一无'者'字。""一云：惩于热羹者。一云：惩热于羹。"
⑤ （明）黄文焕撰，黄灵庚、李凤立点校：《楚辞听直》，上海古籍出版社 2019 年版，第 126 页。

文章正是通过各种形式的起承转合被关联起来，成为有机统一的意义单元。

除了分析文本内部字、词、句的意义关联外，黄文焕还特别注意挖掘各篇目之间的内在联系，加以对应或对比，如：

《九歌·云中君》首段笺注：

> 前篇以芳备物，惧物之不洁也。此以芳浴身，惧身之不洁也。对越之怀又加一倍矣。①

"前篇"即指《东皇太一》，此指本篇的《云中君》。黄氏抓住两诗的共通之处，以物洁与身洁为对应，准确地点明了篇旨。

《九歌·湘夫人》首段笺注：

> 东皇太乙最为满志，降于堂者也，云中君比太乙隔矣，既降而远举云中矣，为时无几矣。湘君，又隔矣，不复降矣，未来者，竟不来矣。②

黄氏历数湘夫人之前出场的众神，神位由最尊贵的东皇太乙神逐级递降，而众神与诗中主人公的互动则是由亲（降于堂）至疏（竟不来矣）。

《九章·抽思》首段品曰：

> 《九辩》悲秋，可谓痛写凄况矣，不如此"动容"二语荒忽无尽也。③

---

① （明）黄文焕撰，黄灵庚、李凤立点校：《楚辞听直》，上海古籍出版社 2019 年版，第 89 页。

② （明）黄文焕撰，黄灵庚、李凤立点校：《楚辞听直》，上海古籍出版社 2019 年版，第 94 页。

③ （明）黄文焕撰，黄灵庚、李凤立点校：《楚辞听直》，上海古籍出版社 2019 年版，第 135 页。

《九章·橘颂》首段笺注曰：

> 此因所见以作颂也。《涉江》曰"欸冬绪风"，此冬候之景物也。①

黄文焕分析《招魂》"魂兮归来，入修门些"至"像设君室，静闲安些"一段，品云：

> 前面六段，皆用"魂兮归来"在先，又叠"归来归来"于后；此用"魂兮归来"起句，作二小段，后面用"魂兮归来"结句，作二大段，互变其法。……则段落分列之中，又互相贯而无段落矣。"天地四方"二语总结前东、西、南、北、天上、幽都六段，若在"入修门"之前，便有照应关锁痕迹，今插入于入门后、入室先，使人不觉，法最工巧善藏，与《大招》"幽陵交趾"四语应法插于段法之中相同。②

黄氏比较了该段与前文在形式上的异同，分析了"天地四方"二句在整篇结构中所占的特殊位置和运用巧妙之处，并指出此段"互变其法"、"工巧善藏"等章法技巧与《大招》篇中运用相似之处。要之，通过勾连篇目之间的相应、相关之处，作品间文意的关联与差异就会比较明朗地展现出来，更便于读者阅读与体味。

（二）品笺屈赋文法

元人倪士毅在《作文要诀》中曾论述："法度者何？有开必有合，有唤必有应。首尾当照应，抑扬当相发。血脉宜串，精神宜壮。如人一身自首至

---

① （明）黄文焕撰，黄灵庚、李凤立点校：《楚辞听直》，上海古籍出版社 2019 年版，第 147 页。

② （明）黄文焕撰，黄灵庚、李凤立点校：《楚辞听直》，上海古籍出版社 2019 年版，第 195 页。

足，缺一不可。"① 对"法"的分析是黄文焕评注屈辞意旨和行文手法的重要手段，黄氏关于字法、句法、章法运用的讨论几乎随处可寻。关于这方面的讨论我们已经在前文各章的注释研究一节中有所涉及，此处再举几例观之。

《离骚》"帝高阳之苗裔兮"至"字余曰灵均"一节，黄氏品曰：

> 开口谱系相关，抱许多哽咽，藏许多根由，与后人袭套叙姓不同。至以矢死之身，追初生之辰，曰某日某月某年，寻思坠地，作此结果。……通篇最惨在此。"正则"起下从咸"遗则"，"灵均"起下呼君"灵修"。创造称呼之中意有寄托，语各映带，以"灵"匹"灵"，暗寓宗臣之一体也。以"正则"映"遗则"，苟不从彭咸而苟免焉，失则矣，比于邪矣，乌乎正？②

黄氏对屈原追溯出身一节的品评集中在"正则"与"遗则"、"灵均"与"灵修"之间的关联，钩索大义所系。而此段对应的笺注亦从"大义"出发，句句关乎忠、孝，与品注围绕不同的侧重点进行阐发，品笺相得益彰，其说甚有启发。

《九歌·少司命》"忽独与余兮目成"下，黄文焕品曰：

> "忽"字庆速，"独"字庆专，说得少司命亲甚昵甚，可诉可赖矣。③

由于诸家多把男女情意作为理解该句的基础，因而注意力多集中在对"目成"的解读上。汪瑗认为："目成，谓以目而通其情好之私也。"④ 蒋骥将

---

① 转引自郭英德等著：《中国古典文学研究史》，中华书局 2000 年版，第 486 页。
② （明）黄文焕撰，黄灵庚、李凤立点校：《楚辞听直》，上海古籍出版社 2019 年版，第 1 页。
③ （明）黄文焕撰，黄灵庚、李凤立点校：《楚辞听直》，上海古籍出版社 2019 年版，第 100 页。
④ （明）汪瑗撰，董洪利点校：《楚辞集解》，北京古籍出版社 1996 年版，第 128 页。

"目成"解为，"以目定情"。王夫之亦以为"目成"是"以目睇视而情定也"。①
钱澄之曰："以众女邀之，而听其自择，此巫独矜其得神意也。"又云："同一
司命，以其少也，而聚满堂之美人以要之，楚之淫俗也。"②

金开诚先生认为，出现上述错误理解的原因在于注家在解读此句时处处
将文意限定于"男女情爱"之上。他指出，钱澄之"不仅是误把二句视为群
巫之词，而且更误以少司命为男神，以求与'满堂美人'相应，结果厚诬古
人"③。又说："后世的《楚辞》注家也有确知少司命为女神的，但由于不能
摆脱旧说的拘束，仍以男女情爱解释，于是把'满堂美人'说成'美男子'，
这就更加错误。"④

在"忽独与余兮目成"的理解上，黄文焕并没有在少司命性别问题上
做纠缠，而将解析重点放在"忽"、"独"二字上，品味其如抽丝般"乙乙
不绝"的韵味。在目光交会的刹那，既"速"且"专"，司命神与"我"
心灵相通，销铄了人神之间的一切隔膜，"亲甚昵甚"的心理描摹在黄氏
笔下灿然毕现。

再如《九歌·国殇》首段前八句"操吴戈兮被犀甲，车错毂兮短兵接。
旌蔽日兮敌若云，矢交坠兮士争先。凌余阵兮躐余行，左骖殪兮右刃伤。霾
两轮兮絷四马，援玉枹兮击鸣鼓"，品曰：

> 毂错兵接，凌阵躐行，善写勇斗之况。殪、伤、霾、絷之后，专言
> 鼓声者，军中以鼓为主。鼓不止，士不歇，直至人尽而后已也。尤善写
> 死斗之况，败北能描生气。⑤

① （清）王夫之：《楚辞通释》，中华书局 1961 年版，第 37 页。
② （清）钱澄之：《屈诂》，《楚辞文献集成》第十册，广陵书社 2008 年版，第 6498 页。
③ 金开诚：《屈原集校注》，中华书局 2008 年版，第 249 页。
④ 金开诚：《屈原集校注》，中华书局 2008 年版，第 249 页。
⑤ （明）黄文焕撰，黄灵庚、李凤立点校：《楚辞听直》，上海古籍出版社 2019 年版，第
112 页。

屈原以高超的笔墨和极为精炼的篇幅描绘了一场秦楚两军近身肉搏、殊死拼杀的过程。黄文焕对《国殇》词法的分析也同样精彩,他抓住击鼓壮威在两军对阵中的关键作用。通过黄氏的解读,生动描摹了楚军士兵即使处于下风,仍旧前赴后继、斗志昂扬,明知死路依然义无反顾、为国捐躯的悲壮场面,读之令人慷慨动容。

黄文焕解析文本时非常善于提纲挈领,常常能准确提炼出段落要旨,使文章脉络得以清晰展现在读者面前。如《大招》"朱唇皓齿"一节,品曰:

> 招之以女色,分作五段,比前饮食、声音为较详。易于娱人者,莫女色为甚,故特详招之也。五段中,言"丰肉微骨"者二,举全体也。……言"宜笑"者二,此态之所从出也。……言"目"者二,美人之神在目也。言"眉"者居其三,此似最无关,而最为有关,所以助目之神者,眉之美也。言"心"者二,心非可得见,而女德以性情为主,故又特言心也。……总挈处两言"安",饮食、声音皆未应"安"字,独于女色两曰"安",女色之美,易予人以心安者也。①

黄灵庚先生对黄文焕解骚之法给予了很高的评价,说黄氏颇善于体会屈作文心,"时而执一关键词语,反复推排、研磨,精义较然,且读之回环曲折,含韵无穷,可谓善读骚者"②。如《九章·悲回风》一篇,历来被视为纷乱无头绪可理的难读之作,研骚之人往往无从下手,黄文焕则抓住作品中的"死"字与"愁"字反复斟酌品味。品读"死"字时,由不欲死说到必当死,再由必当一死说到不忍赴死,"前后两截,文阵工于环绕"。据此,屈子在此篇介乎死与不死之间,黄氏加以反复琢磨咏叹,

---

① (明)黄文焕撰,黄灵庚、李凤立点校:《楚辞听直》,上海古籍出版社 2019 年版,第 184 页。

② (明)黄文焕撰,黄灵庚、李凤立点校:《楚辞听直·前言》,上海古籍出版社 2019 年版,第 15 页。

可谓善为品论者；又可知屈子最终从彭咸之志自沉汨罗而死，应为迫于情势不得已而为之，并非出于一时之忿怼，又可谓善于品人者。品读"愁"字时，由一"愁"字牵动全篇，"愁聚"、"愁散"之间以为"篇法互绕"、"句法互擒"，在黄氏笔下是篇被梳理得一丝不乱、脉络明晰。此法虽源自明人评文之风习，确有高明之处。往往能以一字而牵动全篇，同时又能左右关联、触类旁通，注解之中"妙语连珠"，"然终未尝离其所拈出之纲之领"①。

　　除对字法、句法等进行单独分析外，黄文焕也长于通过字法、句法及章法等情况的使用对文本作综合品评，如《大招》"五谷六仞，设菰粱只"至"不遽惕只"一节，黄氏品云：

　　　　将招之以饮食，分作四段。首二句言谷食，中概言鸟兽、六畜、鱼蔬之美味，终以醇酒，段法各有次第。"恣尝"、"恣择"、"不沾薄"、"不涩嗌"、"不歠役"，句法互映。先曰"吴酸"、"吴醴"，他国之味也。终曰"楚沥"，本国之味也，字法互映。②

《听天问》曰：

　　　　诚知其次序中之变顺为逆，即逆是顺，字法如何，句法如何，段法如何，合字法、句法、段法以成章法如何，则读之了了矣。通篇一百七十一问，以"何"字、"胡"字、"安"字、"焉"字、"几"字、"谁"字、"孰"字、"安"字为字法之变；以一句两问、一句一问、三句一问、四句一问为句法之变；以或于所已问者复问焉，或于正论、本论中忽然错

————————

① （明）黄文焕撰，黄灵庚、李凤立点校：《楚辞听直·前言》，上海古籍出版社 2019 年版，第 15 页。

② （明）黄文焕撰，黄灵庚、李凤立点校：《楚辞听直》，上海古籍出版社 2019 年版，第 182 页。

综他语而杂问焉，或于已问之顺序者复而逆问焉，以此为段法之变。字法、句法，易知也。段法之变则全关章法，不易知也。总以顺中之逆，逆中之顺，知其不易知。①

黄氏又在"每章之末，括其大旨"，即以数语总括篇章意旨。《楚辞听直》收屈原作品 27 篇中，除《离骚》、《天问》、《卜居》、《渔父》及《九歌》之《东皇太一》、《云中君》诸篇外，其余各篇末尾皆有长短不等的"总品"，占《楚辞听直》所收屈原作品总数的近八成。如：

《远游》总品曰：

通篇许多曲折，大意大势，则只三层。开口"悲时俗之迫厄"至"形枯槁而独留"，哀诉受形乱世，不能远游之苦。迨忽然气变，徒苦得乐，乐不可言。中间详说仙游，历变世间天上，无复分毫堪忧矣。乃忽然临睨，又从乐得苦，苦益不可言。既已再苦，又再寻乐，仍驰往于世间，驰骛于天上。彷徨反顾，但有见闻尽绝，苦乃永不作乎！三层惨悸，直欲暗日月而翻山海。②

《国殇》总品曰：

未死仗魂，不能仗灵，却曰"威灵"；既死仗灵，不能仗魄，却曰"魄毅"。前后穿插，通生死为一。③

---

① （明）黄文焕撰，黄灵庚、李凤立点校：《楚辞听直》，上海古籍出版社 2019 年版，第 245—246 页。

② （明）黄文焕撰，黄灵庚、李凤立点校：《楚辞听直》，上海古籍出版社 2019 年版，第 53 页。

③ （明）黄文焕撰，黄灵庚、李凤立点校：《楚辞听直》，上海古籍出版社 2019 年版，第 113 页。

《惜诵》总品曰：

> 言君言众人，语显而直，自是《九章》首篇体裁。久经闭口，一旦诉愤，岂得半吞半吐？与他章或隐言之，或于君于小人一明及之，而不复复说者弗同。盖既经"惜诵"之显指，则再说必须更端，此中确有次第也。朱晦菴谓《九章》皆直致无润色，诸章深练无尽，何尝太直！谓《惜诵》为直，则颇近之。然章法重叠，呼君呼众人，缭绕万端，语虽直而法未尝不曲也。"言"字、"情"字、"志"字，是通篇呼应眼目。中段忽入说梦，尤工于穿插出奇。①

　　从以上几篇"总品"来看，总品的篇幅、涉及内容方面都较为灵活，从对字词的品评，篇题意旨、写作手法的探讨，再到对段落层次大意的阐释及全篇思想情感的把握等，几乎涉及了作品分析的各个层面，是对品、笺的总括和补充。

　　黄氏解读屈作的着力点并不在于普遍的文字及大意疏解，而是追求与诗人心灵的共鸣和个人情感的抒发。一方面，他"知人论世"，站在异代知音的立场上探求屈子文心；另一方面"以意逆志"，把解析作品视为与诗人对话的手段，在品评作品时寄托了大量的个人情怀，以"浇胸中之块垒"，将品评与创作融为一体。"没有着力于营构批评的理论体系，而是着力发掘个人内心共鸣缥缈轻灵的感悟，它更多地散见在传统文论的诗话词话和小说评点之中。这种批评更像一种创作，其批评的求证更像一种抒情。"②总之，黄文焕的解骚模式突破了传统训诂学通过注释字词、梳理大意来解读《楚辞》的方式方法，无论是文章构思、语法技巧，还是其对作品情感意蕴的品读，

---

① （明）黄文焕撰，黄灵庚、李凤立点校：《楚辞听直》，上海古籍出版社 2019 年版，第129—130 页。

② 白寅：《心灵化批评：中国古代文学批评的思维特征》，中国社会科学出版社 2005 年版，第 226 页。

都令人耳目一新。刘献廷评价是书:"向予见《楚辞听直》一书,能使灵均别开生面。每出一语,石破天惊。虽穿凿附会不少,然皆能发人神智。"①通过对作品结构的梳理,帮助读者理清了文章的层次脉络,使难懂的《楚辞》更易于理解和接受。

黄氏的注解方法被清人林云铭、蒋骥、屈复等楚辞学者吸收借鉴,用于各自的注本之中。林云铭在《楚辞灯》的注释体例上继承并发挥了黄文焕《楚辞听直》的注法,品笺相间,评注结合。在对作品的段落划分上,林氏也未遵循王逸、朱熹等人的做法,而是如黄文焕一般,审定全篇后,根据文意的远近关系来分段,并采用随文释义的注释方式。每篇逐句作解,逐段分疏,篇末以总论品评全文,而文中眼目、段落间的上下呼应处均以符号标出。又如蒋骥的《山带阁注楚辞》,该书在诠释模式上对《楚辞听直》亦多有借鉴。在对作品的段落划分上,也采用了黄氏之法,分节分段,再进行统一品评。每段注文大体由三部分组成,时常在开头点明该段在全篇中的作用和主旨,然后依照原文顺序作字义疏证;篇章末尾,蒋氏时有按语,或总结全篇,或结合原文文意品评旧注,昭示关节,从整体上总结此篇的意旨。这些都是对《楚辞听直》注释风格的沿袭。《余论》的设置更是受到朱熹《楚辞辨证》和黄文焕《楚辞听直》的直接影响。作为两种不同的文体类型,注、论分工明确,优势亦各有侧重,正所谓"品拈大概,使人易于醒眼;笺按曲折,使人详于回肠"②。可见,在释义效果上,注可解字词短句,论则注重明析篇章大旨、著者之怀。蒋氏的《余论》如黄氏的《听直合论》一般,与注文相辅相成,互相贯通衔接。

---

① (清)刘献廷著,汪北平、夏志和点校:《广阳杂记》,中华书局 1957 年版,第 213 页。
② (明)黄文焕撰,黄灵庚、李凤立点校:《楚辞听直·凡例》,上海古籍出版社 2019 年版,第 2—3 页。

第二节 修正旧注与创立新说

作为明代最具代表性的楚辞研究专著之一，黄文焕在《楚辞听直》一书中提出的许多创见对后世都产生了深远的影响。其主要贡献除上文所述首创品笺结合的注释体例外，还可归结为两个方面：一是修正旧注，创立新说；二是其将文本内证与史载资料相结合，考证屈子生平事迹及屈赋 25 篇之创作时期，开清代楚辞研究重考据之风。今诉诸如下。

一、修正旧注，创立新说

黄文焕不拘旧说，在诸多问题上新见频出，其说虽未必尽然，但确为后世的楚辞研究开启了新的思路与方法，推动了楚辞研究的深入发展。

其一，统删"经"、"传"、"离骚"。在汉代经学的强势影响下，"离骚"下旧有"经"字，王逸、朱熹本皆然；自《离骚》以下，王逸于每题下系"传"字，朱熹则加"离骚"二字于每题之上。黄文焕将"经"、"传"、"离骚"三字统删之，"还其为屈子之初"。

其二，黄氏以《离骚》"求女"与西行"求女"为"求贤妃"，寓斥楚怀王、顷襄王迎秦妇之事。此说首创虽为明人赵南星，但黄氏结合史实与《离骚》相证，论述较赵南星翔实，成为"求女"众说中颇具影响的观点。钱澄之、方楘如、林云铭、夏大霖、屈复等多承黄氏之说，伸张发微。

其三，其论《九歌》亦富见地，曰："'九歌'之名，自古有之，非楚俗之歌也"①。《离骚》有"启《九辩》与《九歌》"、"奏《九歌》以舞《韶》"，《天问》有"启棘宾商《九辩》、《九歌》"、"如后人拟古乐府、代古乐府，因其名而

---

① （明）黄文焕撰，黄灵庚、李凤立点校：《楚辞听直》，上海古籍出版社 2019 年版，第 252 页。

异其词云尔"①。黄氏论说为后世学者所采纳。又将《山鬼》、《国殇》、《礼魂》三篇合为一篇，以为十一篇"仍以九名者，殇、魂皆鬼也。虽三仍一也"②。"命名为九而数则十一。《国殇》、《礼魂》不在神列，承继《山鬼》者，此原之所以自悼也。"③据查考，欧阳修书《旧拓唐欧阳率更令正草〈九歌〉千文》与米芾书法《九歌》中都未收录《国殇》、《礼魂》两篇。可见，黄氏观点未必是无端揣测。

其四，黄氏将《招魂》、《大招》著作权尽归之于屈原名下。关于《大招》作者，王逸游移在屈原、景差二说之间。《楚辞听直·凡例》云："晁氏曰：'词义高古非原莫能及。'余谓本领深厚更非原莫能及。则存《大招》，固所以存原之自作也。"④《招魂》作者，王逸属之宋玉，其说从者甚众。黄文焕则取《屈原贾生列传》中太史公读《离骚》、《招魂》，"悲其志"说，以为"其词专为原拊，其意与法足与原并，则固足存矣"⑤，故将《招魂》亦归入屈原作品。

黄文焕的"二《招》皆属屈原说"追随者甚众。林云铭《楚辞灯》、姚培谦《楚辞节注》、高秋月《楚辞约注》、胡文英《屈骚指掌》、陈本礼《屈辞精义》、颜锡名《屈骚求志》等研究著作均将二《招》属屈原名下。林云铭《楚辞灯》云："古人招魂之礼，为死者而行。嗣亦有施之生人者。屈原以魂魄离散而招，尚在未死也。但是篇自千数百年来皆以为宋玉所作。王逸茫无考据，遂序于其端。试问太史公作《屈原传》赞云：'余读……《招魂》，

---

① （明）黄文焕撰，黄灵庚、李凤立点校：《楚辞听直》，上海古籍出版社 2019 年版，第252 页。

② （明）黄文焕撰，黄灵庚、李凤立点校：《楚辞听直》，上海古籍出版社 2019 年版，第253 页。

③ （明）黄文焕撰，黄灵庚、李凤立点校：《楚辞听直》，上海古籍出版社 2019 年版，第253 页。

④ （明）黄文焕撰，黄灵庚、李凤立点校：《楚辞听直·凡例》，上海古籍出版社 2019 年版，第 2 页。

⑤ （明）黄文焕撰，黄灵庚、李凤立点校：《楚辞听直》，上海古籍出版社 2019 年版，第259 页。

悲其志.'谓悲原之志乎? 亦悲玉之志乎? 此本不待置辨者,乃后世相沿不改。"① 蒋骥"采黄维章、林西仲之语,并载《招魂》《大招》"②,认定《招魂》和《大招》为屈原的作品。吴世尚云:"近世林西公之言,以二《招》皆灵均之笔。且曰《招魂》原自招也,《大招》则原之招怀王也。其理可信而词可征,虽余无以易之。"③ 吴世尚虽遵林氏之言,但其论点确源于黄文焕。

黄氏所收《楚辞》篇目为:《离骚》、《远游》、《天问》、《九歌》、(《山鬼》以下合为一篇)、《卜居》、《渔父》、《九章》,于 23 篇中再合《招魂》《大招》,恰足 25 篇。是说直接影响了后世诸多研骚专著对屈原作品的界定,除受其影响颇深的《楚辞灯》外,蒋骥《山带阁注楚辞》、胡文英《屈骚指掌》、姚培谦《楚辞节注》、夏大霖《屈骚心印》、江中时《屈骚心解》、许清奇《楚辞订注》、陈本礼《屈辞精义》、颜锡名《屈骚求志》、高秋月《楚辞约注》等楚辞研究专著选目皆与黄文焕本相同。

其五,褒忠直贬昏佞,驳斥"忠而过"说。洪湛侯先生说,黄文焕"意在为黄道周和自己鸣冤。……因此,他反复强调屈原的'忠',借以寄托自己的牢骚不平"④。《听忠》谓"千古忠臣,当推屈子为第一","忠不首屈,又将谁首哉? 乃千古共诋之,亦惟屈为第一"⑤,又谓"原不死即不忠,别无可以不死之途容其中立"⑥。对于扬雄、班固以为屈子"露才扬己"、"忿怼不容,沉江而死"、"弃珍由聊",有违孔子之教的说法,黄文焕认为二人都"未尝读《骚》"。他从知人论世的角度对扬、班二人如此评价屈原的原因展开分

---

① (清)林云铭:《楚辞灯》,《楚辞文献集成》第十一册,广陵书社 2008 年版,第 7649 页。

② (清)蒋骥:《山带阁注楚辞》,上海古籍出版社 1984 年版,第 243 页。

③ (清)吴世尚:《楚辞注疏》,《楚辞文献丛刊》第 55 册,国家图书馆出版社 2014 年版,第 412 页。

④ 洪湛侯等:《楚辞要籍解题》,湖北人民出版社 1984 年版,第 69 页。

⑤ (明)黄文焕撰,黄灵庚、李凤立点校:《楚辞听直》,上海古籍出版社 2019 年版,第 210 页。

⑥ (明)黄文焕撰,黄灵庚、李凤立点校:《楚辞听直》,上海古籍出版社 2019 年版,第 211 页。

析，指出扬雄"投阁"与屈子"投江"志行相反，所以言语相违背也就不足为怪。而班固依附于外戚权臣，后窦氏失势，班固亦受到牵连而未得善终，因此才会有屈子"谊乖明哲"之说。黄氏力排朱熹"忠而过"之说，以为"夫臣之于忠，只有不及耳，安得过哉"①，甚至说"原知后之人必将诋之为忠而过"，又从屈辞中找出证据，言屈子尝曰"'耿吾既得此中正'，曰'依前圣以节中'，曰'令五帝以折中'，曰'指苍天以为正'，曰'求正气之所由'"，以此质问："中矣，正矣，何过之有？"②

与推崇屈子并言的，是黄文焕在其评注中表现出的对昏君佞臣的激烈批判。其注《离骚》"悔相道之不察兮"，曰"改路在君，误君以改路在小人，此君之咎也"③。在《卜居》评注中对忠奸两类人物的评价形成鲜明比照："忠臣竭智以忧国"，"长于谋国"而"拙于谋身"；小人"留智以卫身"、"欲圆以希宠"，如此，"国事安得不坏，忠臣安得不愤哉"④；等等，对奸佞的愤恨之情充斥笔端。注《惜往日》"君含怒以待臣兮，不清澂其然否"，曰"千古直臣受冤，昏君亡国，根因尽此二语中"，以为《哀郢》是"显咎党人"，"隐咎君心"。《抽思》则意在揭露"衰朝庸主性情难定"。要之，黄文焕借注骚评屈以斥当世之昏庸谗佞之旨甚明。

二、文本内证与史载资料相结合

屈原的生平资料存留不多且并不集中，历代楚辞研究者多借助《史

---

① （明）黄文焕撰，黄灵庚、李凤立点校：《楚辞听直》，上海古籍出版社 2019 年版，第 211 页。

② （明）黄文焕撰，黄灵庚、李凤立点校：《楚辞听直》，上海古籍出版社 2019 年版，第 211 页。

③ （明）黄文焕撰，黄灵庚、李凤立点校：《楚辞听直》，上海古籍出版社 2019 年版，第 14 页。

④ （明）黄文焕撰，黄灵庚、李凤立点校：《楚辞听直》，上海古籍出版社 2019 年版，第 117 页。

记·之屈原贾生列传》、《楚世家》以及《报任安书》等篇目中的相关信息来了解屈原及其作品。但关于屈原生平的一些重要问题，如谗、疏、放、迁等，司马迁并未作具体交代，这也是后世注家研究屈原及屈作过程中在许多问题上面临极大困扰的重要原因之一。黄文焕则以屈原作品为内证，并结合相关史载资料，对屈原的生平事迹进行了详尽的考证。

第一，黄氏对屈原的被放及自沉时间进行了考辨。他对《屈原贾生列传》中的相关内容进行了重新解读，认为司马迁提到的"王怒而疏原"中，"疏"仅指怀王对屈原信重减少，并无流放的意思，所以当时屈原未必不在其位。"屈原既绌"，是指屈原不再担任左徒一职，但还可能担任其他职务。对"原既疏，不复在位，使于齐"一句，黄文焕指出，这是楚王虽不及此前那般信重屈原，但从委派其出使齐国一事仍可知屈原尚在朝为官。另从怀王十八年（前311）释放张仪和怀王三十年（前299）秦昭王诱骗楚怀王赴秦国会盟，屈原先后进谏来看，均表明屈原"无日不在朝"的事实。"楚人既咎子兰以劝怀王入秦而不反也，屈平既嫉之，虽放流，眷顾楚国，系心怀王，不忘欲反"①，至顷襄王之时，屈原才被放逐于江南。黄文焕由此推知，屈原应只经历了一次流放，放逐的时间应在顷襄王继位之初的一两年间。《大招》有"青春受谢"、"春气奋发"，《招魂》有"献岁发春，汨吾南征"、"目极千里伤春心"等语，黄氏据此推测屈原是在春日被放。他又根据"放九年而不复"，推知顷襄王九年（前290）时，屈原尚在世。而屈子于孟夏之时怀沙自沉，由此而知自沉时间应为顷襄王十年（前289）前后。此说后为林云铭《楚辞灯》、王夫之《楚辞通释》、王邦采《离骚汇订》、蒋骥《山带阁注楚辞》等学者延引、发挥，近人游国恩先生也是此说的支持者。

第二，通过屈原生平与行踪的考证，推测各篇作品的创作先后：

《离骚》作于怀王，《远游》作于顷襄，年固互隔，然意绪则同。

---

① （汉）司马迁：《史记》，中华书局 1959 年版，第 2485 页。

以《远游》，即《离骚》"忽反顾以游目兮，将往观乎四荒"，"何离心之可同兮，吾将远逝以自疏"，四句之旨畅言之耳。其中句法，语语相似。……意同文同，应自相连。《远游》之决宜继《离骚》明矣。《天问》之仍居三，以不待易也。《离骚》、《远游》俱言"吾令帝阍开关"，此其欲登天而问乎……胸中万感，究竟何能默默？故继之以不得不问也。《远游》欲快意于升天，《天问》则兀坐而憾天也。《九歌》之宜居四，以问天之后，遍祈慰望于诸神也。天无言，而与人远者也。纵详于问天，而天不能以言示人，谁相答者？神则可有言，而与人近者也。遍祈焉而泣我之神，或有以语我乎？又安得不望？又安得不以望之？此而未相慰者，移以望彼乎？

或曰：意绪相关，数篇固然。乃改《九章》于《卜居》、《渔父》之后。……《卜居》、《渔父》皆明言被放，而《卜居》但曰"既放三年"，《九章》之《哀郢》则曰"放九年而不复"。谁先谁后，依原自言，岂待臆断？太史公虽未详定诸篇之次第，而传中于引《渔父》后，乃云作《怀沙》之赋，怀石自投。则三篇次第，太史公固已定之，何不依太史公……①

黄文焕认为，《离骚》作于屈原初被楚怀王疏远之时，其余则作于顷襄王时。黄氏以为，《远游》虽作于顷襄王时，"当属怀王在秦尚未死时，原虽不为顷襄所用，尚未迫迁时，故其语但云仙游，无大悲恨"②，且由《听〈远游〉》对《离骚》与《远游》两篇相似之处的比较来看，《远游》乃为《离骚》西游未尽之意。《天问》末句"吾告堵敖以不长，何试上自予，而忠名弥彰"，黄氏提出屈原"罪己之知王不返，未以死谏"，又云"原不敢望襄之复仇，

---

① （明）黄文焕撰，黄灵庚、李凤立点校：《楚辞听直》，上海古籍出版社 2019 年版，第 217—219 页。

② （明）黄文焕撰，黄灵庚、李凤立点校：《楚辞听直》，上海古籍出版社 2019 年版，第 215 页。

不敢咎兰之不佐襄以复仇，皆吾之罪而已"①，据此定《天问》作于楚怀王新死、顷襄王继位之初。《少司命》有"夫人兮自有美子，荪何以兮愁苦"，黄氏以为此句是慨叹"怀王已死，而顷襄无复仇之志"，由此知《九歌》在《天问》之后。据《卜居》"既放三年"，推测该篇作于被放后的第三年，故列于《九歌》之后。《渔父》篇有"宁葬鱼腹"，为屈子决意将死之语，故置于《卜居》后。又据"九年而不复"推知《哀郢》作于流放九年之后，为追忆被放次年，远离郢都之事。《惜往日》云："不毕辞以赴渊兮，惜壅君之不识"，此句已"明言《九章》之辞未毕，又且待毕而死"②，可知此篇并非绝命之作，故定于《哀郢》之后。又据《怀沙》篇有关季节描述之辞，判定作于投水前一月。最后，根据对作品写作顺序的考定，黄氏更定《九章》的篇次为《惜诵》、《思美人》、《抽思》、《涉江》、《橘颂》、《悲回风》、《哀郢》、《惜往日》、《怀沙》。

正如在前文各分章研究中所论，屈原被放逐的时间很长，而黄氏立论多根据作品中所涉及的季节信息来判定作品的具体写作时间，而季节更替，只凭作品中春夏秋冬之辞得出的结论自然有再推敲的余地。但正如黄灵庚先生之评价："立论虽不无揣测之处，然以屈赋与史载相证，缜密有致，成其一家之言，且能离析旧本屈赋篇目次第，重以作时先后排列之，乃古今第一人矣。"③黄氏能够结合作者生平行踪来考察各篇作品的创作时间，并将文本与史料相互印证，的确为清代重考据之研骚路径起到了重要的引领作用。事实也确如黄先生所说，黄文焕论说直接影响了后世楚辞学者对屈作的界定与选篇的限定，如林云铭《楚辞灯》目次编排多依仗《楚辞听直》。特别是《九章》篇次的考证上，黄氏论说被林云铭力证阐发，使之更为全面具体。林氏

---

① （明）黄文焕撰，黄灵庚、李凤立点校：《楚辞听直》，上海古籍出版社 2019 年版，第 86 页。

② （明）黄文焕撰，黄灵庚、李凤立点校：《楚辞听直》，上海古籍出版社 2019 年版，第 258 页。

③ （明）黄文焕撰，黄灵庚、李凤立点校：《楚辞听直·前言》，上海古籍出版社 2019 年版，第 13 页。

认为,《惜诵》作于怀王见疏之后,"又进言得罪,然亦未放"。《思美人》、《抽思》两篇为屈原进言得罪后,怀王置之于外。"其称造都为南行,称朝臣为南人,置在汉北无疑。……大约先被谗止是疏,本传所谓不复在位份者,以不复在左徒之位,未尝不在朝也。《涉江》以下六篇,方是顷襄放之江南所作。"① 比照《楚辞听直》一书的《九章》序次,除《惜往日》列于《哀郢》之前外,林氏注本中《九章》其余目次与《楚辞听直》完全相同。夏大霖《屈骚心印》亦云:"今之篇序乃黄维章所次,林因黄,予因林也。"② 江中时《屈骚心解》、许清奇《楚辞订注》、高秋月《楚辞约注》之《九章》次序皆因袭文焕《楚辞听直》。戴震《九章》篇次的排列也暗受林氏影响,其说亦本于黄文焕。

---

① (清)林云铭:《楚辞灯》,《楚辞文献集成》第十一册,广陵书社 2008 年版,第 7511—7514 页。

② (清)夏大霖:《屈骚心印》,《楚辞文献集成》第十一册,广陵书社 2008 年版,第 7699 页。

余 论

明末清初之际，社会动荡，党争炽烈，学术思想的碰撞与交融等悉可见于楚辞论著中。明代后期的楚辞研究在一定程度上突破了前代注本长期遵循的儒家经学原则，表现出明显的反传统、标新立异的思想倾向与治学方法，研骚专著也在这一时期蓬勃涌现。黄文焕的《楚辞听直》即成书于这一历史大变革时期，作为晚明最具代表性的楚辞注本之一，《楚辞听直》呈现出了"与旧本皆异"的鲜明特色。黄氏研治屈辞的情感基础主要由其受党祸牵连所引发，后期黄文焕又亲历明代亡国之祸，"流离琐尾，节食典衣，出门惘惘"[1]，愈加强化了其激愤之情，种种影响之下，才成就了《楚辞听直》与众不同的注释体例及作者独特的学术风格与解骚视角。崔富章先生曾说："自明末黄文焕集中《离骚》、《九歌》、《天问》、《九章》、《远游》、《卜居》、《渔父》、《大招》、《招魂》九题二十七篇，属之屈原，为之作注，清林云铭、蒋骥、胡文英、姚培谦、夏大霖、许清奇、陈本礼等，皆宗其说，各有著述传世，此亦楚辞学史上值得研究之现象。"[2]该书问世后，无论从注释体例、研究方法，还是黄氏提出的诸多独到见解，均对当时及其后的楚辞研究产生了重要影响。

即便如此，被称为"读书门径，治学津逮"的《四库全书总目》对其评价却不高，甚至基本抹杀了《楚辞听直》的正面贡献，称是书"大抵借抒牢

---

① （明）黄文焕撰，黄灵庚、李凤立点校：《楚辞听直》，上海古籍出版社 2019 年版，第 206 页。

② 崔富章：《四库提要补正》，杭州大学出版社 1990 年版，第 464 页。

骚，不必尽屈原之本意。其词气傲睨恣肆，亦不出明末佻薄之习也"①。四库馆臣得出如此评价的原因，当然与时代背景有关。从政治层面讲，《四库全书》的编纂自然是以服务清廷为首要宗旨的，"然就事际言，则固高宗一人之私欲，为其子孙万世之业计，锢蔽文化，统治思想，防范汉人之一种政治作用而已"②。要之，《四库全书》的编纂初衷即"巩固统治"，故而四库馆臣在修书之时皆遵循"旧书去取，宽于元以前，严于明以后"③之准则，对前朝书籍多有贬抑。从学风层面讲，明代著述确实存在空疏之风，《楚辞听直》也不例外。李中华、朱炳祥先生就曾批评此书"多逞心意会，不重考证，故疏漏谬误，屡见笔端"④。以上因素都在不同程度上影响了后世学者对明代著述的判断。

当然，《楚辞听直》确有不足之处。《楚辞听直》为明代心学空疏之流弊所染，空洞浮泛，时有臆测之说。如，其解"离骚"之义，王逸以"离骚"为"离别之愁"。班固以"离骚"为"遭忧"，遭逢、离别已为正解。而黄氏将屈子言"离"之文尽数胪列，但始终没有明释"离"义，读罢让人愈发含混不明，《听离骚》云："弥离而心弥动，骚之为言骚屑也。骚，扰也。绪不可断，势不可静，百端交集于其间，则'离骚'之所为名也。原自注'离'而不言'骚'，知'骚'之多端，足知'骚'之多况矣，举'离'可以该'骚'也。"⑤"离"、"骚"显然不能互为解释。字词训诂之中脱离文献、主观强解的悠谬之说亦不少。如释《离骚》"齌怒"为"含怒而不发"；释"吾将刈"之"刈"为"藏"；释"溘埃风"为"人世尘埃之中，忽然腾飞也"，"忽然"义从何而来令人不解；释"骄傲淫游"为屈原自道玩世肆志之意；释《远游》

---

① （清）永瑢等撰：《四库全书总目》，中华书局 2003 年版，第 1270 页。
② 郭伯恭：《四库全书纂修书》，岳麓书社 2010 年版，第 2 页。
③ 于敏中：《于文襄公手札》，郭伯恭：《四库全书纂修考》引，上海书店 1992 年版，第226 页。
④ 李中华、朱炳祥：《楚辞学史》，武汉出版社 1996 年版，第 159 页。
⑤ （明）黄文焕撰，黄灵庚、李凤立点校：《楚辞听直》，上海古籍出版社 2019 年版，第239 页。

之"耿耿"、"营营"为"夜况也";将"步徙倚"、"意忽荡"释为"曙况也";释《天问》"阳离爰死"为"佯死";将"成游"释为"成其为游";"该秉季德"之"季"释为"稺幼";释《惜诵》"有志极而无旁"之"极"为"直往";释《抽思》"行隐进"为"隐隐而自进";释《悲回风》"永都"为"以之为都居也,意安于是之谓";释《怀沙》"本迪"谓"弃我初心,反索本领于俗之迪我也";释"北次"为"乖其所之,一托宿焉,不欲死之意也";释《卜居》"突梯"为"攀援而工上升",释"滑稽"为"圆转而无旁滞";等等。各篇之中皆不乏此类无根悠谬之说。

此外,黄文焕研习《楚辞》,常掺杂一己身世之感,不免强此以就己,诸多解说不免失之偏颇。如以为写作《九歌》是屈子不得意于楚王,于是借祭鬼神以渫摅其愤。发吐心声,而鬼神亦不顾,则不得不决意一死,《九歌》自《山鬼》以下"俱以鬼言,实自矢于一死,不得复为人矣"[①]等,纯属无根之说。又谓屈子久有必死之志,《听忠》言屈子"不死即不忠,别无可以不死之途容其中立也。迨怀客死于秦,原自谓身负不忠之罪,故屡言不欲死,不即死,而究归必死焉。其罪安在?当怀入秦时,原谏勿行,子兰劝行。既已明知虎狼之国,将贻君王之不返,乃不碎首阶前,坚以死谏。姑一谏而止,是怀之死,不独子兰死之,实原死之也。原真负死罪矣,欲不以一死以谢君,可乎哉?此其痛心疾首,自咎自知,非他人所敢以咎原者也"[②]。将《离骚》开篇处"摄提贞于孟陬兮"二句释为"当生之日,便是尽瘁之辰"。正如郭丹先生所说,屈原在《离骚》开头讲述自己的出身、生辰、名、字等信息,其目的在于申明自己具有与生俱来的内美,并不是表"忠",更不是在对皇考强调他的"孝"。又如"五子用失夫家巷",黄氏注为屈原在以五子失家自比。《天问》"舜服厥弟"下四句,谓其为痛斥子兰之隐语。"原阻怀

---

① (明) 黄文焕撰,黄灵庚、李凤立点校:《楚辞听直》,上海古籍出版社 2019 年版,第 253 页。

② (明) 黄文焕撰,黄灵庚、李凤立点校:《楚辞听直》,上海古籍出版社 2019 年版,第 211 页。

王以毋入秦，子兰坚劝其人，遂死于秦。是害怀王者子兰也，与象之谋杀舜
一也。顷襄立而仍用子兰为令尹，不正其陷怀之罪，而反欲信其扶楚之才，
天下事有倒置如此哉？然古已有之矣。"① 与《听忠》"是怀之死，不独子兰死
之，实原死之也"之说前后矛盾。诸如此类，皆掺杂己事而强为之解，当非
事实。所以《四库全书总目》"大抵借抒牢骚，不必尽屈原之本意"的评语
不是没有道理的。

　　尽管存在疏漏与不足，但黄文焕在楚辞研究中的大胆创新和有益探索，
敢于向权威挑战的精神、创立新说的作风，以及他独特的解骚方法与阐释视
角，无疑对推动楚辞研究产生了积极的影响。《楚辞听直》独特的学术价值
应获得更多的关注和深入探究。我们应立足屈作文本本身，取《楚辞听直》
注解之精华，而对该注本中之"糟粕"，也务必采取客观审慎的态度去看待。

---

① （明）黄文焕撰，黄灵庚、李凤立点校:《楚辞听直》，上海古籍出版社 2019 年版，第
　251 页。

参考文献

著作类

古籍

1.（汉）司马迁撰：《史记》，中华书局 1982 年版。

2.（汉）班固，（唐）颜师古注：《汉书》，中州古籍出版社 1991 年版。

3.（汉）郑玄注，（唐）贾公彦疏，黄侃经文句读：《周礼注疏》，上海古籍出版社 1990 年版。

4.（汉）郑玄注，（唐）贾公彦疏，黄侃经文句读：《仪礼注疏》，上海古籍出版社 1990 年版。

5.（汉）郑玄注，（唐）孔颖达等正义，黄侃经文句读：《礼记正义》，上海古籍出版社 1990 年版。

6.（晋）郭璞注，叶自本纠讹，陈赵鹄重校：《尔雅》，中华书局 1985 年版。

7.（梁）刘勰著，吴林伯义疏：《文心雕龙义疏》，武汉大学出版社 2002 年版。

8.（唐）孔颖达：《毛诗正义》，上海古籍出版社 1990 年版。

9.（唐）房玄龄等撰：《晋书》，中华书局 1974 年版。

10.（宋）朱熹撰，李庆甲校点：《楚辞集注》，上海古籍出版社 1979 年版。

11. （宋）洪兴祖撰，白化文等点校：《楚辞补注》，中华书局 2015 年版。

12. （宋）钱杲之：《离骚集传》，《续修四库全书》（楚辞类），上海古籍出版社 2002 年版。

13. （明）李陈玉：《楚辞笺注》，《续修四库全书》（楚辞类），上海古籍出版社 2002 年版。

14. （明）汪瑷撰，董洪利点校：《楚辞集解》，北京古籍出版社 1994 年版。

15. （明）赵南星：《离骚经订注》，《楚辞文献丛刊》第 32—33 册，国家图书馆出版社 2014 年版。

16. （明）黄文焕撰，徐燕点校：《楚辞听直》，南京大学出版社 2017 年版。

17. （明）黄文焕撰，黄灵庚、李凤立点校：《楚辞听直》，上海古籍出版社 2019 年版。

18. （明）谈迁著，张宗祥校点：《国榷》，中华书局 1958 年版。

19. （清）王夫之：《楚辞通释》，上海人民出版社 1975 年版。

20. （清）蒋骥：《山带阁注楚辞》，上海古籍出版社 1984 年版。

21. （清）林云铭撰，彭丹华校点，《楚辞灯》，华东师范大学出版社 2012 年版。

22. （清）胡文英：《楚辞指掌》，北京古籍出版社 1979 年版。

23. （清）吴世尚：《楚辞注疏》，《楚辞文献丛刊》第 55 册，国家图书馆出版社 2014 年版。

24. （清）永瑢等撰：《四库全书总目》，中华书局 1965 年版。

25. （清）纪昀等：《四库全书总目·楚辞类》，《文渊阁四库全书》第 1 册，上海古籍出版社 1987 年版。

26. （清）戴震撰，褚斌杰、吴贤哲校点：《屈原赋注》，中华书局 1999 年版。

27. （清）段玉裁：《说文解字注》，上海古籍出版社 1988 年版。

28.（清）黄任著，陈应魁注：《香草斋诗注》，国家图书馆藏，清嘉庆刻本。

29.（清）张廷玉等：《明史》，中华书局 1974 年版。

30.（清）谷应泰：《明史纪事本末》，中华书局 1977 年版。

31.（清）黄宗羲，沈芝盈点校：《明儒学案》，中华书局 1985 年版。

32.（清）方以智：《博依集》，桐城方氏诗辑，清道光元年刻本。

33.（清）朱彝尊：《静志居诗话》卷十九，人民文学出版社 1990 年版。

34.（清）李清馥，徐公喜等点校：《闽中理学渊源考》，凤凰出版社2011 年版。

35.（清）俞樾：《东莱先生古文关键》，清光绪二十四年江苏书局本。

36.（清）于琨修，陈玉璂纂：《康熙常州府志》，《中国地方志集成·江苏府县志辑》，江苏古籍出版社、上海书店、巴蜀书社 1991 年版。

37.（清）金秉祚修：《山阳县志》，康熙刻本，国家图书馆地方志家谱阅览室藏。

38.（清）黄惠撰：《麟峰黄氏家谱》，乾隆刻本，国家图书馆地方志家谱阅览室藏。

39.（清）郝玉麟等修：《福建通志》，乾隆刻本，国家图书馆地方志家谱阅览室藏。

40.（清）赵弘恩等修：《江南通志》，乾隆刻本，国家图书馆地方志家谱阅览室藏。

41.（清）张士琏撰：《海阳县志》，雍正十二年刻本，国家图书馆地方志家谱阅览室藏。

现当代研究著作

1.白铭：《二十世纪楚辞研究文献目录》，学苑出版社 2008 年版。

2.崔富章：《楚辞书目五种续编》，上海古籍出版社 1993 年版。

3.陈子展撰述，杜月村、范祥雍校阅：《楚辞直解》，复旦大学出版社

1996 年版。

4. 崔富章、李大明：《楚辞集校集释》，湖北教育出版社 2003 年版。

5. 褚斌杰：《屈原研究论集》，湖北美术出版社 1998 年版。

6. 褚斌杰：《楚辞要论》，北京大学出版社 2003 年版。

7. 褚斌杰编：《屈原研究》，湖北教育出版社 2003 年版。

8. 陈连山：《话说端午》，上海古籍出版社 2008 年版。

9. 常森：《屈原及其诗歌研究》，北京大学出版社 2012 年版。

10. 陈宝良：《明代社会转型与文化变迁》，重庆大学出版社 2014 年版。

11. 常森：《屈原及楚辞学论考》，北京大学出版社 2016 年版。

12. 樊树志：《晚明史》，复旦大学出版社 2003 年版。

13. 方铭：《经典与传统：先秦两汉诗赋考论》，人民文学出版社 2003
年版。

14. 方铭：《战国文学史论》，商务印书馆 2008 年版。

15. 方铭：《楚辞全注》，人民文学出版社 2019 年版。

16. 方铭等编：《中国楚辞学》1—24 辑，学苑出版社 2002—2014 年版。

17. 费孝通：《乡土中国》，中华书局 2013 年版。

18. 郭沫若：《屈原研究》，《郭沫若全集》"历史编"第四卷，人民文学
出版社 1982 年版。

19. 洪湛侯等：《楚辞要籍解题》，湖北人民出版社 1984 年版。

20. 黄中模：《屈原问题论争史稿》，北京十月文艺出版社 1987 年版。

21. 黄震云：《楚辞通论》，湖南教育出版社 1997 年版。

22. 黄凤显：《屈辞体研究》，湖南人民出版社 2002 年版。

23. 黄灵庚：《楚辞与简帛文献》，人民出版社 2011 年版。

24. 黄建荣：《〈楚辞〉训诂史》，高等教育出版社 2015 年版。

25. 黄霖主编：《文学评点论稿》，凤凰出版社 2017 年版。

26. 何宗美、刘敬：《明代文学还原研究：以〈四库总目〉明人别集提要
为中心》，人民出版社 2014 年版。

27. 金开诚：《屈原辞研究》，江苏古籍出版社 1992 年版。

28. 姜亮夫：《楚辞书目五种》，中华书局 1961 年版。

29. 姜亮夫：《楚辞通故》，云南人民出版社 1999 年版。

30. 嵇文甫：《晚明思想史论》，东方出版社 1996 年版。

31. 林庚：《林庚楚辞研究两种》，清华大学出版社 2006 年版。

32. 刘永济：《屈赋通笺附录：笺屈余义》，人民文学出版社 1961 年版。

33. 刘毓庆、方铭：《诗骚分类选讲》，高教出版社 2007 年版。

34. 李中华、朱炳祥：《楚辞学史》，武汉出版社 1996 年版。

35. 李诚、熊良智：《楚辞评论集览》，湖北教育出版社 2003 年版。

36. 马茂元：《楚辞要籍解题》，湖北人民出版社 1984 年版。

37. 孟修祥：《楚辞影响史论》，湖北人民出版社 2003 年版。

38. 孟森：《明史讲义》，上海古籍出版社 2008 年版。

39. 聂石樵：《屈原论稿》，人民文学出版社 1982 年版。

40. 潘啸龙：《屈原与楚辞研究》，安徽大学出版社 1999 年版。

41. 潘啸龙：《屈原与楚文化》，安徽文艺出版社 1991 年版。

42. 钱穆：《国史大纲》，商务印书馆 1997 年版。

43. 孙殿起：《贩书偶记》，上海古籍出版社 1982 年版。

44. 汤炳正：《屈赋新探》，齐鲁书社 1984 年版。

45. 汤炳正：《楚辞类稿》，巴蜀书社 1988 年版。

46. 王绍沂主纂：《永泰县志》，民国 11 年（1922）铅印本。

47. 闻一多：《天问疏证》，上海古籍出版社 1985 年版。

48. 吴平、回达强：《楚辞文献集成》，广陵书社 2008 年版。

49. 吴林伯：《〈文心雕龙〉义疏》，武汉大学出版社 2013 年版。

50. 徐志啸：《楚辞综论》，上海古籍出版社 2015 年版。

51. 游国恩：《屈原》，三联书店 1953 年版。

52. 游国恩：《楚辞论文集》，古典文学出版社 1957 年版。

53. 游国恩：《天问纂义》，中华书局 1982 年版。

54.游国恩：《离骚纂义》，中华书局 1982 年版。

55.杨伯峻编著：《孟子译注》，中华书局 1960 年版。

56.易重廉：《中国楚辞学史》，湖南出版社 1991 年版。

57.袁珂：《山海经校注》，巴蜀书社 1996 年版。

58.赵敏俐、吴相洲、刘怀荣、钟涛、方铭等：《中国古代诗歌研究》，北京大学出版社 2005 年版。

59.周建忠、汤漳平：《楚辞学通典》，湖北教育出版社 2003 年版。

60.张显清：《明代社会研究》，中国社会科学出版社 2015 年版。

61.郑礼炬：《明代福建文学结聚与文化研究》，人民文学出版社 2015 年版。

62.郑珊珊：《明清福建家族文学研究——以侯官许氏为中心》，社会科学文献出版社 2016 年版。

63.张伯伟：《中国古代文学批评方法研究》，中华书局 2002 年版。

64.《中国地方志丛书·永福县志》，成文出版社 1967 年版。

65.《中国地方志集成·福建府县志辑》，上海书店出版社 2000 年版。

论文类

期刊论文

1.刘文英：《奇特而深邃的哲理诗——关于屈原的〈天问〉》，《文史哲》1978 年第 5 期。

2.陈子展：《〈天问〉解题》，《复旦学报》（社会科学版）1980 年第 5 期。

3.郭建勋：《论"楚辞"在汉代盛行的原因》，《福建师大学报》1989 年第 2 期。

4.汤漳平：《楚辞研究二千年》，《许昌学院学报》1989 年第 4 期。

5.马建智：《洪兴祖评价屈原思想的卓识》，《西南民族学院学报》（哲学社会科学版）1991 年第 6 期。

6. 赵逵夫：《〈离骚〉中的龙马同两个世界的艺术构思》，《文学评论》1992 年第 1 期。

7. 李大明：《〈离骚〉称"经"时间新论》，《四川师范大学学报》（社会科学战线）1993 年第 2 期。

8. 潘啸龙：《〈招魂〉研究商榷》，《文学评论》1994 年第 4 期。

9. 刘荣升：《中国古人的名、字、号》，《山西大学学报》（哲学社会科学版）1995 年第 2 期。

10. [韩] 朴永焕：《朱熹的文学观和他注释〈楚辞〉的态度》，《天府新论》1995 年第 4 期。

11. 力之：《〈招魂〉考辨》，《武汉教育学院学报》1997 年第 1 期。

12. 方铭：《〈九辩〉〈招魂〉〈大招〉的作者与主题考论》，《中国文学研究》1998 年第 4 期。

13. 陶涛、黄建中：《试论历代屈原作品的读者》，《华中师范大学学报》（哲学社会科学版）1997 年第 6 期。

14. 张德信：《略论崇祯帝性格的形成》，《史学集刊》1994 年第 2 期。

15. 毛庆：《〈离骚〉的层次划分及结构的奥秘》，《淮阴师范学院学报》（哲学社会科学版）2000 年第 5 期。

16. 张磊：《古代楚辞学重要论著及版本述评》，《大学图书馆学报》2001 年第 2 期。

17. 汤漳平：《再论楚墓祭祀竹简与〈楚辞·九歌〉》，《文学遗产》2001 年第 4 期。

18. 李炳海：《从偏蹇之难到偃蹇之美——〈离骚〉篇名与楚辞审美取向》，《社会科学战线》2002 年第 2 期。

19. 黄震云：《二十世纪楚辞学研究述评》，《文学评论》2002 年第 2 期。

20. 黄建荣：《论黄文焕〈楚辞听直〉的注释特色》，《抚州师专学报》2002 年第 3 期。

21. 方铭：《先秦文人君子人格的丰富性探讨—以屈原为中心的考察》，

《中国文化研究》2002 年第 4 期。

22. 黄凤显：《屈辞〈大招〉释疑》，《中南民族学院学报》（人文社会科学版）2003 年第 2 期。

23. 刘中黎、梅桐生：《〈离骚〉结构之新探》，《贵州大学学报》（社会科学版）2003 年第 5 期。

24. 殷光熹：《〈天问〉题名考辨》，《思想战线》2004 年第 1 期。

25. 黄建荣：《汉至明代的〈楚辞〉注本概说》，《九江师专学报》2004 年第 1 期。

26. 潘啸龙：《〈离骚〉"结构"研究论略》，《安徽师范大学学报》（人文社会科学版）2004 年第 3 期。

27. 姚小鸥：《天问的意旨、文体与诗学精神》，《文艺研究》2004 年第 3 期。

28. 周建忠：《〈离骚〉层次结构探索》，《江苏社会科学》2005 年第 1 期。

29. 程世和：《"屈原困境"与中国士人的精神难题》，《中国文学研究》2005 年第 3 期。

30. 黄崇浩：《〈离骚〉结构的深层解析》，《云梦学刊》2005 年第 6 期。

31. 董运庭：《论〈离骚〉称"经"与刘勰〈辨骚〉》，《重庆师范大学学报》（哲学社会科学版）2006 年第 3 期。

32. 鲁洪生、龙文玲：《汉武帝和楚辞解读与传播》，《中国文化研究》2007 年第 1 期。

33. 郭丹：《〈四库全书总目〉中的楚辞批评》，《漳州师范学院学报》2007 年第 3 期。

34. 姚小鸥：《离别之痛：〈离骚〉的意旨与篇题》，《文史哲》2007 年第 4 期。

35. 汤漳平：《闽学视野下的闽地的楚辞研究与骚体文学创作》，《2007 年楚辞学国际学术会议论文集》2007 年 8 月。

36. 方铭：《〈楚辞·九歌〉主旨发微》，《深圳大学学报》（人文社会科学版）2008 年第 3 期。

37. 个厂：《黄文焕生卒小考》，《文学遗产》2009 年第 1 期。

38. 李川：《〈天问〉"文义不次序"问题谫论》，《文学遗产》2009 年第 4 期。

39. 王帝：《评析黄文焕〈楚辞听直〉的文学性（一）》，《语文学刊》2009 年第 11 期。

40. 王帝：《评析黄文焕〈楚辞听直〉的文学性（二）》，《语文学刊》2009 年第 17 期。

41. 施仲贞、周建忠：《〈离骚〉的分段研究综述》，《南京师范大学文学院学报》2010 年第 4 期。

42. 李炳海：《〈离骚〉抒情主人公神游方位、样态及表现手法考论》，《山西师大学报》（社会科学版）2010 年第 5 期。

43. 李炳海：《〈九章〉人生忧患期心路历程的写照》，《沈阳师范大学学报》2010 年第 5 期。

44. 李炳海：《〈离骚〉抒情主人公求女综考》，《江西社会科学》2010 年第 8 期。

45. 纪晓建：《〈山海经〉对〈楚辞·天问〉神话材料之补正》，《内蒙古大学学报》（哲学社会科学版）2011 年第 3 期。

46. 刘火群：《明清时期〈楚辞·招魂〉研究述略》，《南昌教育学院学报》2011 年第 3 期。

47. 方铭：《近三十年屈原及楚辞研究综述》，《中国文化研究》2011 年第 4 期。

48. 翟奎凤：《黄道周与明清之际的学术思潮》，《安徽大学学报》（哲学社会科学版）2011 年第 4 期。

49. 汤漳平：《简论闽南文化与黄道周》，《福州大学学报》（哲学社会科学版）2012 年第 3 期。

50. 孟晗：《近代以前〈楚辞〉研究中"怨君"思想之探析》，《中州大学学报》2012 年第 6 期。

51. 佚名：《黄文焕与姬岩》，《福州晚报》2012 年 12 月 29 日。

52.佚名:《古人的名、字、号及谥号、庙号、年号（一）》,《国学》2013 年第 4 期。

53.李炳海:《屈原名与字、姓氏与名字的纵横关联》,《中国文化研究》2013 年第 1 期。

54.陈良武:《闽地〈诗经〉学传统与黄道周〈诗经〉学述略》,《泰山学院学报》2014 年第 1 期。

55.李炳海:《视野与方法——楚辞学案判评的关键和枢纽》,《中国人民大学学报》2014 年第 4 期。

56.赵保胜:《从"史学、史家与时代"的角度"重访"黄文焕的〈招魂〉研究》,《哈尔滨师范大学社会学科学报》2014 年第 4 期。

57.郑晨寅:《黄道周生平与思想新探》,《国学学刊》2015 年第 1 期。

58.熊人宽:《论〈招魂〉的作者和争议》,《职大学报》2015 年第 4 期。

59.郭建勋:《屈原的乡国之情与人格魅力》,《光明日报》2014 年 5 月26 日。

60.刘中兴:《论晚明东林党的舆论活动及其影响》,《安徽史学》2016 年第 6 期。

61.金霞,宋克夫:《从晚明文坛"师心"与"师古"的博弈看晚明文学思潮的流变》,《华侨大学学报》（哲学社会科学版）2017 年第 1 期。

62.徐燕:《明末著名学者黄文焕生平若干存疑问题考》,《古籍整理研究学刊》2017 年第 6 期。

63.陈炜舜:《明代政治场域下的楚辞学研究》,《吉林大学社会科学学报》2017 年第 6 期。

64.方铭:《屈原与爱国价值观的中国传统文化基础》,中国屈原学会微信公众号,2019 年 5 月 15 日。

学位论文

1.[韩] 朴永焕:《宋代楚辞学研究》,北京大学 1996 年博士学位论文。

2. 徐在日:《明代楚辞学史论》,北京大学 1999 年博士学位论文。

3. 陈炜舜:《明代楚辞学研究》,香港中文大学 2003 年博士学位论文。

4. 孙光:《汉宋楚辞研究的历史转型——〈章句〉、〈补注〉、〈集注〉比较研究》,河北大学 2006 年博士学位论文。

5. 刘萍萍:《黄文焕〈陶诗析义〉研究》,首都师范大学 2007 年博士学位论文。

6. 王帝:《黄文焕〈楚辞听直〉研究》,贵州大学 2007 年硕士学位论文。

7. 罗剑波:《明代〈楚辞〉评点研究》,复旦大学 2008 年博士学位论文。

8. 孙巧云:《元明清楚辞学研究》,苏州大学 2011 年博士学位论文。

9. 林姗:《宋代屈原批评研究》,福建师范大学 2011 年博士学位论文。

10. 郭春阳:《黄文焕〈楚辞听直〉研究》,安庆师范学院 2012 年硕士学位论文。

11. 陈莹莹:《〈离骚〉"求女"研究回顾与思考》,山东大学 2013 年硕士学位论文。

12. 谢君:《朱熹楚辞学研究》,北京语言大学 2013 年博士学位论文。

13. 朱闻宇:《蒋骥〈山带阁注楚辞〉研究》,北京语言大学 2013 年博士学位论文。

14. 丁海玲:《王夫之〈楚辞通释〉研究》,北京语言大学 2015 年博士学位论文。

15. 赵静:《汪瑗〈楚辞集解〉研究》,北京语言大学 2016 年博士学位论文。

16. 崔凤珍:《林云铭〈楚辞灯〉研究》,北京语言大学 2018 年博士学位论文。

17. 李惠秭:《黄文焕〈楚辞听直〉研究》,河北大学 2017 年硕士学位论文。

18. 曾翠平:《〈楚辞听直〉研究》,浙江师范大学 2018 年硕士学位论文。

后 记

这本小书是我 2017 年至 2020 年在北京语言大学攻读博士学位时撰写的博士论文。回顾三年的读博光阴，感慨颇多。初次拜访恩师的忐忑，一边工作一边备考的忙碌与充实，得知被录取时的激动，背着书包穿梭在北语梧桐大道上的快乐；顶着炎炎烈日到国图查阅文献，却因为古籍馆门口修缮，误以为那是废弃屋子，绕了好几圈都没找到古籍馆入口，又好气又好笑的糗事（幸亏路遇工作人员热心告之，才没有白跑一趟）。还有，写了一天论文却发现没有保存成功的心酸……一幕幕如电影片段般在眼前闪过。我深知，如果没有师长的提携、亲人的支持，我不可能有幸在硕士毕业十年后重返校园，并顺利完成学业，也就没有这本小书的出版。

首先，衷心感谢我的恩师方铭先生。七年前，承蒙恩师不弃，我有幸受业于先生门下，聆听先生的教诲，感谢先生引领我徜徉在楚辞这座瑰丽的殿堂。先生大家气度，思想深邃，豁达仁厚，温润如玉。对学生们更是呵护有加，不重言，不苛责，春风化雨，润物无声。先生平日工作繁忙，但只要学生开口，先生总是每求必应。先生的为人、为学是我学习的榜样。感谢先生的教诲与提携，师恩没齿不忘。

感谢我的论文开题专家：黄震云教授、常森教授、李洲良教授、韩德民教授、张廷银教授。感谢参加我论文答辩诸位先生：姚小鸥教授、鲁洪生教授、郭建勋教授、周建忠教授、黄震云教授、常森教授、陈连山教授。感谢先生们细致中肯的指点，他们对我多有帮助和鼓励，对论文的修改提出了许多宝贵意见。但碍于学力尚浅，未能达到诸位先生的期望，深感惭愧。感谢参与我论文匿名评阅的专家们，虽然无法知晓诸位先生的姓名，但先生们审阅论文，并提出宝贵的修改意见必定颇费心思，借此机会，向诸位先生表示最诚挚的谢意。还要感谢我的大学老师杨老师，老师是恩师、是前辈，是引领我前行的榜样，更像是我的朋友，感恩能遇见这亦师亦友的缘分。感谢我的工作单位吉林师范大学的领导和同事，对我的支持和帮助。

《〈楚辞听直〉研究》这一选题获得了 2020 年度教育部人文社科基金青年项目的支持，2022 年底顺利结项，并有幸获得了专家鉴定等级"优秀"的成绩。在楚辞研究史上，从明洪武元年（1368）至明朝覆亡（1644）的近三百年间，楚辞研究呈现出明显的分段式特点。正德以降，心学兴起，文坛繁荣，加之屈骚本身的特殊性，明代后期楚辞学专著大量问世，无疑是一个非常值得关注的现象，明清易代之际的楚辞研究还有大量值得耕耘的议题，如将这一特殊时期的楚辞研究置于明清嬗变的历史演进的视野中进行深入考察，其理论深度与现实向度都会得以增强，这也是我下一阶段学术研究的目标。

亲人的支持是我最坚强的后盾。感谢妈妈在我二十余年的求学路上给予的全力支持和辛苦付出。感谢公公婆婆，精心准备好午餐和晚餐，让我没有后顾之忧，全心投入论文写作。感谢爱人尊重并支持我的每一个选择。感谢儿子，有他这个开心果，写论文的日子也不会觉得枯燥难熬。感谢家中长辈们对我的关心和鼓励。

在此，特别感谢人民出版社陆丽云编审和诸位老师为本书的出版付出的辛勤努力。

回顾过往，我始终都是个幸运的人，感谢岁月温柔相待。

赵妍

2025 年 1 月于吉林四平

责任编辑：陆丽云

图书在版编目（CIP）数据

《楚辞听直》研究 / 赵妍著 . -- 北京 ： 人民出版社，
2025. 6. -- ISBN 978 - 7 - 01 - 027182 - 8

Ⅰ . I207.223

中国国家版本馆 CIP 数据核字第 2025J027H2 号

《楚辞听直》研究

CHUCITINGZHI YANJIU

赵 妍 著

人民出版社 出版发行

（100706 北京市东城区隆福寺街 99 号）

北京汇林印务有限公司印刷 新华书店经销

2025 年 6 月第 1 版 2025 年 6 月北京第 1 次印刷
开本：710 毫米 ×1000 毫米 1/16 印张：18
字数：248 千字

ISBN 978 - 7 - 01 - 027182 - 8 定价：98.00 元

邮购地址 100706 北京市东城区隆福寺街 99 号
人民东方图书销售中心 电话（010）65250042 65289539